बाग़ी बलिया
(उपन्यास)

AF654789

नेपोलियन की वह डिक्शनरी जिसमें असंभव शब्द नहीं था, बलिया में छपी थी।

–एक बलियावी कहावत

बाग़ी बलिया

सत्य व्यास

हिन्द युग्म

ISBN: 978-93-87464-70-4

प्रकाशक :
हिंद युग्म
सी-31, सेक्टर-20, नोएडा (उ.प्र.)-201301
फ़ोन- +91-120-4374046

मुद्रक : थॉमसन प्रेस, दिल्ली
आवरण डिजाइन : राजेश कुमार बारिक
कला-निर्देशन : विजेन्द्र एस विज

पहला संस्करण : अक्टूबर 2019
तीसरा संस्करण : फ़रवरी 2025
मूल्य : ₹299

© सत्य व्यास

Baghi Ballia
A novel by *Satya Vyas*

Published By
Hind Yugm
C-31, Sector-20, Noida (UP)-201301
Phone- +91-120-4374046
Email- sampadak@hindyugm.com
Website- www.hindyugm.com

First Edition: Oct 2019
Third Edition: Feb 2025
Price: ₹299

सौ शुक्रिया

प्रियंका

मुझे डर है कि तुम्हारा सारा वक्त एक आदमी को इंसान बनाने में जाया हो रहा है।

खैरुद्दीन फकीर

मुझे शुबहा है कि आप फकीर ज्यादा बड़े थे या इतिहासकार।

विनय और ज्ञान भैया

मुझे यकीन है कि आप कलम भटकने नहीं देंगे।

शहर बलिया

मुझे अफसोस है कि मैं तुम्हारी छाँव से महरूम हूँ।

और इन सबसे ऊपर, सौ शुक्रिया

उन पाठकों का, जो किताब खत्म करते ही पूछना शुरू कर देते हैं–
सर! अगली किताब कब तक?

इतिहास वह बहुरूपिया है जिसके पास करतब कम है। वह वक्त, स्थान और चोले बदलकर करतब दोहराता रहता है।

–अज्ञात

History is an impostor with fewers feats. It keeps repeating the feats by changing the period, place and vesture.

-Unknown

<u>यहीं पर खत्म होनी चाहिए थी एक दुनिया</u>
<u>यहीं से बात का आगाज होना चाहिए था</u>

किस्सा है। लॉर्ड कार्नवालिस जमीन का स्थायी बंदोबस्त करते-करते गाजीपुर तक आ पहुँचा था। अगला पड़ाव था जिला बलिया। बलिया जिले के जमींदारों में यह बात उठी कि अब जमीन जाएगी। जमींदार जिले के मालिक-मुख्तार। सबकी विपदा का चयन और हरण दोनों करने वाले। अब उन्हीं पर विपदा आन पड़ी तो खुद से बड़ी शक्ति ढूँढ़ी जाने लगी। जमींदारों से बड़ा कौन? भगवान। सो लोग भगवान की शरण में दौड़े। समस्या बताई कि भगवन! यह 'गोरा साहब' तो जमीन गड़प कर जाएगा। जमीन न रहेगी तो जमींदार किस काम के? रोब किस पर? रुआब किसका? रुतबा कैसा? सो, कुछ कीजिए भगवन! कुछ तो कहिए!

क्या कहें! अब भगवान कभी बोले हैं जो बोलते! सो बकौल दिनकर जी, 'किंचित नहीं भगवान डोले'। मगर याचक इतनी संख्या में आए हैं, ऐसे खाली हाथ जाने भी कैसे दें! सो अक्सर ऐसी स्थिति में जब भगवान बोलना चाहते हैं तो अपने पीरों, फकीरों, संतों, साधुओं के मुख से बोल देते हैं। अकस्मात आवाज हुई- "अलख निरंजन!" लोगों का ध्यान आवाज की ओर गया। एक

साधु अपना एक हाथ सीधा आसमान की ओर खड़ा किए बैठा दिखा। लोग बाबा की तरफ दौड़े। कहा- "बाबा! आप ही कुछ उपाय बताइए।" बाबा सर्वज्ञानी थे। उच्चारे- "जमीन का स्थायी बंदोबस्त करने आ रहा है न!" लोगों ने एक स्वर में कहा- "जी महाराज।"

बाबा आँखें बंदकर ध्यानमग्न होने से पूर्व बोले- "स्थायी बंदोबस्त करने वाले का स्थायी बंदोबस्त भृगु बाबा ने कर दिया है। भृगु की धरती पर कोई इंसान क्या बंदोबस्त करेगा! अलख निरंजन!"

अगले हफ्ते खबर आई कि लॉर्ड कार्नवालिस अज्ञात बुखार से ग्राम गौसपुर, जिला गाजीपुर में ही खप गए। बलिया का परमानेंट सेटलमेंट करने से पहले उनका सेटलमेंट हो गया। बाबा उस रोज के बाद फिर न दिखे। चहुँ ओर उद्घोष हुआ- 'बोलीं, बोलीं, बोलीं भृगु बाबा की जय!'

अब आप पढ़ रहे हैं तो बता दूँ कि जिला बलिया उत्तर प्रदेश के दक्षिणी छोर का गंगा किनारे वाला आखिरी जिला है। इसके बाद बिहार की सीमा प्रारंभ हो जाती है। सो इस लिहाज से गंगा ही यहाँ उत्तर प्रदेश को बिहार से अलग करती है। लेकिन यह तब होगा जब आप नदी से गुजरेंगे या नदी की छाती पर बने पुल से गुजरेंगे। अगर ट्रेन से गुजर रहे हैं और रास्ते में बलिया स्टेशन पर 'विष-लहरी, विष-लहरी' की आवाज आने लगे तो डरिएगा नहीं। दरअसल कोई वेंडर पानी बेच रहा होगा और उसकी मुराद 'बिसलरी' से होगी।

बाबू जी! ऐसा कहीं वर्णित तो नहीं है मगर विश्वास कीजिए। सर्वप्रथम प्रयोगों की बात जब भी आएगी बलिया का नाम अव्वल आएगा। याद कीजिए, सन बयालीस में पूरा देश 'स्वराज-स्वराज' की रट लगाए था। बलिया वालों ने सोचा कोई प्रयोग होगा, चलो कर के देखते हैं। ऐसा प्रयोग किया कि जिले से अँग्रेज ही बाहर कर दिए। सात दिन। पूर्ण स्वराज। करते रहिए धर-पकड़। थाना-फौजदारी। हम हो गए देश से पहले ही आजाद। प्रयोग था, कर दिया।

आपने वो लाल-नीली रौशनी वाली लेजर बीम लाइट देखी है! जरूर देखी होगी। अरे वही चाइना वाली। पड़ोसी देश चीन ने लेजर लाइट चाहे जो सोचकर बनाई हो मगर इसका प्रथम उपयुक्त प्रयोग बलिया के सिनेमा हॉल में नायिका की नाभि और नायक की चाभी खोजने में ही किया गया।

आपने अपने शहर में सड़क पर लगे कपड़े के बैनर देखे होंगे बाबूजी।

जिनमें चालन की तरह बहत्तर छेद होते हैं। आपने सोचा होगा कि हवा से गिर जाने के डर से छेद कर दिए जाते हैं। नहीं बाबूजी! प्रयोग है। बलिया से ही शुरू हुआ। कपड़े के बैनर में जगह-जगह छेद न करने पर लोग उतारकर ले जाते थे। कच्छा-बनियान के लिए कच्चा और अच्छा माल मिल जाता था। बनवाते और पहनते। इसी से परेशान होकर शुरू हुई छिद्रण प्रथा। अब कोई उतारकर ले जाए! देश को इतना बड़ा आइडिया दिया बलिया ने। सारे देश में कटे-छिदे बैनर आराम से झूल रहे हैं।

जनता पर आते हैं। परिवार यहाँ 'जय संतोषी माँ', 'शिर्डी साई बाबा' से थोड़ा ऊपर उठता है तो सपत्नीक 'हम साथ साथ हैं' जैसी फिल्में देखने ही सिनेमा हॉल तक जा पाता है। लड़कियाँ तो यहाँ इतनी सुशील कि सिनेमा हॉल का मुँह देखने के लिए जीजाजी के आने का इंतजार करती हैं। लड़के इतने संस्कारी कि सिनेमा हॉल के पर्दे पर भी यदि हीरोइन, हीरो से अकेले मिल रही है तो 'रह-रह तोरा बाप के बतावा तानी' चिल्लाकर हीरोइन को आने वाले खतरे से आगाह कर देते हैं।

जिला है बाबू जी। बलिया जिला। मजाक थोड़े है। यहाँ बदन इकहरा हो तो चला लिया जाता है; जर्दा दोहरा ही चलता है और मर्डर तो तिहरा से कम चलता ही नहीं है। 'दिमाग' का पर्यायवाची यहाँ 'अंगविशेष' है। इसलिए यहाँ 'दिमाग न चाटो' मुहावरा नहीं चलता। दिमाग को विशेष कष्ट देने ही नहीं दिया जाता। अंगविशेष से काम चला लिया जाता है।

यह सब सुनकर आपको लग रहा होगा कि बलिया जिला में सब शेर हैं। नहीं बाबूजी। ऐसा नहीं है। कहते हैं कि शेर-ए-बलिया चित्तू पांडे के बाद बलिया में शेर पैदा ही नहीं हुआ। क्यों? क्योंकि यहाँ सभी सवा शेर हैं।

राजनीति। यहाँ के पाँच तत्व में है। मिट्टी में राजनीति। पानी में राजनीति। आग में राजनीति। आकाश में राजनीति। और-तो-और हवाओं तक में राजनीति घुली हुई है। इसलिए यहाँ जब बेटी पैदा होती है तो लक्ष्मी पैदा होती है मगर जब लड़का पैदा होता है तो गोपाल जी नहीं आते। खुशखबरी सुनाने वालियाँ कहती हैं कि बधाई हो! नेता हुआ है।

किस्सा यह भी है कि ब्रह्मा जी के पास एक दफा टहलते हुए नारद जी पहुँच गए। देखा ब्रह्मा जी चिंता ग्रस्त हैं, कारण पूछने पर ज्ञात हुआ कि

वह स्वर्ग लोक और नर्क लोक की राजनीति से त्रस्त हैं। नारद जी ने उपाय सुझाया– "बस इतनी–सी बात! आप मुझे राजनीति की पोटली बनाकर दे दें। मैं उसे मृत्युलोक पर फेंक आता हूँ।" ब्रह्मा जी उपाय से हर्षित हो उठे। साथ ही साथ अपनी ओर से सुझाया– "इसे गंगा में प्रवाहित कर देना क्योंकि कालांतर में पृथ्वीवासी अपने कचरे वहीं प्रवाहित करेंगे।" नारद जी पोटली लेकर उड़ चले। दूर–दूर तक गंगा की धवल स्वच्छता को देखकर उनसे वहाँ पोटली डालने का पाप न हुआ। वह अपेक्षाकृत मटमैला पानी ढूँढ़ने लगे। बढ़ियाई गंगा एक जगह मिट्टी काटकर मटमैली हो रही थी। बस! नारद जी को यही स्थान उत्तम लगा। उन्होंने पोटली उछाल दी। मगर हाय! निशाना थोड़ा–सा चूक गया। पोटली गंगा में न गिरकर मुहाने पर बसे एक कस्बे पर गिर गई।

हे बाबूजी! नारद जी ने जहाँ पोटली गिराई वह स्थान बलिया था। राजनीति यहाँ रक्तबीज है। यहीं खिलती, खुलती और खौलती है। यही कारण है कि यहाँ मसला नहीं होता– 'पालटिक्स' हो जाती है। फौजदारी नहीं होती– पालटिक्स हो जाता है। और–तो–और बेवफाई भी नहीं होती– पालटिक्स हो जाता है।

जहाँ के महाराज बली के साथ ही भगवान विष्णु ने वामनावतार का रूप धरकर पालटिक्स कर दिया हो वहाँ की कहानी में पालटिक्स नहीं होगी तो क्या होगा। इसलिए हे बाबूजी! इस कहानी में भी पालटिक्स है और खूब है। मगर यह इंसानी रिश्तों की कहानी भी कहती है। और अब जब रिश्तों की कहानी कहती है तो इंसानों को जानते हुए आगे बढ़ते हैं।

संजय और रफीक बचपन के दोस्त हैं। जी! हिंदू और मुसलमान हैं। चौंकिए नहीं! यह इतनी भी अप्रत्याशित बात नहीं। और जिला बलिया में तो बिलकुल भी नहीं। दोनों यहीं के राजकीय स्कूल में साथ पढ़ते हुए जवान हुए। संजय की प्रारंभिक शिक्षा शिशु मंदिर और रफीक की बहेरी के मदरसे में हुई। मगर फिर बाद में जब दोनों राजकीय स्कूल में साथ आए तो आजतक साथ ही हैं। शुरू में घर का आना–जाना भी था। मगर सन बयानवे में जब ढाँचा टूटा तो दिल भी टूटे। टीका–टोपी का भेद गहरा हुआ तो रफीक का परिवार मुस्लिम बहुल इलाके काजीपुरा में मकीन हुआ। संजय के वकील पिता ने भी एडवोकेट कॉलोनी में नया घर ले लिया। गिरहें टूटीं; मगर बंधन जो राखी से

बँध गए थे, नहीं खुले। संजय की चचेरी बहन ज्योति साल-हा-साल संजय के साथ-साथ रफीक को भी राखी बाँधती रही।

अपरिपक्व जेहन में धर्म और सियासत का जहर अगर घुलता है तो दोस्ती के बीज भी वहीं पड़ते हैं। बीज जो बचपन में पड़ गए वह बड़े हुए तो पौधा बने और जो एक-दूसरे के धर्म की कुरीतियों का मखौल लगभग रोज ही उड़ाते हुए वटवृक्ष होते गए। 'दोस्ती पहले, दीन बाद में' ऐसा इनकी सोच में नहीं है। बस यूँ ही, है-तो-है। सो संजय के लिए रफीक 'मियाँ' है और रफीक के लिये संजय 'नेता'। अलावा इसके कोई और पुकार दोनों का एक-दूसरे के लिए नहीं है।

बलिया में हर दूसरा आदमी या तो नेता है या बनना चाहता है। संजय की भी लालसा अपने महाविद्यालय का छात्रसंघ अध्यक्ष बनने की है। स्वभाव से ही धीर-गंभीर है। दिल महज रफीक के सामने ही खोल पाता है, कम और काम की बात बोलना ही उसका स्वभाव है। इसके उलट रफीक के पास हर मुद्दे का अनुभव है। हर मुद्दे के किस्से हैं। महज आज में जीने वाला रफीक यदि अपनी फन्नी जिंदगी में से कुछ समय निकाल पाता है तो वह भी संजय को अध्यक्ष बनाने के लिए चढ़ा देता है। रफीक के पिता का अपना ट्रांसपोर्ट का व्यवसाय है जिसे आगे उसे ही चलाना है। इसलिए फिलहाल उसके पास शहर भर की कन्याओं के पीछे गाड़ियाँ घुमाने और संजय को चुनाव लड़ाने के लिए पर्याप्त समय है।

कहानियाँ दो लोगों की हो सकती हैं। मगर दो लोगों से पूरी नहीं होती। उन्हें पूरा करने वाले पूरक चरित्र भी होते हैं। बिरजू ऐसा ही एक चरित्र है। पूरा नाम बस उसके कॉलेज आईडी में ही है। पिछले साल ही सुदूर गाँव से बलिया स्नातक की पढ़ाई करने आया था। माँस-मछली-मदिरा-महिला इन चारों मकारों से दूर रहने का प्रण लेकर शहर आए बिरजू का कॉलेज में दाखिला तब एक नेता संतोष सिंह 'शक्ति' ने कराया था। इस बात से कृतज्ञ बिरजू अक्सर संतोष सिंह 'शक्ति' के साथ ही रहता था। दिक्कत उस दिन हुई जब संतोष सिंह 'शक्ति' ने धोखे से हँसी-मजाक में ही बिरजू को कोफ्ता बताकर कबाब खिला दिया।

अगले ही दिन जब संतोष कॉलेज चौक पर युवाओं को संबोधित कर रहे

थे, तो नीचे भीड़ से पुरजोर आवाज आई– "संतोष नेता अमर रहें!" संतोष बाबू और उनके दोस्तों ने चौंककर देखा तो आवाज बिरजू की थी। संतोष को लगा कि लड़के से अति उत्साह में गलती हो गई है। उसने बात पर पर्दा डाला; भाषण खत्म की और तालियों की गड़गड़ाहट के साथ नीचे उतर गए। उसके उतरते ही बिरजू मंच पर चढ़ गया और माइक से चिल्लाया–

"संतोष तुम संघर्ष करो..."

भीड़ को कहना था– "हम तुम्हारे साथ हैं।" मगर भीड़ को मौका दिए बगैर बिरजू ही चिल्लाया–

"हम तुम्हारे बाप हैं।"

लड़कों के बीच हँसी का गुब्बारा फूट गया। बिरजू ने अपनी समझ के मुताबिक बदला ले लिया था। इतना कहकर ही बिरजू जो पीछे कूदकर भागा तो सीधा संजय के कार्यालय आकर ही रुका। बात पानी पर पेट्रोल की तरह फैल गई। उस रोज से बिरजू संजय के साथ ही है और संजय का कार्यालय ही उसका घर है।

भूमिका कुछ ज्यादा ही हो गई हो तो कहानी शुरू करते हैं। राजनीतिक क्षेत्र की कहानी का अंत राजनीतिक होगा यह तो खैर विदित है मगर प्रारंभ भी राजनीति से हो यह कतई जरूरी नहीं। सो कहानी कासिम बाजार की उस गली के मुहाने से प्रारंभ करते हैं जहाँ संजय और रफीक आँखें न खोल पाने वाली दुपहरी में खड़े किसी का इंतजार कर रहे हैं।

दोस्ती ख़ून-ए-जिगर चाहती है
काम मुश्किल है तो रस्ता देखो

''मियाँ! ये जो पिछले दो हफ्ते से रोज 'मदरसा-ए-रशीदिया मिस्बाहुल हक' के आगे खड़ा कर देते हो, इससे बेहतर जलालपुर मस्जिदिया के बाहर अगरबत्ती बेच लेते यार!'' संजय ने गीले रुमाल से मुँह बाँधते हुए कहा।

'''मदरसा-ए-रशीदिया मिस्बाह-उल-उलूम' रे काफिर! 'मिस्बाह उल उलूम।' और ये रुमाल मुँह से उतारो। लकड़सूँघा* लग रहे हो।'' रफीक ने घड़ी देखते हुए कहा।

''यहाँ मत खड़ा किया करो मियाँ। एक तो मदरसा; ऊपर से बिशुनीपुर में। मेरा वोट कट जाएगा बे!'' संजय ने बुझे मन से कहा।

''हम दिलाएँगे तुम्हें वोट। चिंता न करो। पूरी बहेरी, जलालपुर, कासिम बाजार, दिमागी-चट्टी, लोहा-पट्टी का वोट हमारी अंटी में है।'' रफीक ने कुर्ते की जेब दिखाते हुए कहा।

''तुम दिलाओगे वोट! साले तुम लोग पढ़ते ही कितना हो! दसवीं में

*लकड़सूँघा- ऐसे बच्चा चोर जो प्रचलित मान्यता के अनुसार नशीली जड़ी/लकड़ी सुँघाकर बच्चे उठा लेते थे।

पच्चीस थे। बारहवीं आते-आते गौस मुहम्मद गैरेज में लग गए और कौसर रजा कबाड़ में। अब बचे हो दो। तुम और हैदर अली का लौंडा। वो भी साला बाप के डरे कहीं और वोट डालेगा।'' संजय ने तर्जनी से पसीना पोंछा।

''गैरेज में लगा तो दो पैसे का आदमी हुआ। हमारे-तुम्हारे जैसे बाप का थन थोड़े न पी रहा है!'' रफीक ने पेशानी पर हाथ रखकर धूप कम करने की कोशिश की।

''भाई, ज्योति के कॉलेज जाने का यही रास्ता है। देख लेगी मियाँ। इज्जत की सिलाई खुल जाएगी यार; समझा करो।'' संजय ने अपनी चचेरी बहन की बाबत कहा जो गाँव से शहर बलिया पढ़ने आती थी।

''मारे हैं दो लप्पड़ ज्योतिया के ऑटो वाले को। चंदा माँगे थे। नहीं दिया। इसलिए अब रास्ता बदल दिया है। चिंता न किया करो। अब इधर से नहीं आएगा।'' रफीक ने आँख सड़क पर गड़ाए हुए ही कहा।

''फिर भी!'' संजय ने फिर मन मसोसते हुए कहा।

''चुप करो, चुप करो! आ गई हमारी 'अर्जुमंद आरा'! देखो नेता! चुप्पे चलना है पीछे-पीछे। कदम को कदम की आवाज न हो। चार कदम चल लेंगे तो दिन भर झेल लेंगे तुमको।'' रफीक ने कुर्ते की कलफ ठीक करते हुए कहा।

''इतने हुजूम में पहचानते कैसे हो बे? नकाब के बाहर तो सब एक्के जैसी लगती हैं।'' संजय ने इधर-उधर देखते हुए पूछा।

''कौन कमजात नकाब से पहचानता है। हम तो जूतियों पर नजर गड़ाते हैं! फिर कह रहे हैं एक दम चुप रहना। शक न होने पाए। न तो, ये बिशुनीपुर है। हम कट लेंगे, तुम कट जाओगे।'' रफीक ने हिदायत दी।

रफीक जब तक बातें पूरी करता, लड़कियों का एक जत्था हँसता-खिलखिलाता दोनों के सामने से गुजर गया और साथ ही गुजर गई चंदन की खुशबू। संजय ने एक लंबी साँस के साथ इतनी जोर से खुशबू वाला ऑक्सीजन अपने फेफड़े के भीतर किया कि उसके साँस खींचने की आवाज से लड़कियाँ खिलखिला उठीं। रफीक ने संजय की कलाई में चिकोटी काटी और फिर दोनों एहतियातन लड़कियों के पीछे-पीछे हो लिए। एक गली के बाद जब लड़कियाँ कुछ कम हुईं तो संजय ने फुसफुसाते हुए कहा-

"मियाँ! तुम्हारा काम बना दें?"

"तुम साले काम बढ़ा दोगे। कुछ न करना, वर्ना यहीं मुसलमानी कर देंगे।" रफीक ने दाँत पीसते हुए धीरे से कहा। मगर तब तक पतंग कट चुकी थी। संजय आगे बढ़ गया था।

"सुनिए!" संजय ने आवाज देकर बची हुई दो लड़कियों को रोका।

दोनों लड़कियाँ रुक गईं। संजय की समझ में ही नहीं आया कि किससे मुखातिब हो। उसे तो जूतियों का भी पता नहीं था। फिर भी उसने बिना कुछ सोचे हुए रफीक की ओर इशारा करते हुए कहा–

"वो आपसे कुछ कहना चाहता है?"

"और आप पगार पर रखे गए हैं, ऐसा लगता है।" नकाब के पीछे से ही शोख आवाज आई। संजय कुछ समझ ही नहीं पाया।

"उनसे कहिए यूँ पीछा करना छोड़ें। सय्यदों की बदनामी होती है।" नकाब के भीतर से यह आवाज रफीक को सुनाकर ही आई और आवाज तेज कदमों से आगे बढ़ गई। संजय जवाब सुनकर वापस मुड़ा और लगभग दस कदम पीछे रहे रफीक के पास पहुँचकर हँसी दबाते हुए बोला–

"देखे मियाँ! पंद्रह दिन से लगे थे तुम। और हम पंद्रह मिनट में पप्लु फिट कर दिए।"

"तुम्हारे जैसे लोगों के लिए ही हमारे यहाँ कोड़ों की सजा रखी गई होगी नेता।" रफीक वहीं सिर पकड़कर बैठ गया। थोड़ी देर की मातमपुर्सी के बाद दोनों कंधे से कंधा जोड़े सिनेमा रोड की तरफ टहल गए।

***

आर्थिक उदारीकरण अपने साथ-साथ बाजारीकरण भी लेकर आया और साथ ही लेकर आया पश्चिमी देशों के पर्व-त्योहार और दिवस भी। सो आश्चर्य नहीं कि वैलेंटाइन का बाजार भी जब दबे पाँव देश में घुसा तो बलिया तक भी आया। अत्यंत भोले और धर्म-भीरू लोगों ने जब वैलेंटाइन डे का नाम सुना तो यह उन्हें भोलेंटाइन जैसा कुछ लगा। सो हाथ-सिर जोड़कर इसे आने दिया गया। वो तो बुरा हो 'पालटीशियनों' का जिन्होंने बता दिया कि यह धर्म और समाज भ्रष्ट करने वाली पाश्चात्य साजिश है। बवाल हुए, होते रहते हैं; मगर बाजार जो एक बार प्रवेश कर गया तो घर कर ही गया। आज

वही दिन था।

दिन के साढ़े ग्यारह बज रहे थे जब रफीक मस्जिद की ओर से दौड़ा-भागा गुजरा। मुअज्जिन साहब ने उसे भागते हुए देखकर टोकना चाहा पर कुछ सोचकर रुक गए। रफीक जो दौड़ा तो सीधा अधिवक्ता नगर में वकील साहब के दरवाजे पर आकर रुका। उसने अपनी साँसों को संयत करने का भी वक्त नहीं लिया। दरवाजे की सांकल खटखटाई तो ऊपर बालकनी से संजय ने ही झाँका और हाथ में एक बोतल पानी लिए नीचे उतर आया।

''कहाँ से मुँह काला किए आ रहे हो मियाँ?'' संजय ने रफीक को पानी की बोतल देते हुए पूछा।

''सिनेमा रोड गए थे।'' रफीक ने बोतल के पानी को मुँह के ऊपर खोलने से पहले कहा। आधी बोतल पानी उसके हलक में उतर गई।

''अब यही दिन आ गया है कि ठेला-रेहड़ी वाला लोग से भी चंदा माँग के चुनाव लड़ेंगे!'' संजय ने रफीक से बोतल ली और उस पर ढक्कन लगाया।

''हम तुम्हारे लिए चंदा माँग रहे हैं नेता! तुम बस हमारे लिए दुआ माँगो।'' रफीक ने अब भी हाँफते हुए ही कहा।

''हुआ क्या! कहाँ एडमिट हो रहे हो?''

''डॉक्टर सय्यद मिर्जा के छत पर! अर्जुमंद आरा से आज मैटर क्लियर कर के ही आएँगे। तीन महीने से घुमा रही है। मोबाइल भी ले आए हैं। देखो! 'लेमन ब्लेज'। वैलेंटाइन स्पेशल। कुछ कहने की जरूरत ही नहीं पड़ेगी। हाथ में मोबाइल रखेंगे, दिल में गाना बजने लगेगा। हम तुम्हारे हैं सनम ओ... ओ... ओ...। बस मामला फिट। फिर निकाह। फिर वलीमा और फिर सुंदरम टाकीज का सनीमा। मॉर्निंग शो एट नाइट।'' रफीक ने एक साँस में कहा।

''मियाँ तुम वैलेंटाइन की बात कर रहे हो!'' संजय ने आश्चर्य से रफीक की ओर देखते हुए पूछा।

''हाँ तो आज मुहर्रम थोड़े है!'' रफीक ने हाथ में लिए मोबाइल पर अँगूठा चलाते हुए कहा। उसकी बात समझते हुए संजय के माथे पर बल पड़ गए।

''बे मरदे! हम जो हैं, जिला भर का दुकान बंद कराने की योजना का मसौदा लिए फिर रहे हैं। संस्कृति बचाते फिर रहे हैं और यहाँ तो हमारे ही घर

में विभीषण पैदा हो गया।''

''तो कराओ ना बंद! मचाओ क्रांति। दिन में तो हम भी लपक के पीटेंगे! कब चलना है कहो! फुद्दन मियाँ का गधा भी रोज ईंट ढोते-ढोते थक गया है। उसको भी ले चलेंगे। आज आशिक ढोएगा। लेकिन रात तो हमारी हैं ना नेता? आशिकों की!'' अंत आते-आते रफीक ने ऐसे कहा जैसे अब वह गिड़गिड़ा उठेगा।

''आशिक! साले हमारी छोड़ो! इस्लाम वाले ही तुम्हारी सवारी निकाल देंगे पहले।'' संजय ने कहा।

''नहीं बे! अल्लाह बड़ा रहीम है! गलती कर के साफ मन से माफी माँग लो। माफ कर देते हैं। माँग लेंगे माफी। और फिर मौलवी साहब भी तो खरीद रहे थे कार्ड। हमें देख के अचकचा गए। कहने लगे- सऊदी वाले भाई को कार्ड न भेजो तो नाराज हो जाता है।'' रफीक ने हँसते हुए कहा।

''मतलब मेरे अध्यक्षी का जनाजा निकालकर रहोगे। अंतिम साल है भाई! अबकी न जीते तो जिला थूकेगा हम पर। बाहर जाना पड़ेगा जिला छोड़कर। और बलिया वाले बलिया के बाहर तिल-तिल मरते हैं। जानते ही हो।'' संजय ने कहा।

''जीतेगा भाई हमारा, अध्यक्षी जीतेगा। फंड मिलेगा। ट्रक निकलेगा। बस जिंदगी सेट।'' रफीक अब भी अपनी ही बात पर था।

''फंड!'' संजय ने थोड़ा रुक कर कहा- ''फंड की ही बात कर रहे हो न! हमको तो लगता है कि फंड तो नहीं मिलेगा। हाँ! जो उससे मिलता-जुलता शब्द है, वो जरूर मिल जाएगा।''

''हँसाओ मत नेता। हम सीरियस हैं। बस आज जरा हमलोग अर्जुमंद आरा को सेट कर लें। उसके बाद...'' रफीक ने कहा।

''हमलोग! हमलोग का क्या मतलब मियाँ! हमको मत जोड़ना साथ में! सिटियाबाजी के चक्कर में हमको पड़ना ही नहीं है। ठेले पर चढ़े नेतागिरी। नेता बनना ही नहीं है हमको। इज्जत रह जाए वही बहुत है। तुम जानो। तुम्हारा काम जाने।'' संजय ने रफीक का मन पढ़ते हुए अपना पल्ला झाड़ा।

''बस! हो गया! कर दिए न कायराना बात! अब्बू ठीक कहते हैं। हिंदुवन के लड़का साथे मत रहो। अब्बू आगे भी कहना चाह रहे थे कि 'ऐसा पेलेंगे

सब कि कहीं के नहीं रहोगे,' मगर लिहाज कर के चुप रह गए। लेकिन सही कह रहे थे अब्बू! वक्त पर धोखा दिए हो नेता! सुनो! तुम्हारे लिए ही कोई कहा है-

पत्थर तो हजारों ने मारे थे मुझे लेकिन
जो दिल पे लगी आकर इक दोस्त ने मारा है।''

रफीक ने एक साँस में कहा और संजय को देखने लगा। संजय उसकी रग-रग से वाकिफ था। उसे पता था कि यदि संजय और चुप रहा तो रफीक दो-चार और बेवफाई के शेर ठेल देगा। हारकर उसने कहा-

''करोगे कैसे साले?''

''छत से चले जाएँगे। नसीम की छत से चढ़ेंगे। छते-छत होते हुए जानेबहार के छत पर पहुँच जाएँगे। रोज शाम को छत पर आती है मेरी गुलनार!''

''एक नाम बोलो साले! मिनट-मिनट पर नाम बदल देते हो। अच्छा! और किसी ने देख लिया तो?'' संजय ने शंका जाहिर की।

''तो कहेंगे कि पतंग लूटने आए हैं।'' रफीक ने शंका का निवारण कर दिया।

''रात में पतंग कोई उड़ाता है क्या मियाँ?''

''अरे हम रात में उड़ाएँ चाहे बरसात में उड़ाएँ, किसी को क्या मतलब!'' रफीक ने रूखा-सा जवाब दिया।

''चलो! तुम पतंग लूट लो। लड़की से लिपट जाओ या खुद छत पर ही निपट जाओ, हमको बस ये बताओ कि हमें क्यों घसीट रहे हो?''

''तुम बाप की डोर थामोगे तभी न हम बेटी को ढील देंगे। हकीम को नीचे फँसाए रखना। घर में अकेला मर्द वही है। उसको थोड़ा देर आँव-पेचिश-मल की शिकायत में उलझा दो। बस उतनी देर में तो हम प्रेम समस्या सुलझा ही लेंगे।'' रफीक ने एक साँस में अपनी बात कही। संजय सिर पर हाथ रखे मुस्कुराते हुए दाएँ-बाएँ सिर डुलाते हुए बुदबुदाया-

''कलयुग आ गया है। तुरुक* पहले छाती दिखाते हुए सामने से आते थे; अब मोबाइल छुपाते हुए छत से आते हैं।''

***

*तुरुक - तुर्क (गँवई भाषा में मुसलमानों को कहते हैं)।

बिशुनीपुर मोहल्ला। घर एक-दूसरे से इतने जुड़े हुए कि यदि यह ईंट न होकर दिल होते तो बँटवारे का सवाल ही नहीं था। मगर चूँकि दिलों में बँटवारे पहले ही हो चुके होते हैं इसलिए ईंटों की दीवारें खड़ी होती हैं। और दीवारें भी इतनी सटी हुईं कि महसूस होता है कि एक की दीवार के सहारे ही दूसरे ने अपनी नींव खुदवाई है। जमीन के एक इंच के झगड़े पर दस इंच का भाला पैवस्त कर देने वाले लोगों के घर इस मोहल्ले में करीने से सजाए हुए माचिस की डिबिया की तरह ही लगते हैं। फिर भी यह प्रेम की परीक्षा ही थी कि हकीम सय्यद साहब और पड़ोसी देशराज जी के छतों के बीच साढ़े तीन फीट का फासला था।

शाम का छुटपुटा गहरा गया था। रफीक को सय्यद साहब की छत पर आना था। रफीक बाकी छतों को फाँदता हुआ देशराज जी की छत तक आ गया। देशराज जी और सय्यद साहब के छतों के बीच साढ़े तीन फीट का जो फासला था वह पार करना थोड़ा मुश्किल था। मगर कहते ही तो हैं कि प्रेम अंधा होता है और अंधा छत, चहारदीवारी और साढ़े तीन फीट के फासले कहाँ देख पाता है! रफीक ने इधर-उधर देखा। किस्मत से उसे लकड़ी की एक छोटी सीढ़ी छत पर लगी दिख गई। उसने दोनों छतों के बीच उस सीढ़ी को लगाया और साढ़े तीन फीट का फासला एक ही पाँव रखकर निपटा लिया। अब वह सय्यद मिर्जा की छत पर था। रफीक हाथ में मोबाइल और साथ में मुहब्बत लिए सीढ़ियों की ओट में खड़ा हो गया। अर्जुमंद आरा अभी आई नहीं थी। वह अब सीढ़ियाँ चढ़ रही थी।

उधर नीचे सय्यद मिर्जा के मकान के बाहर संजय बेताबी से टहल रहा था। वह यह निर्णय ही नहीं कर पा रहा था कि सय्यद मिर्जा से किस तरह बात शुरू की जाए। मगर सय्यद मिर्जा हकीम थे। उनके पास ऐसे कई मरीज आते रहते थे जो मारे शर्म के मर्ज बता ही नहीं पाते थे। ऐसी स्थिति में शुरुआत हकीम साहब को ही करनी पड़ती थी। घर के बाहर परेशानी से टहलते देखकर हकीम साहब ने संजय को भी ऐसी ही किसी मर्ज का मारा समझ लिया।

"कुछ खो गया है क्या बरखुरदार?" हकीम साहब ने पूछा।

"जी!" संजय अचकचाया।

"मैंने पूछा, कुछ खो गया है क्या!" हकीम सय्यद मिर्जा ने वही बात दुहराई।

"जी चाभी!" संजय ने जैसे-तैसे बात संभाली।

"मैं समझ गया था। आओ भीतर आओ। तुम्हारी चाभी की समस्या का इलाज मेरे पास है।"

"जी मैं समझा नहीं!" संजय ने हतप्रभ होकर कहा।

"लेकिन मैं समझ गया। भीतर आ जाओ।" कहते हुए हकीम साहब संजय को घर के पहले कमरे में ही बने दवाखाने में घसीट लाए। संजय परेशान-परेशान-सा खड़ा रहा।

"हाँ तो बेटे! बैठो पहले। साँसों पर काबू कर लो और फिर खुल के बताओ कि ढीलेपन की दिक्कत है या पतलेपन की।" हकीम साहब का सूत्रवाक्य सुनते ही संजय समझ गया कि हकीम साहब ने गलत मर्ज पकड़ लिया है। वह दरअसल और घबरा गया। उसकी जुबान लड़खड़ा गई:

"अरे हकीम साहब! आप दरअसल... ! गलत ... ! वो बात नहीं... मैं तो... कैसे बताऊँ!" कहते हुए संजय अपना सिर खुजाने लगा।

"कुछ कहने की जरूरत नहीं है बरखुरदार। कुछ भी कहने की जरूरत नहीं है। इतनी हकीमी के बाद भी मर्ज न समझ पाऊँ तो लानत है ऐसे तजुर्बे पर। पीले पड़े हो, पसीना चुहचुहा रहा है। तुम्हारे तो देखे से ही जाहिर है कि मर्दाना कमजोरी है तुम्हें।"

"जी!" संजय सकपकाया।

"अरे इतनी ही जी-हुजूरी बेगम की भी करते हो क्या! देखो, पहली सीख पहले लो, जनानी को काबू में रखो; जवानी काबू में रहेगी। और उसके लिए जरूरी है हमारा नुस्खा। जिसका नाम है – 'सुलेमानी तिल्ला'। बस पंद्रह दिन और फिर जन्नत देखो। क्या देखो!"

"जन्नत देखो।" संजय ने हारे हुए मन से ही बात दुहराई।

"हाँ! अब खुलकर आ रहे हो। तो चलो जल्दी से पाजामा भी खोल दो।" हकीम साहब ने बच्चों की तरह पुचकारते हुए कहा।

"क्या!" अंतिम वाक्य सुनकर संजय लगभग उठ खड़ा हुआ।

"बेटे! यहाँ तक आ गए हो तो अब फिक्र न करो। फिक्र करने के कारण

ही तो यह हाल हुआ है। चूसने वाली बीमारी लग गई तुम्हें।'' हकीम साहब ने अगला वज्र गिराया।

''क्या कह रहे हैं हकीम साब!'' संजय फिर सकपकाया।

''खून चूसने वाली बीमारी भाई। मर्दाना कमजोरी में अनीमिया के लक्षण साफ होते हैं। चेहरा हल्दी हुआ जाता है तुम्हारा। चलो जल्दी उतारो पाजामा! मर्ज देखना होगा ना!'' हकीम साब ने संजय को पहल न करते देख खुद हाथ आगे बढ़ाया।

''लेकिन हकीम साब!'' संजय एक झटके से और पीछे खिसक आया।

''बरखुरदार हम सब कुछ खुफिया रखते हैं। इतना कि मर्दाना कमजोरी के मरीजों का हम नाम तक नहीं पूछते और इलाज शर्तिया होता है। तुमसे पूछा तुम्हारा नाम हमने? नहीं ना! ऊपरवाले ने तुम्हें यहाँ का रास्ता दिखाया है; उसे शुक्रिया कहो।''

संजय ने याद किया कि वाकई उसे ऊपरवाले ने ही इस अजाब में फँसाया है। ऊपरवाला यानी रफीक। संजय अभी कुछ बहाने सोच पाता इससे पहले ऊपरवाले ने ही रास्ता दिखाया और ऊपर से नीचे कुछ गिरने की आवाज आई। आवाज इतनी जोरदार थी कि हकीम साहब हकीमी भूलकर बदहवास छत की तरफ भागे। आवाज सुनकर संजय के भी होश गजाल हो गए। उसे लगा कि गड़बड़ हो गई है। एक पल तो उसने सोचा कि यही मौका है उसे निकल भागना चाहिए। मगर फिर दोस्त का खयाल आया कि यदि वह पकड़ा गया है तो मन भर कुटाई के बाद अस्पताल पहुँचाने वाला भी कोई आसपास चाहिए। इसलिए वह चुपचाप वहीं बैठा रहा। मिर्जा साहब पाँच मिनट नहीं आए, दस मिनट नहीं आए। मुहल्ले के दो और लोग जब बैठक से होकर छत की तरफ जाने लगे तो संजय का मन बैठने लगा। ऊपर की ओर से कोई आवाज भी नहीं आ रही थी। कोई बीस मिनट बाद आखिरकार मिर्जा साहब ही आए। छत पर जो कुछ भी घटा था उसके बाद वह यह भी भूल गए थे कि थोड़ी देर पहले वह मरीज देख रहे थे। बैठक में आने के बाद उन्हें संजय का खयाल आया। उन्होंने फौरन उससे अपनी तबीयत का हवाला देते हुए अगले मंगलवार को आने को कह दिया। संजय तो यही चाहता था। वह फौरन वहाँ से उठा और गली से होते हुए मोटर साइकिल तक आ गया। गली में किसी भी तरह की गहमा-गहमी

उसने नहीं सुनी। इसलिए उसने अंदाजा लगाया कि बात अभी बाहर नहीं आई है और संभवत: घरवालों ने रफीक को घर में ही पकड़कर रखा है। सो इससे पहले समस्या बढ़ जाए और बाहुबल की जरूरत पड़े उसे कार्यालय जाकर लड़कों को लेकर आना चाहिए। यही सोचकर उसने मोटर साइकिल स्टार्ट की और कार्यालय पहुँचा। कार्यालय खुला हुआ ही था। यह बिरजू के खाना बनाने का समय था। गाड़ी स्टैंड पर लगाकर वह जैसे ही कार्यालय में प्रविष्ट हुआ तो उसके पाँव तले जमीन खिसक गई। उसने देखा कि बिरजू तो कमरे में नहीं है मगर रफीक पहले से वहाँ बैठा हुआ है। संजय खुश भी हुआ और आश्चर्यचकित भी। पसीना पोंछा और दौड़कर उसके पास जाकर बोला–

''साले! तुमको देख के हमको किताब वाले जिन्न–जिन्नात पर भरोसा होने लगता है। यार मियाँ! हमको तो लगा कि हकीम पकड़ लिया तुमको।''

''हकीम मेरा पकड़ सकता है नेता; हमको नहीं पकड़ सकता।'' रफीक ने मेज पर पैर की कैंची बनाते हुए बैठे–बैठे ही कहा।

''कैसे बचे बे! मतलब आए कैसे यहाँ ?'' संजय ने आश्चर्य से पूछा।

''भूलो नेता! भूलो! सब भूल जाने वाली कहानी है।'' रफीक ने सिगरेट सुलगा ली।

''कहानी! साला मेरा प्राण सूख गया है और प्राण से मिलता–जुलता भी कुछ सूख गया है और तुम्हें कहानी लग रही है! गिरा क्या था छत से ?'' संजय ने रफीक के ठीक पास बैठते हुए पूछा।

''लकड़ी की सीढ़ी!'' रफीक ने कहा

''हे भगवान! हमको लगा तुम टपक गया।''

''अच्छा कभी मत सोचना! हमेशा बुरा ही सोचना साले! तुम लोग तो चाहते ही हो कि किसी तरह मुसलमान कम हो जाएँ।'' रफीक ने सिगरेट का धुआँ भीतर लिया।

''काम की बात कहोगे!'' संजय ने उसकी कलाई मरोड़ते हुए कहा।

''सीढ़ी गिरी नहीं थी। हम गिराए थे।'' रफीक ने सिगरेट की राख संजय के हाथ पर झाड़ दी।

''मतलब!'' संजय ने कलाई पर से राख झाड़ते हुए पूछा।

''कहे ना कि भूलो!'' रफीक ने एक लंबा कश खींचते हुए कहा।

"बताओगे!"

"अबे तुम हँसोगे!" रफीक ने संजय की ओर सिगरेट बढ़ाई।

"विद्या कसम! नहीं हँसेंगे बताओ तो!"

"इगनोर मारो!" रफीक ने फिर बात टाली।

"अरे कैसे इगनोर मारें! साले तुम्हारे इगनोर के चक्कर में आधा-सवैया पाजामा हम खुलवाए। खून और पेट्रोल हम जलाए। इज्जत का बाजा हम बजवाए और तुम कहो कि इगनोर मारो! सीधे मन से बताओ, हुआ क्या?" संजय ने अबकी बार तेज आवाज में ही कहा।

"पहले कहो, हँसोगे नहीं!"

"कहे तो। नहीं हँसेंगे विद्या कसम। अब बोल!"

"हम पहुँचे तो वो ऊपर आई। बहुत खुश थी। एक दम हूर लग रही थी। माह-पारा समझ लो। क्या बताएँ!" रफीक ने अटकते हुए बताना शुरू किया।

"क्या समझ लें!" संजय को उर्दू नहीं समझ आई थी।

"माह-पारा! माह-पारा माने चाँद का टुकड़ा।" रफीक ने उदास भाव से ही कहा।

"असली बात कहो!" संजय ने टोका।

"हाँ तो जब अचानक हम आगे आकर खड़े हो गए तो सकपका गई। हम झट से मोबाइल आगे कर दिए। मोबाइल ले ली। देखी और फिर लगी रोने। हमें लगा लेमन मोबाइल देख के रो रही है। हमने कहा कि इसमें रोने की क्या बात है अभी 'लेमन' रख लो; बाद में 'एप्पल' भी देंगे। तो कहने लगी वो बात नहीं है। दरअसल बात ये है कि हम किसी और की मुहब्बत में हैं। हमारा तो साला सबकुछ में आग लग गया। सब कुछ माने सब कुछ! मन किया कि मोबाइल छीन लें, फिर सोचे कि हम कौन-सा खरीद के लाए हैं। सेतिया का माल है; जाने दो।" रफीक ने कथा जारी रखी-

"हम पूछे कि लड़का कौन है! वो बताने ही वाली थी कि हमारी लगाई सीढ़ी हिलने लगी। अब हमको समझ आया कि किसी और जवान का एपॉइंटमेंट था और हम पहले ही छाती का नाप देने आ गए थे। लड़की गिड़गिड़ाने लगी कि आप चले जाएँ। उन्होंने देख लिया तो हमारी मिट्टी खराब हो जाएगी। हम

थोड़ा-सा हट के ओट लिए। लौंडा तब तक चढ़ आया। लौंडा क्या था नेता, भिंडी का बतिया था। छू देते तो कुंभला जाता। चढ़ आया तो क्या देखते हैं कि मेरा ही मोबाइल लड़के को थमा दी।''

''जा स्साला! अबे मियाँ! ये तो तुम्हारा दुबारा से मुसलमानी वाला कबूतर उड़ गया बे!'' संजय हँसते-हँसते दोहरा हुआ जा रहा था।

''साले तुम कहे थे कि हँसोगे नहीं!'' रफीक ने गिरे हुए संजय की गर्दन पकड़ते हुए कहा।

''हाँ तो विद्या कसम खाए थे; विद्या चली गई हमारी; जैसे गुलनार चली गई तुम्हारी। अच्छा आगे तो बताओ?'' संजय ने तालियाँ पीटने के साथ-साथ हँसते हुए पूछा।

''बताना क्या है! फिर हम गुस्से में पलटे; सीढ़ी गिरा दिए और चले आए।'' रफीक ने संजय की गर्दन छोड़ते हुए कहा।

''ओ! तब्बे मियाँ मिर्जा का चेहरा उड़ा हुआ था। बदहवास छत पर भागे थे।'' संजय को कहते-कहते खाँसी आ गई थी।

''ठीक ही है। काम बन गया मेरी अर्जूमंद आरा का। दुआ ही देगी झोली भर के।'' रफीक ने सिगरेट का फिल्टर खिड़की से बाहर उछाल दिया।

''कैसे काम बन गया?'' संजय ने उठते हुए पूछा।

''बाप देख लिया लड़के को ऊपर। अब निकाह पढ़वा देगा।''

''ऐसे कैसे पढ़वा देगा! ऐसे ही पढ़वा देना था तो तुम कौन-सा काफिर था।''

''भाई लड़का सय्यद ही है। उसी का चचाजाद भाई दूर का।''

''क्या?'' संजय ने आश्चर्य से कहा।

''हाँ बे!''

''मियाँ तुम्हीं लोग का ठीक है। अपने में सब हो जाता है। बाहर वाले सीढ़ी लगाएँ। भीतर वाले पीढ़ी बढ़ाएँ।'' संजय ने हँसते हुए तंज किया।

''हाँ और क्या! देखे-भाले, जाने-बूझे तो रहते हैं। तुम लोग जैसा थोड़े न है कि बच्चा जब दो साल का हो गया तब पति का मुँह देखे और पता चला कि जा साला! जिसके साथ दो साल सोते रहे वो तो ससुर है।'' रफीक ने दहला मार दिया। बिरजू चावल-दाल लेकर जब कार्यालय में दाखिल हुआ

तो उसे दोनों को हँसता देख कुछ समझ नहीं आया। बस वह भी स्टोव जलाते हुए मुस्कुरा दिया।

दोनों हँसते हुए उठे और गंगा घाट की ओर चल दिए। रफीक का दिल एक बार फिर कहीं जुड़ने के लिए टूट गया था।

इन से उम्मीद न रख, हैं ये सियासत वाले
ये किसी से भी मोहब्बत नहीं करने वाले

दियारा। वह भू-भाग जो गंगा नदी सदियों से खाती आ रही है। कभी मन ऊब जाने पर रास्ता बदल लेती है और पीछे छोड़ जाती है, नीचे उपजाऊ मिट्टी और ऊपर रेत। जिस पर आबादी नहीं फल-फूल सकती। फलते-फूलते हैं तो बस तरबूज, खीरा और ककड़ी जैसे गर्मी के फल। चीलों के झुंड, मवेशियों की हड्डियाँ और तरबूज के खेत से अटे इस दियारे की चिलचिलाती धूप में आज या तो खेतिहर मजदूर बैठ सकते थे या फिर मजबूर।

संजय मजबूर था क्योंकि उसे झुन्नु भैया ने मुद्दे की बात करने के लिए यहीं बुलाया था। झुन्नु भैया छात्रसंघ चुनावों के मठाधीश थे। स्वयं दस साल पहले छात्रसंघ अध्यक्ष रह चुके थे और पिछले नौ सालों से अध्यक्ष बनाने के खेल में मठ खोले बैठे थे। किसी पार्टी विशेष से टिकट दिलवाना हो या पैसे की व्यवस्था करवानी हो। जाति विशेष का प्रत्याशी खड़ा करना हो या फिर कोई प्रत्याशी बैठाना हो। झुन्नु भैया इन सब खेलों में सिद्ध-हस्त थे। किस्सा-कोताह यह कि झुन्नु भैया के आशीर्वाद बिना 'सिटी कॉलेज' का अध्यक्ष बनना असंभव जैसा ही था। पिछले वर्ष भी संजय को उन्होंने दूसरे

प्रत्याशी के समर्थन में बैठा दिया था। इसलिए इस साल उसे आशा थी कि झुन्नु भैया उसके नाम का समर्थन करेंगे। मगर फिर भी वह परेशान था और व्यग्रता भगाने के लिए पानी में पाँव डाले दियारा किनारे बैठा था। नदी का ठंडा पानी उसकी व्यग्रता कम करने के बजाय बढ़ा ही रहा था। दूर-दूर तक रेत के अलावा अगर कुछ दिखता था तो वह फूस और सरकंडों से बना एक झोपड़ा था। झुन्नु भैया वीरान दियारे में बने फूस की एकमात्र मचान में आराम कर रहे थे या फिर संजय के धैर्य की परीक्षा ले रहे थे यह तो वही जानते थे। वह अभी झुन्नु भैया से बात करने का मुद्दा दोहरा ही रहा था कि खेत से एक तरबूज तोड़कर हाथ में लिए रफीक ठीक उसके पास आकर बैठ गया। एक हाथ से तरबूज पर प्रहार किया और संजय को नदी के उस पार दिखाते हुए बोला-

"नेता! वो देखो! तुम्हारे राम जी चले आ रहे हैं। बनवास में दाढ़ी भी बढ़ गया है भाई!"

"राम जी की दाढ़ी नहीं थी। इस्लाम जी चले आ रहे हैं। आक्रमण हुआ लगता है। गया धरम-करम! अब ऊपर की चोटी कटेगी और नीचे की टोंटी।" संजय ने भी तनाव कम करने के लिए मुस्कुराते हुए कहा। वह झुन्नु भैया से मिलने के पूर्व काफी तनाव में था।

"नहीं बे! देख नहीं रहे हो! पीठ पर तीर-कमान भी है।" रफीक ने आँखों के सामने हथेली लाकर धूप रोकते हुए कहा।

"नहीं मियाँ! तीर कमान नहीं है। गोश्त का सामान है। साफ-साफ तो दिख रहा है कि बकरा लादा है। आ गया अब्दाली।" संजय ने चश्मा ठीक करते हुए कहा। दोनों गौर से देखते हुए भी अभी किसी नतीजे पर पहुँच पाते कि उससे पहले उस पार चिउँटे के आकार का दिखता वह आदमी छपाक से पानी में कूद गया।

"ले लो जिला! दीन-धरम गया पानी में। बच गया हिंदुस्तान। एक बार फिर से फेल हो गया गजवा-ए-हिंद। लो, इसी खुशी में हिनुआना खाओ।" रफीक ने तरबूज का एक टुकड़ा संजय की तरफ बढ़ाते हुए कहा।

"झुन्नु भैया यहाँ क्यों बुलाए हैं मियाँ? बात तो... ?" संजय ने तरबूज मुँह में भरे हुए अभी आधा ही कहा था कि एक तीसरी आवाज ने खलल डाली-

"ए बाबू लोग! झुन्नु भैया बुलाए हैं!" यह झुन्नु भैया के बंदूकधारी की आवाज थी।

दोनों फटाफट उठे। नदी के पानी से हाथ धोकर कुल्ला किया, कुर्ते की पीछे लगी धूल झाड़ी और फौरन बंदूकधारी के पीछे-पीछे हो लिए। बंदूकधारी एक फूस और सरकंडे से बने झोपड़े के बाहर जाकर खड़ा हो गया और बाहर से ही आवाज दी।

"भेजें मलिकार?"

"हूँ!" भीतर से एक आदेशात्मक आवाज आई जिसका अर्थ था कि भेज दो। संजय और रफीक दोनों उस फूस से बने झोपड़े में दाखिल हो गए। अंदर का माहौल बाहर से बहुत अलग था। बाँस के बने एक बिस्तरनुमा मचान पर सफेद चादर बिछा हुआ था जिस पर मसनदों के साथ झुन्नु भैया कनपटी पर हथेली टिकाए भगवान विष्णु की मुद्रा में आधे लेटे हुए थे। उन्होंने संजय और रफीक को घुसते देखकर ही कहा-

"का संजय! का हाल बा बबुआ!"

"प्रणाम भैया! सब आपके कृपा बा! आशीर्वाद चाहीं।" कहकर संजय ने आगे बढ़कर दोनों हाथों से झुन्नु भैया के पाँव पकड़ लिए। झुन्नु भैया के लिए यह कोई नयी बात नहीं थी मगर वह फिर भी गदगद हुए। अब उन्हें इसी आचरण की उम्मीद रफीक से भी थी। मगर रफीक को न तो पाँव छूनी थी न उसने छुआ। झुन्नु भैया को यह व्यवहार नागवार गुजरा। नाराजगी में उनकी बोली भोजपुरी से हिंदी पर आ गई। उन्होंने एकटक रफीक को देखते हुए संजय से पूछा-

"कहो। कैसे आना हुआ?"

"भैया आशीर्वाद चाहिए। अबकी बार अध्यक्षी लड़ रहे हैं।" संजय ने छूटते ही कहा। जिसे सुनकर झुन्नु भैया के चेहरे का भाव रूखा हो गया।

"देखो! भाई हो, इसलिए सीधा बताएँगे। अबकी बार का आशीर्वाद हम अनुपम राय को दिए हैं।" झुन्नु भैया ने दाँत में फँसी कसैली का टुकड़ा निकालते हुए साफ बात की, जिसे सुनकर संजय का मन छोटा हो गया।

"कौन अनुपम राय?" संजय ने आश्चर्य से ही कहा। संजय जितने दिनों से कॉलेज की राजनीति कर रहा था, उस लिहाज से वह पिछले दो-तीन सालों

से प्रयासरत सभी प्रत्याशियों के नाम जानता था मगर उसने यह नाम नहीं सुना था। झुन्नू भैया ने जब अचानक संजय को अपने प्रत्याशी के नाम से अनभिज्ञता जाहिर करते हुए देखा तो थोड़े तीखे स्वर में बोले–

''नहीं जानते तो जल्द जान जाओगे। भूगोल द्वितीय वर्ष का छात्र है।''

''हमें उसे जानकर क्या करना है भैया। हमें तो आपके आशीर्वाद से मतलब है।'' संजय ने अर्जी लगाने के अंदाज में कहा।

''इस दफा नहीं छोटे भाई! ऊपर से बहुत दबाव है। सोनभद्र के बड़े कार्यकर्ता का लड़का है। इस दफा तो इसको ही समर्थन रहेगा।'' झुन्नू भैया ने कहा।

''लेकिन भैया! पिछले साल भी आप यही कहकर बैठा दिए थे। आपके कहने पर ही हम विवेकी राय को समर्थन दे दिए थे। अबकी बार...।'' संजय ने अभी इतना ही कहा था कि मचान के उस तरफ से उसे पायल की आवाज सुनाई दी। वह सोच ही रहा था कि झुन्नु भैया के पीछे से एक काया खड़ी हुई। संजय ने देखा कि होंठों पर मुस्कान और हाथ में शराब का ग्लास लिए एक लड़की दिखाई पड़ी। कीमती बनारसी साड़ी में गहनों से लदी वह लड़की पीछे से आगे की ओर आ गई। ग्लास झुन्नु भैया की तरफ बढ़ाते हुए उसने एक मुस्कुराहट के साथ संजय की ओर भी देखा। संजय को लगा कि यह झुन्नु भैया की पत्नी है। उसने फौरन ही अपने काम के गरज से आगे बढ़कर लड़की के पाँव छूते हुए कहा–

''पैर छू के प्रणाम भाभी जी।''

लड़की को न इसकी उम्मीद थी, न ही आदत। वह संजय की इस चेष्टा से थोड़ा पीछे हटी और इसी हड़बड़ाहट में उसके हाथ से शराब छलककर बिस्तर पर गिर गई। रफीक को पूरा माजरा देखकर हँसी तो आई मगर माहौल देखते हुए उसने उसे मुस्कुराहट तक सीमित कर लिया। फिर भी उसकी मुस्कुराहट झुन्नु भैया से नहीं छिप सकी। झुन्नु भैया संजय और लड़की दोनों के व्यवहार से नाखुश थे। संजय ने एक बाजारू को भाभी समझने की गलती कर दी थी और लड़की ने हँसने की गुस्ताखी। ऊपर से नमक रफीक की मुस्कुराहट ने छिड़क दिया था। झुन्नु भैया ने फौरन आवाज कड़ी करते हुए लड़की से कहा–

"एकदम फूहड़े हो क्या जी? कौन भेजा तुमको यहाँ? चलो, उधर जाकर बैठो!" झुन्नु भैया की ऊँची आवाज ने माहौल को सन्नाटे से भर दिया। लड़की परे हट गई। संजय इस जवाब से ही अपनी गलती समझ चुका था। एक तो वैसे ही इनकार की सूरत बन रही थी ऊपर से झुन्नु भैया का पारा चढ़ गया था।

रफीक जो अब तक चुप बैठा था उसने बीच में आते हुए कहा-

"भैया! आखिरी साल है लड़के का।" रफीक ने जैसे ही कहा, झुन्नु भैया ने उसकी ओर देखा।

"लड़का! ये लड़का है और तुम मठाधीश हो?" झुन्नु भैया ने रफीक पर आँखें तरेरते हुए कहा।

"माफ कीजिए भैया। गलती हुई। लेकिन यह भी तो देखिए कि संजय इस साल नहीं उठा तो अगले साल नहीं उठ पाएगा। अंतिम वर्ष है।" रफीक ने अपना लहजा कमतर करते हुए कहा।

"अरे तो परीक्षा छोड़ दो इस साल। राजनीति बड़ी-बड़ी कुर्बानी माँगती है। इतना भी नहीं करोगे! अबकी बार बैठो। अनुपम राय का टेंपो हाई करो। अगली बार पक्का समर्थन रहेगा।" झुन्नु भैया ने झिड़कते हुए कहा।

"भैया! कृपा कर दीजिए।" संजय ने झुन्नु भैया की एड़ियों पर लगभग मालिश करते हुए कहा।

"देखो भाई! सीधी बात है। राजधानी से आदेश है कि बड़े कार्यकर्ता का लड़का है। पिताजी इसके फंड भी संभालते हैं। अगले साल आम चुनाव है। इसलिए कंडीडेट अबकी अनुपम राय...।"

झुन्नु भैया ने अभी आधी ही बात की थी कि बात समझते हुए रफीक ने कहा-

"और जो सालों से कैंपस में जूतियाँ रगड़ रहे हैं उनका क्या!" रफीक ने वही बात कही जो संजय कहना चाहता था, मगर कह नहीं पाया। उसने झुन्नु भैया की शान में गुस्ताखी कर दी थी। झुन्नु भैया तमतमा उठे। उनका चेहरा गुस्से से काला पड़ गया। फिर भी वह संजय की तरफ मुखातिब होकर बोले-

"देखो संजय, बात समझो। अगले साल विधान सभा चुनाव है। यह राजनीति है। भावनाओं से काम नहीं चलता यहाँ। अगले साल पैसे की जरूरत हमें भी पड़ेगी सो अनुपम को...।" झुन्नु भैया ने अभी बात पूरी भी नहीं की

थी कि रफीक ने उन्हें बीच में काटते हुए कहा।

"भैया अगर इतनी ही बात है तो हम कराते हैं न फंड का कुछ इंतजा...।" रफीक के इतना कहते ही झुन्नु भैया क्रोध में आपा खो बैठे। उन्होंने लड़की की नीचे पड़ी जूती उठाई और रफीक की तरफ चलाकर मार दिया-

"भाग साला! तू दिलाएगा हमको फंड? तुम्हारे जैसे लौंडों को साड़ी पहना के नचवाते हैं हम। भाग नहीं तो चप्पले-चप्पल सोट देंगे।" रफीक को चलाकर मारी गई जूती अगर संजय ने हवा में न पकड़ ली होती तो वह सीधे रफीक के चेहरे की तरफ ही आ रही थी। झुन्नु भैया की आवाज इतनी बुलंद थी कि बाहर खड़े अंगरक्षक भीतर का माजरा समझ गए। वह भीतर आए और बिना कुछ कहे संजय और रफीक को बाँहों से पकड़कर झोपड़े से बाहर धकेल दिया। संजय गिर पड़ा। रफीक गिरते-गिरते संभला। मगर गिरते हुए भी संजय को रफीक की ही चिंता रही। वह उठा। उठते ही रफीक का कुर्ता झाड़ा और उससे आँखों से माफी माँगने लगा। रफीक ने मुस्कुराते हुए संजय के बाल ठीक किए और दोनों नदी की ओर बढ़ चले।

"हमें माफ कर दो रफीक!" संजय ने रेत पर थोड़ा आगे बढ़ते हुए ही कहा।

"क्या हो गया भाई!" रफीक ने अंजान बनते हुए कहा।

"हमारी वजह से हुआ ये सब। हमें माफ कर दो भाई!"

"तो कौन-सा पहली दफा हुआ साले! साथ में पिटाई खाए हैं नेता। फिल्मफेयर चुराए थे नेशनल बुक से। सुंदरम टाकीज में पहला रंगीन चित्र साथ में देखे। याद है? देह गनगना गया था। दस मिनट पहले ही निकल भागे थे दोनों ताकि कोई देख न ले। सबेरे का निबटान, लोटा-ईंटा साथ ही हुआ। पढ़ाई जो हुआ जितना हुआ साथ ही हुआ। घटियाई भी साथ किए हैं। इसलिए सब झेल लेंगे भाई! बस अगली बार नाम लेकर मत पुकारना। गाली जैसा लगता है साला!" रफीक ने संजय के हाथ से जूती लेकर उसमें उँगलियाँ घुसाते हुए कहा।

"नहीं कहेंगे मियाँ! लेकिन फिर भी! हमको माफ कर दो यार!" संजय ने कहा।

"कर दिया। लेकिन ये बताओ भौजाई का पाँव छू के कैसा लगा?" रफीक ने बात हल्की करने की गरज से कहा।

"अरे मारो साले! एकदम स्पंज था बे! हड्डी तो था ही नहीं। कौन थी वैसे?" संजय भी माहौल हल्का करना चाहता था।

"गुलनार! गुदड़ी बाजार का हाहाकार। ग्यारह हजार एक शॉट।" रफीक ने कहा।

"तुमको साला इतना कैसे पता रहता है?" संजय ने अतिरिक्त आश्चर्य जताते हुए पूछा।

"गुदड़ी बाजार मेरा रात्रि-सराय है नेता! बस अभी तक ग्यारह हजार की औकात नहीं हुई है।" रफीक ने कहा। संजय उसकी बात सुनकर हँस दिया। हालाँकि उसे जितनी हँसी नहीं आई वह उसे ज्यादा ही देर तक हँसा। दरअसल वह इधर-उधर की बातों से रफीक के मन से अपमान हटाना चाह रहा था। उसे इस बात का मलाल था कि यह बेइज्जती उसकी वजह से हुई है। जब उसे यह लग गया कि रफीक ने बेइज्जती को ज्यादा गंभीरता से नहीं लिया है तब उसने असली बात कही-

"हमको चुनाव लड़ना चाहिए या नहीं मियाँ?" संजय ने सवाल तो पूछा था मगर वह दिल से चाहता था कि रफीक जवाब में 'हाँ' ही कहे।

"ना!" रफीक ने जूती को एकटक देखते हुए कहा।

"तो नहीं लड़ें न! पक्का?" संजय ने बुझे मन पर पर्दा डालते हुए आखिरी बार सुनने की गरज से कहा।

"ना! तुम लड़ोगे नहीं। अब तुम केवल उठोगे। पर्चा भरोगे। लड़ाई अब हम लड़ेंगे। झुन्नु बाबू का प्रत्याशी अगर अध्यक्ष बन गया तो हम तवायफ बनेंगे इसी शहर में। अल्ला कसम!" रफीक ने गर्दन तक आ गई नमी को घोंटते हुए कहा।

"बताओ! लेने गए थे आशीर्वाद और मिला क्या?" संजय ने भी बेइज्जती याद करते हुए कहा।

"तवायफ की जूती।" रफीक ने जूती को दोनों ओर से देखते हुए कहा।

"दिखाओ जरा।" कहते हुए संजय ने उसके हाथ से जूती ले ली।

बक रहा हूँ जुनूँ में क्या क्या कुछ
कुछ न समझे खुदा करे कोई

किस्सा है। 1942 का विद्रोह था। गांधी जी के आह्वान पर देश भर में आंदोलन हुए। शहर बलिया ने दो हाथ आगे जाकर पूर्ण स्वराज की घोषणा कर दी। जेल खाली करा दिए गए। जिले के कलक्टर को बंद कर सारे अधिकार ले लिए गए। सरकारी कार्यालयों को बंद और निष्क्रिय करने के साथ जिले के पूर्ण स्वराज की घोषणा कर दी गई थी। डाक, तार, टेलीग्राम सहित सारे संचार माध्यम काटकर जिले को अलग-थलग कर पूर्ण स्वराज घोषित कर दिया गया। तभी एक बुरी सूचना आई कि शहर के तहसीलदार और अंग्रेजपरस्त रामलगन बाबू चुपके से बनारस निकल गए हैं। वह वहाँ सशस्त्र पुलिस दल या सेना के जुटान हेतु ही गए हैं। इसी कारण बलिया-नरही मार्ग पर सौ की संख्या में खड़े लोग परेशान थे। सेना या पुलिस के आने की खबर भी गोरे कलक्टर तक आ गई तो खेल खत्म। समस्या सब के पास, समाधान किसी के पास नहीं। सब एक-दूसरे को इसी बात के लिए कोस रहे थे कि तहसीलदार निकला कैसे। इसी वक्त एक पागल न जाने कहाँ से प्रकट हो आया। उसने किसी से समस्या पूछी। दो-एक बार टालने के बाद किसी ने उसे समस्या बता

भी दी। समस्या सुनकर उसने अट्टाहास किया। जब चुप हुआ तो बस इतना ही कहा- "गए इसी रास्ते हैं तो इसी रास्ते से आएँगे भी।" लोग अवाक् उसका अट्टहास सुनते रहे।

थोड़ी ही देर में नरही का पुल तोड़ दिया गया। तहसीलदार साहब बलिया में बिजली आने की गति से मोटर दौड़ाते आए और बिजली जाने की गति से खड्ड में गिर गए। फिर उग्र भीड़ से बचने के लिए भागकर एक विधवा के घर पहुँच गए। समाचार बहरहाल कलक्टर तक नहीं पहुँच पाया।

डॉक साहब!

पागल। या यूँ कहें बेघर। दिन में महाविद्यालय की चाय दुकान में चाय की आस में खड़े सब के सामने बेशर्म-सी हँसी हँसते व्यक्ति। किसी ने चाय पिला दी। किसी ने आँख चुरा ली। इश्तेहारी कागजों के पीछे कलम, पेंसिल और कभी-कभी कालिख से संदेश लिखकर महाविद्यालय बोर्ड पर चिपकाते डॉक साब। चपरासियों या चौकीदारों ने कभी दुर्व्यवहार किया हो ऐसा नहीं दिखा। हाँ, प्रबंधन के कहने पर आदरपूर्वक गेट के बाहर छोड़ आते थे। डॉक साब बाहर ही अपना कार्यक्रम, अपनी क्रांति जारी रखते और अगले दिन फिर चाय की दुकान पर हाजिर। दिन तो खैर महाविद्यालय की नजर था। रात वह सड़क, फुटपाथ, बंद दुकानों के अहाते या किसी पार्क की बेंच पर काट लिया करते थे। महाविद्यालय इनकी कहानियाँ साल-दर-साल अपनी सुविधा से सुनता-सुनाता आया था। कहते हैं इसी महाविद्यालय से पढ़े थे और अपने वक्त के साम्यवादी छात्र नेता भी थे। क्या हुआ उनके साथ, कैसे हुआ, इसकी जितनी मुँह उतनी बातें। बहरहाल बात यह थी कि डॉक साब बेघर, बे-परिवार, सड़कों के थे और उन्हें इन्हीं सड़कों पर ही खत्म हो जाना था। आज सुबह भटकते हुए संजय के कार्यालय पहुँच गए तब जब संजय और रफीक कहीं निकलने वाले थे।

"मरहट्टे! चाय पिलाएगा?" डॉक साब ने सीधी माँग की।

"अरे डॉक साब आप! आइए ना भीतर आइए।" संजय ने आदरपूर्वक कहा।

"नहीं! चाय पिलाएगा?" डॉक साहब अपनी माँग पर रहे।

''सौभाग्य हमारा! रुकिए हम ही बाहर आ जाते हैं।'' कहते हुए संजय ने कार्यालय से बाहर धूप में कुर्सी खींच ली। तीन कुर्सियों में से पहले पर डॉक साब बैठे फिर संजय और फिर रफीक। संजय ने बैठने से पहले ही बिरजू को चाय का इशारा कर दिया था।

''और कहिए डॉक साब, जिले की हालत कैसी है?'' संजय ने बैठते ही पूछा।

''खराब है! बहुत खराब! यमुना के पानी में अफीम मिला दी है शैतान ने। बादशाह या तो मजे में है या नशे में।'' रफीक को देखते हुए डॉक साब ने यह बात कही और परेशान हो गए। डॉक साब की बातें किसी को समझ नहीं आती थी, मगर अक्सर उन्हें इसी तरह की मजेदार बातें सुनने के लिए बैठाया जाता था। चाय आ गई थी। बिरजू से चाय लेकर डॉक साब को देते हुए रफीक ने मौज ली–

''आप संजय को मरहट्टा क्यों कहते हैं डॉक साब?''

''कौन संजय!''

''अरे यही! आपके चाय की दुकान!'' रफीक ने संजय की ओर इशारा करके दिखाया।

''ये तो है ही मरहट्टा! इसकी पेशानी पर 'महादजी सिंधिया' की तरह चमक है।'' डॉक साहब ने इधर-उधर देखते हुए ही कहा। उनकी आँखें एक जगह टिकती ही नहीं थी।

''ल्यो नेता! तुम तो साले सिंधिया परिवार के निकल आए। जाओ गवालियर! यहाँ घंटा भैंस के आगे छतरी खोले पड़े हो!'' कहते-कहते रफीक हँस पड़ा। संजय जिसने प्याली होंठों से लगाई थी, उसकी भी चाय सरक गई।

''लगे हाथों मेरी भी जन्मपत्री खोल दीजिए डॉक साब। यह भी बता दीजिए कि हम कौन हैं!'' रफीक ने मुस्कुराहट दबाकर पूछा।

''तू मुगल है। मुगल बच्चा।'' डॉक साब ने बिना एक क्षण रुके हुए कहा।

''ल्यो राजा! राज पर राज खुल रहा है। अब्बू तक को पता नहीं। कहते हैं कि हमलोग मिरासी हैं। यहाँ तो साला बदन में तैमूरी खून दौड़ रहा है।''

रफीक ने हँसते हुए कहा।

"तो डॉक साब! उठ रहे हैं अबकी अध्यक्षी। आशीर्वाद दीजिएगा न।" संजय ने बात बदलते हुए काम की बात की।

"तू तो पैदा ही राजनीति करने के लिए हुआ है मरहट्टे!" डॉक साब ने बिस्कुट पर नजर गड़ाए हुए कहा।

"शुक्रिया।" संजय ने बिस्कुट उनकी ओर बढ़ा दी।

"लेकिन 'गुलाम कादिर खान रूहेला' को कम मत आँक। वह शैतान का जाया है। कुछ भी करेगा।" डॉक साब की बिस्कुट चाय में गिर गई थी। वह खीझ गए थे।

"साला एक बाउँसर झेलो तब तक दूसरा बीमर फेक देते हैं डॉक साब। अब ये तीसरा एलीमेंट कौन है? गुलाम कादिर खान रूहेला?" रफीक ने सिर पीटते हुए कहा।

"लड़ाई तो मुगलों और रूहेलों की ही है। मरहट्टे! रूहेलों को मुगलों से लड़वा दे। तू तो बस राजनीति कर।" डॉक साब ने रफीक की ओर ध्यान न देते हुए कहा।

"मतलब नहीं समझा डॉक साब!" संजय को कुछ समझ नहीं आया।

"तू राजनीति कर! राज मुगलों को ही करने दे।" डॉक साब ने बात फिर दुहराई।

"अरे चाचा! चाय खतम हुआ न! चलिए अब। और काम भी है हमें। काजीपुरा जाना है। लड़कों को मिट्टी तेल बाँटना है। वोट माँगना है।" रफीक ने ऊबते हुए कहा।

"सुन!" डॉक साब ने रफीक के कान के पास जाते हुए कहा।

"सुना!" रफीक ने भी एक गाने की तर्ज पर अपना कान आगे कर दिया। डॉक साब ने भुनभुनाते हुए रफीक के कान में कुछ कहा। सुनकर रफीक ने संजीदा होकर क्षण भर को डॉक साब को देखा और कहा–

"चचा! हमें लगा 'आती क्या खंडाला' कहेंगे। आप तो अश्लील बात करने लगे।"

"मरहट्टे! इस नाई की कैंची को समझा! वह गुलाम कादिर खान रूहेला है। वह शैतान का जाया...।" डॉक साब की बात आधे पर ही रोककर रफीक

ने कहा-

''ए चाचा! हम समझ गए। हम मुगल हैं। नेता माधव राव सिंधिया है और आप लॉर्ड कार्नवालिस हैं। ठीक! अब चलिए। उठिए। आप उठेंगे तभी न हम भी उठेंगे।'' रफीक ने डॉक साब की बाँह में हाथ डालते हुए कहा।

''मियाँ! ऐसे नहीं!'' संजय ने रफीक को ठीक तरह से बर्ताव करने को कहा।

''नेता बहुत काम है। पागल-पगलौटी के चक्कर में पड़ेगा तो यहीं शाम हो जाएगा। अभी तुम देखो, इनको मेरा नाम भी पता होगा। मेरा नाम क्या है डॉक साब?'' झल्लाते हुए रफीक ने कहा।

''अब्दुल्लाह-जलालुद्दीन-अबुलमुजफ्फर-हम्दुद्दीन-मुहम्मद-अली गौहर...।'' डॉक साब जारी रहे।

''हाँ हाँ! ठीक है डॉक साब। शाम तक जब नाम पूरा हो जाए तो वैशाली चौक पर आ जाइएगा; अफीम वाली चाय पिलाएँगे।'' कहकर रफीक डॉक साब से पहले ही उठ गया।

''नाई की कैंची, दर्जी की कैंची बन!'' रफीक को कोसते हुए डॉक साब आगे निकल गए और रफीक संजय को लेकर काजीपुरा की ओर बढ़ा।

''ऐसे नहीं बोलना था मियाँ!'' संजय ने डॉक साब की बाबत रफीक से कहा।

''और कैसे बोलना था! उनका टेपरिकॉर्डर दो सौ साल पहले फँस गया है तो हम क्या करें?'' रफीक ने झुंझलाहट में कहा।

''अच्छा छोड़ो! ये कहो कि काजीपुरा में कौन-सा वोट है हमारा? इधर कहाँ लिए जा रहे हो?'' संजय ने काजीपुरा की तंग गलियों से गुजरते हुए पूछा।

''बभनान वोट।'' रफीक ने दो शब्द में जवाब दिया।

''काजीपुरा है मियाँ, बभनौली नहीं है।'' संजय ने रफीक से कहा। रफीक मगर लापरवाह बढ़ता रहा और 'ए-वन मुस्लिम होटल' के पास आकर रुक गया। दोनों गाड़ी से उतरे और होटल की ओर बढ़े। होटल के भीतर झक्क सफेद पठानी कुर्ते में बैठे आदमी को संजय देखते ही पहचान गया। उसके मुँह से अनायास ही निकल गया- 'जफर इदरिश!'

जफर इदरिश! एमए भूगोल अंतिम वर्ष। अंतिम वर्ष का अंत पिछले तीन सालों से नहीं हो रहा। हर साल परीक्षा छोड़ बैठते हैं। पास हो गए तो अध्यक्ष नहीं हो पाएँगे। पिछले साल रितेश पाठक को समर्थन दे दिया था। इसलिए इस साल मठाधीशों का आशीर्वाद भी है। अबकी दफा बयार थी। स्थानीय राजनीतिक भाषा में कहें तो- 'टेंपो हाई है जफर इदरिश का।'

रफीक और संजय जब 'ए-वन' होटल में घुसे तो जफर मियाँ 'गोश्त हुसैनी' की हड्डियाँ चूस रहे थे। भीतर घुसते ही खमीरी रोटी की खुशबू संजय की भूख बढ़ा गई।

"और जफर भाई! सब राजी?" रफीक ने सामने की लकड़ी की मेज पर बैठते हुए पूछा।

"करम अल्ला का। तुम बताओ इधर कैसे?" जफर ने पानी का ग्लास उठा लिया।

"माफी माँगनी थी आपसे। अब्बू की मिट्टी में नहीं आ सका। माफ रखना।" रफीक ने कहा।

"कोई बात नहीं भाई। मसरूफियत रही होगी। समझ सकता हूँ।" जफर ने कहा। संजय बहरहाल मेनू कार्ड पर नजरें गड़ाए रहा और जफर और रफीक के बात करने के दौरान ही संजय ने कोरमा और खमीरी रोटी ऑर्डर कर दी।

"सुना, तुम खुद भी नहीं थे मिट्टी में! कफन-दफन सब औरों ने ही किया!" रफीक ने सवालिया लहजे में कहा।

"हाँ.. नहीं.. मतलब कोशिश तो की थी। मगर..." जफर अब थूक घोटने लगा था। रफीक ने ताड़ लिया और उसे तर्जनी के इशारे से अपने चेहरे के पास बुलाया।

"सुनो बड़े भाई! तिहरे हत्याकांड में तुम्हारा भी नाम आ रहा है। कप्तान का आदेश हुआ है, केस जल्द निपटाने का।"

"लेकिन हम तो उस दिन इमामबाड़ा देखने गए थे। तस्वीर भी है।" जफर ने लड़खड़ाती आवाज में कहा।

"कोतवाल के पास भी एक तस्वीर है। जहाँ आप पेड़ के पीछे से निशाना लगाए खड़े हैं।" रफीक ने जफर की आँख में आँख डालकर कहा जिसे सुनकर जफर शांत पड़ गया। एक और दफा उसने पानी का गिलास उठाया

और फिर रख दिया। कुछ देर मुँह पर हाथ रखने के बाद जफर ने मेज पर टोपी पटकते हुए कहा–

''अल्ला ने ही मुँह फेर रखा है रफीक। करें क्या? पहले अब्बू चले गए। फिर ये मुआ बर्ड फिलु। दस हजार की जरूरत थी वकील को देने के लिए तो ये काम निपटा दिए। मुसीबत है कि पीछा ही नहीं छोड़ रही।''

''सुना, तुम अध्यक्षी उठ रहे हो?'' रफीक ने अब काम की बात पूछी।

''हाँ, उठ क्या रहे हैं! कौम वाले उठा रहे हैं। हमारी क्या बिसात!'' जफर ने बोझिल आवाज में कहा।

''बैठ जाओ।'' रफीक ने सुझाव दिया।

''क्या चाहते हो, असलहा ही उठा लें?'' जफर ने तैश में आते हुए कहा।

''तुमने तो बीटीसी भी किया था ना?'' रफीक ने अचानक पूछा।

''हाँ मियाँ! अल्ला गारत करे! एक लाख रुपये माँगते हैं नौकरी के लिए।''

''मैं देता हूँ। और बदले में...'' रफीक ने कहा।

''हम बैठ जाएँ यही ना?'' जफर ने कहा।

''आशीर्वाद दे दो भाई को। भाई अध्यक्षी लड़ेगा अबकी साल।'' रफीक ने संजय की ओर इशारा करते हुए कहा।

''मठाधीशी करने लगे हो रफीक। चलो, जैसी मर्जी अल्ला की। पैसे दानिश के गल्ले पर रखवा देना। हम जिला ही छोड़ देते हैं साला!'' जफर ने टोपी पहनते हुए कहा।

''तुम्हारे पास कितने लड़कों के आईडी कार्ड जमा हैं बड़े भाई?'' रफीक ने पूछा।

''सौ-डेढ़ सौ होंगे।'' जफर ने जवाब दिया।

''किनके?'' रफीक ने पूछा।

''बहेरी, कासिम बाजार, जलालपुर, कसाई टोला यहीं के हैं सब।'' जफर ने सौंफ उठाते हुए कहा।

''चलो ठीक। दानिश की दुकान पर आईडी कार्ड रखवा देना। पैसे अगले दिन वहीं से ले लेना।'' रफीक ने कहा।

''निकलता हूँ। खुदा हाफिज।'' कहकर जफर इदरीश होटल से बाहर निकल गया। उसके जाते-जाते ही संजय और रफीक के सामने कोरमा और खमीरी रोटी आ गई।

''ये कौन बोला?'' रफीक ने खाना देखते ही पूछा।

''हम बोले मियाँ। होटल में बैठकर तरसना अच्छी बात नहीं है और वैसे भी डेढ़ सौ वोट हाथ आया है। पार्टी ले लो।'' संजय ने कहा।

''चल साले! शीशमहल में फिल्म शुरू हो जाएगी।'' रफीक ने संजय को कंधे से उठाते हुए कहा।

''लेकिन खाना तो...।'' बात पूरी करते-करते रफीक ने संजय को कुर्सी पर से उठा लिया।

''चचा। अब्बू के खाता में डाल दीजिएगा।'' कहकर रफीक संजय के साथ बाहर निकल आया।

''खाना क्यों नहीं खाने दिए साले? भूख तेज लगी थी और कौन-सा महँगा था। तीस रुपये प्लेट कोरमा था। कहाँ मिलेगा जिला भर में!'' संजय ने होटल से बाहर निकलते ही झल्लाहट से कहा।

''वही तो हम कह रहे हैं। कहाँ मिलेगा तीस रुपये में जिला भर में?'' रफीक ने सवाल का जवाब सवाल में दिया।

''मतलब?'' संजय कुछ समझ नहीं पाया।

''मतलब ये कि वो 'बड़े' का गोश्त था साले। खाओगे?'' रफीक ने हँसते हुए कहा।

''मतलब गाय?'' संजय की आँखें चौड़ी हो गईं।

''नहीं, पाड़ा भी हो सकता है।'' रफीक ने हँसते हुए कहा।

''मारो साले! आज तो धर्म गया था रसातल में। हम साला उर्दू में मेनू नहीं समझ पाए मियाँ। फोटो देख के आर्डर मार दिए।'' संजय ने सिर पीटते हुए कहा।

''उर्दू इस देश में इसलिए भी जरूरी है नेता ताकि दीन-धर्म बचा रहे।'' रफीक ने फिर हँसते हुए कहा और दोनों ही शीशमहल टॉकीज में घुस गए। फिल्म शुरू हो चुकी थी।

***

युवाओं का साथ छात्र-नेताओं को दो कारणों से मिलता है। पहला एडमिशन के वक्त की गई सहायता और दूसरा परीक्षा के वक्त की गई मदद। स्कूलों से निकलकर महाविद्यालय में आए छात्र एडमिशन को लेकर जिस वक्त सशंकित और अचंभित रहते हैं उसी वक्त छात्र-नेताओं की सहायता उन्हें मिलती है जो आवेदन भरने से लेकर जमा करने तक में नये बच्चों की मदद करते हैं। ऐसी स्थिति में विद्यार्थियों को छात्र-नेताओं में 'बड़े भैया' दिखते हैं और नेताओं को बच्चों में संभावित वोट। यह अन्योन्याश्रय संबंध एडमिशन के वक्त से शुरू होता हुआ परीक्षा के वक्त और प्रगाढ़ हो जाता है जब विद्यार्थियों का साल कॉलेज में खेलते-कूदते ही निकल जाता है और परीक्षाएँ सिर पर सवार हो जाती हैं। ऐसे वक्त में भी तारणहार बनकर छात्र-नेता ही उभरते हैं। हर छात्र-नेता अपनी ओर से प्रश्न पत्र जुगाड़ने का प्रयास ही नहीं बल्कि दावा भी करता है। अंततः जो छात्र-नेता इस प्रयास में सफल होता है वह छात्रों में पैठ बनाने के अपने प्रयास में भी सफल होता है। संजय भी अपवाद नहीं था। इसी प्रयोजन से संजय, रफीक और कुछ विद्यार्थियों के साथ राजनीति शास्त्र के प्रोफेसर और महाविद्यालय में प्रधानाचार्य दुर्गाशंकर अवस्थी के घर जगदीशपुर जा पहुँचा था।

"गुरु जी आशीर्वाद है ना?" संजय ने पंद्रह लड़कों के साथ राजनीति शास्त्र के प्रोफेसर श्री दुर्गाशंकर अवस्थी के चरणों में झुकते हुए यूँ कहा जैसे आशीर्वाद न होकर फिरौती की माँग हो। दुर्गाशंकर अवस्थी अपने दस बटे बारह के कमरे में पंद्रह लोगों के घुस आने से यूँ ही सकते में थे और दरवाजे पर रफीक को खड़ा देखकर सदमे में आ गए।

"हाँ-हाँ क्यों नहीं! बिलकुल आशीर्वाद है।" दुर्गाशंकर अवस्थी के मुँह से बस यही निकला।

"तो गुरु जी जरा प्रथम वर्ष वाला प्रश्न पत्र दे दीजिए ना। बच्चों का भला हो जाए।" संजय ने खाली सोफे पर बैठते हुए कहा।

"अर्थात?" दुर्गाशंकर अवस्थी ने समझकर भी अनजान बनते हुए कहा।

"अर्थात यह कि आपने जो पाँच सवाल सेट किए हैं वो जरा बता दें गुरु जी। लड़के गाँव से आए हैं। पहला साल है। शहर देखते-समझते ही साल

निकल गया। अगले साल से जम के पढ़ेंगे। पढ़ोगे ना बे?'' संजय ने साथ आए लड़कों से पूछा।

''यस सर!'' लड़कों ने समवेत स्वर में कहा।

''देखिए गुरु जी। लड़के अँग्रेजी भी सीख रहे हैं। भविष्य उज्ज्वल है जिले का। अब आप भी योगदान दें अपने हिस्से का।'' संजय ने फिर कहा।

''लेकिन संजय, इतने बड़े पाठ्यक्रम में से कौन से पाँच सवाल आएँगे यह मैं कैसे बता पाऊँगा?'' दुर्गाशंकर अवस्थी ने असमर्थता जाहिर करते हुए कहा।

''तो जौन से नहीं आएँगे वही सब बता दीजिए। बाकी लड़के समझदार हैं।'' रफीक ने दरवाजे पर खड़े-खड़े ही दरवाजे के बाहर देखते हुए कहा। उसकी रोबीली आवाज दरअसल अब तक के माहौल को अचानक गंभीर कर गई।

''संजय, बात को समझिए। प्रश्न पत्र ऐसे नहीं बनते। कई प्राध्यापकों से प्रश्न माँगे जाते हैं। उन्हें खुद भी पता नहीं होता की जो प्रश्न वह...।'' दुर्गाशंकर अवस्थी ने अभी बात पूरी भी नहीं की थी कि संजय ने उन्हें बीच में ही रोका। उसने अपने कुर्ते में से तीन-चार कागज निकालकर मेज पर रखते हुए कहा।

''ए गुरु जी! एकदमे गजघंटा समझ लिए हैं आप भी! यह लीजिए। तिलकधारी डिग्री कॉलेज का सिन्हा जी का प्रश्न पत्र। यह शिबली नेशनल कॉलेज के अंसारी गुरु जी के पाँच सवाल और यह कमला देवी डिग्री कॉलेज का सेट। अब आप राय मन से दे दें तो लड़कों का भला हो जाए।'' संजय ने अपने दोनों हाथों को मलते हुए कहा।

''यह गलत है संजय। देखो बेटा!'' दुर्गाशंकर अवस्थी ने आखिरी कोशिश की।

''अरे टॉप कर जाएँगे लड़के! कालेज का नाम प्रदेश भर में चमक जाएगा। आप का नाम राष्ट्रपति सम्मान के लिए भिजवाएँगे अबकी बार कुलपति महोदय।'' रफीक ने दुर्गाशंकर अवस्थी की तर्जनी और मध्यमा के बीच पेन फँसाते हुए कहा।

दुर्गाशंकर अवस्थी लाचार थे।

राजनीति शास्त्र का पूरा पाठ्यक्रम उनकी उँगलियों के बीच ही था। अपने मोती जैसे अक्षरों को उन्होंने सादे कागज पर बिछा दिया। रफीक ने कोने से पकड़कर कागज खींच ली।

''आशीर्वाद बनाए रखिएगा गुरु जी।'' कहते हुए संजय ने फिर दुर्गाशंकर अवस्थी के पाँव छुए और कमरे से बाहर निकलते हुए उद्घोष किया-

''बोलीं बोलीं बोलीं भिरगु महाराज की...''

''जय!'' समवेत स्वर में आवाज फिर गूँजी। अंधे को आँखों की तर्ज पर लड़कों को प्रश्न-पत्र मिल गया था। अंधे को आँखों की ही तर्ज पर संजय को संभावित वोट भी मिल गए थे।

***

भारत एक उत्सव-धर्मी देश है। हमारे यहाँ खुद के ही उत्सवों की कमी नहीं है फिर भी हम इतने उत्सव प्रेमी लोग हैं कि बाहर से भी खुशी आयात कर ही लेते हैं। कुछ रोज पहले ही आयातित उत्सव वैलेंटाइन डे बीता था और अब हमारे देशी, हमारे अपने उत्सव होली की बारी थी जिसे यह जिला इस धूम से मनाता था कि रंग, पानी, कीचड़, मोरी, नदी, नहर किसी में भेद नहीं करता। उस रोज सब माफ होता और जो किसी को बुरा लग भी जाए तो अमोघास्त्र की तरह छोड़ दिया जाता- 'बुरा न मानो होली है'।

होली के दिन दोपहर के वक्त हॉल्ट से गाड़ी खुल जाने के बाद जैसी वीरानगी सड़क पर पसरी हुई थी। फागुन के महीने से गर्मी का आगाज हो ही जाता है। सड़क फटी हुई कमीजों से अटी पड़ी थी। बच्चों के गुब्बारों और पिचकारियों के हरे-लाल रंग सड़क पर सूखकर धब्बा हो चुके थे जिन्हें अगले दो-तीन दिन तक वैसे ही रहना और फिर खत्म हो जाना था। बच्चे होली खेलकर थक चुके थे और अब पुए और कटहल की सब्जी के इंतजार में थे। नई उम्र की ननदें पुरानी उम्र की भौजाइयों की खोज में सड़क पर निकली ही थीं कि मालगोदाम रोड की ओर से शोर बरपा। धड़-धड़ की आवाज के साथ एक ट्रैक्टर भर मताल लड़के मोहल्ले की ओर बढ़े। ऐसा जान पड़ता था कि ड्राइवर को छोड़कर शायद ही कोई होश में हो। और क्या पता ड्राइवर ही सबसे ज्यादा मताल हो। 'होली है' की गर्जना जैसे ही गूँजी लड़कियाँ सामने पड़े पहले घर में घुस गईं। ट्रैक्टर धड़-धड़ करती हुई एडवोकेट कॉलोनी में

शिवशंकर सिंह के घर के पास आकर रुकी। एडवोकेट शिवशंकर सिंह। संजय सिंह के पिताजी। 'होली है' का गर्जन हुआ तो वकील साहब समझ गए रफीक की टोली आ गई है। बेटा तो नेतागिरी के चक्कर में पहले ही हाथ से बाहर था और अब यह रफीक के चक्कर में जात से भी बाहर न करवा दे। वह बैठे सोच ही रहे थे कि नीचे ट्रैक्टर से आवाज गूँजी-

"एक कुआँ में सात कबूत्तर, सातो माँगे दाना
संजय बबुआ नेता बनिहें, सय्यद मिर्जा नाना। जोगिरा सा रा रा रा।"

आवाज रफीक की थी। हरकारा बाकियों ने लगाया। "रा रा रा रा रा रा रा रा कबीरा सा रा रा।"

वकील साहब समझ गए थे कि जो जोगिरा अभी बेटे संजय तक पहुँचा है वो किसी भी वक्त बाप शिवशंकर तक पहुँच सकता है। उनकी मनोदशा पत्नी समझ गईं और उन्होंने अपनी तरफ से कोशिश करनी चाही। वह बालकनी में निकलीं और कुछ कहना चाहा, मगर उससे पहले ही रफीक ने कह दिया-

"चाची प्रणाम! संजय को भेजिए अतिशीघ्र।"

"बबुआ, उनकी तबीयत ठीक नहीं। सोए हैं।" चाची ने अपने हिस्से की समझदारी दिखाई।

"ठीक बा चाची! प्रणाम!" रफीक ने कहा। चाची को अपनी समझदारी पर गर्व हुआ। गौरवान्वित होते हुए ही वह आकर सोफे पर बैठ पातीं कि फिर एक आवाज गूँजी।

"बेटा संजय! बाप के साथ सोए हो?" आवाज फिर रफीक की थी। हँसी पूरे ट्रैक्टर भर की आई। वकील साहब यह अपमान बर्दाश्त न कर सके और एक हाथ सिर पर रखकर दूसरे हाथ से संजय को जाने का इशारा कर दिया। संजय बबुआ पुरानी शर्ट धारे हुए नीचे उतर गए।

संजय को देखते ही 'होली है' का उद्घोष फिर गूँजा। संजय नेता, रफीक के हाथ के सहारे से ट्रैक्टर के डाले पर चढ़ गए।

"मियाँ! मूड बना लिए हो क्या?" संजय ने गले लगते ही पूछा।

"हाँ नेता! टनाका जड़ी है एकदम्म। हुसैनाबाद वाला। सामने पिसवाए। संभालना आज।" रफीक ने संजय के सिर पर रंग की पुड़िया खोलते हुए कहा।

"चढ़ रहा है?" संजय ने ट्रैक्टर पर पसरते हुए कहा। रफीक को रंग लगाने की कोई जगह खाली नहीं थी।

"इतना कि आसमान में सीढ़ी लगाए बैठे हैं।" रफीक ने भी बैठते हुए कहा।

"अच्छा! तो बोलो! होली है!" संजय ने कहा।

"होली है!!" रफीक चिल्लाया।

"बोलो बागी बलिया जिंदाबाद!" संजय चिल्लाया।

"बागी बलिया जिंदाबाद!" रफीक और जोर से चिल्लाया।

"बोलो 'मंगल पांडे' अमर रहें!"

"मंगल पांडे अमर रहें!"

"बोलो हर हर महादेव!!" संजय ने हँसी दबाते हुए कहा।

"एतनो नहीं चढ़ी है नेता!" रफीक ने पिनक में ही सही हँसते हुए कहा। संजय ने ठहाका लगाया। दोनों फिर 'होली है' के जयघोष के साथ ट्रैक्टर पर लेट गए।

"अब कहाँ चलना है?" संजय ने पूछा।

"गंगा घाट भाई! अब खुमार वही उतारेंगी।" रफीक ने कहा।

"सारथी! रथ महावीर घाट की ओर ले लो।" संजय ने ट्रैक्टर चालक से कहा। ट्रैक्टर वाले ने ट्रैक्टर महावीर घाट की ओर मोड़ लिया। रास्ते में लोहा-पट्टी से गुजरते हुए जब खिड़कियों से झाँकती कोठेवालियाँ, कस्बियाँ और वेश्याएँ दिखीं तो रफीक मचल गया। उसने ट्रैक्टर रुकवाई तो छतों, खिड़कियों और छज्जों पर से फिकरे उछल पड़े। फिकरों को सुनकर रफीक आपे में न रहा। ढोलकी को थाप देने का इशारा किया और जोर से चिल्लाया-

"देख तमाशा होली का
इस रंग-रंगीली मजलिस में वो बाई नाचने वाली हो
मुँह जिसका चाँद का टुकड़ा हो और आँखें मय की प्याली हों
बदमस्त बड़ी मतवाली हो, हर आन बजाती ताली हो
मदहोशी हो, मयनोशी हो, भड़ुए की मुँह में गाली हो
भड़ुवे भी भड़ुआ बकते हों, फिर देख तमाशा होली का।"

रफीक के चिल्लाते ही पूरा ट्रैक्टर चिल्ला उठा। रुकी हुई ट्रैक्टर पर बाई जी की छतों के दोनों आन से रंग भरी बाल्टियों से ट्रैक्टर पर हमले हुए। गोबर, कीचड़, पानी, धूल जो मिला उलट दिया गया। रंग, मिट्टी, कीचड़ से सराबोर होकर टोली ट्रैक्टर समेत झूमती, चीखती, गाती हुई आगे गंगा घाट की ओर बढ़ गई।

मदमस्तों की टोली गंगा घाट की ओर चली ही थी कि रफीक को एक बार और पिनक सवार हुआ और उसने ट्रैक्टर चलाने वाले लड़के से कहा-

"सारथी! रथ अपने कॉलेज की ओर ले लो। नेता आज उसे दंडवत प्रणाम करेंगे। फिर आगे को प्रस्थान करेंगे।"

"मियाँ! क्या नौटंकी है! ट्रैक्टर है। फिर पीछे मोड़ना पड़ेगा। आधा रास्ता आ चुके हैं। फिर शहर से होते हुए जाना पड़ेगा। समझो।" संजय ने समझाया।

"जाना पड़ेगा तो चलेंगे! तुम क्या समझ रहे हो हम पिनक में हैं? महाविद्यालय से आशीर्वाद लेना ही पड़ेगा। आशीर्वाद मिलेगा उसके बाद तो झुन्नू भैया को जाँघ पर बैठाएँगे।" कहकर रफीक ट्रैक्टर ड्राइवर से बोला-

"सारथी! रथ कॉलेज की ओर घुमाओगे कि हम चाबुक उठाएँ?" ड्राइवर ने गाड़ी कॉलेज की ओर मोड़ ली। संजय जानता था कि रफीक उस अवस्था में है जहाँ उससे कुछ भी कहना बेकार है। अत: वह खुद ही चुप हो गया। ट्रैक्टर कॉलेज की ओर बढ़ चला।

ट्रैक्टर ज्यों ही कॉलेज के पास पहुँचा, रफीक ने गाड़ी रुकवाई। संजय पहले उतरा और उसके साथ ही झूमते हुए उतरा रफीक। संजय ने रफीक की जिद के कारण कॉलेज गेट को देखते हुए कमर तक झुककर प्रणाम किया और फिर नारियल की जगह एक ईंट उठाकर फोड़ दी और रफीक को देखते हुए कहा- "हो गया ना! अब चलें?" रफीक ने खुमारी में बोझिल आँखों से भी मुस्कुराते हुए ही चलने का इशारा किया। दोनों वापस ट्रैक्टर पर सवार होने को ही थे कि संजय ने कॉलेज के भीतर से कुछ आवाजें सुनीं। सुगबुगाती, दबती-दबाती आवाजें। फिर उसे लगा कि यह उसके मन का वहम है। मगर दुबारा जब आवाज आई तो यूँ लगा ज्यों कोई उल्टियाँ कर रहा हो। उसे शंका हुई। वह रफीक को कहे बिना ही कॉलेज के मेन गेट की ओर बढ़ा। आमतौर

पर छुट्टियों के दिन कॉलेज बंद रहता था मगर गेट बंद होने पर भी चौकीदार भीतर मौजूद रहता था। संजय ने गेट खटखटाकर चौकीदार को आवाज दी-

"बेनी बाबू!" संजय की आवाज का पहली मर्तबा कोई जवाब नहीं आया।

"बेनी बाबू!" संजय ने दुबारा आवाज दी।

"कौन है बे?" भीतर से एक रोबीली मगर फँसी-फँसी-सी आवाज आई। संजय उस आवाज और तेवर से समझ गया कि यह आवाज बेनी बाबू की नहीं हो सकती। उसने सवा तेवर से कहा-

"तुम्हारे बाप हैं। खोल दरवाजा!" संजय गरजा। संजय के आवाज के बाद भीतर से कोई आवाज नहीं आई। मगर संजय को चिल्लाता सुन रफीक का खुमार हिल गया। वह और साथ के कुछ लड़के ट्रैक्टर से उतरकर गेट पर आ गए।

"बेनी बाबू! लड़की-वड़की लाएँ हैं क्या! खोलिएगा कि पुलिस से खुलवाएँ?" अबकी रफीक ने जो डाँटते हुए कहा तो गेट पर कुछ खड़खड़ाहट हुई और बेनी बाबू ने ही गेट खोला। गेट खोलते ही बेनी बाबू हाथ जोड़कर लगभग काँपते हुए लाचार से एक ओर खड़े हो गए। संजय उनको परे कर के जब भीतर घुसा तो कॉलेज प्रांगण की स्थिति देखकर वह सन्न रह गया। कॉलेज के क्लास तो बंद थे। मगर प्रांगण में ही लगभग पच्चीस-तीस लड़के शराब के नशे में लगभग बेहोश थे। सारे प्रांगण के पेड़ों, खंभों तथा दीवारों पर रंग बिखरे हुए थे और जगह-जगह अनुपम राय के समर्थन के स्लोगन लिखे हुए थे। संजय के साथ-साथ रफीक और कुछ और लड़के भी घुस आए। भीतर पड़े लड़के बेसुध थे। संजय ने चारों ओर की स्थिति देखी और गरजकर कहा-

"कौन मजमा लगाया है बे?"

"नेता जी प्रणाम!" वही रोबीली और फँसी हुई आवाज आई। आवाज अनुपम राय की थी। अनुपम राय लड़कों की भीड़ में से आगे आते हुए बोला।

अनुपम राय। झुन्नू भैया का समर्थित प्रत्याशी। छह फीट के आसपास का आकर्षक युवक। बाहरी परिवेश से आने के कारण उसके पहनावे-ओढ़ावे

में भी एक अलग बात थी। एक पाश्चात्यपन था। जींस के ऊपर पहना हुआ कसा कुर्ता रंग से सराबोर ही था। पाँव में कीमती सैंडल और चाल में गर्व। उसके देखे से एक बात साफ थी। वह यह कि वह अपने साथियों की तरह नशे में धुत्त नहीं था। इससे इनकार नहीं किया जा सकता कि उसने पी हो मगर फिर भी वह पूर्णतया होश में था। और अब ठीक संजय और रफीक के सामने खड़ा था।

"ऐसे होगी नेतागिरी!" संजय ने तेज आवाज में ही कहा।

"आप सिखाएँगे हमें कैसे होगी नेतागिरी?" अनुपम ने मखौल उड़ाते हुए कहा। अनुपम के पीछे भी दो एक लड़के आकर खड़े हो गए थे।

"नहीं बाबू! नेतागिरी तो तुम्हें झुन्नू भैया सिखा रहे हैं। तो उन्होंने तुम्हें आचार संहिता के बारे में कुछ नहीं बताया?" संजय ने अनुपम को तरेरते हुए कहा।

"क्या लिखा है उसमें?" अनुपम ने बेफिक्री से कहा। अनुपम के इतना कहने पर रफीक जो अब थोड़े बहुत होश में था, अनुपम की ओर बढ़ा मगर संजय ने उसे हाथ लगाकर रोक दिया और अनुपम से कहा–

"उसमें लिखा है कि कॉलेज परिसर में किसी किस्म का अवैधानिक कार्य निषेध है और चुनाव प्रचार के लिए भी कॉलेज परिसर को गंदा नहीं किया जाए।" संजय के इतना कहते ही अनुपम ने मुसकुराते हुए कहा–

"अवैधानिक तो यहाँ कुछ हो नहीं रहा था। दोस्त–यार थे। थोड़ा बहक गए। वैसे होश में तो मुझे यहाँ कोई नजर नहीं आ रहा।" अनुपम ने रफीक की ओर देखते हुए कहा। अनुपम चुप हुआ ही था कि उसके पीछे खड़ा लड़का नशे की हालत में ही बोला–

"आचार संहिता तो चुनाव की घोषणा के बाद लागू होती है। सो आचार संहिता का हवाई जहाज बनाकर उड़ा दीजिए।"

"हवाई जहाज तो हम तुम्हारा बनाएँगे बेटा। एक मिनट रुको।" अबकी रफीक ने कहा और अपने फोन से झुन्नु भैया को फोन मिलाया। फोन झुन्नु भैया ने ही उठाया रफीक ने उसे स्पीकर पर कर दिया और बोला–

"भैया! हॅप्पी न्यू ईयर!"

"कौन मूर्ख है बे!" उधर से झुन्नु भैया की आवाज आई।

“भैया! आपके प्रत्याशी कॉलेज परिसर में दारू पीते और रंगरलियाँ मनाते धरे गए हैं। पूछने पर 'हॅप्पी न्यू इयर' कह रहे हैं। अब हम कोतवाली फोन करने से पहले आपको फोन कर लिए। इतना समझदारी का काम किए और आप कह रहे हैं कौन मूर्ख है बे!” रफीक ने धीमे-धीमे रुक-रुककर कहा।

“बबलू वहाँ है?” झुन्नु भैया ने तैश में कहा।

“बबलू तो पता नहीं कहाँ है भैया। यहाँ तो जो है अपना नाम अनुपम राय बता रहा है।” रफीक ने कहा।

“अरे उसी का नाम बबलू है। उसे फोन दो।”

“लीजिए! हमारी बात का तो भरोसा है नहीं आपको। बोलो बबलू बेटा।” रफीक ने मोबाइल आगे कर चिढ़ाने के अंदाज में कहा।

“बबलू निकलो वहाँ से जल्दी से।” झुन्नु भैया ने तेज आवाज में लगभग आदेश देते हुए कहा। यह सुनते ही रफीक ने फोन अपनी ओर किया और बोला-

“अरे नहीं झुन्नु भैया, ऐसे कैसे? लड़के से कहिए कि जो गंध यहाँ फैलाया है साफ कर के निकले। आप क्या चाहते हैं कि दारू की बोतल सिविल लाइंस कोतवाली के दारोगा साहब उठाएँ? और यह जो कॉलेज भर को अपने नारे से रंग दिया है; यह भी कहिए कि साफ कर जाए।”

रफीक की बात सुनकर संजय मुस्कुरा दिया। झुन्नु भैया ने अनुपम को क्रोध में ही सही मगर वैसा ही निर्देश दिया। अनुपम ने अपने दोस्तों की ओर देखा। दो-एक को छोड़कर शायद ही कोई चल पाने की स्थिति में था। रफीक ने आग में घी डालते हुए एक बाल्टी पानी भर कर अनुपम के सामने इस गरज से कर दिया कि अब पेड़ों और खंभों पर लिखे नारे मिटाओ। अपमान का घूँट पीते हुए भी अनुपम ने वह सब काम किए जो उसे नागवार था। कम-से-कम अपने दोस्तों और अपने प्रतिद्वंदियों के सामने कपड़ा उठाकर अपने ही नारे मिटाना अपमान ही था। अनुपम अपमान रख चुका था।

***

लगभग आधे घंटे में सारी सफाई होने के बाद संजय और रफीक की टोली फिर शोर मचाते हुए गंगा घाट की ओर मुड़ी तो उन्होंने चौक में लगी एक मूर्ति के आगे रंगों से सराबोर डॉक साब को बैठे हुए देखा। डॉक साब घुटने को हाथों से बाँधे डरे हुए बुदबुदा रहे थे–

''लाल किले में उस दिन के जलसे में इतनी छोटी बात पर बादशाह को गुलाम काद़िर खान की बेइज्जती नहीं करनी चाहिए थी। वह नहीं जानते गुलाम कादिर खान शैतान का जाया है और शैतान अपमान भूलने नहीं देता।''

मोहब्बत हो तो जाती है मोहब्बत की नहीं जाती
ये शोला खुद भड़क उठता है भड़काया नहीं जाता

किस्सा है। ताड़कासुर ने भगवान ब्रह्मा से वरदान प्राप्त कर लिया था कि उसकी मृत्यु केवल शिवपुत्र द्वारा ही होगी। यह लगभग असंभव इसलिए भी था क्योंकि भगवान शिव तपस्यारत थे। उनकी तपस्या तोड़ना आवश्यक था क्योंकि ताड़कासुर सर्वनाश पर उतारू था। देवताओं की मंत्रणा के बाद तय हुआ कि कामदेव ही भगवान शिव को तपस्या से विरत कर सकते हैं। कामदेव ने कार्य स्वीकार कर लिया और अनेक विधियों से शिव की तपस्या भंग करने की कोशिश की। शिव जब किसी विधि भी नहीं टूटे तो कामदेव ने अंतिम उपाय किया। उन्होंने अप्सराओं और सुंदरियों को हटाकर स्वयं कमान संभाली। मगर उन्हें शिव का भय भी था। सो एक आम के पेड़ की ओट लेकर कामदेव ने शिव पर 'पुष्पबाण' चलाया। पुष्पबाण शिव को लगा और शिव की तपस्या टूटी। क्रोध के अधीन जैसे ही शिव ने अपने नेत्र खोले वैसे ही आम के पेड़ समेत कामदेव जलकर भस्म हो गए। जिस स्थान पर कामदेव भस्म हुए वह स्थान कामेश्वर धाम कारो, बलिया में था और आज एक तीर्थ स्थल है।

सो समझिए कि जहाँ की मिट्टी में ही कामदेव का भस्म मिला हो वहाँ

की मिट्टी में कितना प्रेम, कितना यौवन और कितना शृंगार मिला होगा! उसी मिट्टी में लड़ते, भिड़ते, खेलते, मलते, जवान हुए रफीक की जिंदगी से भी प्रेम कितने दिन दूर रह सकता था! नहीं रह सकता था।

प्रेम की बयार तो अपने गंतव्य से चल ही चुकी थी बस अभी रफीक तक नहीं पहुँची थी। रफीक कार्यालय में था और बयार अब पहुँचने को ही थी। जब वह पहुँची तो सबसे पहले उसे बिरजू ने देखा और फिर कार्यालय के भीतर चला आया जहाँ रफीक पहले से बैठा हुआ था।

"भैया, नेता भैया कहाँ हैं?" बिरजू ने कार्यालय में घुसते ही पूछा।

"गाँव गए हैं। फसल कटवाने। का भया?" रफीक ने थूक घोटते बिरजू को देखकर कहा।

"लड़की आई है।" बिरजू के मुँह से बस इतना ही निकला।

"लड़की? कार्यालय में? अबे राह भटक गई होगी। पानी पिला के रास्ता बता दे।" रफीक ने भी आश्चर्य से कहा।

"नहीं भैया। नेता भैया को पूछ रही है।" बिरजू ने फिर कहा।

"नेता को? लड़की? नेता कुछ कर के लापता हुआ है पक्का! अकेले है लड़की?" रफीक ने फिर पूछा।

"नाह भैया। लड़की के साथ एक लकड़ी भी है। 17-18 साल का।" बिरजू ने कहा।

"लकड़ी!" रफीक ने आश्चर्य से पूछा।

"हाँ जैसा उसका हाव-भाव है उसको लड़का कहना ज्यादती हो जाएगा उसके साथ।"

"ठीक है। भेज दो भीतर और दरवाजा खुला रखना। कोई भरोसा नहीं। कुछ हो-हल्ला मचा दी तो नेता फसल कटवाता रह जाएगा और दवनी अनुपम राय कर जाएगा।" रफीक ने कहा। उसके पहले शब्द सुनने के साथ ही बिरजू बाहर निकल गया था। रफीक ने मेज पर बैठे-बैठे ही बालों में हाथ फेर लिया। ठीक सामने पड़ी सरस कहानियाँ उसने तेजी से डस्टबिन में डाल दी।

बिरजू के बाहर निकलते ही वो भीतर घुसी मगर उससे पहले घुस आई एक रूहफरोश खुशबू। रफीक अभी तय कर पाता कि यह खुशबू अंबर की है या मस्क या फिर संदल की तब तक वह भीतर आ चुकी थी। रफीक उसे देखते

ही हड़बड़ा गया। लड़की बुर्के में थी। सरापा पर्दे में। उसके साथ नाजुक-सा कमउम्र एक लड़का भी था। लड़की मेज के दूसरी तरफ रखी दो कुर्सियों में से एक पर हथेली टिकाकर खड़ी हो गई। लड़की ने जब देखा कि रफीक बुत-सा खड़ा है तो वह खुद ही बैठ गई। साथ आया लड़का मगर खड़ा ही रहा।

"ज्योति के भइया आप ही हैं?" लड़की ने थोड़ा संयत होकर पूछा।

"जी। मैं ही हूँ।"

"संजय जी!"

"नहीं। रफीक। आप कहिए, क्या काम है?"

"रफीक! मगर ज्योति ने तो संजय बताया था। काम तो उन्हीं से था। कब तक आ सकेंगे?" लड़की ने परेशान-परेशान-सा ही कहा।

"शायद शाम तक।"

"ओह फिर कैसे होगा?" लड़की विचलित होकर पीछे खड़े लड़के की ओर मुड़ी जो खुद ही कातर खड़ा था।

"आप परेशानी बताएँ।" रफीक अब थोड़ा संयमित होकर बोला।

"जी मेरी परेशानी से वही निजात दिला सकते हैं।"

"उनकी परेशानियाँ मैं संभाला करता हूँ। आप बताएँ।" रफीक ने कहा। लड़की अब भी असहज ही थी और हाथ में लिए बॉल-पेन के बटन को अनवरत दबाए जा रही थी। जब दो क्षण चुप रहने के बाद वह फिर पीछे मुड़कर साथ आए लड़के की ओर देखने लगी तो रफीक कुढ़ गया। उसने लड़के की ओर देखा और लड़के से पूछा-

"भाई नाम क्या है तुम्हारा?"

"फफी फेखर फक्फेना।" लड़के ने फौरन कहा। मालूम पड़ा कि लड़के की जुबान मोटी थी और वह तुतलाता था।

"क्या?" रफीक की समझ में कुछ भी नहीं आया था।

"फर! फफी फेखर फक्फेना।" लड़के ने दोहराया।

"अरे 'फल' का शब्दरूप नहीं पूछ रहे हैं भाई! नाम पूछ रहे हैं, नाम।" रफीक ने परेशान होकर कहा। लड़की को भी रफीक की बात सुनकर हँसी आई। मगर हँसी दबाते हुए उसने हँसी को मुस्कुराहट तक सीमित कर लिया और बुर्के के भीतर से ही बोली-

''शशि शेखर सक्सेना है नाम इनका।'' रफीक ने अब फिर लड़के को देखा। उसका दिमाग एकबार फिर घूम चुका था। लड़का हालाँकि बिना किसी संकोच के मुस्कुरा ही रहा था। रफीक ने बहरहाल कहा–

''शशि जी, जरा बाहर जाकर बैठें। दीदी झिझक रही हैं आपसे।'' लड़का तो जैसे इसी आज्ञा का इंतजार कर रहा था। वह सिर को एक दफा हिलाकर बाहर निकल गया। लड़के के जाते ही रफीक ने लड़की से कहा–

''हाँ, अब बताएँ!''

''कैसे कहूँ?'' लड़की ने हिचकिचाते हुए कहा।

''जुबान को थोड़ी तकलीफ होगी लेकिन आवाज बाहर जरूर आएगी। आप कोशिश करें।'' रफीक ने मजाहिया अंदाज में ही कहा।

''मैं इतिहास सेकेंड इयर की स्टूडेंट हूँ।'' लड़की ने बहुत हिम्मत कर कहा।

''बढ़िया!'' रफीक ने मेज पर कुहनी टिकाकार हथेली में ठोढ़ी रखते हुए कहा।

''फर्स्ट इयर में मेरे 'यूरोप के इतिहास' पेपर में 68 नंबर आए थे।'' लड़की ने कहा।

''यह तो अच्छे नंबर हैं।'' रफीक ने कहा।

''जी।'' कहकर लड़की चुप हो गई।

''तो फिर परेशानी क्या है?'' रफीक ने फिर पूछा।

''सुनिए तो!'' बुर्के के पीछे से लड़की की लगभग भारी आवाज आई।

''सुन ही तो रहा हूँ। आप ही दरम्यानी इतवार ले ले रही हैं।'' रफीक ने कहा।

''एक लड़का है।'' लड़की ने फिर तेजी से बॉल-पेन का बटन दबाते हुए कहा।

''अच्छा! प्रेम की प्रॉब्लम है?'' रफीक ने थोड़ा विषाक्त ही कहा।

''नहीं-नहीं। आप गलत समझ रहे हैं। दरअसल यह लड़का मुझे पिछले एक साल से परेशान कर रहा है। मगर मुझे उससे कोई परेशानी नहीं। इस शहर की लड़कियों को इसकी आदत होती है।'' लड़की ने एक गहरी साँस ली और फिर कहना शुरू किया–

"पिछले साल इसने मेरे रिक्शा पर एक चिट्ठी फेंक दी थी जिसे बिना पढ़े मैंने वहीं फाड़कर फेंक दिया था। उसने इस बात का बदला मुझसे लिया है।" कहते-कहते लड़की का गला भर आया।

"मैं समझ सकता हूँ।" रफीक ने पानी का ग्लास लड़की की ओर सरकाते हुए कहा। रफीक की आवाज में उभरी सांत्वना को सुनते ही लड़की फिर समझ गई कि वह गलत समझ रहा है। उसने फौरन ही कहा-

"सेकेंड इयर में दाखिले के बाद जब मैं परिचय पत्र लेने गई तो मुझे पता चला कि वह तो मैं पहले ही ले चुकी हूँ। पहले तो मुझे लगा कि कॉलेज से ही कुछ गड़बड़ हो गई होगी; इसलिए दूसरा बनवा लिया। मगर...।"

"मगर?" रफीक ने पूछा।

"मगर दो दिन पहले ही मेरे घर के पते पर एक एडमिट कार्ड आया। यूरोप के इतिहास के इंप्रूवमेंट एक्जाम का एडमिट कार्ड।" लड़की ने रुँधे गले से कहा।

"क्या?" रफीक चौंका।

"हाँ! उस लड़के ने आईडी कार्ड में से मेरी तस्वीर निकालकर फर्स्ट इयर के उसी पेपर का इंप्रूवमेंट का फॉर्म भर दिया।"

"यानी आपको अब उस पेपर की परीक्षा फिर से देनी होगी जिसमें आपके अड़सठ नंबर थे?" रफीक ने फिर चौंकते हुए पूछा।

"जी हाँ!" लड़की ने कहा।

"बलिया वीरों की धरती ऐसे ही नहीं कही जाती।" कहते-कहते रफीक की हँसी फूट पड़ी।

"और आपको यह मजाक लगता है?" लड़की ने उठते हुए कहा।

"नहीं-नहीं। नाराज न हों। सिर्फ यह बताएँ कि आपको कैसे पता यह उसी की करतूत है?" रफीक ने हँसी दबाते हुए पूछा।

"यह जो लड़का मेरे साथ आया था ना; यह उसी के ग्रुप का है। उसी ने बताया।" लड़की ने कहा।

"कौन? ये फलम-फले-फलानी?" रफीक ने उसी लड़के की बाबत कहा।

"मतलब?" लड़की ने पूछा।

''मतलब यह कि आपका मामला थोड़ा पेचीदा है। आपको दोनों की जरूरत पड़ेगी। संजय की भी; लिखाई-पढ़ाई के लिए और मेरी भी, लड़ाई-तुड़ाई के लिए। लड़के का और अपना नाम और रोल नंबर लिखवा दीजिए।'' रफीक ने साथ ही रखे संजय के लेटर हैड पर कलम घुमाते हुए कहा।

''लड़के का नाम मुझे नहीं पता। जिस लड़के को लाई थी, उसी से पूछ लीजिए। और हाँ! प्लीज मेरा काम कर दीजिएगा। मार-पीट के लिए मैं यहाँ नहीं आई थी। बस ज्योति ने कहा था इसलिए...।'' लड़की ने करीने से बुर्के को सहेजते हुए कहा।

''हो जाएगा। आप मुतमइन होकर जाएँ।'' रफीक ने कहा।

''शुक्रिया!'' कहकर लड़की बाहर जाने को खड़ी हो गई।

''अपना नाम, पिता का नाम और परीक्षा का रोल नंबर लिखवा दीजिए।'' रफीक ने कागज पर कलम खटखटाते हुए पूछा।

''उजमा हसन। अब्बू का नाम मुस्तकीम हसन और रोल नंबर...।''

''मुस्तकीम हसन? जिला व्यापार संघ वाले मुस्तकीम हसन!'' रफीक ने आश्चर्य से पूछा।

''जी वही!'' लड़की ने धीमे से ही कहा।

''तो आप यहाँ क्यों आई हैं? अब्बू से ही कह देतीं, सारा महाविद्यालय आपके घर आ जाता।'' रफीक, हसन साहब के रसूख से भलीभाँति परिचित था।

''नहीं! प्लीज! मेरी बात सुनें।'' कहते हुए लड़की ने वहशत में नकाब उलट दिया और उसी वहशत में कहती गई-

''उन तक बात पहुँच गई तो मेरी तालीम रुक जाएगी। मैं बहुत गुजारिशों के बाद पढ़ रही हूँ।'' लड़की ने कहा और उसके बाद भी कुछ-कुछ कहती रही मगर रफीक सुन नहीं पाया। नकाब के पलटे जाने के बाद से ही उसके कानों में शहनाई बजने लगी थी।

उसे लगा कि किसी नूर ने, किसी आसमानी रौशनी ने जिस्म का पैरहन पहन लिया है। बरकतों का अगर कोई चेहरा होता होगा तो ऐसा ही होगा। उसे लगा कि अजान की आवाज उसके हर बोल के साथ फूट रही है। उसने महसूस किया कि ऐसे ही किसी चेहरे के लिए आदम ने फल तोड़ लाने का गुनाह कर

दिया होगा। यूँ मुँह बाये वह नकाब उठने के खुमार में ही रहता अगर लड़की ने जोर से न कहा होता-

"आपसे नहीं हो पाएगा तो कोई बात नहीं लेकिन बरा-ए-मेहरबानी अब्बू तक बात न पहुँचे! ठीक है ना!"

"आँ... हाँ हो जाएगा! बेफिक्र रहें आप।" रफीक की बेसुधी टूटी और उसने अचानक ही कहा।

"शुक्रिया!" कहकर लड़की तेज कदमों से बाहर निकलने लगी।

"सुनिए!" रफीक ने टोका- "आपका काम हो जाए तो आपको खबर कैसे हो! मेरा मतलब है कॉलेज में रोककर बताना शायद आप गवारा न करें।"

"आप बता सकते हैं। गवारा कर लूँगी।" लड़की के चेहरे पर एक तिरछी-सी मुस्कान आई और वह अबकी ऑफिस से बाहर निकल गई। उसके निकलने के कुछ ही समय बाद संजय कार्यालय में घुसा और कमरे में फैली रूहफरोश खुशबू को जज्ब करता हुआ रफीक से पूछा-

"कौन आया था बे!"

"तबाही!" रफीक ने पंखे की ओर एक टक देखते हुए मुख्तसर-सा जवाब दिया।

***

सिटी पी जी कॉलेज। जनपद का सत्तर साल पुराना कॉलेज। दिन में विद्यार्थियों, शिक्षकों और कर्मचारियों के चहलपहल से भरा रहने वाला कॉलेज शाम ढलते ही चिड़ियों की चहचहाहट के बाद गहन शांति की चादर जब ओढ़ लेता था तो झींगुरों की झाँय-झाँय भी शोर का ही आभास देती। पीछे मैदान में कोई सियार भी हुआँ-हुआँ कर जाए तो अचंभा नहीं। खामोशी इतनी कि महाविद्यालय में रात की पाली के सुरक्षागार्ड बेनी बाबू अपने ही खर्राटे से डर जाया करते।

मगर आज रात विश्वविद्यालय की छत पर से एक घबराती हुई चिल्लाने की आवाज बार-बार आ रही थी। बेनी बाबू को खटका लगा। भूत-पिशाचों का डर भी लगा; मगर जब बार-बार आवाज आती रही तो वह आवाज का पीछा करते हुए आगे बढ़ने लगे। आवाज ऊपर कॉलेज के छत से आ रही थी।

आवाज के पीछे-पीछे जब वह छत पर पहुँचे तो नजारा देखकर उनके रोंगटे खड़े हो गए। उन्होंने देखा कि छत की मुंडेर पर रफीक ने एक लड़के को बैठा रखा था। बिलकुल यूँ कि अब एक धक्के से लड़का महाविद्यालय की छत से पचास फीट नीचे जमीन पर गिर पड़े। लड़के की गर्दन एक दूसरे लड़के नसीम ने ऐसे पकड़ रखी है जैसे वह अभी उसे छत से नीचे की ओर धकेल देगा। लड़का बेतरह चिल्ला रहा था। रो रहा था। गिड़गिड़ा रहा था। रफीक के साथ नसीम और बिरजू थे जिसे बेनी बाबू नहीं पहचानते थे। वह स्थिति देखकर जड़ हो गए थे। उनके आने की आवाज और टॉर्च की रौशनी से रफीक ने पहचाना। अभी वह कुछ कहते उससे पहले रफीक ने ही कहा-

"अरे बेनी बाबू! आइए-आइए। देखिए तो लड़का अपना नाम भूल गया है। पहचानते हैं इसको? नाम पूछिए जरा!" रफीक ने कहा। उसके मुँह खोलने से शराब की बदबू का एक भभका-सा बेनी बाबू तक पहुँचा।

"आप लोग यहाँ ऊपर आए कैसे?" बेनी बाबू अलग ही परेशान थे।

"हमलोग! कैसे आए! ताला खोल के बेनी बाबू। पाँच रुपया में तो चाभी बन गया।" रफीक ने यूँ कहा जैसे वह अपने घर में आने की प्रक्रिया बता रहा हो।

"ये क्या कर रहे हैं? लड़का नीचे गिर जाएगा।" बेनी बाबू को अब वस्तुस्थिति का एहसास हुआ। वह रफीक के छत तक आने की कहानी छोड़कर मूल बात पर पहुँचे।

"नहीं गिरेगा बेनी बाबू। अभी नाम बता देगा तो इसको उतार लेंगे। नाम ही नहीं बता रहा।" रफीक ने बेनी बाबू से कहा। रफीक बेनी बाबू के साथ उलझा ही हुआ था कि उसी बीच बिरजू ने चुपके-से सबसे छुपाकर संजय को जल्दी कॉलेज आने का मैसेज कर दिया। वह फोन नहीं कर सकता था और उसे लग रहा था कि रफीक और नसीम जो कि नशे में हैं, कुछ गड़बड़ न कर दें। इसलिए उसने संजय को मैसेज कर आने को लिख दिया था।

"लड़का मर जाएगा रफीक। आप हमारे बेटे जैसे हैं। यहाँ से गिरा तो हमारे ऊपर जिम्मेदारी आ जाएगी। केस-मुकदमा हो जाएगा। हमारी नौकरी चली जाएगी।" बेनी बाबू गिड़गिड़ाए।

"अरे कुछ नहीं होगा बेनी चा। देखिए लड़के से लिखवा के चिट्ठी इसी

के पॉकेट में रखे हैं कि कोटा में एडमिशन नहीं हुआ इसलिए हम जान दे रहे हैं।''

''अरे ऐसा मत कीजिए रफीक बेटा! छोटा बच्चा है। इसको देखे हैं। यही शायद इंटर कॉलेज में पढ़ता है। कॉलेज के आस-पास दिख जाता है।'' बेनीबाबू ने फिर गुजारिश की।

''यही तो! इंटर कॉलेज का लड़का पी जी कॉलेज के आसपास क्यों दिख जाता है अक्सर? आप लोग बैठ के खैनी ठोक रहे हैं केवल? लटकाना तो आपको चाहिए। ऐ बिरजू पकड़ चाचा को!'' रफीक ने आवाज कड़ी की।

''कुछ किया है क्या ये लड़का!'' बेनी बाबू ने डरकर पीछे हटते हुए पूछा।

''हाँ! नाम नहीं बता रहा!'' रफीक ने फिर वही बात दुहराई। बेनी बाबू को समझ ही नहीं आया कि आखिर नाम में ऐसा क्या है जो रफीक जानना चाहता है और वह लड़का बता नहीं रहा।

''बेटा नाम क्या है तुम्हारा?'' बेनी बाबू ने लड़के को पुचकारते हुए कहा।

''हमसे गलती हुई है। हम कान पकड़ के माफी माँगते हैं। अब कभी इधर कॉलेज की तरफ नहीं आएँगे। हमें छोड़ दीजिए।'' लड़का ने रोते-गिड़गिड़ाते हुए गुजारिश की।

''देख रहे हैं न बेनी चा! सब राग सुना दे रहा है बस राग नामेश्वरी सुनाने में ही इसकी...।'' रफीक ने लड़के का कॉलर पकड़े हुए अभी इतना ही कहा था कि उसका ध्यान संजय की बुलेट की आवाज ने खींच लिया। संजय नीचे कॉलेज की गेट पर बुलेट लगा रहा था।

''इसका सत्यानाश जाए! ये कैसे आ गया? कौन मुखबिरी किया बे? नसीम तुम?'' रफीक ने बिफरते हुए पूछा।

''अल्ला कसम भैया! हम तो तब से इसको पकड़े हुए खड़े हैं। खबर करेंगे तो इसको छोड़ना पड़ेगा। छोड़ेंगे तो मर जाएगा।'' नसीम ने सफाई दी.

''बिरजू तुम बुलाए इसको?'' रफीक ने बिरजू से गुस्से में ही पूछा।

''आपकी कसम रफीक भैया!'' बिरजू ने तर्जनी और अँगूठे से कसम

खाने के अंदाज में गला छूते हुए कहा।

''झूठा कसम खा के ही मार दो साले! तुम लोग तो चाहते ही हो कि किसी तरह मुसलमान खतम हो।'' रफीक ने अब झूठा गुस्सा दिखाते हुए डाँटा।

''अरे राम-राम बोलिए भैया।'' बिरजू को लगा कि रफीक सच में नाराज है।

''अल्ला-अल्ला बोलने से काम नहीं चलेगा?'' रफीक ने मुस्कुराते हुए जब तक बिरजू से यह बात कही तब तक संजय छत पर आ चुका था। उसे देखते ही बेनी बाबू की जान में जान आई। वह सीधे दौड़कर संजय के पास जाकर हाथ जोड़कर खड़े हो गए।

''क्या मजलिस लगाए हो मियाँ?''

''अरे आओ नेता! कैसे पहुँचे?'' रफीक ने उलझती आवाज में ही कहा।

''जब पहाड़ मोहम्मद के पास नहीं आता तो मोहम्मद ही पहाड़ के पास आ जाते हैं। ये कहो, लड़के को क्यों लटकाए रखे हो? कसूर क्या है इसका?'' संजय ने छत की बाउंड्री वाल पर उछलकर बैठते हुए पूछा।

''कसूर का तो ऐसा है मियाँ कि लड़का कसूर का आफताब है। उम्र से पहले जवान हो गया है। चलती रिक्शा पर लड़कियों का दुपट्टा खींच देता है। एसिड-वेसिड भी रेडी रखता है एनीटाइम। कामदेव का सीधा रूप है। यूसुफ है यूसुफ। जिसको चुन लिया उसको हाँ करना ही है। नहीं तो लड़की का फॉर्म भर के बैक लगवा देता है।'' रफीक ने लड़के का गाल खींचते हुए कहा।

''अच्छा! वो वाला केस है!'' संजय को उजमा की समस्या याद आ गई।

''हाँ नेता! और ढीठ इतना है कि नाम पूछने पर बता नहीं रहा।'' रफीक ने जब फिर वही बात कही तो नसीम की हँसी छूट गई। संजय ने एक बार नसीम को देखा, फिर रफीक को देखा और फिर लड़के से पूछा-

''नाम क्या है?''

''भैया हम नहीं बता सकते।'' लड़के ने गिड़गिड़ाते हुए कहा।

''माँ-बाप ने गुप्त रोग के नाम पर तो नाम नहीं रखा होगा! बता दो! शर्माने की बात नहीं है।'' संजय ने समझाते हुए कहा।

''भैया वो बात नहीं है। हम जैसे ही नाम बताएँगे, ये हमको नीचे फेंक

देंगे।'' लड़के ने नसीम की तरफ इशारा किया जो अब तक उसे पकड़े खड़ा था और अब उसकी बात से फिर हँस दिया था।

''क्यों फेंक देगा!'' संजय ने अचरज से पूछा।

''भैया, हम सुन लिए हैं। ये कह रहे थे कि लड़के का नाम 'पुष्कर' है। जैसे ही लड़का कहे 'पुष्कर' तो इसको 'पुश कर' देना। टंटा खत्म हो जाएगा।'' लड़के ने रफीक की ओर इशारा करते हुए बताया।

''भाक साला! नाम है कि आत्मघाती बम है। माँ-बाप भी कितना फिदायीन नाम रख देता है। पुश-कर।'' कहते हुए संजय को हँसी की रेल लग गई। उसके साथ-साथ सभी हँस पड़े। संजय ने लड़के को नसीम से छुड़वाया और हँसते हुए ही पूछा- ''पिताजी का नाम क्या है?''

''भैया इससे तो अच्छा हमें नीचे ही फेंक दीजिए मगर पापा तक बात मत पहुँचाइए।'' उसकी बात से संजय को फिर हँसी आ गई।

''चलो भागो! बिना पीछे मुड़े भाग जाओ। और इधर कॉलेज के आसपास दिखे तो पापा से ही पुश करवाएँगे। चलो सीधी रेखा में निकलो।'' संजय के इतना कहने की देर थी कि लड़का नाक की सीध में यूँ भागा जैसे कमरे में बंद चिड़िया खिड़की खुलने पर भागती है। उसके जाने के बाद संजय ने रफीक से कहा-

''ये सब गुंडई न किया करो मियाँ; हमको चुनाव लड़ना है भाई, मुकदमा नहीं।''

''चुनाव की ही तैयारी कर रहे हैं। लड़कियों का वोट सेट कर रहे थे तुम्हारे लिए।'' रफीक ने सीढ़ियों से उतरते हुए कहा।

''मेरा वोट सेट कर रहे थे कि अपना गोट सेट कर रहे थे।'' संजय ने मोटर साइकिल में चाभी लगायी।

''मतलब?'' रफीक ने मोटर साइकिल पर पीछे बैठते हुए कहा।

''साफ दिख ही रहा है कि तुम्हारा कबूतर फिर उड़ेगा।'' संजय ने मोटर साइकिल स्टार्ट करते हुए कहा। रफीक उसकी बात सुनकर उदास हो गया और उसी उदासी में कहा-

''पुराना जमाना ही ठीक था नेता! लोग बाण मारते थे। आजकल तो दोस्त लोग... खैर जाने दो।'' रफीक ने आधी बात में ही पूरी बात कही, जिसे

समझते ही हँसी के मारे संजय की गाड़ी अनियंत्रित हो गई जिसे संजय ने किसी तरह संभाला। गाड़ी आगे की ओर बढ़ चली। उनके बढ़ते ही नसीम अपने घर की ओर निकला, बिरजू कार्यालय की ओर और बेनी बाबू ने आज सालों बाद सीटी बजाते हुए कॉलेज के चक्कर लगाए।

***

किस्सा है। अमुक जी महाराज रोज पाँच कोस चलकर गंगा स्नान को जाते थे। यह उनका नित्य का नियम था। पिछले लगभग बीस वर्षों से बिला नागा। इन्हीं दिनों में उन्होंने देखा था कि मार्ग में चार कट्ठे से ज्यादा का एक प्लॉट था जिस पर किसी का मालिकान हक नहीं था। जमीन बहुत ही सुंदर और गंगा नदी के पाँव पखारती हुई थी। अब जिस पर किसी का मालिकान हक नहीं होता उस पर सरकार का हक होता है और जब हक सरकारी होता है तो यह हक सबका होता है। 'मारे सो मीर' की उक्ति चरितार्थ होती है। अमुक जी महाराज सोए और जब जागे तो उनके दिमाग में चार बिगहे की जमीन पर मठ का पूरा आर्किटेक्चर तैयार था। समस्या थी तो बस जमीन अधिग्रहण की। अपनी समस्या पर वह खुद ही हँसे और खुद से ही कहा- 'यह भी कोई समस्या है!'

अगले दिन अमुक जी महाराज एक बार नहीं दो बार नहाने गए। पहली बार भोर की पहली किरण के साथ और दूसरी बार घोर अँधेरी रात के दूसरे पहर। रात में उन्होंने जाकर उस जमीन पर तीन उँगली गड्ढा किया। उसमें पहले सूखे चने डाले। उसके बाद एक छोटा गोलाकार पत्थर डाल दिया और चुपचाप चले आए।

अगले दिन से बाबा बिला नागा उसी जगह पर स्नानोपरांत जल चढ़ाने लगे। कुछ ही दिन में चने जब फूल गए तो नम मिट्टी फाड़कर ऊपर आ गए। और साथ ही ऊपर आया वह पत्थर। बाबा ने घोषणा की- 'आपरूपी भगवान प्रगट हुए हैं।' बस फिर क्या था। ढोल-मजीरे बजने लगे। पूरे सात दिन का जागरण हुआ और जब जागरण खत्म हुआ तो आपरूपी स्थान पर अस्थायी चबूतरा बन चुका था। अंग्रेज देश छोड़कर जा रहे थे, उन्हें माल असबाब समेटने की जल्दी थी; सो इस धार्मिक और संवेदनशील मामले में क्यों टाँग फँसाते! इस प्रकार चने के अंकुरण से चार बिगहे जमीन पर अमुकानंद मठ

की नींव पड़ी। बोलिए अमुकानंद महाराज की जय!

रफीक के मन में भी एक शुक्रिया रूपी चने ने हृदय फाड़कर प्रेम का अंकुरण कर दिया था। हुआ यूँ कि पुष्कर उस रोज के बाद नहीं दिखा। संजय ने विश्वविद्यालय के परीक्षा विभाग में साठ-गाँठ से इम्प्रूवमेंट का आवेदन रद्द करा दिया। उजमा को कॉलेज के बाहर रफीक ने महज एक बार सूचना देने के लिए ही टोका था। उजमा ने शुक्रिया कुछ इस अंदाज में अदा किया था कि वह क्षण रफीक के लिए ठहर-सा गया था। उसने गुजश्ता दो-तीन सालों में कई जगह वक्त दिया था मगर इस बार बात कुछ गंभीर थी। अबकी दफा उसे लगा था कि यह शुक्रिया महज रस्म अदायगी नहीं थी।

सच भी यही था। यह शुक्रिया महज रस्म अदायगी नहीं थी। उजमा ने भी अपनी ओर से कोई खिंचाव तो महसूस किया ही था। कॉलेज की पढ़ाई के दौरान जो स्वछंदता उसने महसूस की थी उसमें अपने मन पर अपना बस न होना भी एक था। उसे मालूम तो था कि वह जो सोच रही है, जिधर बढ़ रही है वह काबिल-ए-कुबूल नहीं है। मगर उसने यह भी महसूस किया था कि इस पर उसका बस भी नहीं है। रफीक अक्सर उसकी क्लास में पीछे की सीट पर बैठा दिख जाता था। वह उसे देख तो नहीं पाती थी मगर वह यह जरूर जानती थी कि पीछे बैठा रफीक बस उसे ही देखे जा रहा है। वह इस खयाल के ही प्रेम में थी। खयालों के प्रेम में होना तमाम उम्र आपको प्रेम में बनाए रखता है।

रफीक प्रेम में था। इस कारण वह आधे मन से भी संजय के साथ नहीं था। दिन उसका उजमा की क्लास में निकल जाता और शाम कहाँ निकलती यह बस रफीक ही जानता था। चुनावों में अभी वक्त था इसलिए संजय ने भी इसे कुछ गंभीरता से नहीं लिया था और स्वयं ही अपने स्तर से तैयारियाँ कर रहा था। एक दिन जब वह कार्यालय में छात्रों की समस्याओं की पुर्जियाँ देख रहा था कि तभी बिरजू अपनी क्लास खत्म कर घुस आया-

''भैया इनका कुछ कीजिए।'' बिरजू ने आते ही बिफरकर कहा।

''किसका?'' संजय ने अचरज से पूछा।

''रफीक भैया का और किसका!''

''क्या हुआ?''

''इनका इलेक्शन में एकदम ध्यान नहीं है।''

"हाँ। वो तो हम देख रहे हैं। लेकिन यह नहीं देख पा रहे कि ध्यान है कहाँ।"

"इतिहास के क्लास में; और कहाँ!" बिरजू ने बैठते हुए कहा।

"क्या! मियाँ इतिहास की क्लास कर रहा है?" संजय ने आश्चर्य से आँख चौड़ी की।

"बिला नागा।"

"भक्क झुट्ठा!"

"अरे सच कह रहे हैं। आपको तब यकीन आएगा जिस दिन सुमित्रा माट साहब क्लास से कुर्ता फाड़ते हुए निकलेंगे।"

"क्या हुआ?" संजय ने चिंतित होकर पूछा।

"मत पूछिए! फलवाले की बेटी के चक्कर में क्लास में जाकर बैठ जाते हैं और नाश कर देते हैं क्लास का।"

"अरे नहीं-नहीं! ज्योतिया पढ़ती है न इतिहास। तो वही हाल पता करने चला जाता होगा।" संजय ने अपनी चचेरी बहन की बाबत कहा।

"हाँ भैया! पढ़ती तो है। लेकिन ये पढ़ाई होने दें तब न। एक दिन की बात है। क्लास चल रहा था सुमित्रा गुरु का। ये चिल्ला के डपट दिए सबको कि तुम लोग साले पढ़ने नहीं देते हो! आगे बेंच पर जाकर सुनेंगे। चले गए एकदम पहले बेंच पर सुमित्रा गुरु के सामने। एक घंटा साँस रोके त्राटक लगा के लेक्चर सुनते रहे। सुमित्रा गुरु को लगा कि इतिहास से आईएएस का नया कंडीडेट बस मिल ही गया है। खूब मुँह देख-देख पढ़ाए और फिर लास्ट में सुमित्रा गुरु का तकिया कलाम आया- कोई सवाल?"

"रफीक भैया हाथ खड़ा कर दिए। गुरु जी कहे कि पूछो। तो दो मिनट सोच के कहते हैं कि आप सब्जेक्ट कौन-सा पढ़ा रहे थे? सारा क्लास लगा हँसने। गुरुजी डस्टर पटक के निकल गए।"

"साला बाकी लड़कों को भी पढ़ने नहीं देगा ये।" संजय ने हँसते हुए कहा।

"हमको लड़कों की चिंता नहीं है; सुमित्रा गुरु की है। मर जाएगा बेचारा।"

"अरे ऐसा कुछ नहीं।" संजय ने मुस्कुराते हुए कहा।

“भैया आप नहीं जानते हैं न इसलिए ऐसा कह रहे हैं। हम तो क्लास में रहते हैं। कल गुरु जी से सवाल कर दिए कि ‘गुरु जी प्लेटो कैसा था?’ सुमित्रा गुरु अचकचा गए। कहने लगे क्या मतलब कैसा था! तो रफीक भाई कहे कि मतलब आप तो प्रागैतिहासिक काल के हैं; देखे ही होंगे। फिर ठहाका लगा। सुमित्रा गुरु फिर बाहर।”

“हम बात करते हैं। कहाँ है मियाँ अभी?” संजय ने पूछा।

“कहाँ होंगे! प्रेत के दो मकान या तो पीपल या श्मशान। क्लास में नहीं हैं तो गंगा किनारे बैठे होंगे। मझौंवा घाट पर देख लीजिए।” बिरजू ने कहा। संजय मुस्कुराया और बिरजू को लड़कों की समस्याओं की लिस्ट पकड़ाकर बाहर निकल गया।

***

मझौंवा घाट शाम के पहले ही पहर से वीरान हो जाता है। बढ़ियाई गंगा अपने उन्मादी दिनों में सबसे ज्यादा प्रकोप इसी घाट पर दिखाती है। जब वह सामान्य रास्ता छोड़कर बाईं ओर कटान बढ़ाती है तो यह घाट ही सबसे अधिक घाटा सहता है। कहते हैं यहाँ की मिट्टी इस दैवीय नदी को इतनी पसंद है कि वह इससे साँठ-गाँठ रखती है और बड़ी आसानी से स्नान को पहुँचे अनाड़ियों को खींच लेती है; जिनका आरोप पिशाचों, डाकिनियों और छलावों पर चला जाता है। रही-सही कसर रात के तीसरे पहर में गंगीय डॉल्फिनों की उछल-कूद पूरी कर देती है जो पीढ़ी-दर-पीढ़ी से पीपलवाले की कूद और दादियों और नानियों द्वारा खुले ब्रह्म बताए जाते रहे हैं।

सो आश्चर्य नहीं कि मझौंवा घाट पहले पहर के साथ ही वीरान हो जाता।

संजय जब बाँध की ढलान पार करते हुए नीचे उतरा तो उसे रफीक दिख गया। वह दोनों हाथों को पीछे टेक दिए चाँद की तरफ गर्दन उठाए बैठा था। उसकी पीठ संजय की ओर थी। संजय ने चुपचाप अपनी चप्पल खोली। नम पड़ी मिट्टी से उसके पैरों को जो शीतलता मिली तो उसने चलते-चलते अपना कुर्ता भी उतार दिया और फिर अचानक ही तेजी से दौड़ता हुआ रफीक के ठीक सामने से गंगा में छलांग लगा दी।

अचानक हुए इस वाकये से रफीक डर गया। वह थोड़ा पीछे छिटका और

आयत-अल-कुर्सी पढ़ने लगा। वह डरपोक कतई नहीं था। मगर ऐसी औचक स्थिति में कोई भी चौंक ही जाता है। रफीक भी चौंककर एहतियातन खड़ा हो गया था। तभी संजय ने पानी में से सिर निकाला और कान में घुसे पानी को उँगली से निकालते हुए कहा-

"औ मियाँ! फुलौने में हवा है कि लीक होय गई?"

"भे मरदे! इस तरह कहीं डराया जाता है?" रफीक ने लंबी साँस छोड़ते हुए कहा।

"अकेले धूनी रमाए हो। पिछपलाई और पीपलवालों से तो डर ही नहीं है और आदमी से डर रहे हो?" संजय ने दोनों हाथों से बाल पीछे कर पानी निकालते हुए कहा। वह खुद भी अब बाहर निकल आया था।

"अकेले कहाँ हैं! वो तो साथ है ना!" रफीक ने चाँद की तरफ इशारा करते हुए कहा।

"कौन, चंद्रमा?" संजय ने चाँद की ओर देखते हुए पूछा।

"नहीं बे! उजमा।" रफीक ने एक टक चाँद को निहारते हुए कहा।

"अरे यार!" संजय ने ऊबी हुई आवाज में कहा, जिसका रफीक ने कोई जवाब नहीं दिया। संजय ने ही फिर उसके करीब बैठते हुए गमछे से शरीर पोंछते हुए पूछा-

"पिए हो क्या मियाँ?"

"हाँ थोड़ा-सा। एक बोतल बस। क्या हुआ?" रफीक ने पूछा।

"लड़की?" संजय ने आश्चर्य से पूछा। जवाब में रफीक ने हाँ या ना कुछ नहीं कहा बस फिर सिर उठाकर चाँद देखने लगा। संजय को जाहिर हो गया कि रफीक फिर प्रेम में है। उसने मगर फिर भी आश्चर्य से पूछा-

"फिर से!"

"दिल डोलायमान है नेता! डोल जाता है।" रफीक ने चाँद देखते हुए ही कहा।

"ऐसे कैसे बे? दिल न हो गया लोटा हो गया। चलते-फिरते डोल जाता है। ऐसे कैसे डोल जाता है!" संजय ने ढलान पर चढ़ते हुए कहा।

"ऐसे ही होता है। सोच-समझ के थोड़े न होता है। अब देखो! हम तो गड़हा-पीर से तावीज बँधवाए थे कि अब प्यार-मुहब्बत के झमेला में पड़ना

ही नहीं है। गड़हा–पीर का बबवा गारंटी भी लिया था कि बाजू में तावीज पहने रहो। लड़की तुम्हारे बाजू नहीं फटकेगी। और सही भी था। कॉलेज में तो छोड़ ही दो, सिनेमा रोड में भी हम गुजरे तो लड़कियों का अकाल हो जाता था। तुम्हारी रैली के लिए भी सात बार सात लड़की बुलवाए। एक भी नहीं आई। एक दिन तो हद हो गई। जच्चगी वाली खाला हमको घर से बुलाकर ले गई। कहने लगी– रशीदन के लड़का नहीं हो रहा। जरा बाहर से चल के चिल्ला दे कि लड़की आएगी। हमने कही उससे क्या होगा तो कहने लगी कि तू लड़की बोलेगा तो लड़का हो जाएगा। ये तो हाल हो गया था।'' कहते हुए रफीक थोड़ा रुका मगर जब उसने देखा कि संजय उसकी बात ध्यान–से मुस्कुराते हुए सुन रहा है तो उसने कहना जारी रखा–

''बड़ा कमबख्त दिन था जब कार्यालय में आके 'प्लीज' बोल दी। 'सवाया' तो उस दिन ही गल गए थे हम। उसका काम हुआ। बताने गए तो अँग्रेजी में थैंक यू बोली।'' रफीक कह ही रहा था कि संजय ने टोका–

''थैंक यू अँग्रेजी में ही बोला जाता है।''

''सुनो। आधा पे बाधा मत डालो। हाँ तो 'थैंक यू' बोली। 'आधा' काम उस दिन हो गया। एकाध बार टकराई तो ठिठक गई। हम बात किए तो बात भी की। एक दिन जाते–जाते कही कि आप आस–पास होते हैं तो थोड़ा कम डर लगता है। 'पौना' जज्बात उस दिन पिघल गया। लेकिन तब भी गड़हा–पीर वाले बबवा का तावीज काम कर रहा था। एक दिन नंबर माँगे तो फौरन दे दी। रात को दस से ग्यारह फोन होने लगा। अल्ला कसम! पूरा घंटा बात किए बिना फोन नहीं रखे एक्को दिन। एक दिन कहने लगी– 'हमें रणबीर पसंद है'। हमने कही–'हमें अनुष्का' तो चिढ़ गई। कहने लगी– 'हुह! सर्जरी कराई है।' हमने कही– 'इतना डीप तो हम नहीं घुसे हैं; लेकिन तुम कह रही हो तो ठीक ही कह रही होगी।' फिर खुश हो गई। कहने लगी– 'हमें रामलीला देखने का मन है।' हमने कही– 'भगदड़ होती है।' तो सिर पीटते हुए कहने लगी– 'फिल्म! बुद्धू... फिल्म।' लड़की जब बुद्धू बोल दे न नेता तो इतनी खुशी होती है जितनी साले फुद्दन मियाँ का लुँगी खींच के भागने पर भी नहीं होती थी। दिल कहता है कि हाँ! हैं हम बुद्धू। हमसे तीन का पहाड़ा पूछ लो। नहीं आता। अलिफ, बे, पे, पूछ लो। नहीं आता। आता भी होगा तो नहीं बताएँगे। इसलिए

कि तुम फिर से कहो- बुद्धू।''

''उपन्यास किश्तवारी क्यों लिख रहे हो मियाँ! समापन करो।'' संजय ने हँसते हुए ही कहा।

''कहने लगी फिल्म बलिया नहीं रसड़ा में देखेंगे। हमने हामी भर दी। हमें लगा मुस्तकीम हसन की बेटी कहाँ जिला से बाहर आ पाएगी। लेकिन नेता! आ ही तो गई बुरका पहन के। जाना पड़ा। टाकीज के भीतर हमारे हाथ पर हाथ रख दिहिस। बस पूरा शरीर झिन-झिन झिन-झिन! और फिर कंधे पर सिर रख दिहिस और हमारे गर्दन पर उँगली जब थिरकने लगा उसका तभी हमको भी शंका हुआ कि अब नहीं रुक पाएँगे। गड़हा पीर से भी घंटा न कुछ हो पाएगा। हमारे सोचते-सोचते तावीज में उँगली फँसा के खींच दिहीस। बस, हो गया मसला... खतम बजार... हो गया प्यार।'' रफीक ने बुलेट तक पहुँचते-पहुँचते सारी कहानी सुना दी। कहानी सुनकर संजय एकदफा रफीक को देखकर मुस्कुराया और फिर कमर पर हथेली रखकर पीठ पीछे की ओर तोड़ते हुए कहा-

''चलो मियाँ, लोहा पट्टी चलो। आज जज्बात वहीं उतार लेना।'' कहते हुए ही संजय ने बुलेट स्टार्ट की।

''जानते हो नेता! वो इस दुनिया की है ही नहीं। अल्ला ने उसे मुश्क, अंबर, जाफरान और काफूर मिलाकर बनाया है। और उसका हाथ! ओय होय होय होय! अगर वो अपना अँगूठा भर ही सूरज को दिखा दे तो सूरज बुझ जाए।'' रफीक ने लड़खड़ाती आवाज में कहा। बुलेट पर तेज हवा उसके नशे को लग रही थी।

''खूब पढ़े हो बेटा मदरसे में! खूब पढ़ाई किए हो। पूरे कुरान शरीफ में से तुमको बस हूर का खाका याद है। बढ़िया है।'' संजय ने हँसते हुए कहा।

''नेता, तुम कभी विकेट गिराए हो?'' रफीक ने नशे की हालत में बात दूसरी ओर घुमा दी।

''मतलब!''

''अरे यार और कितना हिंदी में पूछें? अच्छा लो, पूछ लेते हैं। शारीरिक संबंध बनाए हो?''

''भक साले!''

"हाँ! तुम्हें कहाँ बॉलिंग का टाइम मिला होगा! दिन भर हमारे साथ जवानी गारत करते हो। रात में बाप के बगल में जाके सो जाते हो। यॉर्कर, बीमर, बाउंसर तुम्हें क्या लोढ़ा पता होगा!" रफीक ने बुदबुदाते हुए कहा।

"अभी वोट गिराने का टाइम है। विकेट शादी के बाद गिरवा लेंगे।" संजय ने कहा।

"गिरवा लोगे? मतलब वहाँ भी आदमी लगाओगे क्या?" रफीक ने नशे की हालत में भी समझदार बात की।

"मतलब, हो जाएगा। सब हो जाएगा शादी के बाद।" संजय ने उसे टालते हुए कहा।

"और शादी कब होगा?"

"ज्योतिया की शादी के बाद।"

"मतलब अभी चौबीस के हो और दो साल कम से कम?"

"हाँ।"

"तब तो तुमको एकबार मर लेना चाहिए।" रफीक ने कहा।

"क्यों! मर क्यों लेना चाहिए?" संजय ने तपाक से पूछा।

"क्योंकि तुम्हारे ही तो किसी ग्रंथ में लिखा है-

बारह बरस ले कुक्कुर जिए
चौदह बरस ले जिए सियार
और बीस बरस जो बंडा जिए
वाके जीवन को धिक्कार।"

"अपने से धर्म-ग्रंथ बना लेते हो साले!" संजय ने हँसते हुए कहा।

"हाँ! वैसे ही जैसे तुम लोग हदीस की व्याख्या कर देते हो।" रफीक ने एक दम कान पर आकर उलझती जुबान में कहा और संजय के ही पीठ पर सिर रखकर ऊँघ गया। संजय बहरहाल धीमे-धीमे मोटर साइकिल चलाता रहा।

ये खजाने का कोई साँप बना होता है
आदमी इश्क में दुनिया से बुरा होता है

ज्योति। संजय की एकमात्र चचेरी बहन। आमतौर पर गृहस्थ घरों में भाइयों में एक भाई को खेत, खलिहान, जर-जमीन देखने के लिए अपने सपनों, अपने ऐश्वर्य की तिलांजलि देनी ही पड़ती है। यह एक नाशुक्रा काम होता है जिसे गृहस्थ परिवार में एक भाई के सिर डाल ही दिया जाता है। वकील साहब के घर में यह जिम्मेदारी छोटे भाई सुजान सिंह के ऊपर आई। पढ़ने में थोड़े कमजोर सुजान सिंह ने यह जिम्मेदारी खुशी-खुशी निभाई। ज्योति उन्हीं की बेटी थी, जो गाँव में ही रहकर पली-बढ़ी और गाँव से ही अब शहर रोज आकर कॉलेज की पढ़ाई करती है। सामान्य पितृसत्तात्मक परिवार में जन्म से ही स्त्रियों की स्थिति देखती-बूझती ज्योति मेधावी है। मगर अपने ऊपर तीन-तीन पिताओं की दृष्टि देखती आई है। पिता सुजान सिंह, बड़े पिता वकील साब और बड़ा भाई संजय। गाँव से इंटरमीडिएट की पढ़ाई के बाद ही माँ ने पिता को लड़का तलाशने के लिए कहना शुरू कर दिया था मगर वह अपनी मेधा और संजय की जिद के कारण ही आगे पढ़ पा रही थी। सो तीन-तीन पिताओं से घिरी यह बच्ची अपने मन की बात बस रफीक से कह पाती थी।

आज भी जब उसे मालूम था कि संजय फसल-कटाई के सिलसिले में गाँव गया हुआ है तो वह चुपचाप कॉलेज के बाद कार्यालय चली आई।

"का भइल रे! का बात ह!" रफीक ज्योति को कार्यालय में देखकर डर गया। उसे लगा कि कॉलेज में उसे कोई परेशानी हुई है।

"भैया! एक बात कहनी है।"

"सीधा बोल! पंवारा मत बाँध! हमरा डर लागता।" रफीक ने कहा।

"अरे! भाग नहीं रहे हैं। सब कुछ ठीक है। इतना मत डरा कीजिए आप लोग।"

"तब ठीक बा! अब चैन हो गईल। अब बोल।" रफीक ने चैन आने का अभिनय करते हुए कहा।

"भैया। सब दोस्त पिकनिक जा रही हैं। हमें भी जाना है।" ज्योति ने बच्चों की भाँति जिद करते हुए ऐसे कहा जैसे आवाज उसकी नासिका से आ रही हो।

"कहाँ?" रफीक ने पूछा।

"सारनाथ।"

"सारनाथ-ससुरनाथ जाने की कोई जरूरत नहीं है। जाना ही है तो किसी घूमने वाली जगह पर जाओ।"

"सारनाथ घूमने वाली जगह ही है। बलिया से बाहर कभी निकले भी हैं?" ज्योति ने कमर पर हाथ रखकर लड़ने की मुद्रा में कहा।

"अरे दुश्मन न निकलें बलिया से बाहर। यहीं जीना, मरना, लड़ना, खपना है। बाहर कौन-सी लखनऊ की नवाबी रखी है हमारे लिए!" रफीक ने कहा।

"हाँ! तो बलिया का कबाला लिखवा लीजिए आप लोग। हमको तो घूम लेने दीजिए बाहर।"

"कब जाना है?"

"इसी पंद्रह को।"

"तो जाओ। शाम तक आ जाना।"

"शाम तक आ जाना!" ज्योति ने रफीक के बोले शब्दों पर होंठ बिचकाते हुए कहा। और फिर कहना जारी रखा- "जैसे विजय सिनेमा जा रहे हैं फिल्म

देखने! हमको पिकनिक जाना है शहर से बाहर। सारनाथ!''

''तो जाओ पिकनिक। रात तक आ जाना।''

''कैसे जाएँ? पहले तो बाबूजी नहीं मानेंगे। मान भी गए तो कहेंगे संजय से पूछ लो। और संजय भैया तो मानने से रहे।''

''हाँ। वो तो अलग लेवल का वीर है। बात तो तुम्हारी सही है।''

''कुछ कीजिए ना भैया। हम भी पिकनिक जाना चाहते हैं।''

''अच्छा एक बात बता। मालकिन भी जा रही हैं?'' रफीक ने बात से बात निकालते हुए उजमा की बाबत पूछा।

''उसका एक नाम है। मालकिन-मलिकाइन मत कीजिए। सीधे नाम से पूछिए।'' ज्योति ने चिढ़ते हुए कहा।

''बता ना! जा रही है?''

''आपको नहीं पता!''

''नहीं! अल्ला कसम!''

''हाँ! वो भी जा रही है।'' ज्योति ने बताया।

''ससुर... मेरा मतलब बाप तैयार हो गए उसके?''

''हाँ! मुस्तकीम हसन हैं वो। जिला व्यापार संघ के अध्यक्ष हैं। आप लोग जैसे जाहिल थोड़े हैं?''

''हम लोग जाहिल हैं?'' रफीक ने गाल पर हाथ रखकर बड़े भोलेपन से पूछा।

''हाँ और क्या!''

''और तेरे सारनाथ जाने से हम लोग पीएचडी हो जाएँगे?''

''हाँ!'' ज्योति ने हँसते हुए कहा।

''अच्छा एक बात बता। सारनाथ में कोई पढ़ने-लिखने वाला जगह है? मतलब इतिहास, भूगोल, खगोल टाइप।'' रफीक ने कुछ सोचते हुए कहा।

''पूरा सारनाथ ही इतिहास, भूगोल है।'' ज्योति ने रफीक की अज्ञानता पर सिर पीटते हुए कहा।

''ठीक है। जाएगी तू सारनाथ।'' रफीक ने विश्वास से कहा।

''कैसे?''

''इतिहास वाले गुरु जी से बोल के टूर बनवा देते हैं उधर का।''

"ऐसा हो सकता है क्या?" ज्योति ने बच्चों-सी खुश होते हुए कहा।

"फिर दुबारा ई बात मत कहिहे। बलिया में क्या नहीं हो सकता है!"

"और संजय भैया?"

"हम समझा लेंगे। पढ़ाई के नाम पर मना नहीं करेगा।"

"भइया हो!" कहकर ज्योति रफीक के गले से लिपट गई। रफीक ने भी उसे खुद से अलग करते हुए सिर पर थपकियाँ दी। ज्योति बच्चों-सी उछलती-कूदती कार्यालय से बाहर निकल गई।

"सीधा घर जईहे।" कार्यालय से निकलते वक्त रफीक का आदेश उसका पीछा करता रहा।

***

"नेता! क्या हुआ? कोहली है ना अभी?" रफीक ने कार्यालय में घुसते ही कोने में लगे पोर्टेबल टीवी की ओर देखते हुए कहा।

"हाँ भाई!"

"तब काहे सिर पर हाथ रखे हो?" रफीक ने टेबल पर रखे रिमोट से आवाज बढ़ाते हुए कहा।

"मतलब क्रिकेट के अलावा कोई चिंता नहीं हो सकती!" संजय ने टीवी की रिमोट छीनकर आवाज कम करते हुए कहा।

"नाह! पाकिस्तान से मैच है भाई! इससे बड़ी क्या समस्या! पता है परसों क्या हुआ!"

"क्या?" संजय ने पूछा।

"परसों वाला जो डे नाइट मैच था न! उसमें शाम में लाइट चली गई। भागे-दौड़े 'फिटिंग टेलर' के दुकान पर पहुँचे।"

"हाँ! 'फिटिंग' वाला तो बैटरी का जुगाड़ रखा है।" संजय ने कहा।

"हाँ! बस उसी लिए। जब पहुँचे तो वैसे ही भीड़ था। दिलनवाज चचा हमको कुर्सी दिया और कहा कि बैठिए। अभी बयालीसवाँ ओवर चल रहा था कि रोहित आउट! मेरा मूड भी आउट। अभी विराट आता, उससे पहले दिलनवाज चचा हमारे पास आए और बोले कि जरा बाहर आइएगा। हम चले गए। सोचे कि कुछ अकेले की बात होगी। बुढ़ापे में तो कई तरह की गुप्त समस्या हो जाती है ना जो इंसान अकेले में ही बताता है। यही सोच के गए।

तो भईवा पता है क्या बोला?''

''क्या बोला?''

''बोला कि एक एहसान कर दीजिए। आपसे आज तक कुछ नहीं माँगे, आज लेकिन माँगते हैं।

हम कहे जान हाजिर है, बोलिए। तो कहने लगे अभी बैटरी बंद होगा। एक आदमी पे कंबल डालेंगे उसको भर-हिक मारना है। दो मिनट में बैटरी ऑन हो जाएगा। उससे पहले-पहले। मूड तो आउट था ही मेरा भी। हम कहे जैसी अल्लाह की मर्जी। बस इतना कहते ही भाई हमारा चुपचाप कंबल लिए आया और भीड़ में एक आदमी के पीछे खड़ा हो गया। बैटरी ऑफ। कंबल डाला। मुँह दबाया और मार लात, मार घूँसा। एक मिनट में चालीस-पचास लात लगा के दिलनवाज चचा कंबल समेत गायब। जब बैटरी आया तो क्या देख रहे हैं कि दिलनवाज चचा दुकान पर जमे पैंट का पाँयचा काट रहे हैं और जिसको हम कूटे थे वो पता है कौन था?''

''कौन?'' अबके बिरजू ने पूछा जो कि साथ ही साथ कमरे में पूजा भी कर रहा था।

''जमील! दिलनवाज चा का साला!'' कहते हुए रफीक की हँसी छूट गई।

''बे साले! हँसाओ मत। हमको अभी टेंशन में होना चाहिए।'' हँसते हुए ही उसने देखा कि बिरजू पूजा की अगरबत्ती खोंसने के साथ ही हँसते हुए लोट गया है।

''सही भाई! अल्ला कसम!'' रफीक ने हँस-हँसकर लोटपोट हुए जा रहे बिरजू को देखते हुए कहा।

''लेकिन मारा क्यों?'' संजय ने हँसते और अटकते हुए पूछा।

''यही तो हम पूछे कि चचा इसको काहे सोट दिए? तो कहे कि मत पूछिए मियाँ। इस बदजात को भीतर कपड़ा इस्तरी करने के काम पर लगाए थे। जब कमबख्त बाहर पानी लेने आता है तो एक ही बात पूछता है- 'शर्मा जी का लौंडा आउट हो गया ना? शर्मा जी का लौंडा आउट हो गया ना?' और देखिए कहते-कहते साला आउट करा ही दिया। निन्यानवे पर खेल रहा था। पाँच मिनट ये 'हरामी का बेटा' चुप हो जाता तो लड़का हमारा सौ कर लिया था।

कहते-कहते दिलनवाज चचा रूआँसे हो गए। हम कहे कि जाने दीजिए चचा! ऐसा भी कहीं होता है! तो कहने लगे कि आप जानते नहीं हैं। ऐसे ही थोड़े न मारे हैं। महीनन का गुस्सा है। हमारे बच्चे का सात सैकड़ा तो यही साला खा गया है और देखिए रोहित शर्मा को शर्मा जी का लौंडा तो ऐसे कहता है जैसे बचपन में अंटी-गोली खेला है उसके साथ।'' कहते हुए रफीक गंभीर रहने की कोशिश करते हुए भी हँस पड़ा।

''साला! एक से एक लोग है देश में!'' संजय अपनी परेशानी भूलकर हँसने लगा था।

''खैर तुम बताओ! सिर पकड़ के क्यों बैठे थे?'' रफीक ने पूछा।

''मियाँ। बड़े बाबू से लिस्ट निकलवाए हैं। ग्रैजुएशन और पोस्ट ग्रैजुएशन मिला के महाविद्यालय में तीन सौ तैंतीस लड़कियाँ हैं।'' संजय ने कहा।

''और तुमको सब को बहन ही कहना पड़ेगा। हाँ! मुँह लटकाने वाली बात तो है ही।'' रफीक ने फौरन कहा।

''भक साले! बात समझो। एक का भी वोट हमको नहीं मिलेगा। हमको क्या, किसी को नहीं मिलेगा।'' संजय ने कहा।

''क्यों नहीं मिलेगा?'' रफीक ने पूछा।

''लड़कियाँ आती कहाँ हैं वोट डालने!'' संजय ने कहा।

''फिर वोट कैसे पड़ेगा?'' रफीक ने पूछा।

''एक उपाय है भैया।'' अब तक चुप बैठे बिरजू ने अचानक ही कहा।

''क्या?'' संजय ने अनमने से ही पूछा।

''आप तीन सौ तैंतीस ठो नेल पॉलिश बँटवा दीजिए। उन सबको और कुछ नहीं चाहिए। देखिए कैसे भक मार के भकाभक भोट गिरेगा आपको।'' बिरजू ने अपनी समझ के हिसाब से सुझाव दिया।

''अच्छा सुझाव है। फ्री में मत दिया करो, सेल लग जाएगा!'' संजय ने उसे घूरते हुए कहा जिससे बिरजू चुप हो गया।

''एक मिनट, एक मिनट!'' रफीक के दिमाग में कुछ कौंधा। उसने फौरन कहा- ''गलत नहीं कह रहा ये।''

''क्या! यही कि महाविद्यालय गेट पर खड़े होकर काजल, टिकली, नेल पॉलिश बाँटें!'' संजय ने कहा।

"इसको दूसरी तरह से सोचो। हम लोगों ने आज तक लड़कों की समस्याएँ देखी-सुनी और उसी के मुताबिक काम किया। हमने लड़कियों की ओर ध्यान ही नहीं दिया क्योंकि हम शुरू से ही मानते आए हैं कि वो वोट देंगी ही नहीं। अगर हम उनकी ओर ध्यान देंगे तो हो सकता है कि वो वोट दें या इसी शर्त पर हम उन पर ध्यान दें कि वह वोट करें। अगर यह हो गया तो काम आधा हो गया समझो।" रफीक ने लगभग खुश होते हुए कहा।

"लड़कियाँ! और वोट देंगी! काहे मजाक कर रहे हैं भैया। दस ठो प्रॉक्सी लड़कियाँ आएँगी। वही आईडी कार्ड और कपड़ा बदल-बदल के वोट गिराएँगी। और लड़कियाँ कम पड़ीं तो ये साले कला मंत्री समीज में संतरा डाल के वोट दे आएँगे।" बिरजू ने हँसते हुए कहा।

"यही तो! यही तो चुनौती है। अगर लड़कियाँ अबकी बार वोट देने आ गईं और वोट एकमुश्त गिर गया तो नेता की जीत पक्की।"

"और यह होगा कैसे? लड़कियाँ तो नेता देखकर रास्ता बदल देती हैं। जैसे हम साले कोई अपशगुन हों।" संजय ने मुँह गिराते हुए कहा।

"अपने मैदान में खेलोगे तो वो नहीं खेलेंगी। उनके मैदान में खेलो फिर देखो कैसे खुल के आती हैं। पलक से नमक न उठवा दी तो कहना।" रफीक ने कहा।

"उनका मैदान! मतलब?"

"उनका मैदान मतलब इतिहास की साइट विजिट। अगले सोमवार। सुमित्रा गुरुजी लड़कियों की पूरी बस लेकर सारनाथ रवाना हो रहे हैं। मौका है। फिर अगर लड़कियाँ जिले में लौट आईं तो एक साथ मिलना मुश्किल हो जाएगा।" रफीक ने कहा।

"सही कह रहे हैं भैया। बलिया में लड़कियों के घर तो सिर्फ एक बार ही जा सकते हैं- बारात लेकर। उसके अलावा गए तो बारात निकाल देगा मुहल्ला वाला सब।" बिरजू ने खिखियाते हुए कहा जिस पर संजय और रफीक को भी हँसी आ ही गई।

"लगता है ज्योति उसी टूर में जाने को कह रही थी।" संजय ने कहा।

"तो जाने दो। ठीक ही रहेगा। तुम भी तो वोट माँगने पहुँचोगे ही।"

"वो तो ठीक है; लेकिन कहेंगे क्या! लड़कियों के आगे हमारी जुबान

नहीं खुलती, तुम्हें पता है।'' संजय ने कहा!

''अबे हम चलेंगे न! लड़कियों के आगे हमारा सब कुछ खुल जाता है। तुम चिंता न करो।'' रफीक ने कहा और संजय की पीठ पर सवार हो गया।

''उतरो साले! बेताल लग रहे हो।'' संजय ने हाँफते हुए कहा।

''कुँवारे मरोगे नेता। बीवी कहेगी गोद उठाने तो सिर पर उठा लोगे। यहाँ दोस्त बेताल लग रहा है।'' कहते हुए रफीक कंधे पर से उतर गया।

***

सैदपुर भितरी। बलिया से बनारस जाने के मार्ग में गाजीपुर का एक छोटा-सा गाँव। गुजरने वाली ट्रेनों का अल्प और बसों का दीर्घ पड़ाव। सिटी कॉलेज की इतिहास टूर वाली बस के यहाँ जलपान इत्यादि के लिए रुकने के पीछे कारण भी था। इस गाँव का ऐतिहासिक महत्व। सम्राट स्कंदगुप्त का शिला स्तंभ यहीं भितरी गाँव में मिला था। इस स्तंभ को गुप्तकालीन प्रामाणिक दस्तावेजों में से एक माना जाता है। पूर्वी उत्तर प्रदेश के स्कूल-कॉलेजों का दौरा इस स्थान विशेष के बिना पूरा नहीं होता। सो दौरा-प्रमुख इतिहास प्रोफेसर सुमित्रा जी ने 'भितरी' शिला-स्तंभ दिखाने के बाद बस में ही जलपान करा दिया। गाड़ी को अब अपने गंतव्य सारनाथ की ओर रवाना होना था।

गाड़ी अभी जलपान इत्यादि कर के सैदपुर से खुली ही थी कि अचानक लगी ब्रेक की आवाज से बस में बैठी लड़कियाँ असंतुलित हो गईं। कुछ की चीख निकल गई और कुछ की गालियाँ। गालियाँ बस ड्राइवर के लिए निकली थीं, यह भूलकर कि उसी बस में इंसट्रक्टर भी सवार है।

गलती मगर ड्राइवर की नहीं थी। इस बात का पता तब चला जब आगे का दरवाजा खोलकर संजय बस में दाखिल हुआ। उसके पीछे-पीछे बिरजू भी। संजय को देखते ही बस की पिछली सीट पर बैठी ज्योति सहम गई। सहम तो खैर बस की सारी ही लड़कियाँ गईं थीं। वह भी जो अभी ड्राइवर पर मुखर थीं। संजय दरवाजे के ठीक सामने बस की ओर मुखातिब होकर खड़ा हुआ था और वह सामने दिख रहे सुमित्रा गुरु जी से संवाद की अपेक्षा कर ही रहा था कि एक फुफकारती मगर कर्णप्रिय आवाज ने उसका ध्यान खींचा-

''यह क्या तरीका है!''

''तरीका का तो ऐसा है मैडम!'' बिरजू ने बाँह चढ़ाते हुए अभी इतना

ही कहा था कि संजय ने उसे रोका और सुमित्रा गुरु जी से मुखातिब होकर ही कहा–

"इस तरह आने के लिए क्षमा गुरु जी। और आप सभी से भी। मगर और कोई रास्ता हमें सूझा नहीं। आप सब जानती ही हैं कि हम इस साल अध्यक्ष पद के...।" संजय ने अभी बात भी पूरी नहीं की थी कि फिर उसी लड़की ने टोक दिया– "तो!"

संजय अब समझ पा रहा था कि रफीक किस मैदान की बात कर रहा था। लड़कियाँ अपने मैदान में थीं और आक्रामक थीं।

"आप से अनुरोध है कि अबकी चुनाव में आप सभी अपने मत का प्रयोग जरूर करें। चाहे मुझे वोट दें या न दें मगर अपना वोट जाया न जाने दें।"

"चलिए एक कारण बताइए कि हमें वोट क्यों देना चाहिए।" लड़कियों में से एक ने पूछ दिया।

संजय को जवाब नहीं सूझा उसने आगा–पीछा देखा तो रफीक उसे अपने पास नहीं, बल्कि पिछले चक्के से लगी खिड़की से उजमा को कोई पुर्जा फेंकते हुए दिखा। संजय को इस वक्त रफीक से उम्मीद बेकार लगी। उसे अब यह बाधा खुद ही दूर करनी थी। उसने कहना शुरू किया–

"ताकि आपके महाविद्यालय का विकास हो सके। ताकि आपकी सुरक्षा के इंतजामात ठीक हो सकें। ताकि आपकी परीक्षाएँ समय पर हो सकें।"

"हमारी सुरक्षा की चिंता आप न करें। वह हम बेहतर जानती हैं। यह कोई कारण न हुआ। और विकास का तो यह आलम है कि लाइब्रेरी के कैटेलॉग में ढाई हजार किताबें हैं और लाइब्रेरी में कुल जमा 60 किताबें मिलती हैं। वो भी फटी हुई। नयी किताबें आती तो हैं मगर किस खोह में चली जाती हैं यह कभी जानने की कोशिश भी की है आपने? कोशिश छोड़िए, कभी लाइब्रेरी गए भी हैं आप?" लड़की की बातें तंज हो रही थीं। संजय चुप था उसके पास कोई जवाब नहीं था।

"सुनते हैं परीक्षा से पहले क्वेश्चन का भी इंतजाम हो जाता है।" पीछे से बे–चेहरा एक आवाज बस में कौंधी जिस पर सब लड़कियाँ खिलखिलाकर हँस पड़ीं। उस लड़की को भी हँसी आ गई। उसने हँसी दबा ली।

"आप लोगों की किताबों का इंतजाम हो जाएगा।" संजय ने कहा।

"आप कर के दिखाएँ। हम वादा करती हैं कि वोट डालने जरूर आएँगी। आएँगी या नहीं?" लड़की ने बाकियों से पूछा। सभी ने चिल्लाकर हामी भरी।

"अगले एक महीने में आपके विषय की सारी किताबें तीन-तीन प्रतियों में मौजूद रहेंगी।" संजय ने कहा और गुरु जी के पाँव छूकर बस से उतरने लगा।

"और सुनिए!" लड़की ने उतरते संजय को टोका। संजय बस की सीढ़ियों पर ठिठक गया। लड़की ने फिर कहा-

"प्रश्न-पत्र का भी इंतजाम हो जाए तो अच्छा।" उसकी इस बात पर बस ठहाकों से गूँज उठा। संजय मुस्कुराकर बस से उतर गया। बस अपने गंतव्य की ओर चली।

बस के गुजरते ही संजय ने देखा कि रफीक बस के गुजरने के बाद भी बस को हाथ हिलाकर विदा कर रहा था। उसके हाथों और मुस्कुराहट की गति एक जैसी ही तब तक बनी रही जब तक बस नजर से ओझल नहीं हो गई।

"साले मियाँ!" संजय ने अब रफीक को बीच सड़क पर ही दौड़ाया।

"अरे नेता, देखो! बात सुनो!" रफीक ने भागते हुए ही कहा।

संजय ने रफीक को दौड़ाकर पकड़ लिया। उसकी बाँह पीछे की ओर मोड़ी और फिर कहा- "सुनाओ!"

"अरे नेता दर्द हो रहा है भाई।" रफीक ने नाटक करते हुए कहा।

"नहीं तुम पहले बात सुना ही दो। यही करने के लिए इतना बड़ा प्लान बनाए थे न साले!" संजय ने हाथ और मोड़ते हुए कहा।

"अबे पूरा भाषण कागज में लिख के लाए थे तुम्हारे पढ़ने के लिए। अंतिम समय पर जाने कहाँ रख दिए। मिल ही नहीं रहा था। इसलिए बस में नहीं आए।" रफीक ने सफेद झूठ कहा।

"अच्छा! कहीं यह वही पुर्जा तो नहीं था जो तुम भौजाई को फेंके थे।" संजय ने रफीक की बाँह छोड़ते हुए कहा।

"तुमको कैसे पता?" रफीक अब झेंप रहा था।

"क्यों हमारे चौखटे पर भगवान आँख नहीं दिए हैं क्या!"

"वही था नेता। वही था। गलती से चला गया और उसका वाला रह

गया।'' रफीक ने कहा।

''अच्छा! और उसमें मिलने का टाइम कब का दिए हो?''

''तुम तो सब जानते ही हो!'' रफीक ने झेंपते हुए कहा- ''शाम पाँच बजे।''

''बहन पढ़ती है साले साथ में। शर्म करो।'' संजय ने रफीक से कहा।

''अरे तो हम कौन-सा सारनाथ पार्क में कित-कित खेलने जा रहे हैं। बहन पढ़ेगी सारनाथ में। हमारा दशाश्वमेध घाट पर फिक्स हुआ है मिलने का।'' रफीक ने हाथ झाड़ते हुए कहा जो संजय के मोड़ने से दुख गया था।

''बनारस!'' संजय ने आश्चर्य से कहा।

''हाँ! अब सुमित्रा गुरु के सामने तो ठीक नहीं लगेगा ना!'' रफीक ने हँसते हुए कहा।

''अबे दशाश्वमेध घाट पर तो बहुत भीड़ रहता है।'' संजय ने बताया।

''क्या बताएँ नेता! तन्हाई में शहनाई बजाने का मन तो मेरा भी बहुत था लेकिन पता नहीं क्यों उसको हम पर अभी पूरा विश्वास आया नहीं है। सो भीड़भाड़ भी ठीक ही है।'' रफीक ने मन मसोसते हुए कहा।

''ऐश करो साले! हम और बिरजू निकल रहे हैं बलिया। तुम तो कल लौटोगे?'' संजय ने पूछा।

''परसों।'' रफीक ने दाँत निकालते हुए कहा।

''संभल के। किसी के घर की इज्जत है। किसी का भरोसा है। चल रे बिरजू!'' संजय ने मोटर साइकिल पर बैठते हुए कहा।

''नेता एक बात और है।'' रफीक ने टोका।

''पैसा-वैसा नहीं है मेरे पास।'' संजय ने खीझते हुए कहा।

''नहीं चाहिए। अब्बू के ट्रक का तेल बेच के निकले थे। पैसा मेरे पास बहुत है। तुम बस मोटर साइकिल दे दो।'' रफीक ने चेहरे पर बेचारगी लाते हुए कहा।

''और हम बलिया कैसे जाएँ?'' संजय ने तैश में आकर पूछा।

''सैदपुर भितरी स्टेशन से शाम 4 बजे पवन एक्सप्रेस मिलेगी। एक घंटे में बलिया।'' रफीक ने संजय के हाथ से मोटर साइकिल की चाभी लगभग खींचते हुए कहा। वह फौरन गाड़ी पर बैठा और संजय को दुबारा सोचने का

मौका दिए बगैर निकल गया।

"स्टेशन तक तो छोड़ दो साले!" संजय ने गुस्से में गालियाँ निकालीं। बुलेट जो बलिया से तीन लोगों को लेकर आई थी, अब दो लोगों को छोड़कर आगे बढ़ गई। संजय और बिरजू पैदल ही स्टेशन की ओर बढ़ ही रहे थे कि बलिया के नंबर की ही एक तेज रफ्तार गाड़ी उन्हें पार करती हुई आगे निकल गई। गाड़ी देखते ही बिरजू ने संजय से कहा–

"भैया! ये अनुपम नेता था ना?"

"हो सकता है। सोनभद्र का ही है ना। घर जा रहा होगा।" संजय ने गाड़ी की गति देखते हुए कहा।

"घर क्या जाएगा! ऐसे चलाएगा तो मर जाएगा।" बिरजू ने इस तरह कहा कि संजय मुस्कुराए बिना नहीं रहा सका।

***

दशाश्वमेध घाट बनारस के सभी घाटों में से एक महत्वपूर्ण घाट। शाम होते ही गंगा आरती देखने के लिए लोगों की भीड़ जमा हो ही जाती है। तब यह घाट और भी दर्शनीय लगता है। यूँ किसी भी वक्त यहाँ लोगों की कमी नहीं रहती। रफीक भी तय वक्त से पहले ही घाट पर मौजूद था और बड़ी बेचैनी से उजमा का इंतजार कर रहा था। उसने उजमा को इसी बीच दो-एक फोन भी लगाए मगर उजमा ने फोन काट दिया। इसी कारण रफीक की बेचैनी और बढ़ गई थी।

उजमा आई तो वह अकेली नहीं थी। दरअसल उसके साथ ज्योति भी थी। दोनों जब दुकानों की तंग गलियों से होते हुए दशाश्वमेध घाट के शीर्ष पर पहुँचीं तो उन्हें तयशुदा जगह पर ही रफीक दिख गया। ज्योति उजमा को वहीं छोड़कर चली गई। उजमा धीमे-धीमे सीढ़ियाँ उतरते हुए रफीक तक आई और पीछे आकर खड़ी हो गई। रफीक ने उसे अपने ठीक पीछे खड़े देखा और एक ओर हट गया। वह उजमा को पहचान ही नहीं पाया। उसने उजमा को कभी इतने मेक-अप और ऐसे परिधान में नहीं देखा था। सो उसे लगा कि यह शायद कोई दूसरी लड़की है। उसके पास मोबाइल पर उजमा की जो तस्वीरें भी थी वह भी बिना किसी शृंगार के सादा तस्वीरें थीं और आज उजमा अपनी तस्वीरों से भी कहीं ज्यादा खूबसूरत लग रही थी। इसी कारण रफीक ने उस

पर से अपना ध्यान हटा लिया। उजमा को जैसे ही रफीक की परेशानी समझ आई वैसे ही उसके होंठों पर एक मुस्कान तैर गई। रफीक ठीक उसके पीछे चेहरा कर बार-बार घड़ी देखता रहा। अब उजमा ने अपना मोबाइल निकाला और रफीक को फोन किया-

"कहाँ रह गई भाई!" रफीक ने बिना हाय-हेलो के कहा।

"पीछे देखें।" उजमा ने मुस्कुराते हुए बस इतना ही कहा। रफीक ज्यों ही पीछे मुड़ा वह उसे देखकर ठिठक गया।

"अरे तुम!" रफीक ने अचरज से कहा।

"क्यों किसी और का इंतजार था!" उजमा ने भौंहों को उचकाते हुए पूछा।

"नहीं-नहीं! वो तुम्हें नकाब में देखने की आदत है ना सो..."

"पहचान नहीं पाए। पहले पता होता तो नकाब डालकर ही आती।" उजमा ने बुरा-सा मुँह बनाते हुए कहा।

"तुम तो बुरा मान गईं! ऐसी बात नहीं है। मेरे कहने का मतलब था..." रफीक ने बात पूरी भी नहीं की थी कि उजमा फिर बोल पड़ी।

"आपके कहने का मतलब था कि आपको हम पर्दे में ही अच्छे लगते हैं। यही ना!" उजमा ने झूठा गुस्सा दिखाते हुए पूछा। रफीक अब उससे हार गया। उसने कहा-

"लड़कियाँ कैसे अच्छी लगती हैं यह तो मुझे नहीं पता। हाँ! मगर लड़कियाँ लड़ते हुए बिलकुल अच्छी नहीं लगतीं।" रफीक की यह बात सुनकर उजमा मुस्कुरा उठी। उसे लगा कि अब वह हार गई है।

"बैठें?" उजमा ने रफीक से कहा।

"हाँ! हाँ! रुको यहाँ नहीं। थोड़ा आगे चलते हैं।" रफीक ने कहा और दोनों थोड़ा और आगे जाकर घाट की सीढ़ियों पर बैठ गए। उजमा रफीक के बाएँ इस तरह बैठी ज्यों दोनों के बीच किसी तीसरे को भी आकर बैठना हो। दोनों के बीच उसने अपने साथ लाई किताब रख दी। रफीक ने किताब देखी तो वह बौखला-सा गया।

"लुसेंट सामान्य ज्ञान! हम क्या यहाँ जनरल नॉलेज पढ़ने आए हैं?" रफीक ने किताब को उलट-पुलटकर देखते हुए कह ही दिया।

"हम नहीं आप।" उजमा ने रफीक की ओर देखते हुए कहा।

"मतलब?" रफीक ने फिर आश्चर्य से पूछा।

"मतलब क्या मतलब! मैं समझ गई। आप हमें लेकर जरा भी संजीदा नहीं हैं।" उजमा ने चेहरा रफीक पर से हटाकर गंगा नदी की ओर देखते हुए कहा।

"जान! मेरे-तुम्हारे प्यार में सामान्य ज्ञान कहाँ से आ गया!" रफीक किताब बीच से हटाकर थोड़ा और नजदीक सरक आया।

"आप करते क्या हैं?" उजमा थोड़ा और खिसकती हुई बोली।

"करता क्या हूँ मतलब! प्यार करता हूँ तुमसे!" रफीक ने सीधा ही कहा।

"अच्छा! अलावा उसके?" उजमा थोड़ा और खिसक गई।

"और क्या करना चाहिए?" रफीक ने पूछा।

"पढ़ना चाहिए। दो महीने पहले आपने बताया था कि आपने बी.एड. का फॉर्म भरा है!" उजमा ने पूछा।

"हाँ! वो अब्बू ने जबरदस्ती भरवा दिया था। वरना मुझे तो..."

"आपको तो गाड़ी दौड़ानी है। लड़कों को पीटना है। नेतागिरी करनी है।"

"यह बात तो हम बलिया में भी करते ही रहे हैं। क्या फिर वही बात करने इतनी दूर आई हो?" रफीक ने थोड़ा कुढ़ते हुए कहा। गुस्से और परेशानी के भाव उसके चेहरे पर उभर आए। उजमा थोड़ा-सा नर्म हुई। उसने समझा कि वह बात ज्यादा ही उलझा रही है। थोड़ी देर रफीक एकटक गंगा की ओर देखते रहा। अब उजमा खिसककर उसके पास आ गई। उसने रफीक का हाथ अपने हाथ में लिया और पाँचों उँगलियों के बीच अपनी उँगलियाँ फँसाकर बोली-

"देखिए! मैं अब खुद को आपसे अलग करके नहीं देख पाती। लेकिन आपको भी खुद को मुझसे अलग नहीं देखना चाहिए।"

"ऐसा मैंने क्या किया है?" रफीक ने उसकी हाथों की चूड़ियाँ घुमाते हुए पूछा।

"मेरा फिर वही सवाल है, आप करते क्या हैं। चलिए एक बात और जोड़ देती हूँ। पढ़ाई खत्म होने पर आप किस बिनाह पर मुझसे निकाह की

बात अब्बू के सामने रखेंगे?'' उजमा ने वह कह दिया जो वो इतने देर से नहीं कह पा रही थी।

''अरे यह बुजुर्गों के बीच की बात है। अब्बू बात कर लेंगे तुम्हारे यहाँ।'' रफीक ने कहा।

''और मेरे अब्बू मान जाएँगे!'' उजमा ने सवाल किया।

''मान जाना चाहिए। मेरे अब्बू का ट्रांसपोर्ट बिजनेस अच्छा ही चलता है।'' रफीक ने कहा।

''यही। बस यही। आपके अब्बू का ट्रांसपोर्ट बिजनेस। उनका खड़ा किया हुआ। आपका क्या?'' उजमा ने कहा।

''मतलब अब्बू का बिजनेस मेरा बिजनेस नहीं है?'' रफीक ने सवाल किया।

''नहीं। आपने अपनी कुव्वत से तो नहीं पाया!''

''तो फिर मुझे क्या करना चाहिए?'' रफीक ने हँसते हुए भोलेपन से पूछा।

''करना तो बहुत कुछ चाहिए, मगर फिलहाल आप बी.एड. पर ध्यान दें। आगे अल्ला और रास्ते दिखाएगा तब तक यह किताब लीजिए और अब भी एक महीना बाकी है, बी.एड. की तैयारी कीजिए। निकल जाएगा, देखिएगा।'' उजमा ने बहुत विश्वास से कहा।

''निकल गया।'' रफीक ने ठंडी साँस छोड़ी।

''क्या!'' उजमा ने आश्चर्य से पूछा।

''वक्त! कीमती वक्त। इतनी मुश्किल से मिला था।'' रफीक ने गंगा में चल रही नावों को देखते हुए कहा।

''धत्त! हम आपके ही हैं। वक्त भी सब आपका ही है।'' उजमा ने रफीक के कंधे पर सिर टिकाते हुए कहा। रफीक उसकी जुल्फों में उँगलियाँ फिराने लगा। उजमा की आँखें बंद होने लगीं। रफीक का मन इतनी नसीहतें सुनकर उचट गया था। आज पहली दफा उसने जाना था कि उसके अब्बू का कारोबार उसका नहीं है। और उसे यह बात उजमा के समझाने के बाद गलत भी नहीं लगी थी। बस उसने इस तरह से कभी नहीं सोचा था। वह उजमा की जुल्फों में उँगलियाँ फिराता हुआ एकटक गंगा नदी को देखता रहा। अचानक वह कुछ

देखकर चौंक गया। उसने फौरन ही उजमा से पूछा-

"जान! वो उधर देखो। दूर उस नाव में बैठी लड़की ज्योति जैसी नहीं लग रही क्या?"

"आप दूसरी लड़कियों को क्यों देख रहे हैं?" उजमा ने आँख बंद किए हुए ही कहा।

"अरे मजाक नहीं। तुम देखो तो सही!" रफीक ने कहा।

"मैं क्या देखूँ! उसे मैं गेस्ट हाउस में छोड़कर आई हूँ।"

"अच्छा! मुझे लगा वही है।" रफीक ने लंबी साँस छोड़ते हुए कहा।

"कमाल के लोग हैं। माशूका बगल में बैठी है फिर भी लोगों को बहन की चिंता लगी है।" उजमा आँखें बंद किए हुए ही बोली। रफीक बहरहाल उसकी बातों पर हँसकर उसकी जुल्फों में उँगलियाँ फिराता रहा। गंगा आरती शुरू हो गई। देर तक दोनों यूँ ही भीड़ से अछूते बैठे रहे। प्यार सीढ़ियाँ चढ़ता रहा।

***

बनारस से लौटने के बाद संजय ने रफीक को थोड़ा व्यस्त ही पाया। इस एक महीने में दो दफा तो वह इलाहाबाद गया। संजय के कहने पर भी एक दो दिन दौरे पर गाँव नहीं जा सका। संजय को यह दौरा रद्द ही करना पड़ा। क्लास में भी रफीक महज हाजिरी बनाकर निकल जाता। और तो और लगातार पिछले दो दिनों से वो कार्यालय से भी नदारद था। संजय यह समझ पा रहा था कि यह उसके बनारस से लौटने का ही प्रभाव है। रफीक ने उजमा से मुलाकात वाली बात संजय को बताई थी जिस पर संजय मुस्कुरा भर दिया था। सो संजय यह समझ रहा था कि रफीक पर उजमा का प्रभाव तारी है और वह इस वक्त उसे टोकना नहीं चाहता था। प्रेम संबंधी मामलों में एक स्तर के बाद हस्तक्षेप प्रतिकूल प्रभाव ही डालता है, यह संजय जानता था।

आज इतवार को सुबह-सुबह बाजार निकलने से पहले संजय ने कुर्ते का आखिरी बटन लगाया और बाहर निकलने के लिए दरवाजे का सांकल खोला ही था कि मेज पर रखा टेलीफोन बज उठा। बेमन से ही संजय ने फोन उठाया। उसके हैलो बोलने से पहले ही उधर से आवाज आई-

"अंकल प्रणाम! नेता को... मेरा मतलब संजय को जरा फोन दीजिएगा।

अति-अर्जेंट है।'' आवाज रफीक की थी।

''हम ही बोल रहे हैं। कहो।'' संजय ने कहा।

''अबे नेता! मुहम्मद साहब का जन्म कब हुआ था भाई?'' रफीक ने धीमे से पूछा।

''क्या? हमसे पूछ रहे हो? साले शर्म तो आ नहीं रही होगी?'' संजय ने तेज आवाज में ही कहा।

''नहीं। आ रही है। आधी शर्म तो आ रही है भाई। हमको हिजरी वाला याद है। ईसा पूर्व-पश्चिम वाला नहीं याद। ऑप्शन में ईसा वाला पूछ दिया है और इंटरनेट भी काम नहीं कर रहा।'' रफीक ने फिर धीमे से कहा।

''ऑप्शन में? आज तो तेरा बी.एड. का पेपर था ना? छोड़ दिए क्या?'' संजय ने कुछ याद करते हुए आश्चर्य से पूछा।

''ना नेता! पेपर में ही तो सवाल है! पता हो तो बताओ नहीं तो टाइम मत खराब करो।'' रफीक ने खीझते हुए कहा।

''कहाँ हो तुम?'' संजय का दिमाग अब और उलझ रहा था।

''कार्यालय में।'' रफीक ने झल्लाते हुए कहा।

''कार्यालय में! परीक्षा के समय!'' संजय का मुँह खुला रह गया।

''बे तेरी सवाल की मुँह मारो!'' कहकर रफीक ने झल्लाहट में ही फोन काट दिया। संजय दरवाजा खोलकर तेजी से निकलते वक्त यह भी भूल गया कि उसे बाजार जाना था। उसने अपनी बुलेट उठाई और सीधा कार्यालय पहुँचा। गाड़ी खड़ी कर वह कार्यालय में दाखिल हुआ। भीतर घुसते ही सामने का मंजर देखकर वह सारा माजरा समझ गया। भीतर दो शरीफ से दिखने वाले लड़के बहुत तेजी से किताबों के पन्ने पलट रहे थे। तीसरा लड़का ओएमआर शीट में गोले दाग रहा था। रफीक बैठा उन सबों की कारगुजारियाँ देख रहा था।

''क्या उग्रवाद फैलाए हो बे?'' संजय ने चाभी मेज पर रखते हुए पूछा।

''देख नहीं रहे हो परीक्षा दे रहे हैं! लड़के कितना मेहनत कर रहे हैं! इलाहाबाद में तैयारी करते हैं लोक सेवा आयोग का। भविष्य उज्ज्वल है इनका।'' रफीक ने एक लड़के की पीठ ठोकते हुए कहा। संजय देखते ही समझ गया कि रफीक ने किसी तरह से बी.एड. के प्रश्न पत्र निकलवा लिए

हैं और अब वही प्रश्न-पत्र वह तैयारी कर रहे लड़कों से हल करवा रहा है। उसने फिर भी पूछा-

"पेपर कैसे उपरियाए?"

"बड़े बाबू बड़े ही छोटे इंसान निकले नेता। थोड़े से दाम पर बालकनी से बाहर कर दिए प्रश्न-पत्र और उत्तर-पुस्तिका। लड़के भर दें तो हम भी मास्टर कहलाना शुरू करें। फिर अपने पैरों पर खड़े हों हम भी। वो भी कहे कि पति हमारा मास्टर है। फिर अब्बू की गाड़ी पर लिखवाएँ- 'मास्टर जी ट्रांसपोर्ट सर्विस'। फिर निकाह, फिर वलीमा और फिर सुंदरम टाकीज का सनीमा। मॉर्निंग शो एट नाइट।" रफीक ने टाँग पसारते हुए कहा।

"तुम्हारे किस्मत में मास्टर कहलाना लिखा ही नहीं है मियाँ।" संजय ने प्रश्न-पत्र देखते हुए कहा। उत्तर पुस्तिका वह पहले ही देख चुका था।

"क्यों? क्या कमी है हम में? हम क्या किसी से पतला मूतते हैं?" रफीक ने हैरानी से देखते हुए संजय से पूछा।

"सच्ची बात बोल रहे हैं। ये देखो क्वेश्चन पेपर A ग्रुप का है और आन्सर शीट C ग्रुप का।" संजय ने दोनों पर मुद्रित शब्द दिखाते हुए कहा।

"मतलब?" रफीक का सिर घूम गया।

"मतलब मत समझो। बस ये कि यह दोनों अब रद्दी का टुकड़ा है।" संजय ने कहा।

"इसके पापा की...!" रफीक ने पुरुष-विरोधी गाली देते हुए कहा - "गद्दारी कर गया बड़े बाबू। अब निकाह कैसे होगा!" रफीक दोनों हाथों से सिर पकड़कर बैठ गया। लड़के समझ गए कि अब सवाल हल करने का कोई फायदा नहीं है। उनमें से एक लड़का उठा और आस्तीन ठीक करता हुआ बोला- "भइया पैसा!"

संजय ने लड़के की ओर देखा। रफीक अब भी हथेलियों के बीच सिर देकर बैठा था। इससे पहले कि वह कुछ कहता संजय ने ही कहा-

"बाबू! स्टूडेंट हो। अब तुमसे क्या पैसा लें? चलो जाओ।"

लड़कों की समझ में हठात कुछ भी नहीं आया। उन्हें जड़वत खड़ा देख संजय फिर फुसफुसाया-

"अरे भगो! शेर बैठा है अभी। उठ गया तो बटुआ में जो भी रखे हो वो

भी निकाल लेगा। चलो भगो।''

लड़कों के निकलने से पहले ही रफीक उठा। उसने उत्तर-पुस्तिका उठाई और बाहर निकल गया।

अगले दिन समाचार पत्रों में खबर आई:

''सिटी डीग्री कॉलेज के नोटिस बोर्ड पर बी.एड. की उत्तर पुस्तिका पाई गई। बलिया केंद्र की बी.एड. की सभी परीक्षाएँ निरस्त।''

उजमा को जब मालूम हुआ तो उसे ऐसा दुख हुआ जैसे पूरी दुनिया उसके प्यार के खिलाफ साजिश कर रही है। वह मायूस तो हुई मगर इसी बात से खुश रही कि रफीक ने उसकी बात समझी, मानी और अगर यूँ ही मानता रहा तो सब कुछ अच्छा-अच्छा होकर रहेगा।

किसी के इश्क में सब कुछ भुलाए बैठे हो
दुनियादारी भी कोई चीज हुआ करती है

छात्र राजनीति एक प्रशिक्षण संस्थान भी है जो भविष्य के लिए राजनेता तैयार करने की सीधी भर्ती है। यदि पारिवारिक या बपौती राजनीति प्राप्त नहीं है तो यह एक तपस्या है उन सभी जोशीले युवाओं के लिए जो सेवा ही धर्म समझते हैं। राजनीति में वक्त ही बख्त लिखता है। जितना वक्त आप जनता को देते हैं प्रतिफल उसी अनुपात में मिलता है। छात्र राजनीति में प्रचार-प्रसार के लिए धन की जरूरत भी होती है जो सामान्यतः नगर के व्यवसायियों से सहयोग राशि के रूप में कभी माँगी कभी वसूली जाती है।

संजय को भी प्रचार-प्रसार संबंधी कई कार्यों के लिए धन की जरूरत थी। उजमा के आने के बाद रफीक चूँकि व्यक्तिगत जीवन में ही इतना उलझ गया था कि वह संजय और उसके प्रचार को वक्त नहीं दे पा रहा था। संजय ने यह बात महसूस की थी मगर इस बाबत बोलना उसे अभी ठीक नहीं लगा था इसलिए वह स्वयं ही प्रयास में लगा था।

इन्हीं दिनों,

शारदा सिनेमा, रसड़ा में बारह से तीन का शो जैसे ही छूटा, लोग बाहर

की ओर ऐसे भागे जैसे चीटियों की बाँबी टूटी हो। निकास द्वार पर रफीक का इंतजार करता बिरजू भी उनके लपेटे में आ गया। किसी तरह उसने खुद को संभाला और एक ओर हटकर खड़ा हो गया। भीड़ कम होने के बाद रफीक बाहर निकला। उसके साथ बुर्के में उजमा थी। पहले तो बिरजू ने पीछे से टोकना चाहा; मगर फिर कुछ सोचकर ठीक रफीक के आगे खड़ा हो गया।

"बिरजू? इहंवा कहाँ बे?" रफीक ने बिरजू को देखते ही पूछा। उजमा रफीक की ओट में हो गई।

"भारी फजीहत हो गइल।" बिरजू ने चेहरा उठाए बिना ही कहा।

"क्या भया?" रफीक ने आकुलता से पूछा। बिरजू अभी कुछ जवाब देता तब तक उजमा ने धीमे से रफीक की कलाई दबा दी। रफीक को अचानक उसकी उपस्थिति का भी भान हुआ। उसने बिरजू को रोकते हुए उजमा से कहा।

"सुनो! हिना म्यूजिक सेंटर के बाहर यूपी-साठ तेईस बयालीस खड़ी है। बैठ जाओ। 'फेफना' उतर जाना। वहाँ से टेंपो ले लेना सदर तक की। चली जाओगी ना?" रफीक ने पूछा जिसके जवाब में उजमा ने सिर्फ सिर हिला दिया और अपने कंधे का बैग ठीक करते हुए आगे बढ़ गई। रफीक भी बिरजू के साथ मोटर साइकिल स्टैंड की तरफ बढ़ा।

"हाँ! अब कहो। क्या प्रपंच नाथ के आ रहे हो?" रफीक ने मोटर साइकिल स्टैंड से निकालते हुए कहा।

"संजय भइया चंदे के लिए शेषनाथ सर्राफ के दुकान पर गए थे।" बिरजू ने कहा।

"कौन? वो परिधान साड़ी सेंटर वाला?" रफीक ने गाड़ी जैसे ही स्टैंड के बाहर निकालनी चाही, गेट पर स्टैंड वाले ने रोक दिया और हाथ के इशारे से पार्किंग के दस रुपए की माँग की। रफीक ने पॉकेट में हाथ डाला और कुछ ढूँढ़ते हुए हल्के नीले रंग की गुटखा की पुड़िया निकाली। दाँत के कोने से उसे फाड़ते हुए रफीक ने स्टैंड वाले को गाड़ी की नेमप्लेट की तरफ इशारा किया। जहाँ नंबर की जगह लिखा था- 'अगले विधायक'। स्टैंड वाले ने चुपचाप बाहर निकलने का रास्ता छोड़ दिया। मोटर साइकिल की पिछली सीट पर कूदकर बैठते हुए बिरजू ने कहा-

"हाँ वही, परिधान साड़ी वाला।" बिरजू ने कहा।

"फिर क्या हुआ?" रफीक ने गाड़ी चलाते हुए पूछा।

"होना क्या था। भैया दुकान पर गए। सहयोग का आग्रह किए, शेषनथवा मना कर दिया। कहा, सहयोग अगले बरस लीजिएगा, इस बरस धंधा-मंदा है। भैया कहे कि अब आ गए हैं तो खाली हाथ कैसे जाएँ? तो कहा कि कहिए तो साड़ी दे दें?" बिरजू ने दुखी मन से कहा।

"ठीक कहा। दुकान पर जाकर पैसा माँगा जाता है कहीं! शऊर ही नहीं है नेतागिरी का। और इतना बारूद भरा कौन नेता में। अकेले गया क्यों? हम मर गए थे!" रफीक ने गाड़ी की रफ्तार तेज कर दी।

"आपके पास समय कहाँ है! पिछले तीन दिन से आप तो..." बिरजू अपनी हैसियत से ज्यादा बोल गया। रफीक ने गाड़ी अचानक धीरे कर दी।

"नहीं! कहने का मतलब है कि भाभी का 'इंटरनल असेसमेंट' का काम भी तो उतना ही जरूरी है। संजय भैया समझ गए थे। इसीलिए अकेले चले गए।" रफीक ने फिर बाइक तेज कर दी। कुछ देर एक ही रफ्तार से चलने के बाद रफीक ने कहा-

"अँग्रेजी में क्या बोले अभी तुम?"

"इंटरनल असेसमेंट।" बिरजू ने धीरे से कहा।

"और इसको हिंदी में क्या कहेंगे?" रफीक ने फिर पूछा।

"आंतरिक परीक्षण।" बिरजू ने अपनी जानकारी के अनुसार बताया।

"भाक्क साला! अँग्रेजीये ठीक है।" रफीक ने हँसते हुए कहा और मोटर साइकिल की स्पीड और बढ़ा दी। लगभग आधे घंटे में दोनों कार्यालय में थे। कार्यालय पहुँचने पर उसने देखा कि ताला लगा हुआ है। उसने झट संजय को फोन किया जो ज्योति की किताब लेकर गाँव की ओर निकल गया था। वह एक-आध दिन गाँव पर ही रुकने वाला था मगर रफीक ने उसे मुर्गे की दावत पर बुला लिया। मुर्गे की दावत संजय की कमजोरी थी, ना नहीं कर सका।

***

रेलवे के मालगोदामों के परित्यक्त कक्ष पूरी तरह बेकार भी नहीं होते। दिन में स्कूली बच्चे अक्सर यहाँ प्रेम का सबक पढ़ते हैं और रात में बेघरों के प्रेम यहाँ परवान चढ़ते हैं। मगर यह वक्त न दिन था न रात। वक्त दूसरे

पहर का था। इसी निर्जन और उजाड़ चहारदीवारी में ही रफीक ने संजय को मुर्गे की दावत दी थी। वैसे तो आते वक्त भी संजय के समझ में कुछ नहीं आया। मगर फिर वैसे भी संजय की समझ में रफीक की ज्यादा बातें नहीं ही आती थीं। लगभग दो बजे उसकी बाइक मालगोदाम के उसी परित्यक्त कक्ष के पास आकर लगी।

"और कोई जगह नहीं मिली थी मियाँ?" संजय ने घुसते ही पूछा। जलती हुई मच्छर अगरबत्ती की खुशबू उसके नथुनों में गई।

"अरे बहुत सही जगह है नेता। एकदम ओपेन एयर। बैठो तो सही।" कहते हुए रफीक ने टीन का खाली कनस्तर अपने ठीक सामने रख दिया।

"मुर्गा कहाँ है बे?" संजय ने चारों ओर देखते हुए पूछा।

"अभी-अभी तो आया है। देशी है ना! टाइम लगेगा। नसीम तैयारी कर रहा है।" रफीक ने तर्जनी से नसीम की ओर इशारा किया। संजय ने पीछे से ही कुछ देर नसीम को देखा और फिर रफीक से कहा-

"और ये अगरबत्ती काहे जलाए बैठे हो मियाँ? साले जिन्न-जिन्नात तो नहीं बुला रहे कहीं?"

"नहीं जिला! अब जिन्न-जिन्नात कारोबारियों की बोतलों में बंद हैं। नौ से पाँच में पिसे पड़े हैं। कहाँ सुनेंगे बुलाने पर! ये तो मच्छर भगाने के लिए अगरबत्ती जलाई है। खून चूस लिए। नेता हैं साले।" रफीक ने कहा।

"नेता को कुछ न कहो। व्यक्तिगत हर्ट हो जाएँगे।" संजय ने हँसते हुए कहा।

"अबे! नेता से याद आया। सुने कि सराफ तुम्हारी हथेली पर अपना कसैली रख दिया!" रफीक ने ठठाकर हँसते हुए कहा।

"बबुआ! तुरुक जब सैदानी के चक्कर में पड़िहे तऽ इहे कुल्ह होई।" संजय ने भी खुले जख्म पर वार किया।

"कहाँ की बात कहाँ जोड़ रहे हो नेता!" रफीक ने अन्यमनस्क-सा होकर कहा।

"समझा रहे हैं! सोने के लिए आम का पेड़ होता है। बेल के पेड़ के नीचे कोई नहीं सोता।" संजय ने कहा।

"क्यों? सिर फूट सकता है?" रफीक ने मुस्कुराते हुए कहा।

"नहीं! कुछ और भी फूट सकता है। और वहाँ दर्द ज्यादा होता है।" संजय ने कुढ़ते हुए ही उँगली का इशारा किया।

"अल्पसंख्यकों को डराते हो साले!" रफीक ने डरने का नाटक करते हुए कहा।

"डर ही तो नहीं रहे हो मियाँ? यही तो रोना है। बढ़ रहे हो। और जिस तेजी से बढ़ रहे हो ना उससे लगता है दूसरा पाकिस्तान बनाओगे।" संजय ने फिर मौज ली।

"नहीं नेता! अबकी गलती नहीं होगी। अबकी साले तुम्हें हिन्दुस्तान दे ही देंगे कि लो अबकी तुम ले लो।" रफीक ने दहला डाला जिस पर संजय ठठाकर हँस पड़ा। रफीक ने कुछ और कहने के लिए मुँह खोला ही था कि काम में व्यस्त नसीम ने अचानक ही कहा–

"रफीक भाई। मसाला कितना?"

"कम। हाथ में न लगे।" रफीक ने कम से कम शब्दों में बात खत्म की।

"साले अभी तैयारी कर रहे हो? पकेगा कब?" संजय ने पूछा।

"मसाले में ही समय लगता है नेता। साला मच्छर बहुत काट रहा है। अगरबत्ती यहाँ लाते हैं।" कहते हुए रफीक उठ गया।

"गोरे लोगों को मच्छर ज्यादा काटते हैं।" संजय ने कहा।

"ओह ओह! फिर तो उसको बड़ी मुश्किल होती होगी नेता!" रफीक ने जलेबीनुमा अगरबत्ती दोनों के बीच में रखते हुए कहा।

"किसको?" संजय ने पूछा।

"तुम्हारी भाभी को? और किसको! मुश्क, अंबर, जाफरान! सब भूल जाते हो नेता।" रफीक ने बरबस आ रही मुस्कुराहट को रोकते हुए कहा।

"जा ऐ मियाँराम!" संजय ने अपने दाहिने हाथ से सिर पीटते हुए कहा। रफीक अभी हँस ही रहा था कि नसीम ने फिर टोका– "भैया मसाला तैयार। चख लीजिए।"

"सूखा है ना? देख लो।" रफीक ने उठते हुए कहा।

"धर लेगा।" नसीम ने कम से कम शब्दों में कहा। वह दरअसल इससे ज्यादा शब्द कह ही नहीं सकता था। क्योंकि वह देशी मुर्गा बना ही नहीं रहा

था। वह बना रहा था देशी बम। कम बारूद और ज्यादा आवाज वाला छोटा बम जिसे बड़े आकार का पटाखा कहना ज्यादा सटीक रहता। रफीक ने उठकर चुपचाप वह बम नसीम के हाथ से लिया। उसने धीरे से मच्छर अगरबत्ती के सिरे से बम का पलीता सेंक दिया और अपनी हथेली में छिपाए ही आगे बढ़ा। नसीम को पहले से ही इस बात की नसीहत थी कि उसे संजय के पीछे जाकर खड़े हो जाना है। वह बोतल लेकर बाहर हाथ धोने के बहाने ठीक संजय के पीछे जाकर खड़ा हो गया। रफीक, संजय के ठीक सामने कनस्तर खींचकर उस पर बैठते हुए बोला–

"नेता, जरा अपना दाहिना हाथ दिखाओ।"

"स्टेशन रोड वाले 'तोता बताएगा' पंडी जी से ज्योतिष सीख रहे हो क्या मियाँ?" कहते हुए संजय ने बिना कुछ सोचे-समझे हाथ आगे कर दिया। रफीक को यही चाहिए ही था। उसने अपने हाथ से उसके हाथ को इस कदर कसकर पकड़ लिया, जैसे वह उसके हाथ में कुछ रख रहा हो। संजय को जैसे ही आभास होता कि दोनों हथेलियों के बीच कुछ है तब तक पलीता बारूद तक पहुँच चुका था। संजय ने उठने की कोशिश की। मगर तब तक नसीम ने उसे अपने दोनों हाथों में पीछे से जकड़ लिया। रफीक ने अपना हाथ हटा लिया। बम संजय के हाथ में फटा और उसकी चीख निकल आई। फटते ही नसीम ने हाथों के बंध खोल दिए। जख्म ज्यादा नहीं रहा मगर हाथ को सेंक लग गई थीं। नसीम ने जैसे अपनी कसें ढीली छोड़ी, संजय ने उसके गाल पर बाएँ हाथ का एक तमाचा रसीद दिया। नसीम को कदरन बुरा लगना चाहिए था मगर नहीं लगा। वैसे भी उसकी गलती के लिहाज से यह सजा छोटी थी और नसीम के पास यह सब सोचने का वक्त भी नहीं था। थप्पड़ खाने के साथ ही वह पुरानी बाल्टी में पड़े पानी को लेकर संजय के सामने रखता हुआ बोला–

"भइया जल्दी से इस में हाथ डालिए।" संजय की प्रतिक्रिया से पहले ही रफीक ने संजय के हाथ को कलाई से पकड़कर अपना हाथ भी पानी में डुबाते हुए कहा– "नसीम! कॉलेज जाओ और लड़कों से कहो सदर अस्पताल पहुँचें। नेता भैया सराफ को मारने के लिए बम बना रहे थे कि हाथ में ही फट गया और रास्ते में फ्लाईओवर के नीचे जो अखबार वाले का ऑफिस है उसमें रमाशंकर मिलेंगे उनको भी यही बताना, बस नाम न बताना। कहना कि

अपुष्ट सूत्र लिख दें। कल के अखबार में आनी चाहिए।'' रफीक अभी और कुछ कहता कि नसीम निकल गया।

संजय ने मुस्कुराने की कोशिश की मगर दर्द के मारे विफल रहा। कोशिश कर बस इतना ही कह पाया- ''हाथ का तो तंदूरी बना दिए मियाँ। अब तंदूरी खिला दो और उसके बाद अस्पताल ले चलो साले।''

''तंदूरी अब सराफ भिजवाएगा बाकायदा।'' कहते हुए रफीक ने पानी से हाथ बाहर निकाल ली।

अगले दिन सुबह-सुबह ही शेषनाथ सराफ ने बिरजू के हाथों एक लाख की सहायता राशि कार्यालय भिजवा दी।

***

''डॉक साब! आज अखबार में क्या है देश दुनिया का हाल!'' फर्स्ट इयर के कुछ लड़कों ने डॉक साब को चाय की दुकान पर अखबार में नजर गड़ाए देखकर पूछा।

''शाहआलम ने मेवातियों, पठानों और सिखों के हमले से निपटने के लिए जौहरी बाजार के जौहरियों, पहाड़गंज के पनसारियों और मेहरौली के दुकानदारों पर चुंगी बढ़ा दी है। सैनिकों की तनखाह उसी से निकलेगी। बादशाह का आदेश साफ है कि मुश्किलों से निपटने के लिए तिजारती बिरादरी को आगे आकर मदद करनी चाहिए।'' डॉक साब ने कहते हुए अखबार बंद किया और लड़कों को देखने लगे। लड़के दबाते-दबाते भी अपने ठहाके नहीं दबा पाए। डॉक साब तुनककर गालियाँ निकालते हुए उठ चले।

***

नया सत्र शुरू हुए चार महीने गुजर चुके थे। अध्यक्ष तथा अन्य पदों के प्रत्याशी महाविद्यालय में छात्रों में अपनी पैठ बनाने में लग गए थे। नये नियम के अनुसार क्योंकि चुनाव लड़ने के लिए पचहत्तर प्रतिशत हाजिरी की बाध्यता भी थी। इसलिए प्रत्याशी क्लास में भी नजर आते और अपनी सेवा प्रस्तुत करते रहते थे। कॉलेज में झुन्नू भैया के प्रभाव के कारण तो अनुपम की स्थिति अच्छी बन ही रही थी। साथ ही एक बात और जो उसके पक्ष में जा रही थी वह यह कि जिले के जिस क्षेत्र से वह आता था उधर के छात्रों की संख्या

भी अधिक थी। छात्रों की इस बड़े हिस्से का झुकाव ही संजय की चिंता का एक कारण था। यह वर्ग किसी भी प्रकार से संजय के हिस्से नहीं आ पा रहा था। इसी बाबत बात करने वह आज कार्यालय आया था। रफीक पहले से ही कार्यालय में बैठा अखबार पढ़ रहा था। संजय ने भीतर घुसते ही पूछा-

"क्या पढ़ रहे हो मियाँ?"

"अखबार।" रफीक ने छोटा-सा जवाब दिया।

"जिले का क्या हाल है सरकार?" संजय ने फिर पूछा।

"बेटी को बेहोश कर पिता के साथ दुराचार।" रफीक ने अखबार पढ़ने के सटीक लहजे में कहा।

"जो लिखा है वही पढ़ो मियाँ, अपने से क्यों समाचार बना रहे हो?" संजय ने हँसी दबाते हुए कहा।

"जो लिखा है वही पढ़ रहे हैं नेता। लिखा है- प्राप्त जानकारी के अनुसार पीड़ित पिता और पुत्री देर रात ट्रेन से उतरे और सुखपुरा जाने के लिए टेंपो स्टैंड की ओर बढ़े। देर रात में कोई टेंपो न होने के कारण उन्होंने रेलवे स्टेशन पर मौजूद पान दुकान पर खड़े लोगों से टैक्सी की बाबत पूछा। सूत्रों के अनुसार वहाँ मौजूद असामाजिक तत्वों ने उन्हें बहलाकर गलत रास्ता बता दिया। वहाँ पहुँचने पर जब कोई गाड़ी न दिखी और पिता-पुत्री मुड़ने को हुए कि अचानक ही सिर पर हुए एक तेज प्रहार से लड़की बेहोश होकर कीचड़ में गिर पड़ी। सरकारी हस्पताल में होश आने पर उसने पूछा कि मुझे क्या हुआ है? जवाब मिला आपके साथ कुछ नहीं हुआ है जो होना था आप के पिताजी के साथ हो गया।"

"और यह हँसने की बात है!" संजय ने हँसते हुए ही कहा।

"बात तो रोने की है नेता। लेकिन करोगे क्या! जिला ऐसे ही बावन बीरों से भरा पड़ा है। खैर तुम जिला छोड़ो, महाविद्यालय पर ध्यान लगाओ। अनुपम राय कहाँ जोर लगा रहा है आजकल?" रफीक ने पूछा।

"दया छपरा! उसका अपना गाँव है और पाँच-छह सौ लड़कों का एकमुश्त वोट है।" संजय ने कहा।

"आय हाय-हाय-हाय-हाय! क्या नाम ले लिए नेता! बड़ी सुंदर लड़की होती है सब दया छपरा की! छलावा एकदम!"

“सुनो मियाँ!” संजय बात को भटकने से बचाना चाह रहा था।

“अरे मेरी सुनो पहले! बाबू साहब गणेशी राय के बेटे की शादी थी। हल्ला उठा कि गंगा पार से ‘चाँद-बिजली’ का नाच आ रहा है और ये भी कि चाँद-बिजली के कंधे पर तिल है। अब तिल तो उसी को दिखेगा जो नाच में एकदम आगे बैठेगा। बस हम एकदम झक्क दोपहर में गाड़ी उठाए और तीन बजे पहुँचकर सीट ले लिए कि अब दिखेगा कांधे का तिल।”

“तो दिखा तिल?” संजय ने अनमने-से ही पूछा।

“लोढ़ा दिखा! बाउ साहब कर दिए चिरकुटई। चाँद-बिजली एंड कंपनी को सट्टा का एडवांस पैसा नहीं मिला। जब एन मौका पर चाँद-बिजली का प्रोग्राम कैंसल हुआ तो बाउ साहब वीडियो का व्यवस्था लगा दिए। अब बताओ भला! 30 किलोमीटर गाड़ी चला के हम ‘दूध का कर्ज’ देखने गए थे!” रफीक ने एक साँस में कहा।

“कहना क्या चाहते हो मियाँ? पटाक्षेप करो जल्दी।”

“सुन लो नेता! बहुत कराहनीय कहानी है। हाँ! तो जब वीडियो का सुने तो झरक के भूसा हो गया। उठे और चल दिए। वहाँ से उठ के बाँध पर आए तो भूख लग गया। लौंगलता दिखा गरम-गरम। एक पीस ले के अभी मुँह लगाए ही थे कि सामने से सरसत्ती जी दिखाई पड़ीं।”

“कौन?” संजय ने पूछा।

“सरसत्ती जी बे! सरसत्ती जी। किताब-कॉपी पर पाँव पड़ जाने पर जिनसे माफी नहीं माँगते हो! वही!”

“अच्छा! सरस्वती जी।” संजय ने समझते हुए कहा।

“हाँ! दया छपरा इंटर कॉलेज का कोई कार्यक्रम था। उसी में भाग ली थीं। लाल पाढ़ वाली सफेद साड़ी, माथे पर धनुष बनाती सफेद-काली बिंदियाँ। यहाँ से वहाँ तक। ओठ लाली अलग। चेहरे पर तीन पसेरी पावडर। क्या कहें नेता। हम लौंगलत्ता हाथ में लिए देखते रह गए। सारा चाशनी सदरी पर गिर गया अल्ला कसम!”

“फिर?”

“फिर क्या! दुकान पर रुकी और चाय वाली शीशे की गिलास में पानी भर के पीने लगी। क्या कहें नेता! गिलास शीशे की थी कि उसकी गर्दन, हम

बता नहीं सकते हैं! इतना साफ कि पानी को हलक में उतरते देख भी लो।'' रफीक बताते हुए शून्य में चला गया।

''कितना लफ्फाजी फेकोगे मियाँ! काम की बात करो ना!'' संजय ने कहा।

''हाँ! तो जब पानी पी के जाने लगी तो जुदाई का पल आ गया। हमसे रहा नहीं गया। बोल दिए।'' रफीक ने बात पूरी की।

''क्या?'' संजय ने आश्चर्य से पूछा।

''कहे कि लौंगलत्ता भी खा ही लेतीं।''

''भाग तोरी छोकड़...'' संजय पेन-कॉपी रखकर हँसने लगा।

''हँस रहे हो नेता? उसके बाद जो हुआ ना वो किसी को आज तक नहीं बताए हैं।''

''क्या हुआ!''

''जैसे ही बोले तो लगी रोने। अब सोचो कि देश में लड़की रो दे तो फिर क्या होगा?''

''क्या होगा?'' संजय ने जानते हुए भी पूछा।

''भूसा भर दिया जाएगा; भूसा। इंसान को इंसान नहीं समझा जाएगा। क्या बताएँ!''

''अब बता भी दो।'' संजय ने पूछा।

''बोरा में डाल के हमको जो मारा है सब। जो मारा है सब नेता, कि हिंदुवन से नफरत हो गया है।''

''अबे रुको साले! ऐसे हँसाता है कोई!'' संजय को बात सुनकर हँसी का दौरा आ गया था।

''हँस लऽ नेता राम! हँसले के घर बसेला। हँस लऽ।''

''ऐसा काम करोगे जिला, तो पिटाओगे नहीं!''

''अरे तो ऐसे मारेगा! हम लोग भी मारपीट किए हैं। तरीका होता है मारने का। कल को बियाह-निकाह होना है। ऐसा क्या कि कहीं मार दोगे! साला वो हलवाई नहीं बलवाई था। ऐसी-ऐसी जगह मारा था कि आज तक लाइट जला के सोते हैं नेता। अँधेरा होते ही बोरा दिखने लगता है।''

''भाक हरामी! चुप करो!''

"अरे सही बे! गंगा जी में डालने का प्लान था हिंदुवन का। वो तो अल्ला उम्र दराज करे बुढ़ऊ का जो नाम पूछ लिए। हम बताए नाम तो बबवा फुसफुसाया कि मर गया तो दंगा हो जाएगा। ऐसा करो ढाला पर फेंक दो। फेंक दिए सब हमको ढाला पर। बचा लिया बबवा।" रफीक ने दोनों तर्जनी से आँख मलते हुए कहा।

हँसते-हँसते संजय की आँखों से पानी निकल आया। उसने खुद को रोका और फिर पूछा-"और बोरा से कैसे निकले?"

"मोदी जी निकाले।"

"मतलब! मोदी जी आए थे बोरा खोलने?"

"नहीं बे! नोटबंदी याद है?"

"हाँ! वह भूलने की चीज है!"

"हाँ तो नोटबंदी पूरे शबाब पर थी। भाई लोग को लगा कि बोरा भर के नोट फेंक गया है कोई। खोल दिया सब।" रफीक ने बाल खुजलाते हुए कहा।

"बताओ साला! धोखा हो गया। बोरा खुला। निकलना था रुपिया, निकल गया मियाँ।" संजय ने हँसी के मारे आँख पोंछते हुए कहा।

"दया छपरा खूबसूरती के लिए प्रसिद्ध है मरदे!" रफीक ने कहा।

"और एक चीज के लिए प्रसिद्ध है।" संजय ने ठहर-ठहर के हँसते हुए कहा।

"क्या?"

"वहाँ का वोट एकमुश्त गिरता है। इस बात से परे कि किसका टेंपो हाई है। गाँव का प्रत्याशी है तो उसी को पड़ेगा।"

"और अनुपम राय दया छपरा का है।" रफीक ने पानी पीते हुए कहा।

"पढ़ाई-लिखाई तो सोनभद्र से किया है लेकिन है दया छपरा का ही।" संजय ने कहा।

"हूँ।" रफीक ने कुछ देर हथेली पर ठोड़ी टिकाकर सोचा और फिर नसीम को आवाज देकर बुलाया। नसीम जोकि बाहर आइडी कार्ड पर फोटो चिपकाने में व्यस्त था, एक ही आवाज पर चला आया, उसके साथ-साथ बिरजू भी घुस आया।

"नसीम मियाँ, ऐसा करो इसको उठवाओ, और हमारे गाँव लेके आओ।" रफीक ने नसीम से कहा।

"मियाँ! ये अगवाई न करो। हमको ऐसे चुनाव नहीं लड़ना है।" संजय ने बीच में ही कहा।

"हम भी बस देखना ही चाहते हैं नेता। उस लड़के को देखकर हमको लगा कि लड़का नरम दाना है। थोड़े से निराई-गुड़ाई, कटाई-पिटाई से अगर बैठ सकता है तो हर्ज क्या है। चांस लेके देखते हैं।" रफीक ने कहा। संजय ने कोई जवाब नहीं दिया। उसे दरअसल यह बात पसंद नहीं आई। मगर फिर भी वह चुप ही रहा। रफीक ने अब नसीम की तरफ आग्नेय आँखों से देखा। नसीम और बिरजू, रफीक के कहने के बाद भी जब खड़े रहे तो रफीक ने अब चिल्लाकर कहा-

"शक संवत के हिसाब से निकलोगे कि हिजरी संवत के हिसाब से?"

"नहीं भैया। वो बात नहीं है।" नसीम ने थोड़े संकोच से कहा।

"फिर?"

"अपना कट्टा दीजिए ना! बिरजू मोटरसाइकिल चलाएगा। छोकड़े को बहाने से पीछे बैठाएँगे। फिर हम पीछे से जबरी बैठ के कट्टा सटा देंगे तो चुपचाप आ जाएगा। साँस भी नहीं लेगा कसम से।" नसीम ने एक साँस में कहा।

"साले वो पढ़े-लिखे वाला लड़का है। सोनभद्र से आया है। गाँव बस वोट माँगने जितना देखा है। तुम्हारे जैसा ऐतिहासिक नामजद नहीं है कि उसको कट्टा का गोलाई और मोटाई मालूम होगा। पीछे से कलम, डंडा, सरकंडा कुछ भी सटा देना। लड़का मौनव्रत ले लेगा।"

"नसीम भाई को बोलिए कि अगर ये मोटर साइकिल चला लेंगे तो हम पीछे बैठ जाते हैं। कुछ और सटा देंगे। चिहुक जाएगा निमोछिया लौंडा।" बिरजू ने खिखियाते हुए कहा।

"भाक साला सब! जाओ और लड़के को लेकर गाँव पर मिलो।" रफीक ने भी हँसते हुए ही कहा। संजय बहरहाल फोन पर किसी से बातें करते हुए सबसे पहले निकल गया।

***

सुरहा ताल। बलिया जिले के सुदूर पश्चिम में स्थित गंगा के छाड़न से बनी झील। अनुकूल परिस्थितियाँ यहाँ पक्षियों को खींच लाती है और प्रतिकूल परिस्थितियाँ प्रेमियों को। शहर के जानकार, खोजी और चुगलखोर आँखों से दूर प्रेमी युगल पक्षियों को देखते हुए झील किनारे बैठकर प्रेम बतियाते हैं। मगर अकसरहाँ यह भी होता है कि जिस सुकून, जिन नजरों से बचने वे यहाँ आते हैं वह नजरें उन पर नजर रखी होती हैं। अनुपम राय आज इसी का शिकार हुआ था। बिरजू और नसीम उसी की तलाश में पहुँचे ही थे कि रफीक का फोन आया।

"अस्सल्लाम आलेकुम। कहाँ हो?" रफीक ने पूछा।

"वालेकुम अस्सलाम रफीक भाई! सुरहा ताल में हैं।"

"साले तुम लोग को एक काम दिए, और तुम पिकनिक मना रहे हो?"

"पिकनिक कहाँ नसीब में है भैया! काम ही कर रहे हैं। अनुपम बाबू यहीं आए हैं।"

"अच्छा! क्या कर रहा है वहाँ?" रफीक ने पूछा। जिसका कोई जवाब नसीम ने फौरन नहीं दिया। अनुपम जो कर रहा था वह बता पाना नसीम के लिए मुश्किल था। जवाब न पाकर रफीक ने फिर पूछा–

"मोबाइल में पैसा लगता है भाई! गुणा–गणित बाद में करना। जल्दी बोलो। लड़का क्या कर रहा है वहाँ?"

"कैसे कहें!" नसीम ने भुनभुनाते हुए अपनी मजबूरी जाहिर की।

"मुँह के अलावा कहीं और से भी कह सकते हो क्या! तो कह दो!" रफीक ने झल्लाते हुए कहा।

अब जवाब देना नसीम की मजबूरी थी। उसने मोबाइल के स्पीकर को दूर करते हुए बिरजू से पूछा–

"अबे! चुम्मा को हिंदी में क्या कहते हैं?"

"क्या हुआ?" बिरजू ने पूछा।

"भैया पूछ रहे हैं कि लड़का क्या कर रहा है। चुम्मा कितना घटिया लगेगा कहने में। कुछ और बताओ।" नसीम ने पूछा।

"चुंबन! चुंबन बोल दो।" बिरजू ने सीख दी।

"भाग बे! हिंदी नहीं बुझाता है उनको; संस्कृत कहाँ से बुझाएगा!" नसीम

ने डपटा।

''पप्पी! पप्पी बोल दो फिर।'' बिरजू ने ज्ञान दिया।

''हाँ! हैलो! हाँ भैया! पप्पी ले रहा है सरवा!'' नसीम ने फौरन ही मोबाइल कान पर लगाते हुए कहा।

''पप्पी! लड़की भी है क्या साथ में?'' रफीक ने आश्चर्य से पूछा।

''हाँ तो लड़का को पप्पी लेना अभी बलिया तक नहीं आया है भइया!'' कहते-कहते ही नसीम बंदर की तरह हँस उठा।

''खिखियाओ कम और फोन बिरजू को दो जरा।'' रफीक ने नसीम से कहा। नसीम ने फौरन फोन बिरजू को पकड़ा दिया। रफीक ने प्रणाम-पाती के बाद काम की बात बिरजू से कही-

''सुनो! लड़का-लड़की सुरहा ताल में मिल रहे हैं तो जाहिर है कि लड़की साथ नहीं लौटेगी। लड़की को निकल जाने दो। जब चली जाए तो दबोच लो इसको और सीधा ईंट-भट्ठे पर लेकर आओ। आमबागान होकर खेत वाला रास्ता पकड़ना।''

''ठीक भैया!'' बिरजू ने कहा। उसकी आँख बराबर जोड़े पर गड़ी हुई थी। उसने देखा कि अनुपम और लड़की अब उठ रहे हैं। उसने फोन पर ही रफीक से कहा-

''दोनों उठ रहे हैं भैया। शायद अब निकलें। अरे स्साला! ये तो...'' कहते-कहते बिरजू कुछ देखकर विस्मय से भर गया। रफीक ने उसके विस्मय को पकड़ते हुए पूछा-

''क्या हुआ? सब ठीक?''

''कुछ नहीं भैया! लड़का निकल रहा है। हम बाद में बात करते हैं। भट्ठे पर मिलते हैं।''

कहते हुए बिरजू ने मोबाइल काट दिया। दोनों तेजी से निकलकर बाहर पहुँचे। उन्होंने देखा कि उनकी सोच के उलट अनुपम और लड़की दोनों ऑटो पर सवार हुए। बिरजू को मगर पता था कि ऑटो किधर जाएगी। उसने गाड़ी बसंतपुर के रास्ते पर डाल दी। बसंतपुर पहुँचने से काफी पहले अनुपम ऑटो से उतर गया था। लड़की को यहाँ से अकेले जाना था। बिरजू जानता था कि लड़का कुछ दूर पीछे ही उतर गया है और अब टेंपो स्टैंड तक पैदल

ही आएगा। इसलिए उसने टेंपो स्टैंड से पहले एक आम के पेड़ के नीचे गाड़ी लगाई और नसीम को हट जाने को कहकर इंतजार करने लगा। थोड़ी ही देर में अनुपम आता दिखाई दिया। बिरजू उसे आता देख पीछे मुड़कर पेशाब करने का अभिनय करने लगा। अनुपम जब उसके ठीक सामने से गुजरा तो वह मुड़ा और मुड़ते ही अवाक् होने का अभिनय करते हुए कहा–

"अरे! राय साब इधर कहाँ?"

अनुपम भी उसे देखकर पसोपेश में पड़ा। मगर फिर फौरन ही कहा–

"यहीं आए थे रिश्तेदारी में। बस अब जा रहे हैं।"

"शहर की ओर ही जा रहे हैं ना! चलिए ड्राप कर देते हैं।" बिरजू ने कहा। अनुपम को भी आगे तक जाने का साधन बिना माँगे ही मिल रहा था सो उसके लिए भी न कहने का कोई कारण नहीं था। उसे यह भी लगा कि यदि उसने ना किया तो दूसरा वहाँ अब इस धुंधलके में मिलना मुश्किल है।

"चलिए।" अनुपम ने हामी भरी और मोटर साइकिल के पीछे बैठ गया। उसके बैठते ही बिरजू ने नसीम को आवाज दी–

"नसीम भाई! आ जाइए! कहाँ झाड़ी में यूनानी जड़ी ढूँढ़ रहे हैं! पाजामे में साँप घुस गया तो भाई–भाई का मिलन हो जाएगा।"

बिरजू के इतना कहते ही नसीम झाड़ियों से बाहर निकल आया। वह आवाज के लहजे से ही समझ गया था कि जबरदस्ती की जरूरत नहीं पड़ेगी। नसीम फौरन आकर मोटर साइकिल की पिछली सीट पर बैठ गया और अनुपम से कहा–

"सलाम आलेकुम नेता भाई! ये गमछा मुँह पर बाँध लीजिए। ट्रक वाला बहुत धूल उड़ाता है सब यहाँ। गमछा न बाँधे तो घर तक नैन कजरारे हो जाएँगे।"

अनुपम ने हँसते हुए अपना ही गमछा मुँह पर बाँध लिया। मोटर साइकिल जब तक खेतों में नहीं उतर गई तब तक अनुपम जान ही नहीं पाया कि वह अगवा हो चुका था।

मोटर साइकिल ने पहले सड़क छोड़ी, फिर खड़ंजे और आखिर में कच्ची धूल भरी मिट्टी को भी छोड़ते हुए ईंट–भट्टे से लगे ईंटों से ही सजाकर बनाए गए अस्थायी कमरे के बाहर रुक गई। नसीम ने हाथ पकड़कर अनुपम को

उतारा और लगभग खींचते हुए उसे कमरे के भीतर कर दिया।

कमरे के भीतर का दृश्य अच्छे भले निर्भीक व्यक्ति को भी डरा देने के लिए काफी था। ईंट भट्ठे से ही आग लेकर एक चूल्हा भीतर जला हुआ था और कमरे में रफीक एक मेमने के गर्दन पर कसाई वाला छुरा लिए बैठा था। मेमना अपनी पूरी ताकत से चिल्ला रहा था। रफीक ने जब अनुपम को भीतर आते देखा तो छुरा रखकर मेमने को गोद में ले लिया और अनुपम से बोला–

''आइए मलिकार! आइए।'' अनुपम ने जब रफीक को देखा तो उसे थोड़ी राहत हुई। वह जानता था कि रफीक समझदार है और उससे बात की जा सकती है वरना तो बिरजू और नसीम के बीच उसकी जान का अब-तब लगा था– ''ये सब क्या है रफीक भाई?''

''मटन खाएँगे मलिकार?'' रफीक ने फिर से मेमने के गर्दन पर छुरा रखते हुए कहा।

''नहीं! यह तरीका सही नहीं है मगर। मिलने कोई ऐसे बुलाता है क्या!'' अनुपम ने कुर्ते पर से धूल झाड़ते हुए कहा।

''मिलने?'' रफीक चौंका और फिर वह बिरजू की तरफ मुखातिब होकर बोला– ''साले तुम लोग इसको चुटकुला सुनाते हुए लाए हो क्या? भयवा को पता ही नहीं है कि ये अगवा हो गया है।''

''अगवा!'' रफीक के इतना कहते ही अनुपम की आँखों में अनजान भय खिंच गया। रफीक से इतना सुनते ही नसीम ने अनुपम को पीछे से घुटने पर एक लात मारी। उसका पाँव मुड़ गया और वह आगे की तरफ जमीन पर बैठ गया। नसीम ने उसके दोनों हाथ पीछे खींचकर नारियल की रस्सी से इतनी जोर से बाँधा कि अनुपम की चीख निकल आई।

''झटका तो हम खिला नहीं पाएँगे नेता जी; ऐसा है एक बार हलाल खा के देखिए। उँगली न चाट खाएँ तो मेमना जिंदा कर देंगे।'' रफीक ने गंभीर आवाज में ही कहा।

''भइया दर्द किसमें ज्यादा होता होगा?'' बिरजू ने अचानक ही पूछ लिया।

''दर्द तो बेटा सेक्स में ज्यादा होता है।'' रफीक ने फौरन जवाब दिया।

''अरे! बजरंग बली का नाम लीजिए भैया। हम पूछ रहे हैं झटका में कि हलाल में?'' बिरजू ने कान पकड़ते हुए कहा।

''पता नहीं बे! लेकिन सुने हैं कि झटका में ही होता है।'' रफीक चहलकदमी करते हुए अनुपम तक आया और उसकी गर्दन पर छुरा रखते हुए बोला।

''कैसे? बताइये जरा।'' बिरजू ने पूछा। जिसके जवाब में रफीक ने अनुपम के बाल पकड़कर उसे आगे की ओर झुकाते हुए उसकी गर्दन पर छुरा रखकर कहा–

''देखो! यहाँ से ऐसे मारेंगे तो सिर तो अलग हो जाएगा एकबार में; लेकिन दिमाग अचानक से जिस्म को कुछ बता नहीं पाएगा। इसलिए दर्द होगा। आदमी... नहीं! नहीं! मेरा मतलब है जानवर तड़पेगा! ये झटका हुआ।''

''और हलाल में?'' बिरजू को भी अनुपम के ऊपर किया जा रहा नमूना पसंद आ रहा था।

''उसमें दिक्कत ही कोई नहीं है। देखो! ऐसे गर्दन पीछे करना है और ये है नस। ये वाली! ये उभरकर आ रही है ना; यही वाली। बस इसको रेत देना है। काम खतम। खून में आक्सीजन का सप्लाई बंद। कोई दर्द नहीं। आराम से कुर्बानी हो गई। समझे?'' रफीक ने अनुपम के बाल छोड़ते हुए कहा। ऐसी स्थिति अनुपम को भयभीत करने के लिए बयान की गई थी। अनुपम डर भी गया था फिर भी यह उसका जज्बा ही था कि वह संयत था। बात रफीक ने ही फिर छेड़ी–

''मालिक, आपको 'कृष्णानंद मौर्या' याद है?''

''हाँ! पिछले चुनाव में ठीकठाक माहौल था उसका। बाद में पता नहीं क्यों बलिया छोड़ गया।'' अनुपम ने धीमे-से ही कहा।

''बलिया नहीं! दुनिया छोड़ गया कृष्णानंद।'' रफीक ने कड़ी और जिस्म को बेध देने वाली आवाज में कहा। कुछ क्षण को पूरे झोपड़े में मुर्दा खामोशी छाई रही। अगली आवाज फिर रफीक की ही आई–

''जिला प्रमुख का आदेश था। इसी ईंट भट्ठा में। जा ही नहीं रहा था। तीन लोग लगे थे। घिसट रहा था। देह छोड़ दिया था एकदम। हमको भी लगना पड़ा तब जा के काम हुआ। अबकी खैर... प्रमुख जी का आदेश तो नहीं है;

लेकिन... ईंट भट्ठा तो है।'' रफीक ने कहा। गर्मी और मारे डर के अनुपम के ललाट पर पसीना चुहचुहा गया।

''हमें क्यों उठाया है?'' अनुपम ने अब सीधा मुद्दे की बात की।

''बैठाने के लिए।'' रफीक ने भी मुद्दा ही बयान किया।

''लेकिन उससे क्या होगा?'' अनुपम ने अभी इतना कहा कि रफीक के बोलने से पहले बिरजू बोल पड़ा–

''भैया हम कह रहे हैं इसको कुर्सी सहित भट्ठे में फेंकिए। आहुति दीजिए। गंगा मैया की जय बोलिए। हम फिर कह रहे हैं ये मगर–बट–परंतु–लेकिन वाला सब माँ का भी नहीं होता है। निकलते वक्त भी 'मगर–बट–परंतु–लेकिन' लगाए रहता है।''

बिरजू की आँखों में गुस्सा देखकर अनुपम ने फौरन कहा–

''मेरा मतलब है कि हम शीत–प्रत्याशी हो जाते हैं। प्रचार–वचार नहीं करेंगे। एक तरह से बैठना ही हुआ। वैसे ही हार जाएँगे।''

''नहीं! आप उठेंगे तो चाहे समर्थन दें या न दें, वोट बँटेगा। इसलिए बैठ जाइए।'' रफीक ने कहा। रफीक के ऐसा कहने पर अनुपम कुछ क्षण के लिए मौन हो गया। मगर उसे जवाब तो देना ही था और जवाब भी रफीक के मन मुताबिक ही देना था। इसलिए उसने कहा–

''ठीक है। पचास हजार से ऊपर खर्चा हो गया है। उसका कुछ करवा दीजिए।''

''मिल जाएगा। उम्मीदवारी मत भरिए और संजय नेता को जरा अपने गाँव दया छपरा घुमा दीजिए। आप साथ रहेंगे तो नेता को संबल रहेगा।'' रफीक ने पीछे से उसका हाथ खोलते हुए कहा।

''और झुन्नू भैया?'' अनुपम ने पूछा।

''आप नहीं होंगे तो झुन्नू भैया संजय नेता को समर्थन दे ही देंगे।'' रफीक ने कहा।

''ठीक है। मगर अगले चुनाव में आपको हमारा समर्थन करना होगा।'' अनुपम ने हाथ झटकते हुए कहा।

''वादा रहा! मटन बने? खाएँगे?'' रफीक ने पूछा।

''नहीं। घर निकलेंगे। ग्यारह बजने को हुआ।'' अनुपम ने घड़ी देखते

हुए कहा।

"जैसी इच्छा! बिरजू! नेता जी को ढाला तक छोड़ दो। बैरियाँ वाली बस पकड़ लेंगे।" रफीक ने कहा।

"लेकिन अभी कहाँ मिलेगी बस! आखिरी बस तो नौ बजे ही..." अनुपम की इस बात पर रफीक ने मुस्कुराते हुए कहा-

"दो घंटे से सवारी लिए आपके इंतजार में खड़ी है बस। आप पहुँचेंगे तभी चक्का हिलेगा।"

"चलते हैं रफीक भाई!" कहकर अनुपम रफीक के गले मिला।

"खुदा हाफिज! और सुनिए! गले मिले हैं; धोखा न दीजिएगा। न तो भट्ठे में आग हमेशा रहती है।" कहते हुए रफीक चुप हो गया। मोटर साइकिल स्टार्ट हुई।

बिरजू और नसीम अनुपम को लेकर ओझल होते गए।

***

सुदूर शहर की इसी रात में चौक की लैंप पोस्ट के नीचे बैठे डॉक साब ने अपने साथ सिमट के बैठे कुत्तों को सुनाया-

'गुलाम कादिर खान जवाँ मर्द था। लालकिले की शहजादियाँ ही नहीं बेगमें और बांदियाँ भी उस पर फिदा थीं। बादशाह शाहआलम को शहजादियों के खराब हो जाने का डर सताने लगा। उसने गुलाम कादिर का बधिया करा दिया। ख्वाजासरा गुलाम कादिर खान! बादशाह ने बार-बार उसे अपमानित करने की गलती की। गुलाम कादिर खान बदले की आग मन में सुलगाए मौका तलाशता रहा।'

डॉक साब हथेलियाँ मलते रहे। साथ बैठे कुत्ते कूँ कूँ करते रहे।

तेरी बे-रुखी और तेरी मेहरबानी
यही मौत है और यही जिंदगानी

प्यार का बुखार रफीक पर इस कदर तारी था कि दिन रात जब भी मौका मिले उसका जान पुराण शुरू हो जाता था। आज भी संजय और रफीक कॉलेज में ही थे कि तभी उजमा का फोन आया। संजय, रफीक के चेहरे के भाव से ही समझ गया कि फोन उजमा का ही है। दोनों हालाँकि कॉलेज लाइब्रेरी में किताबों की बाबत पूछने आए थे जिसके लिए उन्होंने प्रधानाचार्य से लिखित प्रार्थना की थी। मगर रफीक का फोन एक बार चालू हुआ तो संजय जानता था कि इस स्थिति में फोन के साथ लाइब्रेरी नहीं जा सकते सो दोनों ही मैदान में घास पर बैठ गए। रफीक बातों में मशगूल रहा। रफीक को बात करते संजय सुनता रहा। बातें क्या थी। रफीक बस हाँ में हाँ मिला रहा था।

"हाँ जान!"

"सही जान!"

"नहीं जान!"

"वही! बिलकुल वही जान!"

"ठीक कही जान!"

"आज बात नहीं करोगी? क्यों नहीं करोगी?"

संजय पहले तो ध्यान लगाए सुनता और मौज लेता रहा मगर जब जान का पहाड़ा उन्नीस के पहाड़े की तरह असहनीय हो गया तो उसने टोका–

"मियाँ! जान का सैकड़ा लग चुका है। 108 बढ़िया नंबर है। वहीं खत्म कर के जल चढ़ा दो।"

"आँ! नहीं जान! वो नेता किसी और से बोल रहा है। हाँ जान! कॉलेज में ही हैं।" रफीक ने बात संभालने की कोशिश की।

"अरे! सुनो तो! जान! जान!" रफीक कोशिश करता रहा। फोन मगर दूसरी तरफ से कट गया। रफीक ने मन मसोसकर कहा–

"तुमको क्या मिल गया नेता प्रेमी युगल के बीच ढेला फेंक के!"

"तब से जान–जान करके जान लिए हो साले!"

"नया–नया प्यार है नेता, तुम नहीं समझोगे।" रफीक ने मोबाइल पॉकेट में रखते हुए कहा।

"हाँ! नयी–नयी बहुरिया करेला में भी तड़का लगा देती है। क्या बतियाते हो बे इतनी देर?"

"देखो नेता! बतियाने का तो ऐसा है कि फ्यूचर प्लान होता है। उनके दिमाग में सब फिक्स होता है। पर्दा कैसा लगेगा। चादर कैसा। गद्दा कैसा। तुम साले बाप के बगल में सो जाते हो। किंग साइज बेड के बारे में जानते हो कुछ? इधर से उलटो तो उधर। उधर से उलटो तो इधर। यह भी उन्हीं से पता लगेगा। नीला रंग भी उन्नीस तरह का होता है, तात–जनम में भी ज्ञान था तुमको! वही बताएँगी कि आपकी शेरवानी पृस्सियन ब्लू कलर की होगी। अब बताते फिरो बद्री प्रसाद छेदी लाल एंड संस वाले बुढ़ऊ को कि – चचा! निकाल दो पृस्सियन ब्लू।"

"मैट्रेस भी आठ तरह का होता है तुमको पता है! साइड सोने के लिए अलग। फ्रंट के लिए अलग, बैक के लिए अलग। हवा वाला अलग, पानी वाला अलग, दिलजानी वाला अलग। फोम मैट्रेस से कमर में दर्द होता है ये तुमको कर्लऑन वाला नहीं बताएगा। यही बताएँगी। तुमको कोहड़ा पता है चटाई पर सोने वाले आदमी!" रफीक का कहना जारी रहा–

"कहती है, शराब जिस दिन पीकर आए उस दिन मेरा मरा मुँह देखेंगे।

बेचारी को यही नहीं मालूम कि जिस दिन नहीं पिए उस दिन मेरा मरा मुँह देख लेगी।'' कहते हुए रफीक को हँसी की रेल लग गई।

''अबे, अंत करो अब!'' संजय ने हँसते हुए कहा।

''अंत! अभी तो प्रारंभ नहीं हुआ नेता। अभी तो घर वालों तक बात ही नहीं आई। अब्बू लीफ वाली चाय ही पीते हैं। अदरक तो बिलकुल नहीं। पता है तुमको!''

''बताओ। सरकंडे का इतना भाव! बाहर मिले तो लीद और लीफ में अंतर न कर पाए।'' संजय ने उजमा के पिता की बाबत कहा।

''भीतर की बात हो रही है बे! ये सब शादी के बाद का प्लान है।'' रफीक ने कहा।

''शादी के बाद तक का प्लान फोन पर कर लेते हो साले और फोन पर करने वाला काम कब करते हो?'' संजय ने चुहल करते हुए पूछा।

''मारो नेता! उस पर आओ तो कुरान-ए-पाक का हवाला दे दिया जाता है। सब हराम हो जाता है। और-तो-और मौलाना पीर जुल्फिकार अहमद साहब का दो चार नसीहती बयान का वीडियो फॉरवर्ड हो जाता है। एक बार कहे कि गले लगाने का मन है तो नसीहत आया कि आप मन में मुझे 'महबूब' कहें। महबूब कहते वक्त आपके होंठ तीन दफा एक-दूसरे से मिलेंगे। गले भी तो तीन दफा ही मिलते हैं। बताओ! अब कैसे समझाएँ कि हमको प्यार करना है; ईद नहीं मनाना है।'' रफीक ने सिर पकड़ते हुए कहा।

''निकाह पढ़वा लो मियाँ। जब इतना झेल ही रहे हो तो कायदे से झेलो।'' संजय ने हँसते हुए कहा।

''बस तुमको इलेक्शन जितवा लें फिर निकाह भी पढ़वा लेंगे नेता।''

''वही तो मुश्किल लग रहा है।''

''क्यों! मुश्किल क्यों?'' रफीक ने फौरन ही पूछा जिसके जवाब में संजय थोड़ी देर रुका और फिर कुछ सोचते हुए बोला-

''जानते हो, छात्र नेता के लिए सबसे मुश्किल काम क्या है?'' संजय ने पान की पत्ती का कोना दाँत से काटा।

''आँख में विक्स लगा के रोते हुए वोट माँगना; जैसे लगे कि चचा मर गए हैं।'' रफीक ने बेतकल्लुफी से कहा।

''नहीं मियाँ! सबसे मुश्किल काम है लड़कियों के सामने हाथ जोड़ना। क्या पता इसी में से किसी के साथ दिल जुड़ जाए।'' संजय ने बुरा-सा मुँह बनाते हुए कहा। पान की कसैली शायद दाँतों के बीच कहीं फँस गई थी।

''पइसा जोड़ लो पहिले! पम्फलेट छपवाने का पैसा है नहीं, अध्यक्षी लड़ेंगे! बाप के नाम साग-पात, पूत के नाम परोरा।'' रफीक ने ताना दिया। संजय अभी इसका जवाब देता उससे पहले ही बिरजू पीछे से आ गया और पहली ही बात सुनकर बोला-

''भैया पम्फलेट से याद आया, एक अजीब बात हो रही है। शहर भर में लगाए पम्फलेट कोई फाड़ दे रहा है।''

''अजीब क्या है इसमें! अनुपम राय के लखैरे होंगे। ध्यान रखो। दिखे तो बताओ, लकलका सुँघा देते हैं।'' रफीक ने कहा।

''यही तो अजीब बात है भैया कि अनुपम राय का भी बैनर-पोस्टर फट रहा है। मतलब फाड़ने वाला कोई अंतर नहीं कर रहा है।''

''फिर प्रिंटिंग प्रेस वाले होंगे साले! उन्हीं को फायदा होगा दोनों ओर का पोस्टर फाड़ के। रात में गश्ती मारो बिरजू, नहीं तो साला दिवाला निकल जाएगा।''

''दिवाला बाद में। उधर देखो, दिवाली निकल गई तुम्हारी।'' संजय ने इतिहास के क्लास की तरफ इशारा करते हुए कहा। इतिहास के क्लास के बाहर उजमा अपनी सहेलियों से मुखातिब थी।

''अरे! आज कैसे! आज तो क्लास नहीं था इसका!'' रफीक ने अचरज से कहा।

''खूब बढ़िया मियाँ! मतलब अब बहू-बेगम का टाइम-टेबल भी याद है। ऐसे तो जीत लिए हम अध्यक्षी!'' संजय ने रफीक की खिंचाई करते हुए कहा।

''भक्क साले! अबे वो तो इसलिए याद है कि ये टाइम-टेबल हम ही बनवाए थे इतिहास वाले माट साब से कह के।''

''बहू-बेगम के लिए? टाइम टेबल चेंज करवाए?''

''हाँ बे! वो उसको हर बुधवार जरी का काम सीखने जलालपुर जाना होता है ना इसलिए।'' रफीक ने जरा शर्माते हुए ही कहा।

"बहुत बढ़िया मियाँ राम। इतना ही बना के रखे हो तो हमारे लिए भी कह दो ना वीसी साहब से। सीधे अध्यक्ष बनवा दो। इलेक्सन का टंटा खतम कर दो यार।"

"अबे आओ नेता! आज तुमको इतिहास का वोट दिलवाते हैं। चलो।" रफीक ने उजमा को देखते हुए कहा। जो अब तक रफीक को देख चुकी थी।

"नहीं मियाँ। तुम ही सीखो कशीदाकारी। हम और बिरजू आते हैं जरा लाइब्रेरी की ओर से, देखें जरा पढ़ाकुओं की हवा किस ओर है।" कहकर संजय और बिरजू लाइब्रेरी की ओर बढ़ गए। रफीक उजमा की ओर बढ़ा। रफीक को आता देख कुछ लड़कियाँ तो इधर-उधर हो गईं, उजमा मगर अपनी दो-एक दोस्तों के साथ दिखावे की बातें करते हुए वहीं खड़ी रही।

"तस्लीम!" रफीक ने पास पहुँचकर धीमे से कहा। उजमा ने जाहिर तौर पर इसका कोई जवाब नहीं दिया और थोड़ी परेशान भी नजर आई। रफीक बात को भाँप तो गया मगर फिर भी उसने बात की।

"आपकी किताब लाइब्रेरी में आ गई है।"

"शुक्रिया!" कहते हुए उजमा ने ऐसा बर्ताव किया जैसे वह फिलवक्त उससे कटना चाह रही हो।

"किताबें तो दिला देते हैं कभी क्वेशचन पेपर भी दिला दीजिए।" बुर्के के अंदर से ही किसी सहेली की आवाज आई। जिस पर बाकी की सहेलिया खिलखिला उठीं। रफीक भी बस मुस्कुरा दिया। उसे उजमा का यह व्यवहार समझ नहीं आ रहा था। आज भी उसने कहा कि वह बात नहीं करेगी। कटी-कटी-सी भी लगी। उसने फिर भी उजमा से कहा-

"आप कहें तो किताबें निकलवा दूँ?"

"जी नहीं शुक्रिया! मैं निकलवा लूँगी। आपको तकलीफ होगी।"

"इसमें तकलीफ की क्या बात है!" हालाँकि यह कहते हुए रफीक को तकलीफ हुई क्योंकि वह उजमा से इस तरह के तकल्लुफ का अभ्यस्त नहीं था।

"शुक्रिया आपका। मगर मैं थोड़ी देर में लाइब्रेरी ही जाऊँगी। इशू करा लूँगी।" उजमा ने यूँ कहा जैसे वो उससे पीछा छुड़ाना चाहती हो।

“बेहतर!” कहकर रफीक मुड़ गया। उसे उजमा के इस व्यवहार से हैरत भी हुई। गुस्सा भी आया और इतनी लड़कियों के सामने अपने अपमानित होने का एहसास भी हुआ। उसे लगा कि अपने दोस्तों के सामने उजमा शायद खुलना नहीं चाह रही हो। मगर फिर भी उसे यह सब कुछ थोड़ा अजीब लगा। उसने सोचा कि अच्छा हुआ कि संजय और बिरजू नहीं आए वरना उसकी स्थिति पर दोनों फिर खूब हँसते।

वह बुझे मन से पीछे की ओर मुड़ा ही था कि बिरजू बदहवास भागकर आता हुआ दिखाई पड़ा।

“क्या हुआ, काहे 4G हुए हो?” रफीक ने उसे देखते ही पूछा।

“भैया, दो-तीन लड़के लाइब्रेरी के बाहर पोस्टर फाड़ रहे हैं।” बिरजू ने हाँफते-हाँफते ही सारी बात कही।

रफीक जो वैसे ही बिफरा हुआ था और उबल पड़ा। उसने कुर्ते की बाहें चढ़ाई और तेज कदमों से लाइब्रेरी की ओर चला। लाइब्रेरी गेट पर ही उसने एक लड़के को फटा पोस्टर हाथ में लिए और संजय से बात करते देखा। अब लगभग दौड़ते हुए ही वह लड़के तक पहुँचा और बिना बोले ही उसे गर्दन से दबोचकर दीवार के सहारे लगा दिया।

“पोस्टर काहे फाड़ा रे साला?” रफीक ने लड़के के गाल इस तरह दबाए कि लड़के के होंठ बाहर की ओर निकल आए। संजय ने बीच में पड़ते हुए कहा-

“मियाँ! बात तो सुनो!” संजय ने लड़के को छुड़ाने की कोशिश करते हुए कहा।

“बात का आदमी ही नहीं है ये। लात से सुनेगा। देख नहीं रहे हो। मूँछ नहीं आया और ताव देखो इसका।” कहते हुए रफीक ने लड़के को एक चाँटा रसीद दिया।

“अरे मियाँ! डॉक सा...” संजय की बात रफीक ने फिर आधे में ही काट दी और तैश में कहा-

“डाक, डाकिन, जिन्न, जिन्नात सब निकालेंगे नेता। देखो ना! अभी फौरन अल्ला-अल्ला बोलेगा। नाम क्या रे साला!” रफीक ने अब गाल छोड़कर गिरेबान पर मुट्ठी कसते हुए पूछा।

"मियाँ सुनो भाई! भौजाई का..." संजय को फिर रफीक ने अधूरे में काटा।

"नेता, ऐसे लणबांकुरों के लिए उसका कसम-वसम मत देना। बता दे रहे हैं हम मान नहीं पाएँगे।" कहते हुए रफीक ने फिर लड़के से कहा-

"नाम भुला गया क्या रे!"

"इसरार हसन।"

"इसरार हसन! इसरार हसन! और बाप का नाम?"

लड़के ने कुछ नहीं कहा। संजय भी कुछ देखकर सिर पकड़कर चुप बैठ गया। दो क्षण की ही चुप्पी रही होगी कि पीछे से आवाज आई।

"डॉक्टर मुस्तकीम हसन।" अबकी बार आवाज लड़के की नहीं बल्कि पीछे से आई। यह जनाना आवाज थी और इस आवाज को रफीक खूब पहचानता था। यह उजमा की आवाज थी। लड़का और कोई नहीं बल्कि उजमा का छोटा भाई था। रफीक को काटो तो खून नहीं वाली स्थिति थी। उसके नाक और कान शीतलहरी की हवा की तरह सुन्न हो गए। वह धीमे से गिरेबान छोड़कर लड़के का कॉलर ठीक करने लगा। झेंपता हुआ ही सही, वह अभी कुछ बोल पाता तब तक उजमा उसे अंगार आँखों से घूरती अपने भाई का हाथ पकड़कर सामने से ही चली गई। जाते हुए रफीक बस उसके मुँह से एक ही शब्द सुन पाया- "जलील इंसान।"

और यही शब्द सुनकर उसके जाते ही संजय सामने पड़ी बेंच पर ही हँसते-हँसते दोहरा हो गया।

"इसका भाई था क्या नेता?" रफीक ने बुझी आवाज में पूछा।

"हाँ! दर्जा बारह का विद्यार्थी। ज्ञानपीठिका स्कूल। शहर की सफाई का प्रोजेक्ट मिला था। वही कर रहा था।" संजय ने हँसते-हँसते ही कहा।

"तब ही आज कटी-कटी-सी थी। भाई था ना कॉलेज में! कैसे बात करती!" रफीक ने सोचकर खुद को तसल्ली दी और फिर अचानक संजय पर झुंझलाया हुए कहा- "तो भोसड़ी के! बता नहीं सकते थे कि उसका भाई है!"

"और क्या कर रहे थे! बता ही तो रहे थे। कहे कि डाक साब का बेटा है तो तुम डाक-डाकिनी, जिन्न-जिन्नात झाड़ने लगे। कहे कि भौजाई का भाई है

तो तुम कसम तोड़ने लगे।''

''तुम भोसड़ी के, डाक्टर-डाक्टर बोल रहे थे; भौजी-भौजी बोल रहे थे। साला-साला नहीं बोल सकते थे?'' कहते हुए रफीक भी बेंच पर ही ठसककर बैठ गया। रफीक की यह बात सुनकर साथ खड़े बिरजू को भी हँसी आ गई। जिसे देखकर रफीक का पारा और चढ़ गया-

''ते का हँसत बाड़े रे! यही साले की गलती है। ऐसे हाँफते आया जैसे इसके पीछे चोटी वाली पड़ी है और आज खून पी ही जाएगी इसका। भाग साले! जा के एक बोतल पानी ले आ।'' रफीक के गुस्से में अब हँसी मिल गई थी। दोनों तब तक बेबात हँसते रहे जब तक लाइब्रेरियन ने आकर शांत रहने की ताकीद न कर दी। लाइब्रेरी जाने का तो कोई कारण था नहीं; सो दोनों बाहर की ओर बढ़ चले। रास्ते में ही उन्हें डॉक साब बैठे हुए दिखाई दिए। उन्हें देखते ही रफीक ने कोफ्त से बुरा-सा चेहरा बनाया हालाँकि संजय उन्हें देखकर रुका और पूछ लिया-

''डॉक साब सब खैरियत है?''

''ठीक ही है।'' डॉक साब ने कहा।

''और आपके बादशाह?'' रफीक ने छेड़ने के अंदाज में कहा। जिसके बदले संजय ने रफीक की कलाई दबाकर चुप रहने को कहा। लेकिन तब तक आग लग चुकी थी। डॉक साब शुरू हो चुके थे। वह एकटक रफीक को देखते हुए बोले-

''बादशाह की क्या पूछते हो! रंगरलियों में डूबे हैं। एक आँख पर सुरा और दूसरे पर सुंदरी की पट्टी बंधी है। गुलाम कादिर भी फरार है। वह उसकी ताकत से वाकिफ ही नहीं हैं। शैतान का साथ है उसे। आ गया तो कयामत ही आएगी उस रोज।'' डॉक साब अभी और कुछ बताते मगर तब तक रफीक संजय को खींच ले गया-

''चल भाई। नहीं तो ये लंड़बक पागल कर देगा।''

***

राखी। बहन-भाई का त्योहार। आम धारणा यही है कि इस दिन बहन भाई को राखी बाँधकर उसकी लंबी उम्र की दुआ माँगती है और भाई बहन की सुरक्षा का वचन देता है। सुरक्षा। बहन की सुरक्षा। यानी इज्जत की सुरक्षा।

रूढ़ियों और रीतियों ने स्त्री को इज्जत-ओ-गैरत का समानार्थी बना दिया। औरत यानी नाक और नाक यानी इज्जत। रूढ़ियों और रीतियों के जाल में न बहकर राखी पर ही रहें तो पाएँगे कि यह धर्म-जात से ऊपर उठकर भावनाओं का, मानवता का पर्व है। सो ज्योति ने जो हर साल संजय और रफीक दोनों को एक साथ राखी बाँधना शुरू किया तो दीन-धर्म, मजहब, ईमान, भगवान कभी आड़े नहीं आए। आड़े आई तो हर साल ज्योति की माँग। टॉफी, चॉकलेट, गुड़िया की माँग के साथ-साथ वह बड़ी होती रही। उसकी कोई माँग संजय पूरी न भी करे तो रफीक पूरी कर ही देता था क्योंकि वह रफीक से ही खुलकर बात भी कर पाती थी। आज राखी के दिन रफीक नहीं पहुँचा था।

इस बार संजय सुबह ही राखी बँधवा चुका था। ज्योति का बिना कुछ खाए बुरा हाल था। वह रफीक के इंतजार में बैठी थी। जब रफीक लगभग दो घंटे से पाँच मिनट, पाँच मिनट का बहाना मारता रहा तो ज्योति का पारा चढ़ने लगा। उसकी हालत समझकर संजय ही रफीक को लेने निकल पड़ा। घर पहुँचने पर पता चला कि वह तो सुबह से गड़हा पीर की मजार पर गया हुआ है। संजय को गुस्सा आया क्योंकि वह बार-बार घर से निकलने की बात कर रहा था। उसने गाड़ी गड़हा पीर की मजार पर घुमा दी। लगभग आधे घंटे बाद जब वह मजार पर पहुँचा तो देखा कि रफीक साथ लगे नल से हाथ-मुँह धो रहा है।

"पाँच मिनट नहीं हुआ अभी तुम्हारा!" संजय ने गाड़ी स्टैंड पर लगाते हुए पूछा।

"अरे नेता! क्या बताएँ, निकले ही थे कि फोन आ गया। गड़हा पीर के मौलवी साहब नाक से खून फेंक दिए। आँख उलट दिए हैं। दौड़े-भागे आए। तब तक फोन बंद। तुमको बता भी नहीं सके। चलो, चलो जल्दी चलो। छोटकी बेचारी बिना खाए बैठी होगी।" रफीक ने संजय को खींचते हुए कहा।

"रुको, जरा बाबा से हाल-पुर्सी कर लें।" संजय ने मजार की ओर जाते हुए कहा।

"अरे-अरे उधर कहाँ जा रहे हो!" रफीक ने संजय को रोकने की कोशिश की।

"क्यों मेरा धर्म भ्रष्ट हो जाएगा कि तुम्हारा?"

"अबे नहीं बे!"

"सीधा क्यों नहीं कहते हो कि तुम्हारा झूठ खुल जाएगा। बाबा साहब एकदम दुरुस्त हैं। हम देख लिए पालथी मारे बैठे हैं।"

"यार नेता! क्या बताएँ! कल से मेला लगेगा। साफ-सफाई ठीक से हुई नहीं थी। इसलिए।"

"अबे तो कह देते! छोटकी को लेकर यहीं आ जाते।"

"नहीं भाई। बहन क्यों आएगी! हम जाएँगे। चलो, चलो, चलो। जल्द बैठो।" रफीक ने संजय से गाड़ी की चाभी लेकर स्टार्ट करते हुए कहा।

"बहुत नाराज है क्या!" रफीक ने गाड़ी चलाते हुए ही पूछा।

"सिर पे चाय बना सकते हो।" संजय ने हँसते हुए कहा।

"बाप रे बाप! ऐसा करते हैं नेता। कुछ गुड्डा-गुड़िया खरीद लेते हैं।" रफीक ने कहा।

"फालतू पैसा न बर्बाद करो। तुम्हीं साले मन बढ़ाए हो उसका। और गुड्डा-गुड़िया से खेलने की उम्र है उसकी? दो साल में ग्रैजुएट होगी।"

"फिर भी भाई! कुछ तो!" रफीक ने अभी आधा ही कहा था कि संजय को हँसी आ गई। उसे मोटर साइकिल की पिछली सीट पर बैठे हुए ही ठहाका लग गया।

"क्या हुआ नेता! कोई हवा में गुदगुदा गई क्या?" रफीक ने गाड़ी चलाते हुए ही पूछा।

"कुछ सोच के हँसी आ गई।" संजय ने हँसते हुए ही कहा।

"हमको भी हँसाओ।" रफीक ने गुदगुदी करते हुए कहा।

"नहीं तुम दिल पे ले लेगा।"

"दिल तो है ही नहीं। वह तो मुस्तकीम हसन की बेटी अपने रुमाल में टाँक ली है। तुम बात बताओ।"

"सोच रहे थे मियाँ कि हमारे यहाँ तो बाउजी को लगा होगा कि ज्यादा बच्चा होगा तो खेत बँट जाएगा। लड़ाई झगड़ा होगा। इसलिए एक के बाद स्टॉप वाच लग गया। तुम्हारे यहाँ तो ये सब कुरीति नहीं है। तुम्हारे यहाँ तो 'अल्ला देता है बंदा लेता है' वाला सिस्टम है। हँसी-हँसी में हसनपुर बस जाता है। फिर तुम्हारे यहाँ भाई-बहन क्यों नहीं आया बे? अकेले टरूआते जवान हो गए।" संजय ने बहुत गंभीर होकर बात करने की कोशिश की थी

मगर उसे हँसी आ ही गई।

“ओ! मजा ले रहे हो!” रफीक ने मजाक समझते हुए कहा और कहना जारी रखा–

“सुनो नेता! जस गति तोरी तस गति मोरी। अंतर कुछ नहीं था। सरकार का फैलाया हुआ प्रपंच था। उधर वकील साहब जद में आ गए इधर हमारे अब्बू। सो तुम खेत बचाने में खप गए और हम देश बचाने में। तुम्हारे बाउ जनता पार्टी से प्रभावित हो गए और हमारे अब्बू कांग्रेस से। सो हुआ ये कि 'खेत गई चकबंदी में और मर्द गया नसबंदी में।' समझे!” रफीक ने बात पूरी की जिस पर संजय को हँसी की रेल लग गई। उसके हँसने से गाड़ी अनियंत्रित भी हुई मगर तब तक घर आ चुका था। गाड़ी घर में पहुँचते ही रफीक ने फौरन गाड़ी लगाई और भागकर आगे वाले कमरे में पहुँचा। ज्योति आगे वाले कमरे में खड़ी ही थी। रफीक जल्दी से जाकर सोफे पर बैठ गया। संजय सीढ़ियों से चढ़कर सीधा ऊपर चला गया। ज्योति का चेहरा भूख और गुस्से से लाल हो गया था। उसने फिर भी अपने गुस्से को काबू किया और रफीक को घूरते रही। रफीक ने ही डरकर कहा–

“क्या बताएँ तुमको। सब नेता की गलती है। राखी के दिन बहन–भाई संबंध पर इनको कॉलेज में भाषण देना है। टेंट–दरी लगा रहे थे, उसी में थोड़ा सा लेट...” रफीक ने बहाना किया।

“हाथ आगे बढ़ाइए। समय नहीं है मेरे पास।” ज्योति गुस्से में बड़बड़ाई।

“अरे बैठ तो सही। खड़े–खड़े बाँधेगी राखी?” रफीक ने उसे देखते हुए कहा।

“सात जगह जाना है हमको, तब जा के मोबाइल आएगा मेरा। दो सौ एक रुपया दिए हैं।” ज्योति ने तीन अलग–अलग बातें तीन दफा रुकते और सुबकते हुए कही।

“कौन दिया है दो सौ एक रुपया? हुआ क्या? हमसे बता।” रफीक ने हाथ बढ़ाते हुए कहा।

“क्या बताएँ! पिछले साल से संजय भैया से कह रहे हैं कि राखी में एक मोबाइल दीजिएगा। हूँ–हाँ हूँ–हाँ किए और आज कह रहे हैं कि 'का करबे

मोबाइल!' गाँव से इतनी दूर इनको राखी बाँधने आते हैं। दो सौ एक रुपया दिए हैं। ये भी रख लेते।'' गुस्से में ही ज्योति ने रफीक की दाहिनी कलाई पर राखी बाँधते हुए कहा।

''एक बात बता। का करबे मोबाइल?'' रफीक ने भी ज्योति को चिढ़ाते हुए वही बात पूछी।

''टार्च जरा के हाथ सेकब।'' ज्योति ने गुस्से से कहा।

''अच्छा गुस्साओ नहीं। राखी के दिन बहन गुस्सा जाए तो भाई को अच्छी बेगम नहीं मिलती।''

''तू बस ओहि चिंता में ढह जा!'' ज्योति ने राखी की दोहरी गाँठ बाँधते हुए कहा।

''अच्छा सुन! तेरे क्लास की दोशीजा का क्या हाल है?'' रफीक ने राखी देखते हुए बात घुमा दी।

''किसका जीजा! हमारे क्लास में किसी का जीजा नहीं है।'' ज्योति ने अब दीया रफीक के चारों ओर घुमाया।

''अरे पागल! दोशीजा! मतलब लड़की। बुर्के, नकाब, हिजाबवाली तो तेरे क्लास में बस एक ही है!'' रफीक ने राखी की गाँठ फैलाकर ढीली करते हुए कहा।

''मार-पीट तो कर चुके। पीट दिया उसके भाई को। अब और आपको क्या करना है?'' ज्योति हाथ बाँधकर तनकर खड़ी हो गई।

''अरे वोट माँगना और क्या करना है! नेता को कौन-सा कुरान शरीफ याद है। हम ही न करेंगे।'' रफीक सीधे विश्राम की मुद्रा में आते हुए बोला।

''वोट माँगनी है कि माफी?'' ज्योति ने भौंहे टेढ़ी करते हुए प्रश्न किया।

''जानती तो है सब तू! फिर भी!'' रफीक ने धीमे से कहा।

''बात का जवाब दीजिए। वोट माँगनी है कि माफी?'' ज्योति ने धीमे से पूछा।

''माफी।'' रफीक ने धीमे से कहा।

''और हमको क्या मिलेगा?''

''जान माँग ले।''

"जान उन्हीं को दीजिए जिनको चाहिए। हमें मोबाइल दे दीजिए।" ज्योति ने अपने काम की बात की।

"ठीक।"

"और सुनिए। संजय भैया से न कहिएगा। न मोबाइल और न मुलाकात।" ज्योति ने हिदायत दी।

"ठीक।"

"परसों बारह बजे दिन में रवीना स्टूडियो चले जाइएगा।"

"तू भी रहेगी?" रफीक ने पूछा।

"क्यों आपको डर लगता है अकेले?" ज्योति ने हँसते हुए कहा।

"नहीं रे पगली। बस ऐसे ही..."

"मेरी क्लास है। मोहतरमा अकेले जाएँगी।"

"ठीक।"

"भूलिएगा नहीं!" ज्योति ने कहा।

"नहीं भूलेंगे।" रफीक ने खुद को ही भरोसा दिया।

"क्या?" ज्योति ने दुबारा पूछा।

"बारह बजे। रवीना स्टूडियो।" रफीक ने जगह बताई।

"देखिए भूल गए।" ज्योति ने माथा पीटते हुए कहा।

"क्या?"

"मोबाइल।"

"धत्त पगली! आज ही नाज इलेक्ट्रॉनिक्स जा के जो ठीक लगे उठा ले। आठ हजार से ज्यादा का नहीं लेकिन। कह देना रफीक भैया का है।"

"ये सब गुंडई आप ही कीजिए। हम से नहीं होगा। पैसा दीजिए सीधा मन से।" ज्योति ने हाथ आगे किया।

"अरे तुझे मोबाइल चाहिए न! अच्छा, जा के पसंद कर ले। हम एडवांस पेमेंट किए हैं उसको। वो पैसा माँगेगा ही नहीं। ठीक?" रफीक ने उसके आगे बढ़े हाथ पर पाँच सौ के दो नोट रख दिए।

"ठीक। और ये मिठाई कौन खाएगा?" ज्योति ने हाथ में मिठाई लिए हुए कहा।

"तू खा ले।"

"आप नहीं खाएँगे?"

"न! मौलवी साहब कहे हैं कि काफिर मिठाई खिला के दीन-ओ-ईमान लूट लेते हैं। नेता तो पक्का इसमें भभूत मिलवाया होगा। बहुत दिन से ताक में है।" रफीक ने उठकर मुस्कुराते हुए कहा।

"आप और आपके मौलवी साहब!" ज्योति ने मुँह बिचकाया और मिठाई का एक टुकड़ा रफीक के मुँह में डालकर बाकी खुद खाकर ऊपर कमरे की ओर चली गई। रफीक ने बाहर निकलकर संजय को फोन लगाया-

"नेता! जल्दी उतरो कॉलेज चलना है, राखी पर भाषण नहीं दोगे? तुम्हारा ही विषय है। वैलेंटाइन पर तो दुकान फुकवाते हो।" और भी जाने क्या-क्या कहते हुए रफीक ने फोन काट दिया और खुद में ही बुदबुदाया- 'रवीना स्टूडियो। बारह बजे।'

***

रवीना स्टूडियो। स्टेशन रोड, बलिया। यह सिर्फ एक फोटो स्टूडियो का पता नहीं है। यह जिले के कई घरों की खुशियों की आस भी है। विवाह योग्य लड़कियों की आकर्षक तस्वीरें उतारनी हो, साँवले रंग को दो टोन घटाकर गोरा दिखाना हो। चेहरे पर के किसी मामूली दाग को ढकना हो या तस्वीरों को जरूरत के अनुकूल बदलना हो। यह सारा काम यह स्टूडियो साल-दर-साल बखूबी करता आया है। घाघरा, गरारा, चोली, टेडी बियर, गिटार, टाई-कोट, काजोल, माधुरी, अजय देवगण, रणवीर कपूर इत्यादि सब इस स्टूडियो में आपके शौक और जरूरत के हिसाब से मौजूद हैं। सो कोई आश्चर्य नहीं कि फोटो संबंधी सारे काम के लिए लोग इसी स्टूडियो पर भरोसा करते हैं। उजमा को भी एडमिट कार्ड के लिए तस्वीरें खिचवानी थी। सो वह क्लास के बाद सीधा स्टूडियो आई हुई थी। ज्योति ने इसी कारण रफीक को रवीना स्टूडियो ही जाने को कहा था।

"भैया पासपोर्ट साइज फोटो खिंचवानी है। क्या रेट है?" उजमा ने काउंटर पर पूछा।

"चालीस की पाँच।" काउंटर पर बैठे लड़के ने कहा।

"चालीस की पाँच क्यों? अभी फर्स्ट इयर में खिचवाए थे तब तो चालीस की आठ थी!" उजमा ने कुढ़ते हुए कहा।

"दीदी एक साल हो भी तो गया!" लड़के ने कहा।

"चालीस की आठ कीजिएगा तो कहिए।" उजमा ने लगभग धमकाते हुए कहा।

"दीदी फोटो है, कोई फुचका थोड़े है कि दस का आठ दे दें!"

"ठीक है। ठीक है। ज्यादा बोलने की जरूरत नहीं है। आप फोटो निकालिए।" उजमा ने झेंप मिटाते हुए फोटोग्राफर को डाँटा।

"ठीक है, भीतर चलकर बैठिए।" कहकर लड़का कैमरे की लेंस साफ करने लगा। उजमा स्टूडियो के कमरे में प्रवेश कर गई।

उसके घुसने की देरी थी कि रोड के ठीक उस पार सैलून में बैठा रफीक निकला और चार कूद में ही रोड फाँदकर सीधा स्टूडियो के फोटोग्राफी रूम में घुसने लगा। उसे घुसता देख सकते में आया स्टूडियो का लड़का कैमरा साफ करता हुआ ही कहने लगा-

"भैया लेडीज है भीतर।"

"थैंक यू।" होंठों को गोल कर पुचकारते हुए रफीक ने लड़के से कहा।

"मेरा मतलब है थोड़ा बाहर बैठ जाइए। नंबर से... जाना... ठीक..." उसने रुक-रुककर आधा ही कहा था कि रफीक ने टोकते हुए कहा-

"ठीक है समझ गए। कैमरा दो। हम निकाल देते हैं फोटो।" कहकर रफीक ने उसके गले से कैमरा लेना चाहा। स्टूडियो वाले ने थोड़ा प्रतिरोध किया। जवाब में रफीक ने कमर में खोंसा कट्टा निकालकर उसके हाथ में रखते हुए कहा-

"अच्छा फोटो बाद में निकालेंगे। तुम्हारा मृत्यु प्रमाण-पत्र निकाल दें पहले?"

कट्टा और धमकी देख-सुनकर फोटोग्राफर डर के मारे सुन्न होकर कुर्सी पर बैठ गया। उसको सुन्न देखकर रफीक ने कहा-

"डरो नहीं। प्रेम का मामला है। दो मिनट लगेगा। तब तक भीतर किसी को आने न देना। ठीक?"

"जी ठीक।" स्टूडियो वाले ने घिग्घी बंधे गले से कहा। जिसके सुनने से पहले ही रफीक फोटोग्राफी रूम में घुस गया।

उजमा जो फोटोग्राफी रूम में लगे शीशे में अपने बाल सँवार रही थी,

रफीक को देखकर एकदम सकते में आ गई। वह एक बारगी तो डर गई। मगर फिर फौरन ही उसे खयाल आया कि उसे डरना नहीं है। जल्दबाजी में ही उसने अपना बैग उठाया और बाहर जाने लगी। रफीक बंद दरवाजे पर ही खड़ा था। उसने दरवाजा घेरते हुए उजमा से कहा–

"थोड़ी मोटी हो गई हो।"

"मुझे जाने दीजिए।"

"बहरी भी हो गई हो लगता है। मैंने कहा थोड़ी मोटी हो गई हो।" रफीक ने उसकी झुकी हुई आँखों की तरफ देखते हुए ही कहा।

"खुशी में शरीर को अन्न लगने ही लगता है।"

"खुश हो?"

"बहुत खुश! मुझे जाने दीजिए।"

"मुझसे गलती हुई, मानता हूँ।"

"आप मेहरबानी कर के रास्ता छोड़िए। लोग बाहर ही खड़े हैं।"

"लोगों की चिंता है तुम्हें। मेरी नहीं?"

"मैं क्यों करूँ आपकी चिंता! आप हैं कौन?"

"खुद से पूछो।"

"मेरा रास्ता छोड़िए।"

"सुनो मुझे नहीं पता था कि वो तुम्हारा भाई है। अगर पता होता तो..."

"मेरा भाई था तो छोड़ देते। मेरा भाई नहीं होता तो मारते। वाह!"

"देखो तुम बात बढ़ा रही हो।"

"मुझे बात करनी ही नहीं। आप मुझे जाने दें।"

"मेरी बात तो सुनो।"

"मुझे कुछ नहीं सुनना।"

"बिना सुने कैसे जानोगी।"

"मुझे जानने की जरूरत क्या है!"

"जानना पड़ेगा।" रफीक ने तल्ख आवाज में कहा।

"आ गए गुंडागर्दी पर!" उजमा ने दृढ़ आवाज में कहा।

"मैं गुंडा हूँ?" रफीक ने उजमा की आँखों में देखते हुए पूछा ही था कि

उसका मोबाइल बज उठा। रिंगटोन ने कोई गाना बजाया जिसका अर्थ था कि विधायक का भतीजा लड़की को उठा ले जाएगा। रफीक ने झेंपते हुए फोन काटा और फिर पूछा–

"हाँ तो मैं गुंडा हूँ?"

"वह तो आपके फोन ने ही बता दिया।"

"यार तुम्हारी प्रॉब्लम क्या है!"

"आप! आप हैं मेरी प्रॉब्लम।"

"मेरे चले जाने से तुम्हारी प्रॉब्लम सॉल्व हो जाएगी?"

"सौ फीसद।"

"नहीं जाऊँगा!"

"बेहतर। फिर मुझे जाने दें।"

"जा के दिखाओ!"

"देखिए! आपको पहले भी कहा है, आप होंगे गुंडे–मवाली। मगर अभी भी इस शहर का जमीर नहीं मरा है। मैं चिल्ला दूँगी। दस लोग इकट्ठा हो जाएँगे।"

"चिल्लाओ! जितने आएँगे सब को मारूँगा।"

"और आता क्या है गुंडे–मवालियों को!"

"ठीक। मान लिया। गुंडा ही सही। लेकिन आज तुम्हें यहाँ से बिना अपनी बात कहे जाने नहीं दूँगा।"

"हट जाइए।"

"हरगिज नहीं।"

"मैं धक्के मार के जा सकती हूँ।"

"गिर जाओगी।"

उजमा ने धक्का लगाया मगर पत्थर से रफीक के शरीर से टकरा कर खुद ही लड़खड़ा गई।

थोड़ी देर को शांत हुई तो रफीक को लगा कि यही मौका है अपनी बात कह देने का। उसने कहना शुरू किया–

"हो गई गलती। नहीं मालूम था। इसरार मियाँ..." रफीक ने उजमा के भाई का अभी नाम ही लिया था कि उजमा बिफर पड़ी–

''खबरदार! जो मेरे भाई का नाम भी लिया।'' कहकर थोड़ी देर को वह रुकी फिर फूट पड़ी–

''फूल–सा भाई मेरा। उसको मारा। स्कूल के प्रोजेक्ट के लिए आया था। उसको मारा। छोटे बच्चे को! कंधे तक भी नहीं आता वो। उसे मारा। मर्दानगी दिखाई स्कूली बच्चे को डराकर! हाथ क्यों नहीं टूट गए आपके! अल्ला मियाँ सुनेंगे मेरी जरूर एक दिन। देखिएगा।'' कहते हुए उजमा अपने आँसू नहीं रोक पाई। वह नकाब के कोने से अपने आँसू पोछने लगी। रफीक ने उसकी आँखों में देखने की कोशिश की। गर्दन झुकी होने की वजह से उसे कुछ नहीं दिखा। उसकी आँखों में देखने की कोशिश करते हुए अपनी बाईं हथेली को हिलाते हुए ढीला किया और सामने गड़े लोहे की एक रॉड पर दे मारा। 'थड़' जैसी एक आवाज हुई जिसे सुनकर उजमा ने चेहरा ऊपर उठाया। उसने देखा कि रफीक का बायाँ हाथ कलाई से अजीब तरह से झूल गया है।

''लो। अल्ला मियाँ ने सुन ली तुम्हारी।'' रफीक ने चेहरे पर के दर्द को कम करने की कोशिश कर मुस्कुराते हुए कहा।

उजमा को दो क्षण समझ ही नहीं आया कि क्या हुआ और वह क्या करे।

''जाओ!'' रफीक ने रास्ते से हटते हुए कहा। उजमा असमंजस में हुई। उसके दिल में आया कि वह रफीक का टूटा हाथ अपनी हथेली में लेकर देखे। मगर इतनी जल्दी खुद को संभाल पाना उसके लिए मुश्किल था। बाहर निकलते हुए उसने देखा कि दाएँ हथेली पर रखी रफीक की बाईं हथेली सूजकर गुब्बारा हो गई है।

***

उजमा के चले जाने के बाद रफीक बाहर निकला और स्टूडियो वाले से कट्टा पॉकेट में रख देने को कहा। स्टूडियो वाले ने उसकी हथेली देखी और मुस्कुरा दिया। उसने शायद यह समझा कि रफीक का हाथ लड़की ने ही तोड़ दिया है। रफीक को उसकी समझ पर काबू नहीं था। न ही रफीक को उसकी मुस्कुराहट की चिंता थी। उसने उसी से हाथ में रुमाल बँधवाई और संजय को फोन लगाया।

''कहाँ हो?'' रफीक ने पूछा।

"यहीं सिनेमा रोड।"

"स्टेशन रोड आओ। जल्दी। चेचक ठाकुर के सैलून पर।"

"क्या हुआ, सब ठीक? कोई घेरा क्या?" संजय ने अंजाने किसी डर से ग्रसित होकर कहा।

"कौन बहिन बियाहेगा हमसे जो घेरने आएगा। हाथ टूट गया लगता है।" रफीक ने दर्द सहते हुए कहा।

"अरे! क्या हुआ! कैसे! कब!" संजय ने गाड़ी स्टार्ट करते हुए ही सवालों की झड़ी लगा दी।

"सीबीआई न बनो, आओ चुप मार के।" अपनी बात खत्म करते-करते रफीक ने देखा कि संजय सिर बाईं ओर मोड़े कान और कंधे के बीच मोबाइल फँसाए मोटर साइकिल से चला आ रहा है।

"क्या हुआ मियाँ?" संजय ने आते ही पूछा।

"हाथ में चोट लग गई।"

"कैसे?"

"मत पूछो।"

"अबे कैसे नहीं पूछे! हाथ झूल के लूल हो गया है। कैसे न पूछें! तुम साले चेचक के सैलून में कर क्या रहे थे?" संजय ने गाड़ी स्टार्ट की और अस्पताल का रास्ता लिया। रास्ते में ही दर्द की सिसकारियों के बीच रफीक ने संजय को सारी बातें बता दीं।

"लड़की-वड़की तो ठीक है मियाँ। प्यार-व्यार भी ठीक ही होता होगा लेकिन ये बताओ साले अब पानी कैसे छुआओगे?"

बात पूरी करते-करते संजय का बेलौस ठहाका गूँजा जिस पर रफीक दर्द के अतिरेक में भी मुस्कुराए बगैर नहीं रह सका। अचानक ऊपर शर्ट के पॉकेट में रखी रफीक की मोबाइल विधायक के भतीजे वाला रिंगटोन सुनाने लगी। दूसरे हाथ से मोबाइल निकालकर नाम पढ़ते ही रफीक का सारा दर्द काफूर हो गया। फोन उजमा का ही था। रफीक ने गाड़ी रुकवाई और एक पेड़ के नीचे अगले डेढ़ घंटे तक बातें करता रहा। संजय गाड़ी छोड़कर सामने की घास पर ही लेट गया।

चोट ने हड्डियों के साथ-साथ गलतफहमियाँ भी तोड़ दीं।

किसे खबर थी कि ये वाकिआ भी होना था
कि खेल खेल में इक हादसा भी होना था

नया महीना आ गया था। छात्र अब अपने काम के नेताओं को पहचानने लगे थे। छात्र नेता भी इतने दिनों में अपने सुनिश्चित वोटों का अंदाजा लगा चुके थे। उनका कार्य अब अनिश्चित वोटों को अपनी ओर खींचना था। इसी कारण संजय की नजर भी छिटक रहे वोटों पर थी। इनमें से एक धड़ा शहर में रहने वाले लड़कों का था जिनके लिए संजय ने विशेष रूप से बिरजू को काम दे रखा था। बिरजू अपने क्लास के बाद शहर भर में लॉजों, हॉस्टलों तथा किराए पर रहने वाले लड़कों का पता लगाता और अगले हफ्ते संजय रफीक के साथ जाकर उन लड़कों से मिलता, उनकी परेशानियाँ जानने की कोशिश करता।

आज भी बिरजू इसी वजह से बाहर था और जब कुँवर सिंह चौराहे की ओर से चला तो उसने ठीक चौराहे पर जमी भीड़ देखी। भीड़ मुदित थी। जाहिर था कि कोई मजमा लगा है। सामने जाकर देखा तो पाया कि डॉक साब एक ठेले पर खड़े हाथ में माइक की लंबाई की एक लकड़ी लिए भाषण दे रहे हैं। भीड़ के पास उनके भाषण का न सिरा था न संबंध। भीड़ के लिए यह एक पागल का प्रलाप था। डॉक साब को इससे फर्क भी नहीं था। वह जारी थे–

"हर आम-ओ-खास तक यह बात पहुँचे कि गुलाम कादिर खान लालकिले से फरार हो गया है। बादशाह के महल से। क्या यह काम बिना किसी भीतरघात के संभव है। नहीं मेरे प्यारो! संभव ही नहीं। उसने किसी को जरूर फाँसा है। कोई शहजादी, कोई बेगम या कोई ख्वाजासरा! बादशाह तो पता लगाएँगे ही। आप सब भी चौकन्ने रहें। अपने-अपने घर पर नजर रखें। गुलाम कादिर की अब शैतान से दोस्ती है। वह लौटेगा। जरूर लौटेगा..."

डॉक साब अभी अपना कहना जारी ही रखते कि तभी किसी शैतान बच्चे ने उनकी ठेला गाड़ी को धक्का दे दिया। डॉक साब ठेले गाड़ी सहित हाँ-हाँ करते सड़क पर दूर तक टहल गए। लड़कों ने तालियाँ बजाई और बिरजू मन ही मन 'धुर पागल' कहकर कार्यालय की तरफ बढ़ा।

वह दरअसल कुछ परेशान-सा था। उसके मन में कोई असमंजस था जिसे वह कह नहीं पा रहा था। लेकिन आज कुछ ऐसा भी हुआ था जिसने उसकी परेशानी और बढ़ा दी थी। इसी उधेड़बुन में वह कार्यालय पहुँचा। कार्यालय में केवल रफीक था और झाड़-सफाई कर रहा था। बिरजू ने रफीक से झाड़न लेते हुए कहा-

"भैया एक बात बहुत दिन से अटकी पड़ी है। सोचते हैं कैसे बोलें! लेकिन नहीं कहें तो अपराधी होंगे।"

"तुमको भी प्रेम हो गया है क्या?"

"अरे बजरंग बली का नाम लीजिए भैया। ये अला-बला हमसे दूर रहे तो ही ठीक।"

"फिर कौन-सी बात है कि तालु चिपक रही है तुम्हारी?"

"भैया हमसे गलती भी हो सकता है, लेकिन फिर भी बताना हम जरूरी समझते हैं।"

"अरे साले बफरिंग में फिल्म मत दिखाओ। सीधे कहो।" रफीक ने ऊबते हुए कहा।

"भैया उस दिन जो हम और नसीम भाई सुरहा ताल से अनुपमवा को उठाए थे ना!"

"हाँ तो?"

"आपको याद है उसके साथ एक लड़की भी थी?"

"हाँ तो ?"

"वो लड़की ज्योति थी।"

"कौन ? अपनी छोटकी ?"

"हाँ भैया!"

"सबेरे-सबेरे चिलम लगा लिए हो!"

"आप जानते हैं भैया हम हनुमान जी के भक्त हैं। शिव जी से पटरी नहीं बैठती हमारी। यह बात हम आज तक इसीलिए नहीं कहे क्योंकि उस दिन बहुत दूर से देखे थे। हमको शक ही था। मगर आज जो संजय भैया आनंद होटल की तरफ भेजे थे ना, तो वहीं उनको फिर देखे। दोनों होटल के रेस्तराँ में घुस रहे थे। लड़का वही था- अनुपम नेता।"

"पक्का ?" रफीक को अब भी विश्वास नहीं हो रहा था।

"हाँ भैया वही!"

"इस साले को उसी दिन मेमना बना देना था। गलती हुई। बैठो पीछे।" कहते हुए रफीक ने कार्यालय में जल्दबाजी से ताला लगाया। मोटर साइकिल उठाई। बिरजू को पीछे बैठाया और गाड़ी फिर आनंद होटल की ओर मोड़ ली। आनंद होटल ज्यादा दूर न था। आनंद होटल पहुँचकर उसने गाड़ी पार्किंग में लगाई और रेस्तराँ की ओर बढ़ गया। बाहर से ही बिरजू ने उसे इशारे से बैठे ज्योति और अनुपम को दिखा दिया। बिरजू को बाहर ही खड़े रहने की ताकीद के साथ रफीक भीतर घुस गया। उसको भीतर घुसते देखकर ही ज्योति भयभीत हो गई। उसने फौरन दुपट्टे से अपना सिर ढक लिया। मगर इसका कोई फायदा न था। देर हो चुकी थी।

रफीक सीधा उन्हीं के पास पहुँचकर चार कुर्सियों में से खाली पड़ी एक कुर्सी खींचकर बैठ गया। ज्योति उसे देखकर भय से पीली हो गई और अनुपम उस वातानुकूलित होटल में भी पसीने से तर हो गया।

"छोटकी! बिरजू बाहर खड़ा है। घर जाओ।" रफीक के कहते ही ज्योति उठ खड़ी हुई। साथ ही अनुपम भी उठ खड़ा हुआ। रफीक ने उसके बाँह का गट्टा पकड़ लिया और कहा-

"आप बैठिए नेता जी! आपसे कुछ मशविरा करना है। छोटकी तू जा बच्ची।"

''नहीं, हम नहीं जाएँगे।'' ज्योति ने लगभग आँसू घोंटते हुए कहा।

''क्यों ?'' रफीक ने धीमी आवाज में ही पूछा।

''ये भी जाएँगे।'' ज्योति ने अनुपम की ओर इशारा करते हुए कहा।

''हमने कही ना! हमें इनसे कुछ बात करनी है। तू जा।''

''नहीं। आप इन्हें फिर से...'' ज्योति कहते-कहते रुक गई। हालाँकि ज्योति की अधूरी बात रफीक समझ गया। उसे हँसी आ गई। उसने अपने ललाट पर हाथ रख लिया और जब सिर उठाया तो अनुपम की ओर देखते हुए बोला-

''नेता जी कुछ तो पर्दा रखा कीजिए। पिटने-पिटाने की बातें भी बेपर्दा कर देते हैं आप!'' कहकर वह ज्योति की ओर मुखातिब हुआ और कहा-
''अच्छा, मैं बस बात करूँगा। तू जा तो सही।'' रफीक ने फिर कहा।

''नहीं! आप मुझे लेकर चलिए, तब चलूँगी।'' ज्योति ने जिद ठान ली। वह वैसे ही रफीक से मुँहलगी थी।

''कितना बोल रही है! नेता जी आपकी सोहबत का असर है। अच्छा चल, मैं ही छोड़ दूँ तुझे।'' कहते हुए रफीक उठा और बाहर निकल आया। ज्योति उसके आगे-आगे चली। अनुपम रेस्तराँ में ही बैठा रहा। रफीक ने उतरते समय ही बिरजू को इशारा किया तो बिरजू रेस्तराँ के भीतर घुस आया। उसे देखकर अनुपम थोड़ा और असहज हुआ। बिरजू ने ठीक उसके सामने बैठकर उसकी कलाई पकड़ ली और उसकी उँगलियों में चम्मच डालकर अपने हाथ से दबाव बढ़ाने लगा।

''नेता जी। घर की लड़की है हमारी। पहली दफा नहीं कह पाए थे इसलिए आखिरी दफा कह रहे हैं। सुरक्षित दूरी बनाकर रखिए उससे। नहीं तो बजरंगबली माफ करें; अच्छे आप भी हमको बहुत लगते हैं। भोग लेंगे किसी रोज।'' कहते हुए बिरजू ने चम्मच का दबाव कम कर दिया और उठ खड़ा हुआ। उठते हुए उसने जरा ऊँची आवाज में ही कहा-

''और ये मूँछ-वूछ बढ़ाइए। गुड़िया और गुड्डे में कुछ तो फर्क लगे!'' कहकर बिरजू तो निकल गया मगर रेस्तराँ के वेटरों के चेहरे पर व्यंग्यात्मक हँसी आ गई। अनुपम ने यह अपमान महसूस किया।

***

युवावस्था और प्रेम का अन्योन्याश्रय संबंध है। इस अवस्था में प्रेम से अछूता रह जाना तपस्या है और तपस्या सब के बस की बात नहीं। प्रेम स्त्री और पुरुष दोनों पर एक समान भाव से तारी होता है। बस प्रेम के जगजाहिर होने का प्रभाव दोनों पर अलग-अलग होता है। पुरुष ऐसी स्थिति में बात को जहाँ हँसी में निकाल सकता है। वहीं अंतर्मुखी और संकोची स्त्री भी ऐसी स्थिति में वाचाल हो जाती है। कारण यह कि यदि प्रेम है तो वह पुरुष के लिए हँसी का विषय हो सकता है, स्त्री के लिए नहीं होता। यही कारण था कि ज्योति भी आज वाचाल ही थी।

मोटर साइकिल पर बैठे हुए ही रफीक ने ज्योति से पूछा-

"क्या चल रहा है ये?"

"क्या मतलब क्या चल रहा है!" ज्योति ने और भी टेढ़ा कहा।

"बनेगी स्मार्ट! चलती गाड़ी से धकेल देंगे। सिर का तरबूज हो जाएगा। सीधा मन से बताओ क्या चल रहा है?"

"क्यों आपके मुखबिर ने नहीं बताया! शहर भर की आँखों में तो कैमरा लगा है यहाँ।"

"हम कुछ पूछे हैं तुमसे!"

"आप शक कर रहे हैं हम पर?" ज्योति ने बेलाग कहा।

"हम बस पूछ रहे हैं।" रफीक ने नरम होकर कहा।

"अनुपम नाम है इनका।" ज्योति ने कहा।

"कुंडली हम जानते हैं। जो पूछे वो बताओ। क्या है ये सब?"

"हाँ! पीट चुके हैं तो जानिएगा ही। सीधे-साधे लोगों पर जोर चलता है आप लोगों का। और सुनिए! आप सभी का दिमाग एक ही तरफ चलता है। अरे, उनके पापा टाउन प्लान में हैं। हमें टाउन प्लानिंग में एक महीने का वर्क एक्सपेरिएंस चाहिए। इसीलिए उनसे बात कर रहे थे।" ज्योति ने कहा।

"टाउन भी प्लान से बनता है क्या? पढ़ाएगी हमको?" रफीक की परेशानी अब बदल गई थी।

"और क्या!" ज्योति ने मुँह बिचकाते हुए कहा।

"किस देश में! हमारे यहाँ बलिया में तो भाला है तो ढाला तक जमीन खींच लो। हो गया प्लानिंग।"

''बस! कभी बलिया से बाहर का मत सोचिएगा।''

''नहीं रे! बाहर का क्या सोचना! गंगा जी यहीं हैं। सरजू जी यहीं हैं। पीर-फकीर, बाप-दादा हमारे सब यहीं।''

''हमें तो जाने दीजिएगा बलिया से बाहर, कि वो भी नहीं?'' ज्योति ने पूछा।

''पढ़ाई कर। पढ़ाई के लिए जहाँ जाना है जा। जो चाहिए होता है हमसे बोल। हम बात कर लेंगे। समझ ले कि ये पहली और आखिरी दफा था। नेता को पता चल जाए तो!'' रफीक ने कहा।

''कौन बोलेगा?'' ज्योति ने मुँह बनाते हुए पूछा।

''हम बोलेंगे और कौन बोलेगा!''

''ठीक है बोल दीजिए। पढ़ाई छुड़वा दीजिए हमारी। पढ़ती हुई लड़की घर भर में किससे देखी जाती है!'' कहते हुए ज्योति के सुबकने की आवाज आने लगी। रफीक ने गाड़ी धीमी की और फिर कहा-

''अरे कहा तो! नहीं कहेंगे। बस अब रोना बंद कर। पढ़ाई पर ध्यान दे। कोई इस तरह देख लेगा तो क्या सोचेगा! वकील साहब की इज्जत है; नेता की अध्यक्षी है। समझी! क्लास की लड़कियों से संजय को वोट देने के लिए कहा कर।'' कहते हुए रफीक ने गाड़ी रोक दी। ज्योति के ऑटो का स्टैंड थोड़ी ही दूर पर था।

''हमें पढ़ने दीजिए। पार्टी, पॉलिटिक्स, प्रचार आप लोग ही कीजिए।'' कहते हुए ज्योति आगे बढ़ गई। उसने राहत की साँस ली कि बात ज्यादा नहीं बिगड़ी। गाँव जाने वाली ऑटो आगे ही लगी हुई थी। वह उसमें बैठ गई। ऑटो के चलते ही उसने ऑटो की साइड मिरर में देखा। पीछे धीमी रफ्तार से रफीक की मोटर साइकिल एक निश्चित दूरी बनाते हुए चल रही थी। वह जानती थी कि रफीक उसे गाँव तक छोड़े बिना नहीं लौटेगा। उसने मिरर से आँख हटाकर मोबाइल की स्क्रीन में घुसा ली और अनुपम को ही कॉल लगाया-

''कहाँ हैं? ठीक तो हैं ना!'' ज्योति ने फोन लगते ही पूछा।

''हाँ! ठीक हूँ। तुम कहाँ?'' अनुपम ने उधर से कहा।

''गाँव जा रही हूँ। ऑटो में। रफीक भाई पीछे-पीछे ही हैं।'' ज्योति ने कहा।

"तुम्हारे भाई तुम्हें बहुत प्यार करते हैं। शादी तो करेंगे ना तुम्हारी, या घर पर ही सहेजेंगे?" अनुपम ने हँसते हुए कहा।

"वो तो अच्छा हुआ संजय भैया नहीं थे। वरना तो..." ज्योति ने अधूरी बात में ही अपना डर जताया।

"हम्म! घबराओ मत। कुछ सोचता हूँ।" अनुपम ने कहा और फिर फोन रख दिया। ज्योति भी थोड़ी देर में गाँव के ढलान पर उतरकर घर की ओर चली गई।

***

मगरिब की नमाज का वक्त हो रहा था। मुअज्जिन साहब भी तैयारी कर ही रहे थे कि उन्होंने रफीक को बेतहाशा भागते हुए देखा। दो बार खाँसकर उन्होंने उसे अपनी उपस्थिति का परिचय दिया मगर तब तक रफीक कासिम बाजार छोड़कर अधिवक्ता नगर की ओर बढ़ चुका था। वकील साहब के घर के ठीक बाहर रुककर उसने संजय को आवाज लगानी चाही। मगर गले से कुछ भी न निकला। वह दौड़ते-दौड़ते निढाल हो चुका था। उसने थोड़ी देर अपनी साँस को संयत किया। और फिर दोनों हथेलियों को मुँह से लगाकर चिल्लाया-

"नेता!!!"

सर्दियों के सन्नाटे में आवाज दूर तक जाती है और वकील साहब तो पहले कमरे में ही सोते थे। संजय जब तक पहले कमरे से होता हुआ नीचे उतरता, वकील साहब उठकर बैठ गए।

"नमाज पढ़ने जा रहे हैं क्या?" वकील साहब ने तंज किया। संजय एकदफा जवाब देने के लिए ठिठका मगर कुछ सोचकर आगे बढ़ गया। नीचे उतरा तो देखा कि रफीक अब भी कमर पर हाथ दिए आधा झुककर हाँफ रहा था।

"मियाँ! क्या हुआ? आधा झुके हुए भी हो और हाँफ भी रहे हो। कोई ले लिया क्या तुम्हारा?"

रफीक मजाक की स्थिति में नहीं था। वह घुटनों पर हाथ दिए हाँफता ही रहा।

"वैशाली चौक गए थे क्या?" संजय ने फिर मजाकिया लहजे में कहा। जिसका रफीक ने फिर कोई जवाब नहीं दिया। साँस संयत होने से भी पहले

उसने टूटती आवाज में कहा-

''ज्योति भाग गई।''

''हाँ! तो भागने दो। तुम्हारा धर्म क्यों संकट में आ गया? प्यार है। तुमको क्या समस्या है?'' संजय ने सीढ़ियों पर बैठते हुए कहा।

''समस्या ये है कि वो सुजान सिंह की लड़की है।'' रफीक ने घुटनों पर हाथ रखे हुए हाँफते हुए ही कहा। नाम सुनते ही संजय झटके से ऐसे खड़ा हुआ जैसे उसका पाँव किसी अंगारे पर पड़ा हो।

''चाचा!'' संजय बस इतना ही कह पाया।

''हाँ, चाचा!''

''मतलब अपनी छोटकी?'' संजय को विश्वास करने में समय लग रहा था।

''हाँ! अपनी ज्योति।'' रफीक ने फिर कहा।

''नहीं मियाँ! अभी कल तो गाँव गए थे। खीर पूड़ी खिलाई भाई। गलतफहमी है कोई।'' संजय ने इस विश्वास से कहा कि रफीक भी शायद हाँ कह दे। रफीक ने जब इस बात का कोई जवाब नहीं दिया तो संजय ने फिर कहा-

''गलतफहमी है ना!''

रफीक ने फिर कोई जवाब नहीं दिया। संजय जानता था कि रफीक ऐसे मामलों में मजाक नहीं कर सकता। उसने बात की गंभीरता समझी तो उसके होश बेकाबू हो गए। वह फौरन मोबाइल में नंबर ढूँढ़ने लगा।

''क्या कर रहे हो?'' रफीक ने पूछा।

''सुजान चा से पूछ लें जरा।'' संजय ने मोबाइल नंबर ढूँढ़ते हुए ही कहा।

''पागल हो! माँ-बाप को बात पता होती तो निकलती कैसे! अभी पूछोगे तो और परेशान हो जाएँगे।'' रफीक ने फोन उससे लेते हुए कहा। संजय को बात ठीक लगी। उसने परेशानी में ही अपने बालों को खुजलाते हुए पूछा-

''कौन, लड़का कौन है?''

''अनुपम राय।'' रफीक ने छोटा-सा जवाब दिया।

''नेता अनुपम राय!'' संजय ने आँखें चौड़ी करते हुए पूछा।

"हाँ वही!"

"तो तुम हमको न्योता देने आए हो? तमंचा कहाँ है?" संजय ने गुस्से से चिल्लाते हुए रफीक से कहा।

"तमंचे से काम होता तो काम हो गया होता नेता। घर की लड़की बाहर है घर से। शाम है तो बात दबी है। जितना फैलोगे उतनी फैलेगी बात। सुबह तक घर लाना है उसे और वह तमंचे के जोर से नहीं होगा। शांत हो जाओ।"

"स्टेशन पर भेजे हो किसी को?" संजय ने वहशत में ही पूछा।

"बिरजू है वहाँ लेकिन कोई फायदा नहीं होगा। ट्रेन से नहीं जाएँगे।"

"हॉस्पिटल। हॉस्पिटल चलो, वहाँ देख लेते हैं। ऐसा नहीं करेगी भाई। कभी उसको देख के ऐसा लगा? नहीं ना! फिर? चलो, हॉस्पिटल चलो।" संजय को खुद को ही दिलासा देते देखकर रफीक ने उसकी ओर मुड़कर उसके चेहरे को अपने हथेलियों के बीच लिया और कहा–

"भइया हमारी बात सुनो! छोटकी हॉस्पिटल में नहीं मिलेगी। वो..."

"भाग गई है, यही न! हमको यकीन नहीं है और तुमको इतना यकीन क्यों है?" संजय खीजते हुए चिल्लाया। मगर थोड़ी ही देर में शांत होकर फिर पूछा–

"तुमको कौन बताया?"

"उजमा।" रफीक ने कहा।

"और उसको?"

"छोटकी ही बताई होगी!" रफीक ने कहा और फिर चुप हो गया। थोड़ी देर की चुप्पी के बाद उसने फिर कहा –

"माने आज जब मेरी उजमा से बात हो रही थी तो गलती से उसके मुँह से निकल गया। हम सख्ती किए तो बताई कि ज्योति और अनुपम आज शादी कर रहे हैं।"

"शादी कर रहे हैं! माने कोई खेल चल रहा है क्या! ठीक है। शादी कर लेगी। लेकिन भाग के क्यों? अरे घर में कही तो होती। कोई मना तो किया होता! कभी ऐसी कोई बात ही नहीं हुई। किसी से कुछ कही होती।" संजय खुद में ही बुदबुदाया।

"मुझसे कहा था।" रफीक ने धीमे से ही कहा।

"मतलब! तुमको पता था?" संजय ने फिर आँख चौड़ी की।

"हाँ! अभी कुछ दिन पहले ही।"

"तो हमको क्यों नहीं बताई?"

"घरवालों को ऐसी चीज कैसे बताएगी! और हो सकता है कि लड़के ने मना किया होगा।"

"लड़का क्यों मना करेगा और उसके मना करने से ये मान भी जाएगी?"

"क्योंकि लड़के को शादी ही नहीं करनी।"

"तो, क्या करना है?"

"बदला लेना है।"

"छाती में छेद करेंगे साले का!" संजय ने कहा। अभी वह कुछ और कहने ही वाला था कि रफीक का फोन घनघना उठा। उसने फोन उठाया। फोन पर जल्दबाजी में कुछ कहा गया। उससे भी जल्दबाजी में रफीक ने फोन रखा और संजय से कहा–

"गाड़ी पर बैठ! लौंडा झुन्नु भैया के आवास पर दिखा है।"

"झुन्नु भैया!" संजय आश्चर्य से भर गया।

"उसी का किया–धरा है सब। वरना हम जानते हैं, उस लौंडे में इतना बारूद नहीं है।" कहते हुए ही रफीक ने नसीम को फोन लगाया और पूछा–

"कहाँ पहुँचे?"

"मांझी पुल पर आ गए हैं भैया। हाँ! अभी तक तो कोई सवारी ऐसा नहीं निकला, जिसमें लड़का–लड़की साथ हो। अनुपम नेता को तो पहचानते हैं। छोटकी को पहचाने में दिक्कत हो सकती है।" नसीम ने कहा।

"अनुपम नहीं होगा। वो जिले में ही है। कोई और लड़का होगा या अकेली लड़की भी हो तो निकलनी नहीं चाहिए। टोपी डाल सिर पे और सुन! नकाब, हिजाब और बुर्के में भी कोई निकलना नहीं चाहिए। कोई दिक्कत आए तो मांझी के ही शकूर मौलवी हैं। उनसे बात कर लेना।" रफीक ने गाड़ी चलाते हुए ही कहा।

"मौलवी साहब साथ में हैं भैया। आप बेफिक्र रहिए। छोटकी आबरू है हमारी। गंगा पार नहीं जाएगी।" नसीम ने कहा।

रफीक ने फोन काटा और गाड़ी झुन्नु भैया के आवास के पास रोक दी। झुन्नु भैया के आवास पर आज थोड़ी ज्यादा ही चहल-पहल थी। घर में झुन्नु भैया की छोटी बिटिया का जन्मदिन था। शहर के सारे नामचीन लोगों को निमंत्रण था। हालाँकि अभी मेहमान आने शुरू नहीं हुए थे फिर भी झुन्नु भैया लॉन में बैठे सारी तैयारियाँ देख रहे थे। उनके साथ उनके कारिंदे भी लगे हुए थे।

बाहर जब गेट पर संजय की दरबान के साथ बकझक हुई तो आवाज भीतर तक पहुँची। झुन्नु भैया तो इसी इंतजार में थे। एक कुटिल मुस्कान उनके चेहरे पर तैर गई। उन्होंने हाथ के इशारे से दरबान को दोनों को भीतर भेजने का आदेश दिया। संजय और रफीक एक साथ भीतर दाखिल हुए। रफीक मौका और मामला दोनों समझ रहा था इसलिए उसने पीछे रहकर संजय को ही आगे जाने का इशारा किया।

संजय को आता देख झुन्नु भैया ने कहा-

"अरे आओ आओ संजय! बहुत दिनों बाद दिखे।" संजय उनके पास पहुँचकर झुका और पाँव छूते हुए फिर खड़ा हुआ।

"और कहो, बात तो नहीं माने तुम हमारी! अध्यक्षी उठ ही रहे हो!" झुन्नु भैया ने रफीक को घूरते हुए संजय से कहा। संजय चुप ही रहा।

"कहो क्या आज्ञा है? अपना कंडीडेट बैठा दें?" झुन्नु भैया ने तंज में कहा।

"बहन हमारी घर नहीं आई है।" संजय ने झुन्नु भैया की बात को अनसुना करते हुए कहा।

"अरे! किसी सहेली के यहाँ कित-कित, खो-खो खेल रही होगी। परेशान न हो। आ जाएगी।" झुन्नु भैया ने भरोसा देते हुए कहा। उनके ऐसा कहते ही साथ खड़े कारिंदे को हँसी आ गई।

"हँसने का क्या बात है जी इसमें?" झुन्नु भैया ने नकली डपट के साथ कहा।

कारिंदे ने छूटते ही कहा- "कालेज में पढ़ती है मलिकार।"

"अच्छा मतलब बालिग है! अरे तो संजय, शीशमहल या विजय सिनेमा देख आओ। आज कल के बच्चे सिनेमा देखने भी तो चले जाते हैं।"

"आप अनुपम को बुलाइए।" संजय ने थोड़ा रुखाई से कहा।

"कौन अनुपम?" झुन्नु भैया ने इस तरह कहा जैसे वह इस नाम से भी अंजान हों।

संजय ने कुछ नहीं कहा बस झुन्नु की आँख में देखता रहा।

"अहो! अपने यहाँ कोई अनुपम है क्या?" झुन्नु भैया ने कारिंदे से पूछा।

"जी मलिकार। उधर बंदनवार लगा रहे हैं।"

"अरे वो बबलू! उसका नाम अनुपम है? हम बार-बार भूल जाते हैं। हाँ! संजय क्या काम है उससे?"

"आप बुलाइए। काम वो खुद बताएगा।" संजय ने जोश में कहा।

"ऐ छोकड़ा! होश में बात कर।" पास ही खड़े कारिंदे ने गरजकर कहा।

"होश हम बाहर गेट पर ही खोकर आ गए हैं चचा। छेड़िए मत! नहीं तो आप ही पर छोड़ बैठेंगे पहला हाथ।" संजय ने झुन्नु भैया की बेहयाई का गुस्सा कारिंदे पर निकाला।

कारिंदा अभी जोश में आगे बढ़ा ही था कि झुन्नु भैया ने बीच में कहा-

"अरे! तो बुला दो बबलू को। इसमें कौन-सी बड़ी बात है! पढ़े-लिखे वाला लड़का है। अध्यक्षी लड़ना चाह रहा था। कौन जाने कौन डरा दिया है बेचारे को। दुबका रहता है। अब फिर से तैयार करना है लड़के को। अध्यक्षी ऐसे कैसे लड़ेगा! उसके पिताजी आए थे। सोनभद्र के बड़े अधिकारी और पार्टी कार्यकर्ता हैं। कहने लगे लड़का शुरू से बाहर रहा है। यहाँ के माहौल से परिचित नहीं है। जरा ध्यान रखिए। अभी बुला देते हैं बात कर लो। लेकिन बताओ तो बात क्या है?" कहकर झुन्नु भैया ने अपने एक कारिंदे को अनुपम को बुला लाने का इशारा किया। अनुपम थोड़ी ही देर में हाथों में फूलों की लड़ियाँ लिए आ पहुँचा। उसे देखते ही संजय की मुट्ठियाँ सख्त हो गईं। उसने फिर भी अपने गुस्से पर काबू रखते हुए सीधा अनुपम से ही पूछा-

"ज्योति कहाँ है?"

"लालटेन में।" अनुपम ने यूँ बेशर्मी से कहा जैसे उसे कुछ पता ही न हो। उसके इस जवाब से झुन्नु भैया और उनके चेले-कारिंदे ठठाकर हँस पड़े।

संजय अभी उसे कुछ कह पाता तभी अनुपम ही बोल पड़ा-

"मैंने कुछ गलत कह दिया क्या! मुझे लगा 'बूझो तो जाने' वाला खेल चल रहा है और मुझे जवाब देने के लिए बुलाया गया है।"

"बड़ा सीधा बालक है। अरे बबलू! संजय की बहन का नाम है ज्योति। जानते हो?" झुन्नु भैया ने आराम से पूछा।

"अरे तो ऐसा कहिए न! उन्हें कौन नहीं जानता! पूरा कॉलेज जानता है, रिक्शा वाला जानता है, टेंपो वाला जानता है। शहीद पार्क का एक-एक गार्ड पहचानता है। मेडिकल स्टोर वाला जानता है। बेखटके फ्लेवर वाला कंडोम माँग लेती हैं।" अनुपम ने इस लहजे में कहा कि कारिंदों का ठहाका एक बार फिर गूँज उठा।

"तहरी माँ की...।" कहते हुए गुस्से में जैसे ही संजय उसकी ओर बढ़ा झुन्नु भैया के एक छह फुटे कारिंदे ने उसे रोकने की कोशिश में उसे पीछे की ओर धक्का दे दिया। लड़खड़ाते संजय को रफीक ने संभाला और संजय को शांत रहने का इशारा कर झुन्नु भैया से मुखातिब हुआ-

"भैया हमसे कोई गलती हुई हो तो सिर हाजिर है। अध्यक्षी-ओध्यक्षी छोटी बात है। आप कहें जूती में पानी पी लें आपकी। रेत पर नाक रगड़वा के माफी लिखवा लें। मगर बच्ची आबरू है घर की। अंतिम बार शाम में इसी के साथ दिखी थी। इसीलिए इससे पूछ रहे हैं। इसके दिल में कोई गुबार हो तो थूक ले मुँह पर। चाहे हमारे, चाहे संजय के। मगर बच्ची को घर भेजे।" रफीक ने दोनों हाथ जोड़कर कहा।

"तुम कौन हो भाई?" झुन्नु ने जान-बूझकर बेइज्जती का एहसास दिलाने के लिए कहा। रफीक समझ तो गया था मगर फिर भी चुप रहा और कहा-

"जी मैं 'रफीक।' संजय का दोस्त हूँ और सिटी डिग्री कॉलेज में पढ़ता हूँ।"

"हाँ तो मियाँ जी, इस तेवर में आइए ना! तब बात होगी। देखिए, आप कह रहे हैं कि आपकी बहन शाम में इस लड़के के साथ दिखी थी। जबकि हमारा बबलू तो सबेरे से बंदनवार लगाने में लगा हुआ है। एक मिनट की फुर्सत नहीं है इसे। हम खुद सुबह से यहीं हैं। लड़का काम में व्यस्त है। आपको जरूर कोई धोखा हुआ होगा।" झुन्नु भैया ने कहा।

"जरूर धोखा हुआ होगा। कोई दूसरा लड़का होगा मलिकार। वैसे भी दस जगह तो..." किसी कारिंदे ने अभी इतना ही कहा था कि पीछे खड़े अनुपम ने जानबूझकर अपनी हँसी दबाई और फिर फूटकर हँस पड़ा।

"क्या हुआ बबुआ! लड़के परेशान हैं। इतनी गंभीर समस्या है और तुम्हें ठिठोली सूझ रही है!" झुन्नु भैया ने डाँटते हुए कहा। अनुपम चुप हो गया।

"क्या हुआ, अब कहोगे?" झुन्नु भैया ने टोका।

"एक बात सोच के हँसी आ गई।" अनुपम ने कहा।

"कौन-सी बात?" झुन्नु भैया ने पूछा।

"ये लोग कह रहे हैं कि लड़की हमारे पास है। अब अगर लड़की हमारे पास होती तो हम यहाँ जन्मदिन का फूल सजाते कि अपने बिस्तर का..." कहते हुए अनुपम फिर ठठाकर हँस पड़ा उसके साथ-साथ झुन्नु भैया के सभी लोग ठठाकर हँस पड़े।

संजय एक बार फिर दौड़कर उसकी जानिब बढ़ा मगर अबकी बार फिर झुन्नु भैया के कारिंदों ने उसे बीच में ही रोक लिया। अबकी दफा झुन्नु भैया बख्शने के मिजाज में नहीं थे। दोनों को दबोचकर बाहर की ओर ले जाया गया। जाते हुए ही रफीक ने चिल्लाकर अनुपम को आवाज दी-

"अच्छी जगह आ गए हो बेटा। एकदम मुफीद जगह है। झुन्नु भैया के पाजामे में ही रहना। झुन्नू भैया इसको अपने नाड़े से लपेटकर रखिए। नाड़ा खुला तो अपने हाथ से जबह करेंगे तुमको। अल्ला कसम!" कारिंदों की गालियाँ, संजय की चिल्लाहट और मौजूद लोगों के कहकहे तब तक एक-दूसरे से टकराते रहे जब तक दोनों को बाहर धकेलकर बड़े गेट में साँकल लगने की आवाज न आ गई।

***

'काश' यह शब्द किसी शब्दकोश का ही नहीं बल्कि जीवन का भी सबसे उदास शब्द है। यह महज संत्रास और अफसोस ही नहीं बढ़ाता बल्कि न उठा पाए गए कदमों के लिए धिक्कारता भी जाता है। यह हर उस बात, हर उस पहलू पर कोसता जाता है जो ठीक किए जा सकते थे। संजय इस वक्त ढेर साले सवालों से घिरा हुआ था। उसकी नाक के नीचे इतना कुछ चल रहा था और उसे इसकी भनक तक नहीं लगी थी। रफीक जिसे इसकी भनक तो थी

मगर उसे यह बचपना, एक दफे की गलती लगी। अब मगर वो हर तरह के 'काश' से घिरा हुआ था।

"ये साला सब हमारे कारण हुआ है।" रफीक ने सिर पर हाथ रखे हुए कहा। दो क्षण का मौन रहा और फिर मौन तोड़ते हुए संजय की ही आवाज आई–

"तुमको कब से पता था मियाँ?"

"अभी कुछ दिन पहले से।"

"हमें बताए क्यों नहीं?"

"भाई! बताने के लिहाज से बात बहुत छोटी लगी थी। बचपन से निगहबानी रही उस पर। बच्ची जैसा देखे-समझे हमेशा। हमें लगा समझा दिए; समझ गई।"

"हमें क्यों नहीं बताए?" संजय ने फिर वही सवाल दुहराया।

"लगा तुम नाहक परेशान होगे।"

"अब नहीं हो रहे परेशान! साला ये नेतागिरी के चक्कर में घर-परिवार सब भुलाए बैठे थे। उसी का खामियाजा है।" कहते हुए संजय फूट पड़ा। रफीक बहरहाल सिर नीचा किए हुए चुप ही रहा।

संजय अभी कुछ और कह पाता उससे पहले ही उसका मोबाइल बज उठा। उसने देखा कि घर से फोन है। उसने खुद को संयत करते हुए फोन उठा लिया। फोन उसके पिता वकील साहब का था। फोन उसने स्पीकर पर ही रखते हुए कहा–

"प्रणाम। हम आपको फोन करने ही वाले थे।" संजय ने वकील साहब के कुछ कहने से पहले ही कहा। वकील साहब को संजय की सफाई नहीं सुननी थी। उनका मामला थोड़ा ज्यादा ही गंभीर था। उन्होंने संजय की बात का जवाब देने के बजाय सवाल किया–

"छोटके चचा गाँव से आए हैं। कह रहे हैं कि ज्योति अभी तक घर नहीं पहुँची!"

"वही बताने के लिए तो फोन कर रहे थे। कोचिंग में ही दाँत लग गया उसको। उसके मास्टर का फोन आया था। जिला हॉस्पिटल ले गए थे। पानी चढ़वा दिए हैं। अभी ठीक है। लेकिन डॉक्टर बनारस रेफर कर दिया है सो

वहीं लेके जा रहे हैं।''

''कोचिंग कब से करने लगी वो?'' वकील साहब ने माकूल सवाल किया।

''अभी इसी हफ्ते लगवाए थे। गड़वार रोड में।'' संजय ने जैसे-तैसे बात संभाली।

''दाँत कैसे लग गया उसको?'' वकील साहब ने आश्चर्य व्यक्त करते हुए कहा।

''अब हम कैसे बताएँ कि कैसे लग गया। अकेले बारात भर का काम कराएँगे आप लोग। फिर ऊपर से ग्रैजुएट भी कराना है कि शादी में दिक्कत नहीं हो तो दाँत-जीभ सब लग जाएगा।'' संजय लगातार के सवाल से क्रुद्ध हो गया। वैसे भी कोई जवाब उसके पास था ही नहीं।

''हम कराते हैं बारात भर काम?'' वकील साहब तनिक उत्तेजित होकर बोले।

''आप कराएँ चाहे सुजान चचा कराएँ, एक ही बात है।'' संजय ने तैश में ही कहा।

''तुमसे तो बात करना बेकार है।'' वकील साहब ने कुपित होकर काँपते हुए कहा।

''तो मत कीजिए बात। बनारस जा रहे हैं। 5000 रुपया मेरे अकाउंट में डलवा दीजिएगा। और सुजान चा को कहिएगा कि हम ज्यादा दिन बनारस नहीं रह पाएँगे। इसलिए दो-तीन दिन बाद चाची को लेकर बनारस आ जाएँ। हम पहुँच के हॉस्पिटल का पता बताते हैं।''

''हाँ-हाँ तुम क्यों रहोगे बनारस! घर-परिवार देखने के लिए बाप नाम का बैल है न घर पर!'' वकील साहब ने आधी ही बात की थी कि संजय ने फोन काट दिया। उसने दरअसल वकील साहब से इस लहजे में बात इसलिए भी की थी कि उन्हें संजय के झूठ पर विश्वास हो जाए या फिर कम से कम झल्लाहट की वजह से ही सवाल कम हों। उसने यह कहकर थोड़ा वक्त ले लिया था। हालाँकि उसे यह भी पता था कि यह झूठ रात तक ही सच की जगह लेगी। अगर कल भी ज्योति नहीं मिली तो उसके लिए अपने घर वालों से बात छुपानी इसलिए भी मुश्किल हो जाएगी क्योंकि झुन्नु भैया की ओर से इसे

फैलाने में कोई कसर नहीं छोड़ी जाएगी।

रात होटलों, सरायों, धर्मशालाओं और लॉजों की खाक छानते बीत गई। सरकारी और प्राइवेट दोनों अस्पताल खंगाल लिए गए। ऑटो, बस और टैक्सी स्टैंडों पर सतर्कता से पूछताछ की गई। नतीजा शून्य निकलना था। नतीजा शून्य ही निकला।

नतीजा यूँ भी रात भर नहीं निकलना था क्योंकि उसके लिए सुबह का वक्त चुना गया था।

सुबह की चार बजिया ट्रेन ने जब अपनी चिर-परिचित आवाज दी तो पता चला कि रात बीत चुकी है और भोर का पहला पहर शुरू हो गया है। आसमान काले से जामुनी होने लगा। संजय के दिल में अनजानी हूक बैठ गई। उसे पहली बार ऐसा लगा कि जैसी भी काली यह रात थी इसे ऐसे ही रहना था। आने वाली सुबह उसके लिए इससे भी ज्यादा अंधकारमय होगी। उसे लगा कि काश सुबह न हो।

मगर विधि का विधान ईश्वर के टाले नहीं टलता फिर इंसान की क्या बिसात!

वह अपने ठेहुने पर हाथ रखकर बैठने को ही हुआ था कि रफीक का फोन बज उठा। दूसरी ओर बिरजू था। फोन उठाते ही बिरजू की वहशत भरी आवाज आई-

''भैया! स्टेशन आइए जल्दी।''

स्टेशन का नाम सुनकर रफीक के भी पैरों तले जमीन खिसक गई। उसके कान सुन्न हो गए। उसने फिर भी खुद पर काबू रखते हुए बस इतना पूछा-

''सब ठीक?''

''कुछ मत पूछिए। नेता भैया को लेकर जल्दी स्टेशन में घुसिए। प्लेटफॉर्म नंबर दो।'' बिरजू की वहशत भरी आवाज और स्टेशन पर बुलाया जाना रफीक को सर्द कर गया। स्टेशन को लेकर, पटरियों को लेकर जो पहले बुरे खयाल आते हैं वह उसके मन में भी आए। मगर खुद को जब्त करते हुए उसने संजय से कहा-

''स्टेशन चलो।''

''क्या हुआ?'' संजय और भी डर गया था।

"कुछ हुआ तो है। चलो।" रफीक ने कहा और गाड़ी स्टेशन की ओर दौड़ा दी। थोड़ी ही देर में दोनों स्टेशन में प्रवेश कर चुके थे।

प्लेटफॉर्म नंबर दो, जिस पर चार बजिया ट्रेन लगी हुई थी। ठीक समय पर रोज खुलने वाली यह ट्रेन जब वाशिंग यार्ड से धुलकर आई तो लोग बोगियों में चढ़ने लगे।

एक बोगी के पास असामान्य-सी भीड़ देखकर रफीक रुकने ही वाला था कि बिरजू उसे दिख गया। बिरजू ने होंठों पर उँगली रखकर चुप का इशारा किया और रफीक को ट्रेन के भीतर इशारे से कुछ दिखाया। इशारे की ओर देखते ही रफीक और संजय दोनों की नसों में सिहरन दौड़ गई। अनारक्षित श्रेणी की उस बोगी की लकड़ी की एक सीट पर ज्योति उल्टी पड़ी हुई थी। उसके कमर और पाँव तो सीट पर टिके थे मगर सिर बालों सहित नीचे झूल रहा था। उसके अंत:वस्त्रों का कुछ भाग भी नुमाया था जो भीड़ के जमा होने का मुख्य कारण भी था। उसके मुँह से झाग जैसा भी कुछ निकल रहा था। संजय यह स्थिति देखकर जड़ हो गया। रफीक अभी उसे संभालता तभी बिरजू ने रफीक से कहा-

"भैया! छोटकी जिंदा है। बस बेहोश है। या तो जहरखुरानी है या फिर बहुत नशे में है। हम संभाल लेते लेकिन रेलवे पुलिस आ गई है। अकेले के बस का नहीं था मेरे।" बिरजू को बस इतना ही कहने की जरूरत थी। आगे वह कुछ कह पता इससे पहले ही रफीक रास्ता बनाता हुआ बोगी के भीतर चढ़ने लगा।

"हटिए, हटिए। चढ़ने दीजिए। अरे दूसरा बोगी देखिए भाई!" कहते हुए रफीक बोगी में सवार हुआ और ज्योति के बगल में जाकर बैठते हुए संजय को आवाज दी।

संजय आवाज सुनकर भीतर जैसे ही घुसा, रफीक उस पर बरस पड़ा-

"भोसड़ी वाले! कहे थे ना तुमको कि बीमार है, छोड़ के मत जाना। देखो, फिर दौरा आया। कहाँ मराने गए थे!"

संजय की समझ में कुछ नहीं आया। बात फिर बिरजू ने ही संभाली-

"भैया सफर लंबा है तो गुटका लाने चले गए थे।"

"गुटका का बत्ती बना के डाल लो। साले पानी लाने गए तो ये लोग

अकेली बीमार लड़की को छोड़ के गुटका खाने उतर गए।'' रफीक ने ज्योति को अपने कंधे पर लिटाते हुए उसे अपना शाल ओढ़ा दिया और रिपोर्ट लिख रहे रेलवे पुलिस के स्टाफ की तरफ देखने लगा।

भीड़ छटकर अपनी-अपनी सीट तलाशने लगी।

''ये आपके साथ हैं ?'' रेलवे पुलिस ने पूछा।

''जी। मिर्गी का दौरा आ जाता है इसे। बनारस लेकर जा रहे हैं। जरा पानी भरने गए तब तक आप लोगों ने मजमा बना दिया।'' रफीक ने बिगड़ते हुए कहा।

''लेकिन मुझे तो यह नशे का केस लगता है ऐसा लगता है कि...''

''आप डॉक्टर हैं क्या! हम कह रहे हैं कि हमारी बहन है। मिर्गी की मरीज है। आप अलग ग्रंथ बाँच रहे हैं।'' बिरजू ने कहा।

''देखो बाबू! दिन में तेरह केस हम यहीं देखते हैं। सो जरा होश में बात करो।'' रेलवे पुलिस ने कहा।

''दारोगा जी। ट्रेन का टाइम हो गया है। मरीज को जाने दीजिए। आइए नीचे। हम और आप होश की बात करते हैं।'' कहते हुए रफीक उठ खड़ा हुआ और खड़ा होते-होते भी उसने संजय को ताकीद की।

''नेता! बच्ची को हवा न लगे। उलटकर बैठो। अस्पताल पहुँचकर हमें फोन करो। हम जरा दारोगा जी से बात कर लें।'' कहते हुए रफीक दारोगा सहित गाड़ी से नीचे उतर आया। उसने थोड़ी दूर ले जाकर दारोगा को कुछ पैसे दे दिए। दारोगा ने बदले में सादे कागज पर लिखी रिपोर्ट फाड़ दी जो वैसे भी किसी काम की नहीं थी और साथ ही साथ ज्योति का हैंड बैग उसे दे दिया।

ट्रेन एक लंबी सीटी के साथ बनारस की ओर चल पड़ी।

रफीक स्टेशन पर खड़ा धुएँ का गुबार देखता रहा।

शान और साँस दोनों की कीमत लगी थी और हुआ यह कि शान का पलड़ा भारी रहा। गाड़ी के प्लेटफॉर्म पार हो जाने पर रफीक को अपनी भयंकर गलती का एहसास हुआ। उसने हड़बड़ी में पहले इज्जत बचाने को प्राथमिकता दी और यह भी न सोच सका कि ज्योति की हालत कितनी नाजुक है या हो सकती है। हो सकता है उसे यहीं इलाज की जरूरत हो। इतना सोचते-सोचते ही उसने घबराहट में फोन निकाला और फोन लगाने लगा। फोन दो घंटी के

बाद ही उठ गया। रफीक ने फोन को स्पीकर पर डालते हुए कहा-

"हैलो! कादिर मियाँ! रफीक बोल रहे हैं।"

"रफीक भाई सलाम अलेकुम!" कादिर की आवाज आई।

"वालेकुम अस्सलाम! कहाँ हैं अभी?"

"चट्टी पर। मिसवाक रगड़ रहे हैं। भोर में और कहाँ रहेंगे!"

"अच्छा सुनिए। एक जरूरी काम है।"

"हुक्म कीजिए रफीक भाई!"

"चार बजिया ट्रेन अभी आपके चट्टी से गुजरेगी।"

"हाँ! अभी दस मिनट लगेगा। किसी को ट्रेन पकड़वाना है?"

"नहीं। ट्रेन रुकवाना है। आपकी चट्टी पर।"

"रुक जाएगी रफीक भाई! और हुक्म कीजिए।" कादिर ने बेतकल्लुफी से कहा।

"मामला गंभीर है कादिर भाई। गाड़ी रोकनी ही होगी।" रफीक ने फिर जोर देकर कहा।

"रुक जाएगी रफीक भाई। रुक जाएगी। हाथ दे देंगे रुक जाएगी।" कादिर ने कहा।

"क्या!" रफीक को लगा कि कादिर अब भी गंभीर नहीं हुआ।

"कहे रफीक भाई कि हाथ दे देंगे तो रोक देता है सब। और नहीं तो पटरी पर मवेशी खोल देंगे। रोक देगा सब।" कादिर ने बड़े आराम से दातुन करते हुए कहा।

"जैसे हो, उसको रोकिए। ऑटो लेकर जाइएगा। इंजन से तीसरा बोगी में नेता मिलेगा। संजय नेता। उसकी बहन की तबीयत नासाज है थोड़ी। लड़की जात है इसलिए बलिया में इलाज नहीं करा सकते। चट्टी पर के यूनानी डॉक साब को ही दिखाना है।"

"दिक्कत ही कोई नहीं है रफीक भाई। डॉक साब को भी लिए जाते हैं साथ में। वही मवेशी खोल देंगे पटरी पर। आप चिंता न करें।" उसकी बात से मुतमइन होकर रफीक ने फोन काट दिया। इधर कादिर ने जो कि टेंपो चालक ही था जल्दबाजी में दातुन फेंकी और चट्टी से बिलकुल सामने ही रेलवे ट्रैक पर पहुँच गया। कादिर की टेंपो वहीं लगी ही रहती थी।

ट्रेन नियत समय पर ही आई और वाकई रुक गई। ठीक पंद्रह मिनट बाद बाजार के बीचोबीच। कारण? कारण वही जो कहा गया था। पटरी के लोहे से मवेशी बाँध दिए गए थे। ड्राइवर साहब को दूर से दिखे इसलिए सफेद और काली दोनों गायें बाँध दी गई थीं। गाय पर ट्रेन चढ़ा दे इतनी हिम्मत ड्राइवर साहब में तो कतई नहीं थी। सो गाड़ी रुकनी थी, गाड़ी रुक गई। क़ादिर ने ठीक इंजन से तीसरी बोगी के सामने अपनी ऑटो लगा दी थी। रफीक ने संजय को पहले ही इस बाबत जानकारी दे दी थी। कादिर की ऑटो देखते ही संजय ने दुबली-पतली ज्योति को कंधे के ऊपर डाला और ट्रेन से उतर गया।

***

रफीक ने यूनानी डॉक्टर जान-बूझकर चुना था। डॉक्टर उसकी जान-पहचान का था और फिर किसी अस्पताल में भर्ती कराने पर वही सवाल और जवाब जिससे बचना फिलहाल जरूरी था। डॉक्टर ने अपनी डिस्पेंसरी घर के ही दो कमरे में बना रखी थी। उसने फौरन ही ज्योति को एडमिट कर जरूरी इलाज चालू कर दिया। संजय बाहर बरामदे में ही बुत-सा बैठा रहा। बिरजू बहरहाल दवाओं के लिए दौड़ता रहा और रफीक से फोन पर भी बात करता रहा। तीन-चार स्टेशनों की ही दूरी थी सो रफीक भी अगले घंटे में अस्पताल पहुँच गया था। यह संयोग की ही बात रही कि रफीक के पहुँचते-पहुँचते ही डॉक्टर भी बाहर आए।

"क्या हुआ डॉक साब, सब ठीक?" रफीक ने संजय को अनदेखा करते हुए सीधे डॉक्टर से पूछा।

"हाँ!" डॉक्टर ने भी बिना लाग-लपेट के बता दिया। रफीक ने अब जाकर संजय को झकझोरा और फिर संजय की तसल्ली के लिए डॉक्टर से फिर पूछा-

"कोई घबराने की बात तो नहीं है ना?"

"घबराने की तो नहीं मगर बताने की बात जरूर है रफीक भाई।"

"बताइए।"

"बेफिक्र हो सकता हूँ?" डॉक्टर ने अपना डर जताते हुए कहा।

"कहिए।"

"यह लड़की कौन है रफीक भाई?"

"कौन है मतलब! बहन है हमारी!" रफीक ने सवाल से आक्रोशित होकर कहा।

"पक्का न?" डॉक्टर ने सहमते हुए ही पूछा।

"बात क्या है डॉक्टर साहब, खुलासा कहिए।" रफीक ने कहा।

"यह पुलिस केस है।"

"जाहिर है और हमें पुलिस में नहीं जाना इसलिए तो यहाँ..." रफीक ने अभी आधा ही कहा था कि डॉक्टर ने टोक दिया

"आप समझ नहीं रहे। इनके साथ जिस्मानी..."

"क्या!" संजय ने बीच में टोकते हुए ही आश्चर्य से पूछा।

"मतलब?" अबकी रफीक के मुँह से आवाज निकली।

"मतलब इनके साथ जिस्मानी ताल्लुक बनाए गए हैं। ठीक से कुछ कहना मुश्किल है कि ज्यादती ही है या... या... या अपनी मर्जी से।" डॉक्टर के इतना कहते ही रफीक ने डॉक्टर का गिरेबान पकड़ लिया।

"बहन है हमारी। होश में रह के बात कीजिए डॉक साब नहीं तो हम होश खो बैठेंगे।" संजय ने डॉक्टर की गिरेबान झंझोड़ दी।

"बात तो सुनिए। जिस्म पर ज्यादतियों के निशान नहीं हैं। इसलिए कह रहा हूँ कि या तो अपनी मर्जी के ताल्लुक हैं या फिर नशा देने के बाद। मगर दोनों ही स्थिति में यह तय है कि जिस्मानी संबंध बने हैं। यह पुलिस केस है।"

"पुलिस केस था डॉक साब। अब नहीं है। हमें कोई केस नहीं करना। यह बताएँ वह कब होश में आएगी?" संजय ने खुद को संभालते हुए कहा।

"शाम तक। मगर कमजोरी रहेगी।"

"ठीक है। शाम तक की फीस बता दीजिए।" संजय ने डॉक्टर से कहा।

"कहा न कि शाम तक कमजोरी रहेगी। आप कल ले जाएँ तो ठीक रहेगा।"

"आज ही! आज ही जाएगी। बिरजू, बलिया तक के लिए गाड़ी ठीक करो। शाम को होश आए या बेहोश रहे। बलिया लेकर निकल जाएँगे।" संजय ने रफीक की उपेक्षा करते हुए बिरजू से कहा।

"नेता बात समझो। इस तरह बलिया जाएगी तो..." रफीक ने फिर भी कहा।

"जिस तरह जाए। आज ही जाएगी। और कृपा कर के हर चीज में टाँग मत घुसाओ।" संजय ने तल्ख होकर कहा। रफीक ने आगे बात बढ़ाने की जरूरत नहीं समझी। डॉक्टर मामले की गंभीरता जानकर चुप हो गया और वहाँ से हट भी गया। बिरजू गाड़ी की तलाश में शहर की ओर निकल गया। रफीक बाहर बने लॉन में टहलता रहा। उसे संजय का इस तरह बोलना बुरा लगा था; मगर वह यह सोचकर कि संजय अभी समझ सकने की स्थिति में नहीं है, अपने मन को सांत्वना दे रहा था। वह अभी इस उधेड़बुन से किसी नतीजे पर पहुँचता कि तब तक उसने महसूस किया कि लॉन में ठीक उसके पीछे संजय भी खड़ा है। वह पीछे मुड़ा और अभी कुछ कह ही पाता कि उससे पहले संजय ने ही कहा-

"तुम धोखा दिए हो मियाँ!" अचानक से निकले संजय के ये शब्द रफीक को अवाक् कर गए। वह कुछ क्षण तो खामोश रहा मगर फिर हिम्मत जुटाकर बोला-

"हम मानते हैं कि हमको तुमको बताना चाहिए था। लेकिन बच्ची जैसी थी भाई। हमेशा लगा कि इन सब चीजों का ज्ञान ही नहीं इसको। हम ही डाँट देंगे, तुम तक बात ही नहीं जाएगी।"

"तुम सह दिए हर बार और ये सहकती चली गई हर बार। तुमको देख के आगे बढ़ती रही कि सब सही है।" संजय ने रफीक की आँखों में अपनी पथराई आँखें जमाए हुए कहा।

"खुदा के लिए ऐसा इल्जाम मत दो भाई। हमको ऐसे अंजाम का अंदेशा होता तो..." रफीक ने अभी बात भी पूरी नहीं की थी कि बिरजू ने आकर रफीक के कान में कुछ कहा।

"इल्जाम नहीं है हकीकत है रफीक। घर की इज्जत कब घर से बाहर आई हम जान ही नहीं पाए। तुम जान रहे थे और बढ़ावा देते रहे। हम नेतागिरी में ऐसे उलझे कि आँख ही फेरे रहे घर-परिवार से।" संजय ने और भी जाने क्या-क्या कहा मगर रफीक ने बस सुना-'रफीक।' उसका नाम। जो दोनों दोस्तों के बीच न जाने कब से गायब था। रफीक! मियाँ नहीं। रफीक। मतलब

बात बिगड़ चुकी थी। रफीक समझ रहा था फिर भी उसने कोशिश की और कहा–

"नेता हमारी बात सुनो..."

संजय ने रफीक के बोलते ही उसके सामने अपने दोनों हाथ जोड़ दिए और थोड़े दृढ़ आवाज में ही कहा–

"नहीं। अबकी हमारी बात सुनो। और माफ करो भाई। इतने पर भी माफ कर दो। भाड़ में गई नेतागिरी। हमको थोड़े दिन अकेले छोड़ दो। देखें क्या कुछ हो पाता है।" कहते हुए संजय बाहर चला आया। रफीक कई मिनट तक उसी जगह जड़–सा खड़ा रहा।

ज्योति खतरे से बाहर थी मगर अभी पूरी तरह होश में नहीं थी। बिरजू ने संजय के कहने पर एक कार का इंतजाम किया। गाड़ी बिरजू ने खुद चलाई। पीछे की सीट पर बीच में ज्योति को लिटाए हुए देर रात गाड़ी गाजीपुर से निकली और लगभग 2 बजे वकील साहब के दरवाजे पर लगी। संजय ने पहले ही घर का दरवाजा खुला रखने की ताकीद कर दी थी। दरवाजे पर पहुँचकर बिरजू ने पहले उतरकर अँगड़ाई तोड़ी। इधर–उधर देखा कि कोई देख तो नहीं रहा। इसके बाद भी कार बिलकुल दरवाजे से सटाकर लगाई गई और झटके से नीमहोश ज्योति को खींचकर घर में दाखिल कर लिया गया। बिरजू उसी गाड़ी से घर लौट गया।

बात अब घरवालों से छुपाने के बस की नहीं थी। संजय ने घर पहुँचकर सारी बातें पिता और चाचा को बता दी। छुपाने का अब कोई फायदा था भी नहीं। घर में रोना–पीटना मचा तो मगर वकील साहब ने यह कहकर औरतों को चुप करा दिया कि इससे बात पड़ोसियों तक जाएगी और पड़ोसियों तक गई तो शहर में बात फैलते देर न लगेगी। एक अजीब–सा तनाव तो घर में छा ही गया मगर रोने पीटने की आवाज बंद हो गई। दरवाजा बंद कर लिया गया और यह मान लिया गया कि इज्जत घर के भीतर आ गई।

जो तथाकथित इज्जत ज्योति को रात के अंधेरे में घर के भीतर लाकर बचा ली गई, वह सुबह होते ही वीडियो के जरिये लोगों की जेबों तक पहुँच गई थी।

दीवानावार चारों सिम्त ढूँढ़ा उसे
फिर मुहब्बत ने खुदकशी कर ली

बिल्ली अमूमन बहुत शर्मीली और दब्बू होती है मगर जब उसे कमरे में बंद कर दिया जाए और उसे भागने की जगह न मिले तो वह सीधे इंसान के गर्दन पर ही हमला करती है। ज्योति भी फिलहाल इसी स्थिति में थी। सुबह उठते ही उसने जब आँख खोली तो उसने सामने माँ को देखा। उसने कोई हरकत नहीं की। उसे लगा कि वह अपने घर में ही है। मगर जैसे ही उसे रात की बात याद आई। वह दूसरे ही आशंका से घिर गई। हड़बड़ाकर उठ बैठी और फिर चिल्लाना शुरू कर दिया। उसे याद आया कि रात तो वह अनुपम के साथ थी फिर सुबह अपने घर में कैसे है। बीच की कोई बात उसे याद नहीं थी। वह घर से तो लौटकर नहीं आने को निकली थी मगर अब जब उसने खुद को घर पर ही पाया तो वह समझ गई कि सब को सब कुछ पता चल गया है और उसे किसी तरह अनुपम से छीनकर घर लाया गया है।

उसे पता था कि उसकी गलती पकड़ी जा चुकी है और इन सब से ऊपर उसे यकीन था कि अनुपम को मार दिया गया है। जागते ही उसने सामने बैठे संजय को भी देखा जो अब उसके जाग जाने पर उठकर खड़ा हो गया था।

ज्योति जिसने कभी संजय की आँखों में भी शायद ही देखा हो आज उसके सामने खड़ी थी।

"हमको जाना है!" ज्योति ने लगभग चीखते हुए कहा।

"कहाँ?" संजय ने शांत चित्त ही पूछा।

"उन्हीं के पास।" जवाब फिर उसी ढिठाई से आया।

"किसके पास?" संजय ने फिर उसी शांति से पूछा।

"आप जानते हैं।" ज्योति ने कहा।

"नहीं जानते हैं। तुमने कभी बताया?" संजय ने जवाब दिया।

"आप लोग मार दिए हैं न उनको!" ज्योति ने अपनी असली शंका अब जताई।

"किनको?" संजय नाम सुनना चाहता था।

"अनुपम जी को।" ज्योति ने पहली बार जिस मुँह से नाम लिया उसी मुँह पर उसी होंठ पर माँ की थप्पड़ खाई।

"हरमजादी! लाज नईखे नु लागत! बड़ भाई आ महतारी के आगे बेहया होखे में!" माँ ने गुस्से में बदजबानी की। मगर बात अब उस स्थिति में थी जहाँ पिता, भाई, माँ से भी खुलकर ही कहना था। ज्योति अपनी बात रख रही थी।

"हमें बताया क्यों नहीं?" संजय ने पूछा।

"कैसे बताते! क्या बताते!" ज्योति एक बारगी चीखी। उसने आज पहली दफा भाई की आँख में आँख डालकर देखा। कुछ क्षण आँखों से ही गुस्सा जताती रही और फिर कहा-

"आठवीं में एक लड़का कॉपी देने आया। मार हम खाए। क्या गलती थी मेरी? दसवीं में मंदिर गए थे आप ही के साथ। घंटी बजाते समय एक लड़के का हाथ छू गया था गलती से। आप उसको पीटने लगे। हम जब कहे कि नहीं है गलती उसकी। उल्टे हाथ से मारे वहीं मंदिर में आप ही। क्या बताएँ, कैसे बताएँ! कहिए।" बात खत्म कर ज्योति सुबकने लगी।

"सवाल मेरा फिर वही है- बता सकती थी तुम। इतना तो विश्वास कर सकती थी!"

"विश्वास था आप लोगों को? क्या किए थे हम? सिवा लड़की पैदा

होने के ? विज्ञान पढ़ना था हमको। दिन-रात पढ़ के इलाहाबाद यूनिवर्सिटी की परीक्षा निकाले। आप लोग जाने दिए? नहीं न! हम कहे कि बनारस में वसंत कन्या महाविद्यालय में ही पढ़ा दीजिए, वो तो लड़कियों का ही कॉलेज था ना! मगर वहाँ तक भी नहीं जाने दिए आप सब। कहे कि यहीं इतिहास पढ़ो। और इतिहास भी क्यों! क्योंकि इतिहास के प्रोफेसर सुमित्रा चाचा हैं। घर की लड़की पर नजर रख सकेंगे। नहीं पढ़ना था इतिहास हमको।'' चिल्लाकर रोते हुए ही ज्योति ने कहा।

''ह रे मटीलगनी! अतना सासन पर त तें ई दिन देखवले।'' ज्योति की माँ ने उसे कोसते हुए फिर एक थप्पड़ जड़ा जिस पर संजय ने उन्हें न मारने का इशारा किया।

''इतना कुछ मन में रखी थी। आज बता रही हो। पहले ही बता देती।'' संजय ने लंबी साँस खींचकर कहा।

''पढ़ाई छुड़वा देते आप लोग मेरा। हम नहीं छोड़ना चाहते थे।''

''किसको ?''

''उन्हीं को।'' ज्योति ने फिर तैश में कहा। एक थप्पड़ माँ का फिर होंठों पर पड़ा।

''हमको उनके पास जाना है।'' ज्योति ने कहा।

''चाची! एकरा के लेके गाँव जा।'' संजय ने बहस बंद करते हुए कहा।

''आपने उनके साथ क्या किया है? मेरी बात कराइए। मेरा फोन, मेरा फोन कहाँ है?'' कहकर ज्योति अपना फोन आसपास ढूँढ़ने लगी। माँ के तीसरे थप्पड़ के साथ-साथ न जाने कितने थप्पड़ उसके मुँह पर पड़ गए।

''तुम्हें पता है तुम कहाँ और कैसे मिली हो ?'' संजय ने दोनों हाथ छाती पर बाँधते हुए पूछा।

ज्योति ने कुछ नहीं कहा। मगर वह जानना जरूर चाहती थी।

''सबेरे वाली ट्रेन में बेहोश।'' संजय ने साँस छोड़ते हुए कहा।

''झूठ। साफ झूठ। आप उनको मार दिए हैं और कहानी... आप मेरी बात कराइए उनसे।''

''बोल क्या नंबर है ?'' संजय गुस्सा पीते हुए बोला।

''बबुआ जी एकर बात मत सुनीं। ई कुलबोरन भइल बिया।'' ज्योति की

माँ ने माथा पीटते हुए कहा। जिसका ध्यान न देकर संजय ने फिर पूछा–

"क्या नंबर है बताओ।"

"अंठानवे ग्यारह तेरह × × ×..." ज्योति ने फौरन कहा।

"और मेरा नंबर?" संजय ने तंज में कहा जिसके जवाब में ज्योति ने कोई जवाब नहीं दिया। संजय ने कुछ देर उसे देखा और फिर फोन लगाकर आगे कर दिया। ज्योति ने हड़बड़ी में फोन लिया और इंतजार करने लगी। रिंग जाती रही। फोन न उठना था, न उठा। लंबी एक रिंग के बाद फोन कट गया। दुबारा जब ज्योति ने वही नंबर लगाया तब तक फोन बंद किया जा चुका था। संजय तेजी से कमरे से निकलकर बैठकखाने में आ गया जहाँ चिंतित पिता और चाचा सिर पकड़े बैठे थे।

"इसे गाँव ले जाइए। यहाँ रहेगी तो गाँव में बात बननी शुरू हो जाएगी।" संजय ने अपने चाचा से कहा।

"गाँव भी नहीं। हम कहते हैं इसे लखनऊ भेज दीजिए। कुछ दिन के लिए बड़की के पास।" वकील साब ने ज्योति को अपनी बुआ के पास भेजने की बाबत कहा।

"नहीं। बाँधकर चौपाए को रखा जा सकता है, दोपाए को नहीं। यह फिर कोशिश कर सकती है। इसलिए आँख से दूर नहीं कीजिए अभी। नादानी है। बचपना है। गाँव पर ही रखिए।" संजय ने अपने पिता और चाचा को समझाते हुए कहा।

"बचपना नहीं है ये। बदमाशी है ये। यही मोबाइल–टीवी बिगाड़ रहा है सब को।" वकील साहब ने भुनभुनाते हुए कहा। ज्योति के पिता की आँख में आँसू अटककर रह गए थे। वह कुछ बोलने की स्थिति में नहीं थे। उनके लिए सब्र बस इतना ही था कि बात अभी चहारदीवारी से बाहर नहीं गई थी।

मगर वह गलत थे। बात न सिर्फ चहरदीवारी के बाहर गई थी बल्कि अब तो लोगों की जेबों में रखे मोबाइल के जरिये लोगों की जुबान पर आ गई थी। दोपहर होते–होते एक वीडियो एक मोबाइल से दूसरे मोबाइल तक विषबेल की तरह फैलने लगा था।

***

रफीक के लड़कों का जाल जिले भर में था इसलिए उसे इसका पता जल्द ही लग गया। नसीम भागता हुआ जब रफीक के पास पहुँचा तो उसकी जुबान उसके दिमाग का साथ नहीं दे पा रही थी। अनर्गल ही कुछ बुदबुदाते हुए उसने अपना मोबाइल रफीक के सामने कर दिया। रफीक ने जब वह वीडियो शुरू की तो सन्न रह गया। उसने फौरन वीडियो बंद किया और मामला समझते ही उजमा को फोन लगाया और सारी बात समझाते हुए उसे उसने सीधे प्रोफेसर कॉलोनी आने को कहा। चूँकि नाराजगी के कारण संजय ने उससे मिलने से इनकार कर दिया था इसलिए रफीक ने उजमा को नसीम के साथ ही संजय के घर भेजना ठीक समझा। रफीक के कहने पर प्रोफेसर कॉलोनी से नसीम ने उजमा को लिया और रफीक की बाइक में बैठाकर वकील साहब के घर ले गया।

उजमा को नीचे खड़ी देखकर संजय की माँ और चाची गुस्से से आग-बबूला हो गए। ऐसी स्थिति में सहेलियाँ ही कोपभाजन और लड़की के भागने का सहायक मान ली जाती हैं। घर की औरतों ने फरमान जारी किया कि लड़की को नीचे से ही लौटा दिया जाए। संजय जानता था कि उजमा को स्थिति की जानकारी है; मगर फिर भी संजय ने घर की औरतों से यह कहते हुए बात संभाली कि संभव है कि उजमा को कुछ भी पता न हो और ऐसी स्थिति में उसे नहीं मिलने देने से ज्यादा संशय उत्पन्न हो जाएगा। संभव है कि वह तबीयत की खराबी सुनकर ही आई हो इसलिए बेहतर यह है कि उसे मिलने दिया जाए और बहाने से चाची वहीं बैठी रहें।

ऐसा ही किया गया। उजमा आई। उजमा को देखकर ज्योति को थोड़ी हिम्मत मिली। उजमा ने पहले उसकी तबीयत की बाबत पूछा। ज्योति के बजाय चाची को ही जवाब देती पाकर उजमा समझ गई कि वह खुलकर ज्योति को वह बात नहीं बता पाएगी जो बताना निहायत ही जरूरी है। उसने धीमे से बिना आवाज का वह वीडियो चलाकर बिस्तरे पर रखा और उठते हुए चाची से कहा- "चाची बाथरूम किधर है?" चाची निश्चिंत होकर उजमा को लेकर बाथरूम की ओर चली। बिस्तर पर रखा हुआ वीडियो चलता रहा ज्योति ने उसे उठाकर अपने घुटनों के बीच लिया। वीडियो उस वक्त का था जिस वक्त से उसे कुछ याद नहीं था। वीडियो में अनुपम के साथ कोई और भी था। और

दोनों के साथ थी ज्योति। उसके चेहरे पर आते भाव वीडियो में उतरते उसके वस्त्रों के साथ ही उतरते रहे। उसने तब तक ही उस वीडियो को देखा जब तक उसका चेहरा भावविहीन नहीं हो गया। अब और सह पाना ज्योति के कमजोर शरीर के बस में नहीं था। न ही यह सब दुबारा देख पाने की शक्ति उसमें बाकी थी। ऐसा लगता था कि चेहरे तक खून पहुँचाने वाली नस कहीं बीच में ही सूख गई है। जर्द चेहरे के साथ ही ज्योति दुबारा संज्ञा शून्य होकर एक ओर लुढ़क गई। जो वह पूरा नहीं देख पाई, अब पूरा शहर देख रहा था।

***

मगर एक इंसान को यह पाप देखने से रोकना था। संजय को यह देखने से रोकना था और रोकने के लिए ही रफीक ने नसीम को उजमा के साथ भेजा था। वह खुद ही जाना चाहता था मगर कल रात की घटना ने उसे अजाब में डाल दिया था। उसके किए कई फोन भी संजय ने नहीं उठाए थे। इसी कारण उसने नसीम को संजय के घर विशेष हिदायत के साथ भेजा था। उसी हिदायत के साथ नसीम ने घर पहुँचते ही संजय से सीधी बात कही।

"भैया मोबाइल कहाँ है आपका?"

"है। क्या हुआ?"

"एक फोन करना है रफीक भैया को। मेरा स्विच ऑफ हो गया है।"

रफीक का नाम सुनकर संजय चुप हो गया। उसने चुपचाप ही जेब से निकालकर मोबाइल नसीम को पकड़ा दिया। नसीम मोबाइल लेकर छत पर गया और मोबाइल जमीन पर गिराकर तोड़ दिया। थोड़ी ही देर बाद वह टूटा मोबाइल लिए नीचे आया और संजय के हाथ में मोबाइल रख दिया।

"गिर गया क्या!" संजय ने हतप्रभ होकर मोबाइल देखते हुए कहा।

"नहीं भैया।"

"फिर टूटा कैसे?"

"टूटा नहीं भैया, तोड़ दिए।"

"मतलब?" संजय ने तैश में कहा।

"हम ज्यादा पढ़े-लिखे नहीं हैं भैया और दिमाग भी ज्यादा नहीं है। इसलिए सीधा कहेंगे- अनुपम नेता छोटकी का कोई वीडियो बना लिया है। वीडियो ठीक नहीं है। इसलिए आप अल्लाह के वास्ते कुछ दिन फोन इस्तेमाल

नहीं करेंगे।'' नसीम ने साफ मगर धीमी आवाज में यह बात संजय से कही जिसे बस संजय ही सुन पाए।

यह सुनते ही संजय आसपास के शोर-ओ-गुल से महरूम हो गया। उसके कानों में सीटियाँ-सी बजने लगीं। वह वहीं दीवार से लग गया। ऐसा नहीं था कि संजय को ऐसी किसी गलीच हरकत का अंदेशा नहीं था; मगर वह फिर भी मन में आते इस खयाल को टालता आ रहा था। अब जब उसकी शंका साबित हो गई, दीवार से लगे हुए ही वह वहीं छत पर निर्जीव-सा बैठ गया।

नसीम ने देखा कि उजमा नीचे मेहमान खाने में पहुँच चुकी है तो वह भी छत से नीचे उतर आया। छत पर बेजान संजय रह गया और कमरे में बेहोश ज्योति। नसीम ने बाइक स्टार्ट की, उस पर उजमा बैठी और गाड़ी गली से ओझल हो गई।

***

कभी-कभी मन न चाहते हुए भी यह मानने को बाध्य हो जाता है कि बुरा वक्त वाकई ग्रहों-नक्षत्रों से संचालित होता है। चीजें सही चलते-चलते अचानक ही गलत होने लगती हैं और यह समस्याएँ एक-एक कर नहीं बल्कि एकसाथ आकर व्यक्ति के मनोबल पर प्रहार करती हैं और यूँ करती हैं कि वह व्यक्ति स्वयं भी स्वयं को भाग्य के हाथ की कठपुतली समझने लगता है।

समस्याएँ मकड़ियों की तरह होती हैं। जब क्रुद्ध हों तब आठों दिशाओं से घेरती हैं और पहले दो पाँवों से वार करती हैं। संजय और रफीक की समस्याओं का एक पाँव खुल चुका था। एक ओर वह ज्योति को लेकर परेशान थे। संजय ने रफीक से एकतरफा बात भी बंद कर दी थी। दोनों को अपनी उस परेशानी से निकलने का रास्ता भी नहीं सूझ रहा था कि तभी समस्याओं के दूसरे पाँव का वार हुआ।

नसीम उजमा को लेकर गंगा घाट पर पहुँचा था जहाँ से उजमा को आगे अपने घर के लिए रिक्शा लेनी थी। नसीम ने उजमा को बाइक से जब उतारा तो शाम का छुटपुटा गहरा गया था।

दरअसल अंधकार हो जाने पर ही उजमा को रिक्शा पर बैठने की सलाह रफीक ने दी थी। बाइक से उतरकर बुर्के से ढकी उजमा सीधी रिक्शे पर बैठ गई। उसका रिक्शा जैसे ही आगे बढ़ा उसने पटाखे जैसी कुछ आवाज सुनी।

उसे लगा कि शायद किसी रिक्शे का टायर फटा होगा। उसने मुड़कर देखने की कोशिश नहीं की। लड़कियाँ यूँ भी मुड़-मुड़कर नहीं देखा करतीं, ऐसा उसने हिदायतों में सीखा था। सो उसका रिक्शा आगे की ओर निकल गया।

वह देख भी नहीं पाई कि उसके पीछे नसीम को गोली मार दी गई है और वह बाइक समेत सड़क पर गिर पड़ा है। भगदड़ मच गई है। पेड़ के दो तनों के बीच से गोली मारने वाले हाथ उजमा के उसी भाई के थे, जिसकी उम्र अभी सोलह साल भी नहीं थी। वह देख भी नहीं पाई कि उसके पीछे उसका प्यारा भाई इतना बड़ा हो गया है कि गैरती कत्ल के लिए बंदूक उठा सकता है। इरादतन गैरती कत्ल। घर की इज्जत बचाने के लिए किया गया कत्ल। मगर उसके लिए तो रफीक निशाना होना था या फिर स्वयं उजमा ही। इरादा और निशाना रफीक ही था। धोखा मोटर साइकिल, रात, धुँधलके और बदकिस्मती के कारण हो गया। मगर यह सब भी उजमा कहाँ देख पाई! वह तो यह भी नहीं देख पाई कि उसका मासूम भाई सचमुच इतना मासूम है कि पीछे खड़े अनुपम राय के हाथ की कठपुतली होकर रफीक के भ्रम में नसीम को गोली मार बैठा है। वह नहीं देख पाई कि उस भीड़ में से भी अनुपम राय उस लड़के को काम पूरा करवाकर गाड़ी में बैठकर वहाँ से भगा ले गया है।

अब वहाँ कुछ है तो लोगों का शोर-ओ-गुल। भगदड़ और सड़क पर गरम खून से सनी एक लाश। पुलिस चौकी से महज सौ मीटर की दूरी पर अंजाम दी गई यह दुस्साहसिक घटना जिसकी खबर पुलिस को न होना एक असंभव-सी घटना ही थी। मगर लोकोक्ति ही है कि 'जिधर जिल्ले इलाही उधर मुंसिफ सिपाही'। सो पुलिस भी खबर करने की कवायद के बाद ही पहुँची। नसीम अब नसीम नहीं था एक लाश था। जिसकी पहचान की कवायद शुरू हो गई थी। नसीम जो कल तक दोस्त था। जान देने को आतुर भाई था आज महज एक शरीर था। और आह! रफीक के भ्रम में मारा गया था।

और रफीक! उस तक जब खबर पहुँची तो वह जड़ हो गया। आज सुबह ही ज्योति वाली घटना और फिर संजय का उसे जिम्मेदार ठहराया जाना ही उसे तोड़ चुका था। नसीम की सुनकर वह बिखर गया। बिरजू ने जब उसे यह खबर दी तो उसे एकबारगी विश्वास ही नहीं हुआ। अभी घंटे भर पहले तो उसने उजमा को नसीम के साथ भेजा था। उसने उजमा को फोन लगाकर पूछा

तो वह भी अनभिज्ञ थी। बात उस तक अभी पहुँची नहीं थी।

फोन रखकर वह बदहवास कचहरी रोड की तरफ भागा। जब तक वह पहुँचा तब तक नसीम के शरीर को पुलिस अपने कब्जे में ले चुकी थी। रफीक वहाँ से दौड़ा और सीधा पुलिस थाने पहुँचा। जहाँ संजय, बिरजू और रफीक के पिता सगीर अहमद पहले से ही पहुँचे हुए थे। रफीक को देखते ही उनका पारा सातवें आसमान पर पहुँच गया।

"आ गए बरखुरदार!" सगीर अहमद ने कठोर आवाज में कहा। रफीक ने कोई जवाब नहीं दिया। उन्होंने रफीक से मुखातिब होते हुए बिरजू से कहा-

"इश्कबाजी से फुर्सत पा गए हों तो कोई इन्हें बता दे कि लड़के की मिट्टी कल राजपूत नेवरी कब्रिस्तान में है। लड़के को घर से चिराई घर तक तो पहुँचा ही चुके हैं लेकिन अगर जरा-सी भी शर्म बाकी हो तो कब्रिस्तान में अपनी मनहूसियत शाया करने न आएँ। मरहूम को आखिरी वक्त सुकून से जाने दें।"

पिता की बात तो रफीक को सूई की तरह चुभी ही मगर उससे ज्यादा उसे संजय की उपेक्षा चुभी। उसने एक मिनट तक लगभग संजय की आँखों में देखा। संजय की आँखें उससे अलग पुलिस की कारवाइयों पर टिकी रहीं। बिरजू ने ही अलग ले जाकर रफीक को सारी बातें बताईं। यह भी कि दबी जुबान लोग यह कह रहे हैं कि गोली मुस्तकीम हसन के बेटे और उजमा के छोटे भाई इसरार ने ही मारी है। यह भी कि गोली चलाने वाली उँगलियाँ उसकी थीं मगर हाथ अनुपम राय का है। मगर यह सब बातें दबी जुबान से ही कही जा रही हैं। मुँह खोलने को कोई राजी नहीं है। कारण झुन्नु भैया का खौफ और मुस्तकीम हसन का रुतबा है। यह भी कि संभवत: गैरती कत्ल का इरादा था और निशाना रफीक था। रात और मोटर साइकिल के भ्रम की वजह से रफीक बच गया और नसीम हलाक हुआ। बिरजू ने गुपचुप और गूढ़ भाषा में ही रफीक को सारी बातें बताईं मगर रफीक के जेहन में एक ही बात घूमती रही। 'रफीक की जगह नसीम हलाक हुआ'। वह जड़-सा खड़ा बिरजू के हिलते होंठों को देखता रहा। अपराधबोध ने उसके सुनने और समझने की शक्ति उस वक्त के लिए क्षीण कर दी थी। उसकी जड़ता तब टूटी जब एक पुलिस अधिकारी ने उसे झकझोरा। भीतर ले जाकर पुलिस ने मोटर साइकिल

से जुड़े कुछ सवालात उससे किए जिसके जवाब देकर रफीक बिना किसी से कुछ कहे उल्टे कदमों से पीछे हटता हुआ बाहर निकल गया। संजय बहरहाल देर रात तक थाने के बाहर ही खड़ा रहा। संजय ने महसूस किया कि उसके गले में कुछ आकर ठहर गया है जो बार-बार थूक घोटने पर दर्द दे रहा है।

और छात्र राजनीति! छात्र राजनीति एक मुस्लिम छात्र की हत्या के बाद से उबाल पर थी। हत्या एक मुस्लिम विद्यार्थी की हुई थी। प्रशासन खामोश था और ना ही उसके मित्र रफीक और संजय ने ही कुछ ठोस किया था। नसीम जाहिराना तौर पर रफीक के साथ था और रफीक संजय के साथ। इस तरह से अनुपम राय ने मुस्लिम छात्रों के वोटों का ध्रुवीकरण अपने पक्ष में यूँ कर लिया कि संजय और बाकी छात्र नेताओं को मुस्लिमों की जान की चिंता नहीं है। बात कुछ हद तक सही भी थी। संजय अपने घरेलू समस्या में इस कदर फँसा था कि वह इस पर वक्त ही नहीं दे पाया और रफीक तो संजय की नाराजगी के बाद बिलकुल ही काठ का हो गया था। उसने उस घटना के बाद उजमा को फोन लगाया तो उसका फोन स्विच ऑफ ही आया।

मगर नसीम की मौत से सबसे बुरा यह हुआ रहा कि विश्वविद्यालय का मुस्लिम वोट संजय से खिसककर अनुपम राय के वोटों में मिल गया था।

***

दुख की मात्रा नापने की कोई इकाई होती तो यह साबित कर पाना बिलकुल भी मुश्किल नहीं होता कि विश्वास का टूटना श्वास के टूटने से कहीं अधिक कष्टकारी होता है। छले जाने का भाव वह घाव है जो दिखता नहीं मगर हर क्षण टीसता रहता है। दैहिक छल दैहिक कम और मानसिक अधिक होता है। मस्तिष्क के तंतु हर क्षण हृदय को धिक्कार-तरंगें भेजते रहते हैं। पहले चयन के निर्णय में ही यदि छल मिले तो व्यक्ति इस कदर निर्बल हो जाता है कि वह आगे के लिए जाने वाले हर निर्णयों में ताउम्र भयभीत ही रहता है।

ज्योति अवसाद में तो थी मगर जाहिर नहीं कर रही थी। वह गाँव आ गई थी और चुपचाप अपनी किताबों में मुँह छुपाए रहती थी। बात-बात में माँ के ताने वह चुप होकर सुन लेती थी। अकेले में रो लेना तो जैसे नियति ही हो। घर के काम पहले जैसे ही करती थी अब बल्कि ज्यादा ही करने लगी थी। देखकर कोई नहीं कह सकता था कि उसके मन में कुछ खतरनाक चल रहा है।

उस रोज पिता उसके लिए लड़का देखने गंगा पार गए हुए थे। पिता जिसकी इकलौती बेटी पर नजरें संदिग्ध हो रही हों, जिस पर फिकरे कसे जा रहे हों उसकी मन: स्थिति का शतांश आकलन करने के लिए भी आपको पिता ही होना पड़ता है। बगैर पिता हुए हम सहानुभूति तो रख सकते हैं समानुभूति नहीं महसूस कर सकते। लड़की को जल्द-अज-जल्द किसी दूर के घर में ब्याह कर तथाकथित इज्जत बचा लेने की जल्दी घर भर को थी।

माँ, जिसे दोनों ही ओर से पिसना होता है। पति को इज्जत की खातिर पल-पल कुढ़ते देखने को शापित औरत बेटी को तिल-तिल मरते भी देख ही लेती है। माँ, जो बाहर तो लड़ सकती है। लोगों को चुप करा सकती हैं, मगर अपनी बेटी के आगे ही हार जाती है। माँ जिसे इस बात की चिंता पलपल खाए जाती है कि एक बार देहरी पार कर गई लड़की दुबारा फिर ऐसा ही न कर बैठे। माँ जिसे बेटी के निकल जाने से ज्यादा चिंता पति से डाँट खाने की है। माँ जो खुद भी औरत तो है मगर समाज की संकीर्ण सोच ने उसकी सोच पर भी वही छद्म पर्दा डाल दिया है जहाँ बाप की पगड़ी और बेटी की चुनरी एक ही कपड़े की बनी होती है।

और बेटी! जिसे कहना पड़ता था कि 'अब चुप कर!' न जाने कितने दिनों से अब बोल ही नहीं रही। दिन में ऊँघते पंखे को देखती और रात में रौशनदान में चाँद के उतर आने का इंतजार करती रहती है। बेटी जो अब किसी के भी चिल्लाने से यह सोचकर काँप उठती है कि गुस्से का कारण वह ही है। बेटी जो माँ को आँचल के किनारे से आँसू पोंछते देखती तो है मगर उठकर आँसू पोछ नहीं पाती। उसे झिड़क दिए जाने का डर है। ज्योति, अब भी किसी विश्वास से धीमे से छुपाकर रखे गए मोबाइल में उसी का नंबर दबा देती है और फोन के स्विच ऑफ बताने पर फिर निर्निमेष छत पर लगा हुआ पंखा देखने लगती है।

सो, उस दिन पिता गंगा पार लड़का देखने गए हुए थे और उन्हें आज नहीं लौटना था। घर में माँ के साथ ज्योति अकेली ही थी। रात उसने रोज की तरह आँखों में ही बिता दी थी। रात का चौथा पहर आ गया था। ज्योति मुँह अँधेरे ही उठी। दबे पाँव उसने दरवाजे की तरफ कदम बढ़ाए। उसे लगा कि वह बाहर निकल ही जाएगी कि तभी उसकी माँ की आवाज आई।

“ज्योतिया! कहाँ?”

“बाथरूम जा रहे हैं अम्मा!” और चप्पल ढूँढ़ने लगी।

“फिर तो नहीं भागेगी!” माँ ने तिरस्कार से ही कहा। जिसका कोई जवाब ज्योति ने नहीं दिया।

“तुमने तो परेशान कर के रख दिया है।” माँ ने आधी नींद में ही कहा।

“अब नहीं करेंगे अम्मा!” कहकर ज्योति बाहर निकल आई।

***

गोवर्धन साव चोरों के लिए बुरी साइत थे। रात भर जागने की बीमारी बुढ़ापे के साथ-साथ बँधी आती है। खाँसते-जागते वह रात ही नहीं इस जीवन में अपने दिन भी काट रहे थे। इसी कारण रात में आहट पाते ही टोक भी देते थे।

इस रात भी अपने सामने से बहुत धीमे उन्होंने जब पाँव की आहट पाई तो एक पल को सोचा कि पूछ लें- 'किस घर की हो बिटिया!' मगर फिर स्त्रियों के शौच का समय जानकर चुप ही रह गए।

थोड़ी ही देर बाद जब गोवर्धन साव ने दूर से जोर की आवाज सुनी तो उन्हें लगा कि कुएँ में फिर कोई गाय गिर गई। चौपाए को बचा पाना वैसे भी मुश्किल था और गोवर्धन साव बुजुर्ग भी हो गए थे। इसलिए वह धीमे-धीमे चलते हुए कुएँ तक आए। कुएँ के पानी के ठहरने तक उन्हें कुछ नहीं दिखाई दिया। वह लौट गए।

कुछ देर बीते तो ज्योति की माँ को पुनः शंका हुई। वह बाहर की ओर भागी। बाहर कुएँ पर अब तक भीड़ जमा हो गई थी। उत्सुकतावश वह कुएँ तक पहुँच गई। उन्होंने देखा कि एक लड़की की लाश कुएँ के पानी पर थिर आई है। सलवार कमीज ने बयान दिया कि शरीर ज्योति का ही है। उनकी बेटी का शरीर ऊपर आ गया था। ज्योति का शरीर ऊपर आ गया था और ज्योति का तथाकथित कलंक कुएँ के अतल गहराइयों में रह गया था।

***

आत्मविश्वास को तोड़ने के लिए तो दुखों के थपेड़े ही काफी होते हैं। फिर यहाँ तो संजय पर दुखों का पहाड़ ही टूट गया था। उसने जब ज्योति की

आत्महत्या की खबर सुनी तो वह जड़-सा हो गया। आँसू उसकी गर्दन तक आकर फिर वापस छाती की ओर मुड़ गए। उसे पता था कि अभी समय घर के टूट चुके लोगों को संभालने का है। खुद के हिस्से का तो वो फिर कभी भी रो सकता है। चाचा-चाची को संभालने और घर के अन्य सदस्यों को संभालने के साथ-साथ क्रियाकर्म की मसरूफियत ने उसे खुद के हिस्से का रो लेने की मोहलत भी नहीं दी।

जवान बहन-बेटी की आत्महत्या तो अकारण भी कई आँखों पर चढ़ने के सवाल और जुबान को गढ़ने के किस्से दे जाती है और यहाँ तो फिर भी कारण था; ठोस कारण। सो, न आँखों को रोका जा सकता था और न ही जुबान को टोका जा सकता था। ज्योति जा चुकी थी। कहानियाँ चल रही थीं। दाह संस्कार के दिन शवयात्रा तक में लोग अपने मन की भुनभुनाते जा रहे थे। संजय मगर इन सब बातों से दूर शून्य में था। अर्थी से सभी लोगों ने कंधा बदला; मगर संजय ने आगे दाहिनी तरफ जो एक बार कंधा दिया तो वह श्मशान तक यंत्रवत चलता ही गया। उसे जब टोका गया तो उसने देखा कि श्मशान घाट आ गया है। उसने ज्योति के पार्थिव शरीर को जमीन पर उतार दिया। शरीर के जमीन पर उतरते ही ज्योति के पिता सुजान बाबू के सब्र का बाँध फूट पड़ा। एक बार जब फूटकर रोए तो रेत, लकड़ियाँ, पेड़-खूट सब नम हो गए। संजय मगर काष्ठ हृदय बना रहा। थोड़ी देर में जब सुजान बाबू वर्तमान में लौटे तो संस्कार की प्रक्रिया शुरू हुई। चंदन, घी, कपड़े, धूप, कपूर इत्यादि के इंतजाम के बाद संजय एक ओर खड़ा हो गया। उसने देखा कि रफीक के पिता सगीर चचा भी आए हुए हैं और ढाढ़स बँधा रहे हैं। बीते पच्चीस सालों में पहली बार, उसने उनकी ओर से मुँह चुराना चाहा और दूसरी ओर घूम गया। उसने देखा कि दूसरी ओर उससे सटकर ही बिरजू भी आ खड़ा हुआ है।

"मियाँ नहीं आए?" संजय ने गंभीर आवाज में ही बिरजू से पूछा।

"नहीं भैया!"

"क्यों! वैसे तो बहुत बहन-बहन करते थे!" संजय ने तंज में कहा।

"नहीं भैया! कहने लगे कि छोटकी को हँसते-खिलखिलाते देखे हैं। धुआँ होते नहीं देख पाएँगे।"

"हाह! फर्जी नौटंकी!" संजय ने कुढ़ते हुए ही कहा। वह अभी कुछ

और कह पाता तब तक उसे इतिहास के प्रोफेसर सुमित्रानंदन जी आते दिखे। समयानुकूल औपचारिक दुख व्यक्त करने के बाद उन्होंने संजय से कहा-

"कॉलेज आना प्रारंभ करो संजय।"

"अब क्या कॉलेज सर!"

"क्यों!"

"बचा कुछ नहीं महाविद्यालय में मेरे लिए।"

"हालाँकि यह वक्त इस चर्चा का नहीं है इसलिए कोई चर्चा अभी नहीं करूँगा। शनिवार को कॉलेज आओ। कुछ बात करनी है और ज्योति का अधूरा कुछ प्रोजेक्ट वर्क पड़ा है मेरे पास।"

"उसे फेंक दीजिएगा।" संजय ने सिर झुकाए हुए ही रुखाई से कहा।

"तुम फेंक देना। यह पाप मुझसे न हो पाएगा। बस तुम वह मुझसे लेकर मुझे उऋण करो। उसे जब देखता हूँ तब ज्योति का चेहरा आँखों के आगे डोल जाता है।"

"इस वक्त ऐसी किसी मानसिक स्थिति में नहीं हूँ। थोड़ा वक्त दीजिएगा।"

"आराम से। जल्दबाजी कोई नहीं है। जब इन सब चीजों का असर लगना बंद हो जाए तो आना। कुछ बातें करनी हैं।"

"जी।" कहकर संजय अभी आगे कुछ कहने ही वाला था कि कर्मकांड में उसकी जरूरत आन पड़ी। वह आगे की ओर बढ़ चला। उसने देखा कि उसकी छोटी बहन लकड़ियों के पास सफेद और ऊपर की ओर काले धुएँ में तब्दील होती जा रही है। उसने महसूस किया कि माँस के फटने की आवाज उसके गाल पर पड़ता तमाचा है। उसने महसूस किया कि चटखती हड्डियाँ हँस रही हैं उस पर। उसने पाया कि जहाँ अभी कुछ देर पहले उसने अपनी बहन को लिटाया था, वहाँ अब कोई नहीं है। सिवा एक काले घेरे के जिसे सब लोग राख बता रहे हैं। जिसे अब एक बर्तन में भर दिया जाना है।

***

श्मशान घाट के ढाले पर बैठे डॉक साब ने साथ बैठे डोम के बच्चों को बताया- "लाल किले पर कब्जे के बाद गुलाम कादिर खान ने बादशाह शाहआलम की बहन-बेटियों को बेइज्जत करने के लिए कहा कि आज आप

ही नाचेंगी और हम देखेंगे। शाहजादियों को इज्जत प्यारी थी। लाल किले से लगकर ही जमना बह रही थी। शाहजादियों ने लाल किले से नीचे जमना में छलांग लगा दी। जमना में जज्ब हुईं। जमना सब छुपा लेती है।''

इसरार हसन द्वारा किए अथवा करवाए गए इस कत्ल का फौरी असर यह होना चाहिए था कि उजमा की पढ़ाई छुड़वाकर उसे घर पर बैठा दिया जाना था और इसरार हसन को खानदान का रहनुमा बताकर खुला छोड़ देना था। मगर हुआ इसका उलट ही।

मुस्तकीम हसन का परिवार रूढ़िवादी जरूर था, मगर व्यवसायी भी था और वह यह बात भली-भाँति जानते थे कि चाहे गैरती ही सही कत्ल, कत्ल होता है और वह भी खानदान के इकलौते चिराग द्वारा किया गया कत्ल, जिसे बड़ा होकर महज थोड़े ही सालों में व्यवसाय की जमीन संभालनी है। बदले की कारवाई का डर तो था ही, आखिर रफीक का दोस्त ही नहीं मरा था बल्कि एक छात्र नेता का सक्रिय साथी भी मरा था। सो किया यह गया कि इसरार को घर पर नजरबंद रखा गया जब तक कि माहौल शांत न हो जाए। उजमा से घर वालों का व्यवहार सामान्य रहा। उसके कॉलेज जाने पर बहरहाल कोई रोक नहीं लगाई गई। हाँ, यह जरूर हुआ कि पहले वह अकेले रिक्शा से कॉलेज-घर आती-जाती थी और अब उसे कोई छोड़ने और ले जाने आने लगा।

उजमा भी प्रेम के अब उस पड़ाव पर थी जहाँ उसे अपने घरवालों का डर नहीं था। उसे रफीक की नाराजगी का भय था। वह जानती थी कि उसके भाई से अक्षम्य भूल हुई है और रफीक से इस भूल की क्षमा की उम्मीद बेमानी है। मगर फिर भी इसरार उसका भाई ही था। उसे उम्मीद थी कि वह अगर एक दफा रफीक से बात कर ले तो वह उसे समझा लेगी। उसे मना लेगी और माफी के लिए राजी भी कर लेगी। संभवतः यही उम्मीद मुस्तकीम साहब के परिवार को भी थी। इसी कारण अब तक उसके कॉलेज आने-जाने पर पाबंदी नहीं लगी थी।

नसीम के कत्ल के एक हफ्ते बाद जब वह पहले दिन कॉलेज आई तो उसकी नजरों ने आते ही रफीक को ढूँढ़ना शुरू किया। उसने आते ही लोगों की नजरों को खुद को तौलते हुए देखा मगर इस वक्त उसे इन सब चीजों की

परवाह नहीं थी। परेशानियाँ प्यार की पर्दादारी खत्म कर देती हैं। वह परेशान थी। इसी परेशानी में उसने जहाँ-जहाँ उम्मीद थी वहाँ-वहाँ रफीक को ढूँढ़ा। पहले कैंटीन, फिर कॉमन रूम, फिर प्रिंसिपल का कमरा और फिर कार्यालय। बाद इसके वह और परेशान हुई और उसने उसे वहाँ भी ढूँढ़ा जहाँ रफीक के होने का कोई इमकान नहीं था। मसलन लाइब्रेरी, ग्रीन रूम और तो और वह बेचारी काफी दूर से काफी देर तक लड़कों के बाथरूम के बाहर भी खड़ी रही। रफीक को बहरहाल न दिखना था, न दिखा। इन परेशानियों में वह खुद से बोलती खुद से ही उलझती भी रही।

'क्यूँ नहीं आ रहे! ठीक तो हैं ना! उन्होंने भी इसरार को ही गलत मान तो नहीं लिया? उसकी क्या गलती है? किसी ने मोहरा बना लिया। बच्चा है। माफ कर दें। मैं माफी माँग लेती हूँ। कई दफा कहा इस सियासत के चक्कर में न रहें। नसीम भाई इसी चक्कर में कुर्बान हुए। उनके मौत का हमारे रिश्ते से कोई लेना-देना नहीं।' ऐसी ही कई बातें सोचते हुए जब वह कॉलेज की सीढ़ियाँ चढ़ने लगी तो उसे महसूस हुआ कि सीढ़ियाँ आज कुछ ज्यादा ही लंबी, कुछ ज्यादा ही बोझिल लग रही हैं। उसे सीढ़ियाँ चढ़ते फौरन ही ज्योति की याद आई और उसकी आँखों में रुका समंदर बाँध तोड़ गया। वह रोना चाह ही रही थी कि बहाना भी मिल ही गया। उसने फौरन अपना नकाब गिराया और लड़कियों के बाथरूम में जाकर फफककर रो पड़ी। थोड़ी देर में संयत होने के बाद उसने बाथरूम से ही रफीक का नंबर मिलाया। वह जानती थी कि नंबर पिछले कई दिनों से बंद है 'मगर, शायद' की आस से मजबूर होकर उसने फोन मिलाया। फोन न मिलना था, न मिला। वह फिर उदास हुई और लाइब्रेरी में जा बैठी। किताबों में जो आँखें गड़ाई तो हर अक्षर उसे रफीक का चेहरा नजर आया। उसने किताब से भी नजर हटा ली। लाइब्रेरी में भी उसे सुकून नहीं मिला। कॉलेज के हर क्षण की उसकी दोस्त ज्योति अब इस दुनिया में ही नहीं थी। रफीक ने उसे छोड़ ही रखा है और संजय से उसने कभी बात ही नहीं की। सारी वर्जनाएँ तोड़कर वह संजय से बात भी कर ले मगर संजय भी तो दिखे! वह भी तो कॉलेज आना छोड़ ही चुके हैं। उसे लगा कि उसे भी कॉलेज आना छोड़ ही देना चाहिए। यही सब सोचकर वह उठी कि अचानक उसे बिरजू का खयाल आया। उसे अपनी बेवकूफी पर खीझ भी आई कि उससे सबसे पहले

ही बात करनी चाहिए थी। उम्मीद की इस लौ के साथ वह जैसे ही लाइब्रेरी से बाहर निकली उसे बिरजू लाइब्रेरी में घुसता हुआ दिखाई दिया। पहले तो उसे लगा कि बिरजू स्वयं ही कुछ कहेगा मगर जब बिरजू ने उसे देखकर अनदेखा किया तो उजमा ने स्वयं ही टोका–

''सुनिए।'' उजमा की आवाज सुनकर बिरजू रुक गया और फिर उसकी ओर मुखातिब हो दृढ़ होकर खड़ा हो गया।

''कहिए।'' बिरजू ने कहा।

''जी वो कहाँ...'' उजमा ने आधी ही बात की थी कि बिरजू ने टोक दिया–

''क्यों! पिछली दफा निशाना नहीं लगा था क्या!''

''देखिए...'' उजमा ने सफाई देने की कोशिश की मगर फिर बिरजू ने टोक दिया।

''देख लिया जी। इन थोड़े दिनों में इतना कुछ तो देख लिया। राखी बाँधती बहन को रस्सी बाँधकर कुएँ से निकालते देख लिया। दोस्त के लिए आधी रात को खड़े रहने वाले नसीम को सरे शाम सड़क पर लाश हुए देख लिया। संजय भैया को आदमी से काठ बनता देख लिया और हरपल जिंदादिल रफीक भाई को हरपल मरते हुए देख ही रहा हूँ।'' बिरजू ने कठोरता से कहा।

''कहाँ हैं वो ? प्लीज बताइए।'' उजमा ने अधीर होते हुए कहा।

''जहाँ भी हैं आपको मिलने की मनाही है। और विश्वास करें ये उनके ही शब्द हैं। वह आपसे नहीं मिलना चाहते। आप भी ऐसी कोई कोशिश न करें।'' कहकर बिरजू लाइब्रेरी में दाखिल हो गया। उजमा नीचे की ओर उतरने से पहले कुछ क्षण वहीं ठगी–सी खड़ी रह गई। आँसू आँखों के कोने में भगोने में उफनते दूध की तरह आकर ठहर गए।

दिल ना उम्मीद तो नहीं, नाकाम ही तो है
लंबी है गम की शाम मगर शाम ही तो है

दुख ठहर भी जाए तो दिन नहीं ठहरते। उन्हें अपनी चाल से चलते रहने का शाप है। सो एक महीना और बीत गया। इन दिनों संजय को अपनी ही सुध नहीं थी तो वह रफीक की सुध भी क्या लेता! चाचा को लेकर दो-एक दफा बनारस गया। बेटी के गम में वो बार-बार बेहोश हो जाते थे। बनारस ने काफी समय लिया। इस दौरान दो-एक दफा ही कॉलेज गया। वहाँ उठती हर नजर उसे सवाली लगी। विद्यार्थियों के समूहों में होने वाली हर अट्टहास उसे अपना मजाक उड़ाती प्रतीत हुई। अपमान के भाव ने इस उदासी के पीछे के असली कारण को ढक दिया था। वह यह जान ही नहीं पाया कि इस उदासी का असली कारण रफीक का न होना है। यदि वह याद करता तो पाता कि पाँच सालों में यह बिरले ही हुआ होगा कि वह कॉलेज अकेला आया हो। वह याद करता तो पाता कि रफीक के बुलेट की आवाज उनके अस्तित्व का हिस्सा थी। अस्तित्व का वह हिस्सा कट गया था और वही शूल की तरह चुभ रहा था। जबकि संजय को यह मुगालता था कि उसे लोगों की आँखें चुभ रही हैं। उसे लग रहा था कि हर नजर यह कह रही हो कि अपने घर का भला नहीं कर पाए महाविद्यालय

का क्या ही भला करोगे। इसलिए वह काम से कॉलेज में आता और चुपचाप प्रांगण से चला आता।

आज मगर वह फिर कॉलेज आया था और कारण यह था कि इतिहास के प्रोफेसर सुमित्रा बाबू ने उसे ज्योति की बाबत बुलाया था। आज जब प्रोफेसर साहब की इतिहास की क्लास चल रही थी, ठीक उसी समय संजय उनसे मिलने पहुँचा था। चूँकि क्लास प्रारंभ हो चुकी थी इसलिए संजय ने प्रोफेसर साहब को परेशान करना उचित नहीं समझा और क्लास रूम के गेट के बाहर ही क्लास खत्म होने का इंतजार करने लगा। प्रोफेसर साहब की आवाज न सिर्फ बाहर तक आ रही थी बल्कि वह आवाज उसके कानों तक पहुँच भी रही थी। बेदिली से ही सही, उसने सुना जो प्रोफेसर साहब पढ़ा रहे थे-

''मुगल काल के आखिरी दिनों में बादशाहों की अकर्मण्यता का फायदा आक्रमणकारियों ने खूब उठाया। चाहे वह नादिर शाह दुर्रानी हो, अहमदशाह अब्दाली हो या रूहेला पठान गुलाम कादिर खान।''

'गुलाम कादिर खान?' इस तीसरे नाम पर संजय चौंक पड़ा। उसे यह नाम कहीं सुना-सुना लगा। इतिहास से उसका कोई सरोकार नहीं था। न चाहते हुए भी क्लास के भीतर चल रहे लेक्चर पर उसका ध्यान चला गया। प्रोफेसर साहब पढ़ाते रहे-

''गुलाम कादिर खान की बर्बरता का सटीक दृश्य खैरुद्दीन ने अपनी किताब 'इबरतनामा' में खींचा है। सीधे शब्दों में समझें तो गुलाम कादिर खान गौसगढ़ के शासक जाबिता खान का बेटा था और जाबिता खान को भी गौसगढ़ पर शासन करने के लिए किशोर उम्र के गुलाम कादिर खान को बतौर जमानत लाल किले में रखना पड़ा था। गुलाम कादिर खान को लालकिले में संवदिया के काम पर लगाया गया था।''

''गुलाम कादिर खान खूबसूरत जवान था। लंबा, तगड़ा, पठानी शरीर का वह मालिक था जिस पर लाल किले की शहजादियों के साथ-साथ बेगमें तथा दासियाँ तक फिदा थीं। बादशाह शाहआलम से यह बात छुपी नहीं थी। सो उन्होंने गुलाम कादिर खान का बधिया करवाकर उसे नपुंसक बना दिया था। बधियाकरण एक अमानवीय कृत्य आज की तिथि में भले ही हो उस वक्त यह न सिर्फ प्रचलन में था बल्कि समाज में स्वीकार्य भी था।''

"खैर, एक जवान मर्द का इस तरह बधियाकरण उस व्यक्ति विशेष के लिए गलत तो था ही। लाल किले से भागकर अपने पिता के बाद जब गुलाम कादिर खान गौसगढ़ का शासक बना तो उसने बदला लेने की ठानी। यहाँ ध्यान देने वाली बात यह है कि तब तक लाल किले के शासकीय मामलों में मराठों का प्रभाव था। तब के इतिहासकार इन्हीं मराठों को मरहट्टे या मरहटा लिखते थे। उन्हीं मरहट्टों में एक थे..."

'मरहटा?' अचानक फिर संजय के दिमाग में बिजली-सी कौंधी। उसे फौरन याद आया। यह नाम तो डॉक साब लेते थे। वह उसे मरहटा कहते थे। क्या तो नाम भी बताया था। जाने कौन सिंधिया!

अभी संजय अपने दिमाग को कष्ट दे ही रहा था कि प्रोफेसर साहब के अगले शब्द ने इसका भी निवारण कर दिया।

"महाद जी सिंधिया! महाद जी सिंधिया एक कुशल राजनीतिज्ञ थे। लालकिले की राजनीति पर उनका इतना प्रभाव था कि वह आसानी से लाल किले के तख्त पर बैठ सकते थे। मगर वह कुशल राजनीतिज्ञ और रणयोद्धा थे। वह कहा करते थे कि राज करना मुगलों का काम है हमारा काम राजनीति करना है। इसलिए उन्होंने राज करने का काम बादशाह 'अब्दुल्लाह-जलालुद्दीन अबुलमुजफ्फर हम्दुद्दीन मुहम्मद अलीगौहर शाहआलम' द्वितीय को ही करने दिया। बस खुद ताउम्र बाहर से राजकाज देखते-संभालते रहे।"

संजय का दिमाग फिर कौंधा। यही नाम तो डॉक साब लेते थे! यही बात तो डॉक साब कहते थे! यही कि राज करना मुगलों का काम है। मुगल यानी रफीक। और राजनीति करना मराठों का यानी मैं। तो क्या डॉक साब कोई संकेत दे रहे थे? तो क्या डॉक साब यह कहना चाहते थे कि...??? अपने सोच की इसी उधेड़बुन में भी संजय ने भीतर से आ रही आवाज के लिए अपने कान और दिमाग दोनों खोल रखे थे। प्रोफेसर साहब की आवाज फिर आई-

"मगर इस्माइल बेग द्वारा चंबल से पीछे खदेड़ दिए जाने पर मरहट्टों का प्रभाव लाल किले पर कम हुआ। इसी का फायदा उठाकर गुलाम कादिर खान लालकिले तक चढ़ आया। उसने महाराज की मराठों और जाटों से रक्षा के

बदले धन की माँग की। एक मुश्त काफी धन की माँग। मुगलिया सल्तनत की हालत वैसे ही खस्ता थी। गुलाम कादिर खान के पैसे की माँग की पूर्ति नहीं हो पाई। माँग की पूर्ति न होने पर उसने पूरे लाल किले में जुल्म की हद पार कर दी। इक्कीस शहजादे-शहजादियाँ कत्ल कर दिए। बादशाह शाहआलम को पहले गिरफ्तार कर यातनाएँ दीं। फिर भी पैसे न मिलने पर अंततः आँखों में लोहे की सलाइयाँ घुसेड़ दी। यहाँ भी जब उसका मन शांत न हुआ तो बदले की आग में जलते गुलाम कादिर ने बादशाह की बहन-बेटियों को पहले बे-पर्दा और फिर सरे-आम बे-लिबास किया। उन्होंने बेइज्जती के मारे लाल किले के साथ लगकर बहती यमुना में छलांग लगा दी।''

संजय को लगा कि वह यह सब सुनकर पागल हो जाएगा। उसे लगा उसके साथ कोई क्रूर मजाक हुआ है। एक बुरा सपना जो कभी इतिहास में तो हुआ ही है और फिर उसके साथ भी वही सब दुहराया गया है। बहन वाली बात सुनकर उसका गला यूँ रुँध गया कि उसके जबड़े के पोरों में दर्द उभर आया। उसने खुद को फिर भी संभाला क्योंकि वह सब कुछ सुनना चाहता था। वह अब तेज कदमों से चलते हुए क्लास रूम के पिछले दरवाजे से गया और चुपचाप सबसे पिछले बेंच पर बैठ गया। प्रोफेसर साहब ने उसे देखा मगर यह जानकर कि उन्होंने ही उसे बुलाया है और वह थोड़ी देर पहले ही आ गया है, अपना लेक्चर जारी रखा।

''बात दरअसल यह थी कि लड़ाई रूहेलों और मुगलों की थी और यह बात महादजी सिंधिया भली-भाँति जानते थे। उन्हें पता था कि राजनीति यदि करनी है तो उन्हें राज नहीं करना है, राज करवाना है। राज करने के लिए मुगल बादशाह शाह आलम हैं। राजनीति करने के लिए वह यानी महाद जी सिंधिया। आज के लिए इतना ही बस। अगली क्लास के लिए प्रोफेसर जदुनाथ सरकार की किताब से नोट्स लेकर आइएगा उस पर बात करेंगे।'' कहकर प्रोफेसर साहब ने क्लास खत्म की।

क्लास तो खत्म हुई मगर संजय के दिमाग में कुछ बातें साफ कर गईं जो वह आज तक गलत करता आया था। वक्त ने वक्त-बेवक्त उसे चेतावनी दी मगर वह समझ ही नहीं पाया। काश वह यह बात पहले समझ गया होता। वह

समझ गया होता कि उसे राज नहीं राजनीति करनी है। राज करने के लिए राजा होते हैं। जैसे शाह आलम। जैसे रफीक। उसे तो बस राजनीति करनी है। जैसे महाद जी सिंधिया जैसे वह खुद।

इतना सोचते ही वह क्लास रूम से बाहर की तरफ भागा। तब तक मगर प्रोफेसर साहब ने उसे टोक दिया था। संजय ने बाहर की तरफ बढ़ते कदम रोक लिए। लड़कों के निकल जाने के बाद प्रोफेसर साहब ने उसे क्लास रूम में ही बुलाया। संजय के दिमाग में कई प्रश्न कुलबुला रहे थे। वह उनके जवाब के लिए जल्द-अज-जल्द बाहर भाग जाना चाहता था। मगर अब चूँकि वह प्रोफेसर सुमित्रा नंदन के सामने खड़ा था जो उसके पिता के मित्र भी थे इसलिए उसे थोड़ी देर अपनी भावनाओं को काबू रखना होगा। प्रोफेसर साहब अपनी कुर्सी पर बैठे और सामने पहले बेंच की ओर इशारा करते हुए संजय से कहा-

"बैठो संजय!"

"नहीं गुरु जी, ठीक है।"

"बैठ जाओ। आज्ञा है।" प्रोफेसर साहब ने जब दुबारा कहा तो संजय आकर पहली बेंच पर दोनों हथेलियों की उँगलियों को फँसाकर बैठ गया।

"पिताजी कैसे हैं?"

"जी ठीक।"

"तुम?"

"मैं भी ठीक हूँ।"

"और रफीक?"

"पता नहीं।"

"पता होना चाहिए।" प्रोफेसर साहब ने दृढ़ आवाज में कहा और फिर कुछ क्षण शांत रहे। संजय ने भी इस बात का कोई जवाब नहीं दिया।

"छात्र संघ चुनाव की तैयारियों का क्या हाल है?"

"अब नहीं लड़ना गुरु जी।"

"क्यों? लड़ना क्यों नहीं?"

"आप जानते हैं।"

"नहीं जानता। बताओ।"

''आप जानते हैं कि इस जिले की ऊर्जा इज्जत है। यह उसी के आगे नतमस्तक शहर है। सीधी बात यह है कि मैं अपनी इज्जत नहीं बचा पाया, तो मुझे चुनाव नहीं लड़ना चाहिए।''

''नहीं बेटे! इस जिले की ऊर्जा इज्जत भले हो, बल सियासत ही है और वह किसी भी ऊर्जा से मुक्त है।'' प्रोफेसर साहब ने दो क्षण का विश्राम लिया और फिर बोलना जारी रखा।

''जानते हो! संस्कृत में एक धातु रूप है- 'नी' जिससे बना है 'नय'। इसी नय से आगे बना नायक। नय के दो अर्थ निकलते हैं। एक वह जो झुके। दूसरा वह जो आगे ले जाए। 'नयति इति नायक' अर्थात वह जो सबको आगे लेकर जाए। वह नहीं जो झुक जाए। तुम शायद नहीं जानते। मैं बताता हूँ। तुम्हें राजयोग नहीं है, कर्मयोग है। तुम नायक हो। धीरोद्दात का गुण है तुममें। नायकत्व का वरण करो। ऐसे आधे पर छोड़कर तुम निकल भी जाओ तो सदा अशांत ही रहोगे। पता है क्यों! क्योंकि नायक हो तुम।'' प्रोफेसर साहब ने अपनी बात पूरी की।

''फिर भी गुरु जी, अब मेरा मन ही नहीं है।'' संजय का मन राजनीति से इसलिए भी उचट गया था क्योंकि वह पिछले दिनों हुई सारी दुर्घटना का जिम्मेदार राजनीति को ही मान बैठा था।

''बात अब तुम्हारे मन की है भी नहीं बेटे। बात अब तुम्हारी मजबूरी की है। तुम्हें तब अलग होना था जब तुम्हारे पिता तुम्हें राजनीति से दूर रहने की सलाह देते थे। अब नहीं। अब राजनीति तुमसे उस रीछ की तरह चिपकी हुई है जिसे तुम कंबल समझकर बह रहे हो। रास्ता अब तुम्हारे पास एक ही है। रीछ की सवारी करो, वरना रीछ तुम्हें घाव तो दे ही रहा है।''

''मैं समझा नहीं गुरु जी।'' संजय ने अचरज से पूछा।

''बहुत आसान-सी बात है बेटे। मैं नहीं जानता यह किसने किया है। जानता भी हूँ तो कहना उचित नहीं मेरा, इस विद्याभूमि में। हाँ! इतना जरूर है कि उन्हें रोकने, उन्हें हराने में ही तुम्हारी मुक्ति है।'' कहते हुए प्रोफेसर साहब चुप हुए। उन्होंने जब देखा कि संजय उनकी बातों पर ध्यान दे रहा है तो वह पुनः बोले-

''यह लड़ाई तुम्हारी है। यह जीत तुम्हारी है मगर वह पद तुम्हारा नहीं।

वह पद रफीक का होने दो।''

''गुरु जी, मैं भी यही सोच ...।'' संजय को अब लगा कि प्रोफेसर साहब होश में वही बात कह रहे हैं जो डॉक साब विक्षिप्तता में कहते थे। और वह अब बात को ठीक समझ पा रहा है।

''ठीक सोच रहे थे। चंद्रशेखर जी को जानते हो न! हमारे जिले से प्रधानमंत्री। उन्हें अपने राजनीतिक जीवन में विभिन्न सरकारों से कई मंत्री पद प्रस्तावित हुए। उन्होंने कभी कोई मंत्री पद नहीं लिया। पता है क्यों? क्योंकि उन्हें प्रधानमंत्री ही बनना था। प्रधानमंत्री बने भी और जब समर्थन वापिस लिया गया तो प्रधानमंत्री पद छोड़ते हुए पता है क्या बोले? बोले कि एक वक्त ऐसा आता है जब आपको चुनना होता है कि आप घुटनों पर रहकर धन्य होना चाहते हैं या फिर स्वयंमेव खड़े होकर मिसाल बनते हैं। मैंने अपनी शर्तों पर खड़ा रहना चुना है।

तो यह है तुम्हारा जिला और यह है यहाँ की राजनीति।''

''जी गुरु जी।'' संजय ने बात समझते हुए कहा।

''ईश्वर की मर्जी ही यही है और शायद विधान भी। रफीक के पास जाओ। उसे और खुद को भी यह विश्वास दिलाओ कि गलती न तुम्हारी है, न उसकी। गलती वक्त की है। वह परीक्षा लेती रहती है। और जो परीक्षित नहीं वो पराक्रमी नहीं।'' प्रोफेसर साहब ने एक साँस में कहा।

''जी गुरु जी। आपने दुविधा से निकाला। आपका आभार रहेगा।'' संजय ने एक नये जोश से उठते हुए कहा और प्रोफेसर साहब के पाँव छूते हुए बाहर की ओर चला।

''और सुनो!'' प्रोफेसर साहब ने जाते हुए संजय को फिर रोका।

''जी गुरु जी।'' संजय ने पलटते हुए कहा।

''जाके सम्मुख बैरी जीवे, वाके जीवन को धिक्कार।'' कहते हुए प्रोफेसर साहब अपने इतिहास के नोट्स इकट्ठे करने लगे। संजय एक नये जोश के साथ कॉलेज से बाहर निकल गया।

कभी-कभी प्रारंभ को, शुरुआत को महज एक धक्के की, एक झटके की जरूरत होती है। यह झटका या बाहरी बल ही वह कारक होता है जो शिथिल पड़े मन को नई ऊर्जा देता है। प्रोफेसर साहब से मिलकर संजय को नया

उत्साह मिला था। साथ-ही-साथ ऐसी गफलतें भी टूटी थीं जो वह पाल बैठा था।

बाहर निकलते ही वह बिरजू के पास पहुँचा जो कॉलेज के बाहर ही उसका इंतजार कर रहा था। उसने पहुँचते ही बिरजू से पूछा-

"बिरजू! रफीक कहाँ है?"

"क्या हुआ भैया?" संजय को बदहवास देखकर बिरजू ने पूछा।

"बताओगे कि बनोगे दरोगा!" संजय ने डाँटा।

"जिले में नहीं हैं भैया।"

"फिर?"

"रसड़ा में हैं। वहीं गड़हा पीर के दरगाह पर पड़े रहते हैं। सुबह झाड़ू मारते हैं। सीढ़ी धोते हैं और वहीं सीढ़ी पर पड़े रहते हैं। एक बोरा रखे हैं। रात में वही बिछा के सो जाते हैं। बासी फूल, एकाध कुत्ते और एक कोने में रफीक भैया।"

"हे भगवान! कितने दिन से?"

"आप बात करना छोड़े तभी से। फिर नसीम भाई फौत हुए तब बिखर गए। लेकिन तब तक बलिया नहीं छोड़े थे। छोटकी का सुने तभी से अजीब-से हो गए। एक दिन हम ही को कहे कि चलो। हमें नहीं पता था कि कहाँ चलना है। यहीं गड़हा पीर की दरगाह पर लेकर आए और जो भीतर गए कि बाहर आए ही नहीं। यहीं का एक स्टूडेंट है, उसी से पता लगा कि दिन भर आकाश ताकते बैठे रहते हैं। बुदबुदाते रहते हैं और रात को उसी बोरे पे सो जाते हैं।"

"और कोई गया नहीं वापस लाने उसको?"

"किसी की सुनेंगे वो! आपको लगता है! आपकी सुनेंगे लेकिन आप गए नहीं। हमें कसम दी थी की किसी को बताना नहीं। सो किसी और को पता नहीं। बाकी उनके घरवाले भी उनसे इसलिए नाराज हैं कि उनकी वजह से छोटकी की जान गई। अब्बू कह रहे थे उनके कि बचपन की गोद खिलाई है हुमैरा चाची की। ऐसे कैसे माफ कर देंगी!" बिरजू ने एक साँस में कहा।

"उसकी वजह से नहीं गई है ज्योति। मेरी वजह से गई है। हम जिम्मेदार हैं। हम चीज समझ ही नहीं पाए। चलो उसके पास।" संजय ने तीन-चार बातें

एक साथ कहीं मगर बिरजू ने आखिरी बात ही सुनी।

"आप जाएँगे भैया!" बिरजू ने हर्ष मिश्रित आश्चर्य से पूछा।

"कमाल है! अभी तुम्हीं तो कहे कि हमारी ही सुनेगा। चलो।" संजय के इतना कहते ही बिरजू ने फौरन बुलेट निकाली और दोनों पीर बाबा की दरगाह रसड़ा की ओर रवाना हो गए।

***

पीर का मकबरा। बलिया जिले से बाहर रसड़ा स्थित गंगा-जमुनी तहजीब का द्योतक। बाबा ने झोलियाँ भरने में हिंदू-मुस्लिम नहीं देखा। केसरिया-हरा नहीं देखा। अमीर-गरीब नहीं देखा। देखी तो बस लाग। ऊपर वाले से लाग। उर्स मेलों और कव्वालियों के अलावा यहाँ का माहौल पुरसुकून रहता है। शांति इतनी कि पक्षियों के बोल भी शोर लगें। इन्हीं पीर बाबा की बारगाह में रफीक अपने गुनाह काट रहा था या कम से कम वो ऐसा ही सोच रहा था।

संजय दोपहर के तीन बजे दरगाह पर पहुँचा। बाहर लगे नलके से ही हाथ-पाँव धोए और आस्तीन मोड़ते हुए बिरजू से कहा-

"आओ चलो!"

"आप हो आइए भैया, हम यहीं इंतजार कर रहे हैं।"

"काहे! धरम भ्रष्ट हो जाएगा?" संजय ने मुस्कुराते हुए पूछा।

"मेरा धर्म इतना मजबूत है भैया कि पूरी धरती को ही घर कहता है। वसुधैव कुटुंबकम। फिर यह दरगाह धरती के बाहर तो नहीं है!"

"फिर?"

"बात यह है भैया कि हम रफीक भाई को तने हुए ही देखे हैं हमेशा। झुके हुए देख नहीं पाएँगे उनको। उनकी हालत सुन के ही मन कैसा तो हो जाता है। देख के पता नहीं क्या हो जाएगा। इसलिए आप जाइए और लेकर ही आइए। हम यहीं हैं।"

"और जो वह नहीं आया तो?"

"आएँगे। आना ही पड़ेगा। बहुत काम बाकी है।"

"घर चले जाओ। हमको समय लगेगा।"

"आप हो के आइए। साँस भर समय मेरे पास भी है। इंतजार कर लेंगे तब तक।" बिरजू ने पहली दफा संजय की आँख में देखते हुए कहा। संजय

ने उसके कंधे पर हाथ रखा और दरगाह के भीतर प्रवेश कर गया। मौलवी साहब से उसने रफीक का ठौर पूछा तो उन्होंने आँखों के इशारे से ही उसे रफीक का ठौर बताया। दरगाह के एक कोने में जिधर बासी फूल और चादर रखी जाती थीं उधर ही रफीक एक बोरे पर अपने ठेहुने को पेट से लगाकर इस तरह सोया था जिस तरह माँ के पेट में पड़ा बच्चा दिखता है। रफीक के इस तरह देख संजय का गला रुँध गया। उसने एक क्षण में खुद को काबू किया और बोला-

"महीन शातिर हो मियाँ! ऐसी जगह छुपे बैठे हो जहाँ हम तुम्हें गरिया भी नहीं सकते।"

आवाज सुनते ही रफीक चौंक गया। पीछे मुड़ा और संजय को पाकर खड़ा हो गया।

"दाढ़ी बढ़ा लिए हो बे! मौलाना साहब ज्यादा भीतर तक दे दिए क्या... ज्ञान!" कहकर संजय ने माहौल सामान्य करने की कोशिश की। मगर रफीक संजय से लिपटकर फफक पड़ा।

"हमें माफ कर दो संजय!" भावावेश में रफीक ने वही गलती कर दी जिसके लिए वह संजय को टोकता आया था।

"साथ में पिटाई खाए हैं मियाँ। फिल्मफेयर चुराए थे नेशनल बुक से। सुंदरम टाकीज में पहला रंगीन चित्र साथ में देखे। याद है? देह गनगना गया था। दस मिनट पहले ही निकल भागे थे दोनों कि कोई देख न ले। सबेरे का निबटान, लोटा-ईंटा साथ ही हुआ। घटियाई भी साथ किए हैं। इसलिए सब झेल लेंगे भाई! बस अगली बार नाम लेके मत पुकारना। गाली जैसा लगता है साला!" संजय ने रफीक के बालों की हथेली से झाड़ते हुए कहा। रफीक का रोना और तेज हो गया।

"साले गाली न निकलवाओ ऐसी जगह पर। एक तो मियाँड़ी ऊपर से बलियाड़ी। रो रहे हो! मंगल पांडे क्या सोचेंगे? नाम हँसवाओगे!" रफीक का फफकना मगर जारी रहा। उसने संजय के कंधे से सिर नहीं उठाया। थोड़ी देर तक फफककर रफीक जब थोड़ा शांत हुआ तो संजय ने बैठते हुए कहा-

"चलो।"

"कहाँ?"

"वही जहाँ से छोड़कर आए थे। बहुत काम बाकी है।"

काम सचमुच बाकी था। और सच जानिए तो काम अभी प्रारंभ ही नहीं हुआ था। तैयार की गई जमीन पर आमूलचूल परिवर्तन होने थे। समय, सियासत और शहर तीनों को इस प्रारंभ का साक्षी होना था।

***

मझौवा घाट शाम के पहले पहर से ही वीरान हो जाता है। बढ़ियाई गंगा अपने उन्मादी दिनों में सबसे ज्यादा प्रकोप इसी घाट पर दिखाती है। जब वह सामान्य रास्ता छोड़कर बाईं ओर कटान बढ़ाती है तो यह घाट ही सबसे अधिक घाटा सहता है। कहते हैं यहाँ की मिट्टी इस दैवीय नदी को इतनी पसंद है कि वह इससे साँठ-गाँठ रखती है और बड़ी आसानी से स्नान को पहुँचे अनाड़ियों को खींच लेती है; जिनका आरोप पिशाचों, डाकिनियों और छलावों पर चला जाता है। रही-सही कसर रात के तीसरे पहर में गंगीय डॉल्फिनों की उछल-कूद पूरी कर देती है जो पीढ़ी-दर-पीढ़ी से पीपलवाले की कूद और दादियों और नानियों द्वारा खुले ब्रह्म बताए जाते रहे हैं।

सो आश्चर्य नहीं कि मझौंवा घाट पहले पहर के साथ ही वीरान हो जाता है। मगर यह वीरान घाट ही वह जगह भी है जहाँ आप अपने मन की व्यथा बिना लाग-लपेट के कह सकते हैं। चाहे मन की बात दैवीय नदी गंगा से कहनी हो या फिर प्रेमिका से या फिर साथ बैठे दोस्त से।

"एक बात पूछें मियाँ?" संजय ने हाथ में घाट पर की गीली रेट मुट्ठी में भरते हुए पूछा।

"शर्मिंदा न करो भाई।"

"नहीं बस जानना चाह रहा था।"

"तो सीधे पूछो ना!"

"उस रोज जब डॉक साब हमारे ऑफिस में आए तो तुम्हारे कान में क्या बोले थे?"

"किस दिन?"

"उस रोज जब वो कार्यालय आए थे। जब उन्होंने हमें सिंधिया बताया था। फिर तुम्हारे कान में भी कुछ कहा था। क्या कहा था भाई?" संजय ने पूछा।

''अरे नेता! डॉक सब पागल हैं। बस कोई डॉक्टर उनको पागलपन का सर्टिफिकेट नहीं दिया है। उनकी बातों का क्या!'' रफीक ने बात घुमाने की कोशिश की। हालाँकि उसका चेहरा उसके भाव और उसकी बातें तीनों में साम्य नहीं था और संजय यह बात समझ गया था।

''हमने पूछा कि उन्होंने कहा क्या था।'' संजय ने जब दुबारा वही बात पूछा तो रफीक कुछ क्षणों तक चुप रहा फिर बोला-

''कहे कि बादशाह! आप उठ जाएँ अध्यक्षी में।''

''बस यही बात। यही बात। तुम बताए क्यों नहीं हमसे!'' संजय ने अँगूठे और तर्जनी के बीच अपनी ठोड़ी टिकाते हुए कहा।

''अरे तो हम कोई बादशाह हैं कि उठ जाएँ! और बादशाह अध्यक्षी क्यों लड़ेगा! पागल-छागल की बात भी बताने की होती है हम नहीं जानते थे।'' रफीक ने शांत भाव से ही कहा जिस पर संजय थोड़ी देर के लिए चुप हो गया। उसने एक लंबी साँस ली और फिर बोला-

''मियाँ जानते हो! तीन हरूफ होते हैं। 'ऐन, लाम और मीम।' जानते ही होगे!''

''हाँ! मदरसे में पढ़े थे।''

''हाँ! तो इन तीनों हुरूफ को इसी क्रम में सजाओ तो बनता है 'इल्म' और क्रम बदल के ऐन, मीम और लाम कर दो तो बन जाता है 'अमल।''

''हम पाँचवी के बाद मदरसा छोड़ भी दिए थे नेता। कहना क्या चाहते हो?''

''कहना ये चाहते हैं सियासती 'अमल' उसे ही करना चाहिए जिसके पास 'इल्म' भी हो। तुम्हारे पास दोनों है।''

''नहीं इतना भी नहीं समझे। साफ-साफ बोलो।'' रफीक ने कुछ भी न समझते हुए कहा।

''साफ बात यह है कि अध्यक्षी अब तुम लड़ोगे।'' संजय ने सपाट बयानी की।

''क्या!'' रफीक की पेशानी की नसें तन गईं।

''हाँ!'' संजय ने गीली रेत पर टिक-टैक-टो बनाते हुए कहा।

''शंखिया खिला दो न नेता एके बार। खत्म करो। इतना जलील न करो

भाई!'' रफीक ने खींजते हुए कहा।

''नहीं सच! भरोसा रखो हम किसी रौ में बहककर नहीं कह रहे। न ही गुस्से में।'' संजय ने शांत भाव से ही कहा।

''फिर ये क्या नया अध्याय है?''

''बात साफ है। यह राजनीति है। कोई बच्चे की जिद नहीं कि चाँद चाहिए तो चाहिए ही चाहिए। राज उसी का जिसके पास इल्म और अमल दोनों। सियासत उसी की।'' संजय ने खेल में शून्य बनाते हुए कहा।

''तुमको दरगाह वाला मौलवी बरगलाया है न! अबे ये पंडा-मौलवी मति मार लेते हैं। समझा करो।'' रफीक ने फिर एक कोशिश की।

''समझ के ही कह रहे हैं मियाँ!'' संजय ने अब क्रॉस बनाया।

''क्या समझ के कह रहे हो नेता! हमको भी बताओ।''

''तुमको डॉक साहब की बातें याद हैं!''

''नहीं! हमको लोढ़ा नहीं याद है कुछ।'' रफीक ने खींजते हुए कहा।

''हमको भी नहीं याद था। यही भूल हुई है मियाँ। परसों इतिहास वाले माट साब बुलाए थे। हमें छोटकी का कुछ प्रोजेक्ट लौटाना था। हम क्लास के बाहर थे। क्या कारण है कि वह वही लेक्चर दे रहे थे जो डॉक साब बकते रहते हैं। क्या कारण है कि मेरे साथ, बल्कि हमारे साथ वही सब हो रहा है जो डॉक साब बताते रहे हैं। क्या कारण है कि डॉक साब कहते रहे कि हमको अध्यक्षी नहीं उठना चाहिए।''

''क्या कारण है?''

''यही कि हममें अध्यक्ष बनने का गुण नहीं है।''

''फिर वही बात! तो किसमें है?''

''तुममें।''

''नेता वहम है तुम्हारा। पगला ऐसे ही झोंक में कह दिया है और तुम पकड़ के बैठ गए हो। बात समझो।''

''तुम समझो। अगर यह वहम भी है तो सही वहम है और हमको अब इसी के साथ आगे बढ़ना है।''

''तुमको भरोसा नहीं है हमपे? हम जितवाएँगे बे। हम ही जितवाएँगे। अल्ला कसम अध्यक्षी कहीं नहीं गया है अबके।'' रफीक उठ खड़ा हुआ था।

''तुम पर भरोसा नहीं होता तो यह बात नहीं कहते। बात यह है कि अब खुद पे भरोसा नहीं रहा।'' संजय ने तिरछे फिर शून्य बनाया।

''ज्योति वाली बात में गलती हुई है हमसे। नसीम वाली बात दुर्घटना थी भाई। हम सीख लिए उससे। देखो ना! चक्कर-वक्कर भी छोड़ देंगे अल्ला कसम! तुम बस थोड़ा साथ तो दो।''

''यही बात। हम साथ ही तो देना चाहते हैं अब। देखो! यह जो हमारा जिला है न, यह दो ही चीजों से संचालित होता है और दोनों ही एक-दूसरे के पूरक हैं। इज्जत और सियासत। एक नहीं तो दूसरा नहीं और सच्चाई यह है कि हम अपनी इज्जत नहीं बचा पाए। इसलिए यह जिला मुझे सियासत नहीं करने देगा।''

''तुम चांस तो लो! इंशाल्लाह जीतेंगे बे!'' रफीक ने संजय की हथेली दबाते हुए बहुत उम्मीद से कहा। संजय ने भी उसकी हथेली अपने हाथ में ले ली। एक क्षण को चुप हुआ और दूसरे ही क्षण आँखों में आ गए आँसुओं को रोकने के लिए सिर ऊपर की ओर उठा लिया और बोला-

''जानते हो मियाँ। छोटकी जान देने से पहले उस लड़के को उन्नीस बार कॉल मिलाई थी।'' कहते हुए संजय एक बार रुका। आसमान की ओर सिर उठाने से आँख में आ गए आँसुओं को फिर भीतर धकेल दिया और कहा -

''यह जानते हुए भी कि उसने सिम निकालकर फेंक दिया है। उन्नीस दफा फोन किस आस में मिलाया होगा उसने, सोचते हैं तो सोच भी नहीं पाते कि कितनी उम्मीद से वो बार-बार फोन लगा रही होगी।'' कहते-कहते भी संजय की आवाज भरभरा गई।

''या अल्लाह!'' रफीक के मुँह से शब्द तो बस यही दो निकले मगर उसके बाद उसकी आँखों ने नाफरमानी कर दी। वह अपने दोनों हाथों से अपने चेहरे को छुपाकर फूट-फूटकर रो पड़ा।

संजय ने उसे नहीं रोका और जी भरकर रो लेने दिया। थोड़ी देर बात हिचकियाँ जब खुलीं तो संजय ने फिर रफीक की हथेली अपनी हथेलियों के बीच लेते हुए कहा-

''इसलिए, अब नहीं चांस लेना है। जीतना है मियाँ! यह आखिरी मौका है अपने नजर में खड़े रहने का। अब यही लक्ष्य होगा और इसीलिए तुम अध्यक्ष

होगा।'' कहते हुए संजय ने तीन तिरछे शून्य को मिलाकर खेल खत्म किया।

''नेता एक बात कहें?''

''कहो।''

''सजा है यह। हम तो इस तरह कभी सोचे भी नहीं भाई।''

''अगर सजा है तो वही समझ लो। हम दोनों मिल के भोगेंगे। और इसके लिए ही अब लड़ना तुम्हें है और जीतना हमें।''

''सब गड़बड़ हो जाएगा नेता। बना-बनाया सब। सारी मेहनत।''

''कुछ बना ही नहीं था अभी भाई। बनाना तो अब है।''

''कहाँ से शुरू करेंगे?'' रफीक ने आँखें पोंछते हुए कहा।

''वहीं से जहाँ से छोड़ आए थे।'' संजय ने उठते हुए कहा।

***

सिविल लाइंस! शहर के एक छोर को दूसरे छोर से जोड़ता इलाका। शहर को छोड़कर बाहर की ओर जाते हुए दाहिनी तरफ बने स्टेडियम और मैदान का इलाका अपेक्षाकृत शांत और खुला हुआ है। खेलने वाले बच्चों और टहलने वाले बुजुर्गों के अलावा इस इलाके में सुबह-सुबह कोई खास नियमितता नहीं होती। मगर संजय जानता था कि इसी इलाके में किसी सीमेंट की बेंच पर एक आदमी नियमित ही यहाँ मिल जाता है। डॉक साब। आज संजय को डॉक साब की बेहद जरूरत थी। उसे यकीन हो गया था कि डॉक साब की बातों और उसकी कहानी में बहुत साम्य है। उसे यकीन हो गया था कि डॉक साब यूँ ही कुछ नहीं बड़बड़ाते हैं। वह उसे कुछ बताना चाहते हैं। इसलिए संजय को डॉक साब की बेहद जरूरत थी।

संजय और रफीक जब मुँह उजाले ही पार्क में पहुँचे तो पाया कि डॉक साब सिविल लाइंस पार्क में बैठे हुए मीठी ब्रेड खा रहे थे जो कि दुकानवाले ने फफूँद लगने पर बाहर फेंक दी थी। और तभी उनके पार्क की कुर्सी पर दो लोग बैठ गए। एक संजय था और दूसरा रफीक।

''डॉक साब। पा लागी।'' संजय ने बैठते हुए कहा।

''अरे मरहट्टे! कैसा है? अरे! नाई की कैंची भी आया है!'' डॉक साब ने रफीक को देखते हुए कहा।

''हम ठीक डॉक साब। आप सुनाएँ।''

"तुम सुनोगे!"

"हाँ! डॉक साब! अब जरूर सुनेंगे।"

"गुलाम कादिर खान अपने मकसद में सफल हो गया है। जितना वह सोचकर आया था उतना वह लेकर भी जाएगा। समझे?"

"वह कब जाएगा डॉक साब?" संजय ने पूछा।

"ऐसे नहीं जाएगा। गलती करेगा और फिर निकलेगा किले से। तब तक इंतजार करो।"

"किले में घुसकर मार दें क्या उसको?" रफीक ने कहा।

"मरहट्टे इस नाई की कैंची को कह कि चुप रहेगा। किले में घुसकर गुलाम कादिर खान को मारोगे? किला ही उसकी जेल है, वहीं वह सुरक्षित है। वह जानता है कि वह बाहर निकलेगा तो उसकी जान को खतरा है। फिर भी वह निकलेगा उसी एक क्षण का इंतजार करो।"

"ठीक डॉक साब!" संजय ने हामी भरते हुए कहा।

"ब्रेड खाओगे?" डॉक सब ने मुँह की खाई आधी ब्रेड संजय की ओर बढ़ाते हुए कहा।

"नहीं, आप खाएँ।" संजय ने मुसकुराते हुए कहा।

"अरे खा लो। यह ब्रेड है। किसान का समाजवाद, मजदूर का साम्यवाद और मालिक का पूँजीवाद सब तो इसी में हैं। खा लो।"

"नहीं यह तो आपका हिस्सा है। आप खाएँ। बस यह कहने आए थे कि आपकी ही बात रही।"

"मेरी बात! मेरी बात कहाँ रही! मैंने पत्र लिखा था इंदिरा जी को कि बांग्लादेश मुद्दे में हस्तक्षेप मत करो। आप ईस्ट बंगाल में हस्तक्षेप करेंगी तो वो कश्मीर में करेंगे। लेकिन मेरी बात... कौन मानता है!" डॉक साब ने उदास होकर कहा।

"हम मानते हैं डॉक साब। आपके कहे मुताबिक रफीक ही अध्यक्षी लड़ेगा। डॉक साब मेरे कहने का मतलब है कि आपने कहा था ना कि रफीक को अध्यक्ष के लिए उठना चाहिए। रफीक ही अध्यक्षी लड़ेगा।"

"कौन यह नाई की कैंची! इसे ही तो लड़ना है। मगर इससे कहो दर्जी की कैंची बने पहले।" डॉक साब ने रफीक से थोड़ा सहमकर खिसकते हुए

कहा।

"बन जाएगा। आप कहेंगे तो दर्जी की कैंची ही बनेगा। बस आशीर्वाद दीजिए।"

"आशीर्वाद तो हजरत निजामुद्दीन देंगे। अपने बगल में जगह भी देंगे।" डॉक साब ने आसमान में देखते हुए कहा।

"समझा नहीं डॉक साब।"

"हजरत ने अपने मुरशिदों को अपने आसपास जगह दी, पनाह दी और आखिरत में कब्र भी। उन्होंने तो कभी किसी की जात नहीं पूछी। न बादशाह की न फकीर की। क्या सीखा तुमने ? तुम क्यों पूछते हो फिर!" डॉक साब ने फिर उलझी-उलझी बात की।

"हम कहाँ पूछते हैं डॉक साब! हम तो सबको एक बराबर ही..." संजय ने बात भी पूरी नहीं की थी की डॉक साब ने फिर टोका -

"दलित विद्यार्थी कितने हैं तुम्हारे महाविद्यालय में ?" गंभीर स्वर में अब डॉक साब सीधी बात कर रहे थे। संजय और रफीक दोनों बेइंतिहाई अचरज में थे। उन्हें यह तो मालूम था कि डॉक साहब पहले छात्र राजनीति में जरूर रहे थे। मगर अब भी और विशेषकर आज की छात्र राजनीति में भी उनकी पकड़ और रुचि दोनों है, यह सुनकर दोनों ही अचंभित थे। दूसरे, डॉक सब ने आज पहली दफा कोई सीधी बात की थी।

"यही कोई दो-तीन सौ।" रफीक की जगह अबके संजय ने अंदाजन कहा।

"छह सौ उंचालिस कुल। पिछले माह तक का विलंबित प्रवेश मिलाकर।" डॉक साब ने ब्रेड के अंतिम टुकड़े पर नजर गड़ाए हुए कहा।

"जी देख लेता हूँ।" संजय डॉक साब की इतनी तीक्ष्ण बुद्धि से न ही परिचित था और न ही यह बात प्रत्याशित थी इसलिए दोनों ही भौचक से डॉक साब की बात सुने जा रहे थे।

"तुम देख ही तो नहीं पाते। अगर देख पाते तो यह देखते कि महाविद्यालय में अगले हफ्ते क्या होने वाला है।"

"इतने अंजान भी नहीं हैं डॉक साब! जानते हैं कि राम अवतार राय जी की प्रतिमा लगने वाली है।"

''नहीं लगनी चाहिए।'' डॉक साब ने ठहरे हुए स्वर में कहा।

''क्यों?'' रफीक ने पूछा।

''क्योंकि राम अवतार जी तुम्हें छह सौ उँचालीस वोट नहीं दिला पाएँगे।''

''तो कौन दिलाएगा?'' रफीक ने पूछा

''बाबा साहब अंबेडकर।''

''समझा।'' अचानक ही संजय के दिमाग में कुछ कौंधा। वह बात के उस छोर तक पहुँच गया जहाँ डॉक साब उन्हें पहुँचाना चाह रहे थे। वह डॉक साब का मंतव्य समझ गया।

''डॉक साब! आपके परामर्श की जरूरत पड़ती रहेगी। आप कृपा कर के हमारे हॉस्पिटल रोड वाले कार्यालय में ही रहें।''

''नहीं रुक सकता। इस प्रोफेस्सार्रियत के घुन से शिक्षा व्यवस्था को मुक्त कराना है। चलते रहना होगा।'' डॉक साब ने दूसरी ही राग पकड़ ली थी।

''ठीक है। डॉक साब। मिलना होगा अभी। पा लागी।''

''मरहट्टे सुन!''

''हाँ डॉक साब।''

''गुलाम कादिर रूहेला ने लाल किला लूट लिया है। उसके पास झोंकने को बहुत पैसा है। शैतान का साथ है उसे। तेरे पास क्या है? देख ले।'' डॉक साब ने फिर संजय को चेताया।

''मेरे पास यह मुगल बच्चा है न डॉक साब!'' संजय ने रफीक की बाबत कहा। डॉक साब के पाँव छूए और आगे बढ़ने लगा कि डॉक साब बुदबुदाए–

''नाई की कैंची!''

संजय रुक गया। वापस लौटा और डॉक साब से कहा–

''डॉक साब आज जब आप सीधी बात कर ही रहे हैं तो बता दें कि आप इसे 'नाई की कैंची' क्यों कहते हैं?''

''क्योंकि नाई की कैंची काटती कम है और शोर ज्यादा करती है। दर्जी की कैंची ऐसा काटती है कि कपड़े को भी पता नहीं चलता कि वो दो फाँक हो गई है।'' डॉक साब ने समझाते हुए कहा। बात संजय और रफीक दोनों

की समझ में अब आई। संजय के चेहरे पर मुस्कुराहट और रफीक के चेहरे पर एक झेंप तैर गई।

"धन्यवाद डॉक साब।" कहती हुई संजय की आवाज रफीक की मोटर साइकिल की आवाज में दब गई।

नये किरदार आते जा रहे हैं मगर नाटक पुराना चल रहा है

'दलित।' यह एक शब्द भर नहीं है। सदियों की पीड़ाओं, उपेक्षाओं और दमन का मिश्रित परंतु सजीव चित्र है। 'वर्ग विशेष' का 'वर्ग विशेष' द्वारा सामाजिक बँटवारे के अनुसार कभी सायास तो कभी अनायास किया गया दलन है। यह राजतंत्र की बात रही।

प्रजातंत्र में यह इन सब बातों के साथ-साथ वोट बैंक भी है जो एक मुश्त बहकर हार-जीत तय करने में महती भूमिका निभाती है। कभी जज्बात तो कभी हालात की रौ में बहाकर इन्हें वोट बैंक की तरह इस्तेमाल करने का गुर राजनीति बखूबी जानती है। और इस राजनीति का प्रशिक्षण महाविद्यालय के प्रांगण से बेहतर और कहाँ मिल सकता है! सो आज सिटी डिग्री महाविद्यालय सुलग रहा था।

अगले चौबीस घंटे में महाविद्यालय का मौसम गरम हो गया था। मुख्य द्वार को बंद कर छात्रों और शिक्षकों को कॉलेज जाने से रोक दिया गया। रफीक ने कॉलेज गेट पर ही धरना दिया हुआ था और कॉलेज के व्यवस्थापक के आने पर उनकी सफेद एम्बेसडर कार पर ही चढ़कर उग्र भाषण देना शुरू कर

दिया था, जिसमें उसने इस बात पर प्रमुखता से जोर दिया था कि जिनकी मूर्ति स्थापना होने की बात है वह प्रधानाचार्य के रिश्तेदार हैं। इस प्रकार से केवल परिवारवाद को बढ़ावा दिया जा रहा है। भाषण में क्रांतिकारी शेरो-शायरी से यह बात भी साबित की गई कि शिक्षा का यह मंदिर भी समाज के अन्य अंगों की तरह दलितों-शोषितों से भेद रखता है इसी कारण आज तक बाबा साहब के नाम पर विचार नहीं हुआ। रफीक के भाषण खत्म करते ही संजय ने महाविद्यालय प्रशासन हाय-हाय का उद्घोष किया। कार घेरकर खड़े छह सौ उन्चालीस लड़कों का कंठ भी उसके उद्घोष से मिल गया।

मुद्दा इतना ज्वलनशील था कि कार के अंदर बैठे व्यवस्थापक महोदय ने दस मिनट में कार के भीतर से ही न सिर्फ बाबा साहब की प्रतिमा स्थापना के विचारार्थ प्रस्ताव तैयार करने का आदेश प्रधानाचार्य को दे दिया बल्कि पुराना आदेश निरस्त भी कर दिया। इस आदेश के साथ प्रधानाचार्य पहले कार से बाहर निकले और व्यवस्थापक के निर्णय के बाबत छात्रों को बता दिया। कानफाडू शोर के साथ ही छात्रों ने रफीक को कंधे पर उठा लिया। कॉलेज का मुख्य द्वार खुल गया। लड़कों ने कंधे पर बैठे रफीक के सफेद कुर्ते, व्यवस्थापक महोदय की सफेद कार समेत सफेद रंगों के पुते पूरे कॉलेज को नीले रंग के अबीर से ढक दिया।

***

उसी रात। कैलेंडर अभी तिथि भी नहीं बदलने पाई थी।

"चचा! एक पीस लिट्टी डालिए और मुर्ग दो प्याजा में अदरक कम डाला कीजिए नहीं तो जिस स्पीड से मियाँ लिट्टी-मुर्गा खा रहे हैं न इनका इलाज क्षार-सूत्र से भी संभव न हो पाएगा।"

"जी भैया!" दुकान वाले ने बैठे-बैठे ही जूठा बर्तन धोते हुए कहा। मगर संजय ने अनुभव किया कि रफीक को उसके इस मजाक पर हँसी नहीं आई। उसे यह भी लगा कि रफीक का ध्यान कहीं और है बस वह उसके साथ खड़ा है। मन कहीं और है।

"क्या हुआ मियाँ?"

"कुछ नहीं।"

"कुछ तो है!"

"कुछ नहीं भाई। लिट्टी में मिर्च बहुत है।" कहते हुए रफीक ने बात टालना चाही। संजय बहरहाल बात कुछ-कुछ समझ गया। उसने उसी दिशा में सवाल किया-

"भौजाई कैसी हैं?"

"कौन भौजाई!"

"उजमा भौजाई। और कोई है तो वो भी बता दो।"

"पता नहीं।"

"पता नहीं मतलब? पता करने की कोशिश भी नहीं किए?"

"नहीं।"

"क्यों?"

"फायदा क्या! हमें उसके भाई को मारना है। चाहे जैसे हो।" रफीक ने वह कहा जो वह नहीं कहना चाहता था।

"पगलैती न बतियाओ। भाई की क्या गलती है!"

"और नसीम की क्या गलती थी!" रफीक तैश में चिल्लाया।

"नसीम की कोई गलती नहीं थी। वह गलत वक्त पर गलत जगह था। ठीक उसी तरह उजमा के भाई की भी कोई गलती नहीं थी। वह गलत उम्र में गलत संगत में है... ऐ चाचा! थोड़ा लिट्टी दीजिए।" संजय ने रफीक से बात करते हुए ठेले वाले से लिट्टी माँगी।

"कुछ भी हो। हम मारेंगे उसको।"

"पगलाओ मत। पता करो भौजाई कहाँ हैं। जाकर मिल आओ एकाध बार उनसे।"

"कहाँ जाएँ! पता नहीं है भी कि नहीं।" रफीक अब वह कह रहा था जो वो कहना चाहता था।

"मतलब?"

"गला घोंट के मार दिए होंगे साले या धतूरा पीस के डाल दिए होंगे मुँह में। बच गई होगी इज्जत।" कहते-कहते रफीक ने गुस्से में ही लिट्टी की प्लेट जमीन पर रख दी।

"कॉलेज में लड़कियों से पता करो।"

"कॉलेज भी एकाध दिन आई फिर आना बंद हो गया। और हमें पता भी

नहीं कराना है। अभी यह चुनाव जरूरी है।''

''बहुत जरूरी है मियाँ लेकिन उससे भी ज्यादा जरूरी है तुम्हारा चुनाव जीतने में इंट्रेस्ट लेना। इस तरह तुम अपना ही नुकसान कर रहे हो।''

''हम क्या करें नेता! रोज सबेरे जब अपना चेहरा आईने में देखते हैं तो नसीम कंधे पर बैठा दिखाई देता है। लगता है कह रहा हो कि मेरी उम्र जी रहे हो तुम। रोज चिल्लाता है मेरे कान में। रोज रोता है।'' कहते-कहते रफीक, संजय के गले लगकर फूटकर रोने लगा। ''हमको मारना है उस लौंडे को।''

''मारेंगे मियाँ! मगर गोली से नहीं। हाथ से। मारेंगे!'' संजय ने रफीक के बालों में हाथ फेरते हुए कहा। संजय ने अभी इतना कहा ही था कि रफीक उससे छिटककर अलग हो गया। उसने फौरन ही कहा-

''नेता मेरे कान के पास कुछ सूँ जैसा आवाज किया। ऐसा लगा जैसे गोली चली हो।'' रफीक ने आश्चर्य से संजय से कहा।

''अबे गोली ही चली है। जल्दी बैठ।'' चिल्लाते हुए संजय ने रफीक को धकेला। तब तक दूसरी गोली भी चल चुकी थी। हमला एक ऐंबैसडर कार में से हुआ था और बे-आवाज की पिस्तौल से। अब तक रफीक संभल चुका था। उसने उठते हुए अपने कमर में लगा कट्टा निकाला मगर उसकी गोली ही फँस गई। कार अनियंत्रित होने के बावजूद भी हमला कर के भाग निकली। वह झुंझलाहट में चिल्लाया-

''बेटा शिनाख्त हो गई है तुम्हारी। छाती में छह छेद होगा अल्ला कसम!'' कहते हुए वह संजय की तरफ मुड़ा। संजय हालाँकि ठीक था मगर दूसरी गोली उसके कुर्ते की बाँह को फाड़ते हुए निकल गई थी।

''ऐ नेता! कहाँ लगी भाई?'' रफीक बदहवासी की हालत में दौड़ा। संजय संभल चुका था। उसके उठते-उठते रफीक भी उस तक पहुँच गया।

''चल चल हॉस्पिटल चल! जल्दी!'' रफीक ने संजय का हाथ पकड़ते और फिर छोड़ते हुए कहा। उसे आभास हुआ कि इसी हाथ में तो गोली की रगड़ लगी होगी। संजय ने बहरहाल उसकी बात का कोई जवाब नहीं दिया और ठेले के पास बैठने की कुर्सी पर बैठ गया। रफीक अभी आगे कुछ कह पाता तब तक संजय ने ठेले वाले से कहा-

''चचा, कौन लोग थे?''

‘‘पता नहीं। भैया हम तो नीचे बैठे बर्तन धो रहे थे कि तभी...’’

‘‘हाँ चाचा हम देखे। और यह भी देखे कि आप पिछले पाँच मिनट से एक ही बर्तन धो रहे थे।’’ संजय ने कहा जिसे सुनकर ठेलेवाला घबराकर रह गया।

‘‘हम समझे नहीं भैया, आप क्या कह रहे हैं।’’

‘‘हम लेकिन समझ गए हैं। मियाँ अभी नहीं समझा है। और इससे पहले कि वो समझ जाए बता दीजिए कि कौन लोग थे।’’

‘‘नेता, हमको सच में समझ नहीं आ रहा। इसको पता है क्या कि कौन लोग थे?’’ रफीक ने आश्चर्य से पूछा। जिसके जवाब में संजय ने उसे आँखों से ही शांत रहने को कहा।

‘‘भैया वो लोग मार देंगे हमको।’’

‘‘और हम मार लेंगे तुम्हारी। वो ज्यादा खतरनाक होता है। जल्दी डिसाइड कर।’’ संजय ने जो ठेलेवाले के साथ पहली दफा आवाज तल्ख की तो ठेला वाला भी गंभीरता समझ गया। दो मिनट चुप रहने के बाद ठेले वाले ने धीमे से कहा– ‘‘बसंत राजभर खुद थे। पूछकर गए थे कि कितने बजे आते हैं आप लोग।’’

‘‘और तुम्हारे लिए क्या आदेश था?’’ संजय ने पूछा।

‘‘बस यही कि बैठे रहना। नहीं तो जान से जाओगे और जब हमारा काम हो जाए तो जाकर पुलिस को खबर कर देना।’’

‘‘इसके बदले मिलता क्या तुम्हें?’’

‘‘कहे कि अध्यक्ष बनने पर तुमको कैंटीन दिलवा देंगे।’’

‘‘साला, कितने लोग को झुन्नु भैया अध्यक्षी का लॉलीपॉप पकड़ा रखे हैं!’’ संजय ने व्यंग्यपूर्ण हँसी के साथ कहा।

‘‘भैया माफ कर दीजिए। हम बिहार चले जाएँगे। गलती हो गई।’’ ठेलेवाले ने गिड़गिड़ाते हुए कहा।

‘‘अभी नहीं। अभी तो बिहार में बहार है। अभी चलिए हमारे साथ। दो दिन खतरा है आपको। उसके बाद निकल जाइएगा।’’

‘‘भैया हमको माफ कर दीजिए। गरीब आदमी हैं।’’

‘‘मियाँ, बिरजू को बोल कि इसका ठेला इसके घर पहुँचवा देगा और

इनको कार्यालय में रखो दो दिन।'' संजय ने ठेले वाले की बात को अनसुना करते हुए रफीक से कहा।

संजय की बात सुनकर रफीक ने बिरजू को फोन पर ठेलेवाले के ठेले की बाबत ताकीद कर दी और फिर ठेलेवाले को लेकर कार्यालय आ गया। डरा-सहमा ठेलेवाला एक कोने में दुबककर बैठ गया। बाहर आकर सिगरेट जलाते हुए संजय ने रफीक से कहा-

''कल सुबह बसंत राजभर को कार्यालय बुलाओ।''

***

बसंत राजभर दबंग युवा नेता था। सोचता कम था इसलिए दूसरों के हाथ की कठपुतली बन जाता था। दलित वोट में सेंध से बौखलाया हुआ था। इसी का फायदा उठाकर झुन्नु भैया ने अपना मतलब साध लिया। हाथ में तमंचा देने की जरूरत तो थी नहीं; बस जरा-सा बारूद भरना था। मौका देखकर राजभर ने रात हमला कर दिया था। उसका दुर्भाग्य था कि गोली निशाने पर नहीं लगी और आज उसे समझौते के लिए रफीक के सामने बैठना था। राजभर डरपोक तो था नहीं; सो उसे रफीक के बुलाने पर नहीं आने का सवाल ही नहीं था। बात बस इतनी-सी रही कि मीटिंग संजय और रफीक के कार्यालय में न होकर लोहापट्टी रोड में अजीजन बाई के कोठे पर हुई। अजीजन ने दोनों ही पक्षों के असलहे लेकर पूरी तरह निश्चिंत होने के बाद ही कोठे की छत पर भेजा। संजय और रफीक वहाँ पहले ही पहुँचे थे। बसंत अपने दो-तीन खैरख्वाहों के साथ थोड़ी देर बाद पहुँचा।

''क्या बसंत भाई! कहीं गोली चला दे रहे हैं!'' संजय ने हाथ मिलाते हुए मुस्कुराकर कहा।

''आप लोग भी तो कहीं सेंधमारी कर दे रहे हैं।'' बसंत ने अपनी बुलंद आवाज में कहा।

''अर्थात ?''

''अर्थात आप बेहतर समझते हैं। दलित मेरे भाई हैं। आप नाहक घुसे।''

''आप भी हमारे भाई हैं।'' संजय ने मुस्कुराते हुए कहा।

''तो फिर टंटा क्या है! बैठ जाइए। समर्थन कर दीजिए हमारा।''

"बैठ जाते और हमें खुशी ही होती कि कोई दलित भाई अध्यक्ष बनेगा हमारा। अगर..."

"अगर क्या?"

"अगर हमें भरोसा होता कि आप जीत जाएँगे, तो हमें बैठने में खुशी होती।"

"आपको ऐसा क्यों लगता है कि हम जीत नहीं सकते!"

"क्योंकि आप कठपुतली हैं। आपको बस इस्तेमाल किया जा रहा है।"

"अर्थात?"

"अर्थात झुन्नु भैया का कंडीडेट है अनुपम राय।"

"हाँ! मगर उन्होंने हमें समर्थन का वादा किया है।"

"एक पद के लिए दो लोगों को समर्थन! बहुत भोले हैं आप बसंत भाई। दलितों को हमेशा ही इसी तरह से बरगलाया गया है।"

"अर्थात?" बसंत ने फिर पूछा।

"अर्थात यह बसंत भाई कि घुटने हमेशा पेट की ओर ही मुड़ते हैं। अर्थात यह बसंत भाई कि आपसे हमला करवाकर झुन्नु भैया ने दो काम एक साथ साध लिए। अगर कल रफीक मियाँ को गोली लग जाती तो एक पक्ष खत्म था और आप तो..." कहते-कहते संजय रुक गया। हालाँकि उसके चेहरे और कहते-कहते रुकने के भाव से स्पष्ट था कि झुन्नु भैया ने उसे भी फँसा दिया है। फिर भी बसंत ने मन की परेशानी छुपाते हुए झुँझलाकर ही कहा-

"हमारा कोई क्या उखाड़ लेगा!"

"उखाड़ेगा नहीं। बो देगा। बीया*। प्रशासन वाले। और ऐसा बोएगा कि नेतागिरी की फसल काट नहीं पाइएगा।" संजय की इस बात का जब बसंत ने कुछ जवाब नहीं दिया तो उसने आगे कहना जारी रखा-

"छात्र संघ चुनाव की आचार संहिता के अनुसार यदि प्रतिभागी किसी भी किस्म के आपराधिक कार्य में लिप्त पाया जाए तो उसे छात्र संघ चुनाव लड़ने से वंचित कर दिया जाएगा। कल अगर रफीक मियाँ अल्लाह के घर निकल लिए होते तो आप आज सरकारी घर में होते और न भी होते तो झुन्नु भैया कम से कम आपको चुनाव लड़ने से बेदखल तो करवा ही देते; वो भी हमेशा

* बीज

के लिए।'' संजय ने सारी बात समझाते हुए कहा। जिसका असर यह हुआ कि पहली दफा बसंत राजभर सोच में पड़ गया। उसके माथे पर बल आए। थोड़ी देर तक उसके भाव देखने के बाद संजय को लगा कि अब असली बात करने का सही समय है।

''एक उपाय है।''

बसंत ने पूछा- ''क्या?''

''इस चुनाव में आप रफीक के प्रस्तावक हो रहिए। इसे भी प्रस्तावक की जरूरत तो है ही। अगली दफा पूरे जोर-शोर से धन-जन दोनों से ही रफीक और मैं आपके समर्थन में उतरेंगे। और भरोसा रखिए-वादा निभाया जाएगा।''

''मगर पुलिस केस?''

''कौन-सा पुलिस केस!''

''कल वाली गोली?''

''गोली तो कोई चली ही नहीं वहाँ। वो लिट्टी वाले का सिलिंडर फट गया था बस।'' संजय ने चपलता भरी मुस्कान के साथ कहा।

''और झुन्नु भैया?''

''देखिए, जिसे गोली लगी है उसे जब कोई समस्या नहीं तो झुन्नु भैया की दाल नहीं गलेगी। मानना तो बस आपको है।''

''ये साला झुन्नु फारसी पढ़ा गया।'' बसंत ने सिर पर से पसीना पोंछते हुए कहा।

''बड़े लोगों से मिलने में हमेशा फासला रखना

जहाँ दरिया समुंदर से मिला दरिया नहीं रहता।'' संजय ने बसंत राजभर की आग को और भड़काते हुए मौजू शेर कह दिया। शेर सुनकर बसंत थोड़ी देर फिर सोच में रहा।

अबकी बार संजय और रफीक ने उसे नहीं टोका। थोड़ा वक्त लेने के बाद बसंत राजभर ने लंबी साँस छोड़ते हुए कहा-

''ठीक है। यही रहा फिर अंतिम निर्णय। अबकी दफा हम रफीक भाई के नाम की प्रस्तावना करते हैं। मगर आपको भी अगली दफा मौजूद रहकर सहयोग देना है।''

"पूरा सहयोग रहेगा। मगर आप भी जरा सक्रिय सहयोग दें अबकी। आपके सहयोग के बिना हमारे भाई लोग छिटके ही रहेंगे।" संजय ने दलित वोट की बाबत कहा।

"चलिए। अब से एक ही लक्ष्य, रफीक मियाँ अध्यक्ष।" कहकर बसंत राजभर दोनों को गले लगा लिया।

संजय ने उसके गले लगते हुए ही उसके कान में कहा- "सुनिए! कॉलेज की बहनें सुरक्षित नहीं हैं। आप देख ही चुके हैं।"

"हाँ! संजय भाई मैंने सुना था। मुझे दुख है उसका।"

"मगर जो आपने नहीं सुना वो ये है कि जूलोजी वाले माट साब आजकल कुछ ज्यादा ही विधिवत शोध करा रहे हैं। एक दलित बहन है। रोज लैपटॉप पर काम करवाते हैं और अक्सर उनका दूसरा ही फोल्डर खुल जाता है। बेचारी भयभीत है और परेशान भी। अब रफीक मियाँ तो आचार संहिता से बंधे हैं। हम अगर पीटें तो कॉलेज कहेगा कि व्यक्तिगत खुन्नस किसी और पर निकाल रहे हैं।"

"समझ गए संजय भाई। हम अभी पता लगाते हैं। शाम तक शताब्दी निकाल देंगे उनकी।"

"रफीक भी साथ रहेंगे वैसे। लड़कियों में व्याप्त भय का माहौल हटेगा और अगले साल के लिए आपका पक्ष भी मजबूत हो जाएगा। संजय ने कहते हुए बात खत्म की।"

"आप चिंता न करें। हम रेल निकालते हैं उनकी। यही साले शिक्षकों का नाम खराब कर रहे हैं।" कहकर राजभर उठा और बाहर की ओर निकल गया।

राजभर ज्यों ही कोठे की छत से नीचे की ओर उतरा कि अजीजन के उस कोठे की छत पर गुलनार, गुलाब शर्बत लिए हुए चढ़ आई। गुलनार को देखते ही रफीक पहचान गया। वही गुलनार जिसकी जूती रफीक को लगी थी। वही गुलनार जिसकी जूती संजय के पास अब भी उस अपमान की यादगार थी।

"कौन थे ये साहब? आदाब का जवाब तक नहीं दिया!" गुलनार ने गुलाब शर्बत छत पर रखी पुरानी मेज पर रखते हुए बसंत राजभर की बाबत पूछा।

"कठपुतली।" संजय ने मुख्तसर-सा जवाब दिया।

"ऐसा नहीं कहते। अल्ला मियाँ किसी को कठपुतली न बनाए।"

"अल्लाह मियाँ ने इंसान बनाए। इंसान ने सियासत और सियासत ने कठपुतलियाँ।" संजय ने जवाब दिया। बात को दूसरी तरफ जाते देख रफीक ने मुद्दा घुमाते हुए कहा-

"आजकल किसकी बंदगी हो रही है बाई जी?"

"फाके हैं साहब। दानों के मुहताज हैं।" गुलनार ने बैठते हुए कहा।

"दाने भी तो आप मोतियों के चुगती हैं? गरीबों को हासिल कहाँ आप?" रफीक ने हँसी-ठट्ठा किया।

"कस्बियों के वो दिन चार दिन के ही होते हैं। अब तो जो हासिल वही किस्मत।" गुलनार ने कहा। रफीक और गुलनार की बातें संजय के पल्ले नहीं पड़ रही थी। रफीक उसकी उलझन समझ गया और हँसते हुए कहा-

"पहचाने नहीं! भाभी जी हैं। जिनका पाँव छू के तुम आशीर्वाद लिए थे।" कहते-कहते रफीक की हँसी और गुलनार की मुस्कुराहट तैर गई। संजय को बातें याद हो आईं।

"अच्छा-अच्छा! इनका तो आशीर्वाद अब तक मेरे पास है।" संजय ने जूती की बाबत कहा।

"गिनकर मार लें आप। मगर इस दर्जा बेइज्जत न करें। आप जानते हैं इसमें मेरी कोई गलती नहीं थी।"

"अरे नहीं-नहीं! आप नाहक शर्मिंदा हो रही हैं। मैं तो बस इतना कहना चाहता था कि यदि कभी एक मजलिस में दरकार लगी तो आएँगी ना?"

"जरूर आएँगी। आप हुक्म कीजिएगा।" गुलनार ने कहा।

"शुक्रिया। अब चलते हैं। अजीजन बी को प्रणाम कहिएगा।" कहकर संजय सीढ़ियाँ उतरने लगा। उसके पीछे-पीछे रफीक भी गुलनार को आँखों से तौलकर सीढ़ियाँ उतर गया।

"बिरजू! ठेलेवाले को थाने ले जाकर सिलिंडर फटने की डायरी करवा दो।" सीढ़ियाँ उतरते हुए ही संजय ने फोन से बिरजू को हिदायत कर दी। सीढ़ियाँ उतरकर मोटर साइकिल पर बैठते हुए ही रफीक ने संजय से कहा।

"नेता सब ठीक-ठीक हो रहा है। लगता है सब ठीक ही होगा।"

"नहीं मियाँ कुछ तो कमी है!"

"मतलब? मुस्लिम वोट भटकने का जो डर था वो मेरे उठ जाने से बँट ही गया बल्कि मेरे पास ही ज्यादा लौंडे हुए। लड़कियों के वोट का इंतजाम भी किया ही गया है। दलित वोट भी आज लगभग सेट हो ही गया। अब क्या कमी है?"

"पता नहीं मियाँ! मगर कुछ तो कमी है अभी।"

"ऐसा क्यों लग रहा है तुम्हें?"

"दो कारण है। एक तो डॉक साब की बात अभी तक समझ नहीं आई है। वो कुछ कह जरूर रहे हैं मगर मेरा एंटीना पकड़ नहीं पा रहा है।"

"और दूसरी बात?"

"दूसरी बात ये कि अनुपम राय इतना निश्चिंत कैसे है। तुमने देखा कि हमारी कोशिशों, हमारे वोट बैंक से उसे रत्ती भर भी फर्क नहीं पड़ रहा। लड़कियों का वोट कमोबेस हमारे पास है। अपना वोट है ही। दलित भाइयों का भी समझ लो हो ही गया। फिर भी अनुपम राय इतना निश्चिंत कैसे है? कौन-सी जादू की छड़ी है झुन्नु भैया के पास? जरूर कुछ बात है जहाँ तक हम पहुँच नहीं पा रहे।"

"तुम नाहक चिंता कर रहे हो। जितना हमारा समर्थन है न हम अनुपम राय को रोते हुए देख रहे हैं और झुन्नु भैया को हारते हुए।"

"हराना नहीं है मियाँ। बेइज्जत करना है। समूल नाश। तुम्हारी जीत से ज्यादा जरूरी है उनकी शर्मनाक हार। तभी गंगा नहान होगा। बस मुझे चिंता इस बात की हो रही है कि जो दृश्य तुम्हें-मुझे दिख रहा है वह झुन्नु भैया और अनुपम को क्यों नहीं दिख रहा। वह क्यों इतने निश्चिंत हैं?" संजय ने रुक-रुककर अपनी बात पूरी की।

***

चुनाव के दिन करीब आते गए। शहर हाथ के लिखे चुनावी पोस्टरों, झालरों, झंडों और पर्चों से पटने लगा। महत्वपूर्ण जगहों पर आदमकद कट-आउट्स के लिए झगड़े आम हुए। निपटाए और सुलझाए गए। झुन्नु भैया ने अनुपम राय पर जी खोलकर पैसा खर्च किया। जहाँ भी जितना लगाया जा सकता था उससे ज्यादा ही लगाया और इस तरह से एक मुकाबले में जहाँ

अनुपम राय आगे था, चुनाव लड़ने के लिए जो मौलिक खर्चे थे उसमें भी संजय और रफीक को कमी आ रही थी। रफीक इस बात को जानते हुए भी चुप था। वह दरअसल ज्योति की आत्महत्या के बाद से ही चुप था। बस संजय जिस तरह से बताता, वह करता जाता था। नसीम की हत्या और ज्योति की आत्महत्या के बाद से वह सिर्फ उतना ही कर रहा था जितना संजय उसे बताता था और इन दिनों केवल चुनाव की तैयारियों में ही लगा रहा था। पैसों की समस्या दिन-ब-दिन आती जा ही रही थी। इन्हीं दिनों में एक दिन संजय ने कार्यालय आते ही रफीक से कहा-

"मियाँ हसन साहब आए हैं।"

"कौन हसन?"

"मुस्तकीम हसन।"

"तुम बुलाए हो?"

"नहीं मियाँ! खुद्दे फोन किए रहे।"

"तुम गलत कर रहे हो नेता।"

"अरे हम नहीं बुलाए हैं भाई!" संजय ने हाथ जोड़ते हुए कहा।

"मिलना नहीं है हमको। उससे कहो, चला जाए। वरना तहजीब भूल जाएँगे हम।"

"अपने से आए हैं। बाप की उम्र के हैं। जो मन आए कह देना लेकिन आकर बात कर लो।" कहकर संजय रफीक के गले लगा और कमर में खोसा तमंचा निकाल लिया, जिसे रफीक ने महसूस किया और उसके चेहरे पर एक खिसियानी मुस्कुराहट तैर गई। उसी मुस्कुराहट के साथ उसने कहा-

"सब्र है हमको। गोली नहीं मार देंगे उनको।" उसने जाते हुए संजय से कहा।

"जानते हैं। देखे हैं तुम्हारा सब्र। पुष्कर को पुश तो कर नहीं पाए थे दो घंटे में।" संजय ने माहौल हल्का करते हुए कहा।

"हथियार निकाल ही लिए हो तो एक विक्स की टॉफी भेज देना। कहीं खाँस दिए और बूढ़ा मर गया तो कहोगे मार दिए उसको।" रफीक ने कहा मगर संजय उसकी बात सुनने से पहले कमरे से बाहर निकल चुका था। जब वो लौटा तो उसके साथ मुस्तकीम हसन भी थे। काले अचकन और काली ही

टोप। मुँह पर करीने से कटी गंग-जमनी दाढ़ी। बालों में खिजाब और हाथ में आबनूसी छड़ी। वह कमरे में घुसे तो थोड़े परेशान ही दिखे। थोड़े परेशान थोड़े थके जैसे। उन्होंने आते ही रफीक की तरफ देखा जो अब कुर्सी पर बैठ चुका था। हसन साहब को शायद रफीक से अदब-आदाब की उम्मीद थी जो नहीं मिली। वह खड़े रहे। संजय ने जब इस बात को समझा तो उसने मेज के इस पार वाली कुर्सी खींचकर हसन साहब को बैठने को कहा।

हसन साहब बैठ गए। रफीक अपलक अपने हथेली के अँगूठे और तर्जनी के बीच अपनी ठोड़ी टिकाए हसन साहब को देखता रहा। संजय समझ गया कि शायद उसकी उपस्थिति में हसन साहब बात नहीं करना चाह रहे। इसलिए उसने पूछा- "हसन साहब, ठंडा-गरम कुछ?"

"एक गिलास पानी मिल जाता।"

"ओह! माफ कीजिएगा। अभी लाया।" कहकर संजय कमरे से बाहर निकल गया। कुछ पल कमरे में मुहर्रमी छाई रही। आखिरकार खामोशी हसन साहब के साथ आए उनके भाई ने ही तोड़ी।

"देखिए जो कुछ हुआ गैरत की खातिर हुआ।"

"ठीक बात।" रफीक ने मुख्तसर-सा जवाब दिया।

"लड़की हमारी सड़कों पर घूम रही थी। बिरादरी में बात फैल रही थी।"

"ठीक बात।"

"लड़का हमारा बड़ा हो रहा था। दोस्त-अहबाब सब बहन के नाम से मजाक बना रहे थे।"

"ठीक बात।"

"नादानी हुई उससे।"

"ठीक बात।" रफीक ने फिर मुख्तसर-सा जवाब दिया।

"हसन साहब रात-दिन इसी चिंता में गले जाते हैं। लड़का है, कब तक घर में बंद रखेंगे!"

"ठीक बात।"

"मगर आप भी इस बात से इत्तेफाक रखेंगे कि आप भी वहाँ रहते तो आप भी वही करते।"

"ठीक बात।"

"तो क्या हम समझें कि आप लड़के की नादानी माफ करते हैं?"

"जी।"

"शुक्रिया बहुत-बहुत आपका। आप समझ सकते हैं कि गैरतमंद आदमी..."

"जी समझ गया आपकी गैरत, आपकी शोहरत को और लड़के की नादानी को भी। अब आप मेरा दोस्त मुझे वापस कर दें।" रफीक ने उसी स्वर में कहा।

"जी मैं समझा नहीं!"

"गलती मेरी थी। गुस्सा आपके बेटे का जायज था। मैं अपनी मौत के लिए उसे माफ करता हूँ। मेरे दोस्त की जान लौटा दीजिए। उसकी क्या गलती थी?"

"आप अब तक शायद लड़के की नादानी को माफ नहीं कर पाए हैं।"

"नहीं, लड़के की नादानी जायज है। उसे मुझे मारना था। जायज था। लड़के की भूल जायज नहीं है। नसीम की जान की कीमत तो चुकानी होगी!" रफीक ने तल्ख होकर ही कहा। हसन साहब और उनके बड़े भाई समझ गए कि रफीक से कोई उम्मीद बेमानी है। वह घुटनों पर हाथ रखकर उठे और कहा-

"अब इजाजत दें।"

रफीक ने सीधा ही हथेलियों को फेरकर दरवाजे की तरफ इशारा कर दिया। दोनों बुजुर्ग दरवाजे से बाहर निकले। दरवाजे के ठीक बाहर संजय हाथ में पानी का गिलास लिए खड़ा था। उसने हसन साहब को पानी का गिलास दिया और उनके बड़े भाई से कहा-

"हसन साहब! इसरार मियाँ की जान की कीमत पाँच लाख रुपये।"

"लेकिन रफीक मियाँ तो..." बड़े हसन साहब ने कहा।

"वह मालिक हैं खुद नहीं माँगते। उसके लिए हम जैसे मंगतों को रखा है।" संजय ने कहा।

"पाँच लाख मगर ज्यादा है संजय जी। और आजकल तो धंधा भी..." अबकी मुस्तकीम हसन ने कहा।

"इलेक्शन की जरूरत है हसन साहब। छोड़िए समझौते की शर्त।

सहयोग समझकर ही दे दीजिए। और वैसे भी शहर भर में इलाहाबादी अमरूद तो आपके ही डब्बों में दिख रहे हैं!'' संजय ने अपनी बात पूरी की।

''ठीक है। तो आप जमानत लेते हैं इस बात की?'' हसन साहब ने हारकर कहा।

''किस बात की?'' संजय ने पूछा।

''कि इसरार मियाँ को अब रफीक से कोई खतरा नहीं? दरअसल हम उन्हें इस शहर से ही बाहर भेज देंगे।''

''मेरी जुबान है। मुतमइन रहें। रफीक मियाँ अब बस अध्यक्षी पर ध्यान देंगे।''

''ठीक है। कैसे लेंगे पैसे?''

''नकद। जरूरत ज्यादा और जल्दी है। लड़के को भेज देंगे। आप मुहैया करा दीजिएगा।''

''दुरुस्त है।''

''अल्लाह हाफिज!''

''प्रणाम!'' कहकर संजय ने हसन भाइयों को रुखसत किया और कार्यालय के भीतर आ गया। और भीतर आते ही रफीक ने पूछा–

''क्या कह रहा था बूढ़ा?''

''उसकी छोड़ो यार! एक समस्या आ रही है।''

''क्या हुआ?''

''बिरजू बताओ, क्या बात है।'' संजय ने साथ आए बिरजू से कहने को कहा। आगे की बात बिरजू ने कही–

''भइया द्वाबा, बैरिया वाले क्षेत्र के लड़कों में आपका टेंपो खूब हाई है। लेकिन दिक्कत यह है कि द्वाबा, बैरिया की तरफ रेलवे लाइन नहीं है।''

''तो क्या अब हम कॉलेज अध्यक्षी के प्रचार में रेलवे लाइन बैठाने का वादा करें! क्या बकवास कर रहे हो!'' रफीक जो मुस्तकीम हसन के आने के बाद से परेशान था अब इस बात से उखड़ गया।

''पूरी बात सुन लो उसकी। कुछ जरूरी ही बात कह रहा है। हाँ बिरजू बोल!'' संजय ने कहा।

''भइया? आपका वैल्यू तो बना हुआ है लड़कों में। मगर विद्यार्थी ही हैं।

अपना पैसा लगा के वोट देने आने में हिचकेंगे। समझ रहे हैं ना? बहुत ऐसे भी होंगे जो सिर्फ इसी वजह से न आए तो नुकसान हमारा ही है।''

''ठीक है। अब्बू की दोनों ट्रक उस दिन भिजवा देंगे उधर। तब तो हो जाएगा!''

''भइया स्टूडेंट हैं, मजदूर थोड़े न हैं कि ट्रक से लद के आए। किसी को जरा-सा भी अखर गया तो वोट देने आते-आते में मूड बदल देंगे सब।''

''तो क्या बस करवा दें?'' रफीक ने झल्लाते हुए कहा।

''हाँ भइया!'' बिरजू ने सपाट कहा।

''देखो बेटा! बहुत कंट्रोल कर के यह बात कह रहे हैं कि हम लोग झुन्नु के लटकन नहीं हैं कि झुन्नु भैया लंगोट के भीतर संभाल के रखेंगे। पैसा रहता तो लखनऊ वाली किसी पार्टी के मुँह पर मारकर पार्टी समर्थित प्रत्याशी न हो जाते, निर्दलीय क्यों उठते?'' रफीक ने सारे शब्दों पर रुक-रुककर कहा।

''एक उपाय है।'' संजय जो अब तक चुप था अब धीमे-से बोला।

''क्या!''

''हसन साहब पाँच लाख दे रहे हैं।''

''किस बात के?''

''छोटे हसन के अभय दान के लिए।''

''और तुम मान लिए?'' रफीक ने गुस्साते हुए कहा।

''मानना तुमको है। डर उनको तुमसे है।''

''हम दस लाख देंगे तो तुम छोटकी की मौत माफ कर दोगे?''

''तुम दो पहले।'' संजय ने यूँ कहा जैसे उसे रफीक के इसी सवाल का इंतजार था।

''मरो सालो! पक्के पालिटीशियन हो गए हो। जो मन आए करो।'' कहकर रफीक फुफकारते हुए कार्यालय का दरवाजा पटककर बाहर निकल गया। उसे निकलते देख संजय और बिरजू दोनों मुस्कुरा उठे। संजय ने बिरजू के कंधे पर हाथ मारते हुए कहा-

''कल हसन फ्रूट सेलर के स्टेशन रोड वाले गोदाम से पाँच लाख उठा लेना। हम खरवार ट्रांसपोर्ट्स से बस की बात करते हैं।''

लोग कहते हैं कि तू अब भी खफा है मुझ से
तेरी आँखों ने तो कुछ और कहा है मुझ से

राजनीति करतब दिखाते नट की वह रस्सी है जिस पर सामंजस्य की लाठी से संतुलन बनाकर आगे बढ़ना होता है। जो यह संतुलन बना ले जाता है वह करतब पूरा कर लेता है और विजेता कहलाता है। वह लोकतंत्र में जनतारूपी तमाशाइयों की तालियों का हिस्सेदार होता है। संजय यह करतब बखूबी निभाता हुआ चल रहा था। नसीम की हत्या के बाद मुसलमानों का वोट अनुपम राय के पाले में चले जाने के बाद उसने अपनी जगह रफीक को खड़ा कर दिया। मुस्लिम विद्यार्थियों के वोट बँट गए और साथ ही रफीक के अपने व्यवहार से भी विद्यार्थी उसकी ओर हुए। लड़कियों की सहानुभूति ज्योति की आत्महत्या के बाद स्वाभाविक रूप से संजय की तरफ हो गई थी। इस शहर में लड़कियों के वोट का प्रतिशत हालाँकि बहुत कम रहता था मगर संजय ने इस दफा लड़कियों की सुरक्षा को ही मूल मुद्दा बनाकर छात्राओं और उनके घरवालों का भी समर्थन अपनी ओर कर लिया था। दलित छात्रों में रफीक ने अपनी साख बना ही ली थी। समस्या वही रस्सी के सामंजस्य की आ रही थी। छात्रों का एक वर्ग ऐसा भी था जिसे विचारधारा से ज्यादा सुविधाओं से

मतलब था। मुफ्त की सुविधाएँ। ऐसे विद्यार्थियों को उस ओर झुक जाना था जिस ओर सुविधाएँ दिखतीं। पढ़ाई और समस्याओं का निराकरण तो संजय और रफीक मिलकर करते ही आ रहे थे मगर फिर भी ऐसे विद्यार्थियों की थाह ले पाना संभव नहीं हो पा रहा था। चुनाव नजदीक आते जा रहे थे। आज रफीक को चुनावी काम से ही बिरजू के साथ बाजार जाना था और संजय को पैसे का बंदोबस्त करने के लिए निकलना था। संजय और बिरजू कार्यालय में थे मगर रफीक अभी पहुँचा नहीं था। उसी का इंतजार करते हुए बिरजू ने संजय से कहा–

"भैया! कॉलेज में ये जींस–पैंट वाले हीरो सब ऊँट हैं साले।"

"क्या हो गया?" संजय ने मुस्कुराते हुए पूछा।

"किस करवट बैठेंगे पता ही नहीं चल रहा।"

"क्या हुआ?"

"कुछ नहीं भैया। थाह–पता नहीं लग रहा उनका। हमारे मुँह पर हमारी जलेबी छानते हैं, अनुपम रायवा के मुँह पर उसका शहद टपकाते हैं।" बिरजू ने कहा।

"खाए–अघाए लड़के हैं। इनको कॉलेज, जिला, राजनीति, रफीक, अनुपम राय से मतलब नहीं है। अपने में जीने और खुश रहने वाली प्रजाति हैं ये।" संजय ने आईडी कार्ड देखते हुए कहा।

"फिर! कैसे सटेंगे ये लोग?"

"नयी उम्र वाले लड़के हैं। ज्यादातर बाहरी हैं जिनका कहीं नहीं हुआ एडमिशन या फिर इंजीनियरिंग–मेडिकल के चक्कर में साल गँवाए हैं। और अब कोई उपाय नहीं रहने पर ग्रेजुएशन कर रहे हैं। इनको सिम बाँटो। तीन महीना फ्री वाला। साथ में प्रभु जेरोक्सवाला को बोल के नोट्स फ्री जेरोक्स करवा दो। वोट गिर जाएगा रफीक के हिस्से।" संजय ने कहा।

"बात तो ठीक है भैया लेकिन सिम आएगा कहाँ से?"

"तुम्हारे पास जितना आईकार्ड है न जो मिट्टी तेल निकालने के लिए आया था, उसको जेरोक्स करवाओ। प्रभु वाले को ही दे दो बाकी फॉर्म वो खुद भर लेगा। तीन सौ सिम ले लेना कम से कम। हॉस्टल में, लॉज में, घर में जहाँ भी मिलें इनको सिम पकड़ा दो। फ्री बता के।"

''गलत नहीं होगा भैया?''

''तीन महीना बाद अपने बंद हो जाएगा। वेरिफिकेशन होगा तो या तो वेरिफाई करवा लेगा सब या फिर छोड़ देगा सिम। तब तक इलेक्शन खत्म हो जाएगा। अगले साल कोई दूसरा रफीक फिर देगा। तुम चिंता न करो। कल ये काम करवाओ।''

''ठीक है भैया। भैया एक और बात...''

''कहो। भैया क्या हम ही देख रहे हैं या आप भी देख पा रहे हैं?'' बिरजू ने थोड़ी उलझी हुई बात की।

''क्या?'' संजय ने पूछा।

''यही कि रफीक भाई का मन कहीं और रहता है। वह ग्लानि में तो हैं। अध्यक्षी लड़ तो रहे हैं। मगर उनका मन कहीं और है। वह बस साथ निभा रहे हैं।''

''हाँ! उजमा को लेकर परेशान है। कहता नहीं है मगर हम समझते हैं।'' संजय ने कहा, जिसका बिरजू ने कोई जवाब नहीं दिया।

''चलो तुम निकलो। सिम निकलवा लो। जल्दी बाँटना भी है।'' कहकर संजय कार्यालय से निकलने को हुआ तो उसने देखा कि रफीक अब कार्यलय में प्रवेश कर रहा है।

''यार नेता! नाड़ा का गाँठ फँस गया था। खुला ही नहीं। कैंची से काटना पड़ा। इसी वजह से लेट हो गया।''

''कैंची-वइंची वहाँ मत ले जाया करो मियाँ। एक बार कटा ही है दुबारा उड़ जाएगा।'' संजय ने मजाक किया। जिस पर रफीक ने महज मुस्कुराकर कोरम पूरा किया। संजय ने यह बात गौर किया और फिर रफीक से कहा-

''मियाँ, हसन साहब का फोन स्विच ऑफ है। हम जरा पैसा लेकर आते हैं। तुम तब तक एक काम करो, बद्री प्रसाद छेदी लाल के दुकान में घुस जाओ। तीन तरह का सदरी पहनो। तीन तरह से फोटो खिंचवाओ। एक हाथ जोड़ के। एक टा-टा करते हुए और नमाज पढ़ते हुए। फोटो हो जाए तो सदरी उतार के चले आना चुप से।'' संजय ने लगभग एक साँस में बिफरते हुए कहा। जब उसने देखा कि रफीक कुछ नहीं कह रहा तो उसने बिरजू से मुखातिब होकर कहा।

"बिरजू!"

"हाँ भैया!"

"ऐसा करो सिम वाला काम अभी निपटा लो और कल सुबह मियाँ को लेके रवीना स्टूडियो चले जाना। उसको कहना मियाँ का फोटो निकाल दे और गोरा करने की कोशिश में मियाँ को सुर्खी लाली न लगा दे। वैसे ही गोरा है मियाँ। जैसा फोटो है वैसे ही पोस्टर निकालेगा। साला पिछले चुनाव में आदिल अली नेता का ऐसा पोस्टर निकाला कि भाई को पठानों का रिश्ता आने लगा था।" संजय ने यह बात इतनी गंभीरता से कही कि रफीक को हँसी आ ही गई; हालाँकि वह रवीना स्टूडियो का जिक्र सुनकर उदास-सा हो गया।

***

रवीना स्टूडियो। स्टेशन रोड, बलिया। यह सिर्फ एक फोटो स्टूडियो का पता नहीं है। यह जिले के नेताओं का आखिरी ठिकाना भी है। फोटो, बैनर, पैम्फलेट्स पर तस्वीर लगानी है तो तस्वीर रवीना स्टूडियो की ही होनी चाहिए। नेता जी गाल पर छुरे का दाग है। रवीना स्टूडियो के फोटो में नहीं दिखेगा। नेता जी की दाढ़ी सफेद हो रही है। काली कर दी जाएगी। नेता जी के व्यक्तित्व में नेता वाली बात ही नहीं है। कोई बात नहीं। विभिन्न मुद्राओं में उनकी तस्वीर ऐसी निकाली जाएगी कि नेता युवा तुर्क ही लगेगा। यह सब कुछ संभव है रवीना स्टूडियो में।

बिरजू आज रफीक को लिए यहीं आया। रफीक ने स्टूडियो की ओर देखा तो उदास हो गया। उसने उसी उदासी में बिरजू से कहा-

"इहंवा कहाँ बे! जिला में और कोई स्टूडियो नहीं है क्या!"

"है तो सही भैया। लेकिन यहाँ फोटो टनाका निकलता है।"

"लोढ़ा निकलता है! देखे हैं हम। चिकनफट लौंडों के लिए हैं ये सब। सिनेमा रोड चलो। वहाँ कुछ स्टूडियो है। वहीं खिंचवाएँगे फोटो।" रफीक ने कहा।

"भैया लेकिन नेता भैया एडवांस पैसा दे दिए हैं यहाँ।" बिरजू ने रुकते-ठहरते हुए रवीना स्टूडियो की सीढ़ियाँ चढ़ते हुए कहा।

"पैसा दे दिया है! साला फोटो के लिए कहीं पैसा दिया जाता है! मुस्तकीम हसन का पैसा हाथ आया है तो ऐसे उड़ाएगा! अरे कट्टा निकाल

लेते तो ये फोटो निकाल देता। इसके लिए पैसा क्या देना था!'' रफीक ने दुकान के काउंटर पर पहुँचकर उसी लड़के को देखते हुए कहा। लड़का रफीक को देखते ही पहचान गया और मुस्कुरा दिया। रफीक को अबकी उसकी मुस्कुराहट से कुढ़न हुई। उसे पुरानी बात ताजा हो आई। उसने फौरन अपने कमर में खुँसा हुआ कट्टा निकाला और लड़के को दिखाते हुए बोला–

''बहुत हँसते हो बेटा! एक मुँह तो कम पड़ जाता होगा! यहीं माथे पर दूसरा बना दें, हँसते रहना।'' लड़के ने जब कट्टा अपनी ओर तना देखा तो सटक गया और बिरजू की ओर देखने लगा। बिरजू ने फौरन रफीक के हाथ से कट्टा लेते हुए कहा–

''फोटो खींच लेने दीजिए भैया, फिर चाहे माथा में मुँह बना दीजिए चाहे पिछवाड़े में पंक्चर। सब बनवा लेगा लड़का।'' रफीक ने देखा कि बिरजू ने कट्टा लेकर अपने पॉकेट में रख लिया।

''दो, हथियार दो। हथियार क्यों रख लिए?'' रफीक ने बिरजू को डपटते हुए कहा।

''भैया देश की राजनीति अभी इतनी भी खराब नहीं हुई कि नेता कट्टा लेकर फोटो खिंचवाए। उसके लिए अब भी हाथ ही जोड़ना पड़ता है। आप फोटो निकलवा के आइए। हम यहीं हैं।'' बिरजू ने कहा। रफीक ने उसे एक नजर देखा, मुस्कुराया और स्टूडियो के भीतर घुस गया।

भीतर घुसते ही उसने महसूस किया कि भीतर पहले से ही कोई है। उसे ध्यान देने की जरूरत भी नहीं पड़ी। स्टूडियो में जल रही एक मात्र लाइट के नीचे उजमा बैठी थी। वह उसे देखते ही उठ खड़ी हुई। रफीक की समझ में सारा मामला आ गया। उसका सारा शरीर क्रोध से तमतमा उठा। वह समझ गया कि यह सारी व्यवस्था संजय की बैठाई हुई है। अपने ठगे जाने से क्रुद्ध रफीक ने बाहर जाने के लिए दरवाजा खोला, मगर दरवाजा उसके घुसते ही बाहर से बंद कर दिया गया था।

''बिरजू! खोल दरवाजा!'' रफीक ने दरवाजे पर लात मारते हुए कहा। दरवाजा बहरहाल न खुला। दरवाजे पर लगातार लात पड़ते देख उजमा भी सिहर उठी। मगर उसे अपनी बात रखनी ही थी इसलिए आगे बढ़ आई। रफीक दरवाजे की ओर चेहरा किए दरवाजा खोलने की कोशिश करता रहा।

''दुबले हो गए हैं।'' उजमा ने रफीक से कहा, जिसका रफीक ने कोई जवाब नहीं दिया।

''बहरे भी हो गए हैं लगता है। मैंने कहा, दुबले हो गए हैं।'' उजमा ने जरा जोर से कहा।

''बिरजू! दरवाजा खोल दे। कुछ नहीं करेंगे। अगर तोड़ के निकले तो छोड़ेंगे नहीं अल्ला कसम!'' रफीक ने उजमा की बात से बेपरवाह होकर चिल्लाकर कहा।

''हमसे बात क्यों नहीं कर रहे? हमारी क्या गलती है?'' उजमा ने अबकी रुआँसी आवाज में कहा। दरअसल बिलकुल सामने रफीक की इस बेरुखी से उसे बुरा लग रहा था। रफीक ने जब उसकी भारी आवाज सुनी तो दरवाजा खींचना बंद कर दिया। थोड़ी देर चुप रहा और फिर क्रुद्ध आवाज में ही बोला–

''चली जाओ!!!''

''क्यों चली जाएँ? आप बता दीजिए हमारी गलती। फिर हम चले जाते हैं।''

''बेहतर, फिर हम ही चले जाते हैं। बिरजू अंतिम बार कह रहे हैं। खोल दे बेटा!'' रफीक ने फिर चिल्लाकर कहा।

''हमें सच में नहीं मालूम था कि इसरार के दिमाग में क्या चल रहा है। हमें क्या, इसरार को भी नहीं मालूम था। वह तो अनुपम राय और उनके लोगों ने बहका...''उजमा ने मौका मिलता न देखकर जल्दी में ही अपनी बात रखनी चाहिए मगर रफीक ने बीच में ही टोक दिया–

''देखो, फालतू की बात मत करो। मुझे तुमसे न कोई शिकायत है न ही कोई बात करनी है। यह मर्दों के बीच की बात है जो मैं तुमसे नहीं कहना चाहता।''

''कह ही दीजिए। सुन तो लूँ कि घर के मर्दों से क्या अलग बात आप करते हैं।'' उजमा ने कहा।

''उसे मरना होगा।'' रफीक ने सीधा कहा।

''कोई अलग बात तो नहीं कही आपने। घर वाले भी इसी लहजे में बात करते हैं। मार दीजिए। फिर घर वाले कोई इंतजाम लगाकर आपको मार देंगे।

सहना तो बस हमें है; औरतों को।'' उजमा ने एक साँस में रोते हुए ही कहा। रफीक ने उसका कोई जवाब नहीं दिया। थोड़ी देर सुबकने के बाद उजमा ने फिर कहना शुरू किया–

''आपने अनुपम को थप्पड़ मारा। हुआ क्या? ज्योति गई। इसरार ने नसीम भाई को मारा। हुआ क्या? अम्मी रोज इस डर में जीती हैं कि इसरार गया। आप इसरार को मार दीजिए और साथ ही मुझे भी। क्योंकि मैं अब इस दुख में जीना नहीं चाहती जिसमें मैंने ज्योति को मरते देखा है और अम्मी को मरते देख रही हूँ।'' कहते-कहते ही उजमा ने अपनी आँखें रफीक की पीठ पर सटा दी। रफीक ने पहले तो हटने की कोशिश की मगर जब उजमा ने पीछे से दोनों हाथों से उसे बाँध लिया तो उसने जबरदस्ती नहीं की। उजमा रोती रही। रोती रही। इतना कि आँसुओं के नमक ने तनकर खड़े पेड़ को गला दिया। रफीक पहले उससे अलग तो हुआ मगर अब साथ लगी कुर्सी पर बैठ गया। दूसरी कुर्सी नहीं थी और गुस्से में पागल हुए रफीक को इस बात की समझ भी नहीं थी। उजमा को कुर्सी की जरूरत भी नहीं थी। वह नीचे ही बैठ गई उसने रफीक के बाएँ घुटने पर अपना सिर रख दिया। रफीक ने घुटना नहीं हटाया। आँसू अब ढुलककर रफीक के घुटने पर गिरने लगे।

''इसरार को माफ कर दीजिए। नादान है वो।'' उजमा ने रफीक की घड़ी के शीशे पर उँगली फिराते हुए कहा।

''नहीं कर पाता। हर रोज सोचता हूँ कि न सोचूँ। हर रोज मगर नसीम का हँसता चेहरा मेरे सामने आ जाता है और उससे भी ज्यादा परेशान करती है वो बात कि निशाना दरअसल मैं था। न मैंने उस दिन उसे अपनी गाड़ी दी होती न नसीम की मौत हुई होती। नसीम मेरी मौत मरा।'' रफीक ने छत की ओर देखते हुए कहा।

''ऐसा बोझ नहीं रखते। नसीम भाई बेहद भले इंसान थे। अल्ला मियाँ जमीन पर हम जैसे गुनाहगारों को रखते हैं। अच्छे लोगों की जरूरत उन्हें भी होती है। उन्हें अल्ला मियाँ ने बुला लिया। आप खुद को कसूरवार न समझें।'' उजमा ने अपने दोनों हाथ रफीक के पाँव में फँसाए उसके घुटने पर सिर रखे हुए ही कहा।

''फिर भी! वह हँसता है मुझ पर। सोने नहीं देता। जब नींद आने को होती

है कमबख्त पहले आ जाता है जेहन में।'' रफीक ने सिर पकड़े हुए ही कहा। उसके इतना कहते ही उजमा उसका पाँव छोड़कर घूम गई। अपने घुटनों पर ही बैठी हुई। अब वह कुर्सी पर बैठे रफीक के ठीक बराबर थी। उसने रफीक की उदास आँखों में देखते हुए कहा–

''नसीम भाई इतने भले इंसान थे कि वो किसी की नींद भी नहीं खराब कर सकते और फिर आप तो भाई जैसे थे उनके। इसलिए कुछ मत सोचिए।'' कहकर उजमा कुछ देर तो चुप हुई, फिर कुछ सोचकर बोली– ''एक काम करेंगे? एक आखिरी काम? इतना कुछ किया है मेरे लिए। यह भी कर दें।''

''कहो।'' रफीक ने उसे देखते हुए ही कहा।

''अपनी आँखें बंद कर लें।'' उजमा ने कहा। रफीक ने बिना सवाल और शुब्हा आँखें बंद कर ली। उजमा आगे बढ़ी और रफीक का चेहरा अपने हथेली के बीच लेकर अपने होंठ रफीक के होंठों पर रख दिए। रफीक ने बदहवासी में आँखें खोल दी। उजमा ने एक हाथ रफीक के गालों पर से हटाकर फिर रफीक की आँखें अपनी हथेली से मूँद दीं। मन की दहक। जमी आग। महीनों की तपन होंठों के रास्ते बर्फ होकर पिघल गई। रह गए तो बस आँसू। रह गया तो बस प्रेम। रह गई तो बस बंद आँखें।

बंद आँखों में ही रफीक को लगा कि थोड़ा वक्त और गुजरा तो उजमा के होंठ उसके होंठों के बीच घुलकर खत्म हो जाएँगे। उसने इसी डर से खुद को झटके से अलग कर लिया।

बर्फ जब पानी हो चुका तो दोनों लोग होश में आए। रफीक ने उजमा को जोर से अपने सीने से लगा लिया। उजमा ने भी अपने जोर तक रफीक को सहेज लिया, और फिर कान में फुसफुसाई–

''मेरे लिए। अपने लिए। और नहीं तो हमारे लिए। सबको माफ कर दिया कीजिए। माफ कर देने वाला बड़ा होता है।''

''कर दिया।'' रफीक ने उसकी गर्दन पर ही फुसफुसाते हुए कहा। उजमा ने पकड़ ढीली छोड़ी तो रफीक ने भी उसे रिहा किया।

''आई कैसे! घर वालों को पता है?'' रफीक ने ही दुबारा पूछा।

''नहीं।'' उजमा ने जमीन देखते हुए कहा।

''डर नहीं लगा?''

''पता नहीं क्यों, पर अबकी डर नहीं लगा। ज्योति के जाने के बाद अब डर नहीं लगता।''

''घरवालों का सुलूक?'' रफीक ने पूछा।

''मेरे साथ ठीक है। इसरार से ज्यादा नाराजगी है।''

''इसरार से कहना डरे नहीं और पढ़ाई पर ध्यान लगाए।'' रफीक ने कहा।

''शुक्रिया। दिल पर से बोझ हट गया। अब चलूँ?'' उजमा ने उठते हुए कहा।

''हाँ!'' रफीक भी उसके साथ उठा।

''नहीं आप बैठे रहें। संजय भाई ने कहा है कि मेरे निकलने के दस मिनट बाद आप निकलें।'' उजमा ने रफीक को कंधे से बैठाते हुए कहा। रफीक बैठते हुए बोला–

''अच्छा! तो सारा प्रपंच नेता का नाथा हुआ है। तभी हम कहें। बिरजू नहीं कर सकता।''

रफीक की बात सुनकर उजमा मुस्कुराई। उसने रफीक के गालों पर प्यार टाँका और बुर्का गिराकर दरवाजे पर खड़ी होकर बोली–

''बिरजू भैया!'' उजमा के इतना कहते ही एक बार में दरवाजा खुल गया। रफीक ने मुस्कुराते हुए माथा पकड़ लिया। उजमा तेज कदमों से चलती हुई बाहर निकल गई। रफीक बहरहाल बैठा रहा। उजमा के निकल जाने के बाद रफीक को दस मिनट बैठना था। मगर अभी पाँच मिनट भी नहीं बीते होंगे कि दरवाजा फिर खुला। रफीक ने देखा कि अबकी संजय भीतर आ रहा है।

''क्या मियाँ, कुछ जड़ी-वड़ी मिला कि वैसे ही तन्हाई जाया कर दिए!'' संजय ने दोनों हाथ खोलकर मुस्कुराते हुए कहा। रफीक उसे देखते ही उठा और उसके गले लगकर फूट-फूटकर रोने लगा।

''भाक साला! लगता है भाभी मुगलानी खूब रुला के गई हैं। चुप करो।'' रफीक का रोना मगर चुप नहीं हुआ। वह और जोर से हिचकियाँ लेने लगा।

''अबे साले! रो लेना पहले ये बताओ कि जड़ी-वड़ी मिला कि नहीं?'' संजय ने फिर वही बात की। अबकी बार रफीक को रोते हुए भी हँसी आ गई। उसने यूँ ही गले लगे बिना कुछ बोले हामी भरते हुए सिर हिलाया।

“ऐ शाबाश! अब हुआ मोर्चा फतह। तन्हाई में शहनाई बज गया मतलब।” संजय ने खुश होकर कहा। बिरजू जो दरवाजे पर खड़ा यह देख रहा था अंततः बोला–

“भैया, तन्हाई और शहनाई वाला किस्सा जिला बर्दाश्त कर लेगा। वहाँ फिर भी लड़का-लड़की का मामला है। लेकिन ये जो आपलोग अभी कर रहे हैं ना यह कोई देख लिया तो स्टूडियो सहित जिले में आग लग जाएगा। पटाक्षेप कीजिए।”

“भाक साला!” रफीक ने हँसते हुए अपनी कोल्हापूरी निकाली और प्यार भरी नाराजगी से बिरजू की ओर चला दी।

***

इतनी सब तैयारियों के बाद भी संजय मुतमइन नहीं था। रफीक तो खैर अब सवारी की सीट पर था ही और बस उतनी ही चीजें करता था जितनी संजय उसे करने को कहता था। वह ऐसा कर संजय को मन की करने देना चाहता था। बहुत मुश्किल से दोस्त दुबारा हासिल हुआ है। वह फिर से उसे खोना भी नहीं चाहता था। हाँ, मगर इतना तो स्पष्ट था कि अध्यक्ष पद के लिए वह स्व-उत्साहित नहीं था। चुनाव के दिन समीप आते जा रहे थे। मगर उससे पहले नामांकन दाखिल करना था जिसके लिए जोरो-शोर से नामांकन कार्यालय तक जाने के लिए छात्रों की अच्छी-खासी भीड़ की जरूरत थी। उन्हीं के लिए रफीक आज कार्यालय में बैठा लैपटॉप पर विद्यार्थियों के डाटा जाँच रहा था कि तभी बिरजू भीतर आया–

“भैया! एक लड़का रफीक भैया से मिलने आया था। कुछ समस्या लेके।” बिरजू ने कहा।

“आया था मतलब, अब नहीं है?”

“नहीं भैया! ये तो अरकस-बथुआ सब समस्या लेके चले आते हैं। चुनाव आने वाला है। अभी इनको देखेंगे तो... और फिर रफीक भैया व्यस्त भी थे तो हम उसको लौटा दिए।”

“नहीं! नहीं! गलत है ये। एक विद्यार्थी ऐसे व्यवहार से दस को प्रभावित कर सकता है। फौरन जाकर उसको बुलाओ। मियाँ उसकी समस्या सुनेंगे।” संजय ने कहा। इतना सुनते ही बिरजू दौड़कर बाहर भागा और कोई पाँच मिनट

बाद एक छोटे कद के दुबले-पतले कमजोर लड़के के साथ लौटा।

"भैया यही हैं।" बिरजू ने कहकर लड़के का परिचय दिया। लड़के ने झुककर रफीक को आदाब किया, संजय को थोड़ा सर हिलाकर ही अभिवादन किया औए फिर खड़ा हो गया।

"क्या बात है?" रफीक ने लड़के को देखते हुए कहा। रफीक के इतना कहते ही लड़का फफककर रोने लगा। रफीक सहित किसी को कुछ समझ में नहीं आया। संजय ने बहरहाल बिरजू को एक गिलास पानी देने का इशारा किया। बिरजू ने साथ रखे घड़े से पानी निकालकर लड़के को देते हुए कहा-

"बैठ जाइए और जल्दी नहीं है। जब ठीक समझें तब ही बोलिएगा।" लड़के ने पहले बिरजू का मुँह देखा फिर हाथ से पानी लेकर एक साँस में गिलास खत्म कर दी। अपने ही शर्ट के कोरों से आँसू पोछकर संयत हुआ। थोड़ी देर फिर रुककर उसने रफीक से कहा-

"भैया! मैं प्राणिविज्ञान द्वितीय वर्ष का छात्र हूँ। मेरा नाम अनुपम राम है।" लड़के का नाम सुनकर संजय, रफीक और बिरजू तीनों की ही मुस्कुराहट छूट गई। यह नाम विपक्षी प्रत्याशी अनुपम राय से बहुत मिलता-जुलता था। फिर भी रफीक ने पूछा-

"क्या नाम है?"

"जी, अनुपम राम।" नाम सुनकर रफीक की मुस्कुराहट और चौड़ी हो गई। लड़का मुस्कुराहट के पीछे का मंतव्य समझ गया। उसने भी मुस्कुराने की असफल कोशिश की और कहा-

"मैं समझ सकता हूँ कि आप सब क्यों हँस रहे हैं। दरअसल यही मेरी समस्या का कारण भी है।"

"भाई नाम परिवर्तन कराना है तो संजय के पिताजी वकील हैं। थोड़ी फीस लेंगे लेकिन वह काम कचहरी में ही होगा। उसके बाद ही महाविद्यालय में कुछ किया जा सकता है।"

"जी, मेरी बात सुन लें!"

"कहो।" संजय ने अबकी रफीक को रोकते हुए कहा।

"मैं इब्राहिमाबाद गाँव का रहने वाला हूँ। गरीब परिवार से हूँ मगर बचपन से ही पढ़ाई में अव्वल रहा। हाई स्कूल, इंटरमीडिएट सब छात्रवृति से ही पार

लगाया है।''

''तो अगले साल स्नातक की छात्रवृत्ति में भी बैठ जाना।'' रफीक ने फिर बीच में ही कहा जिस पर संजय ने उसके कंधे को दबाकर चुप रहने को कहा। लड़के ने जब यह देखा तो उसने कहना जारी रखा-

''जी। मुझे प्रवेश के साथ ही छात्रवृति जारी हुई थी।''

''फिर समस्या कहाँ है!''

''समस्या वही है जिस पर आप हँस रहे थे। मेरा नाम।''

''खुलकर बताओ।''

''बात छोटी-सी है। दरअसल मेरे नाम के टाइपिंग में क्लर्क ने गलती कर दी। वह अनुपम राम की जगह अनुपम राय हो गया। पिछले साल की छात्रवृति भी उन्हीं के खाते में गई। इस साल भी कोई सुनवाई नहीं है।''

''अरे ऐसा कैसे!'' संजय ने आश्चर्य से कहा।

''जी, ऐसा ही है। मैं उनके पास गया तो उन्होंने पहले कहा कि कार्यालयीय गलती है। जल्द ही ठीक करवा देंगे। चार-पाँच महीने बीत गए। मैंने कई आवेदन दिए मगर उस पर कोई कार्रवाई नहीं हुई। ट्यूशन पढ़ाकर खर्च निकालता हूँ। मगर आज...'' कहते-कहते लड़के का गला फिर भर आया। संजय कुछ पूछना चाहता था मगर उसने जल्दबाजी करना उचित नहीं समझा। लड़का थोड़ी देर में खुद ही गले तक आ गए दुख को पीते हुए बोला-

''पिताजी को लकवे का अटैक आया पिछली रात। गाँव वाले बलिया पहुँचा गए। एक नर्सिंग होम में दाखिल कराया है। पैसे की जरूरत थी तो अनुपम राय के पास गया। उन्होंने कहा कि अभी चुनावी खर्चे हैं। चुनाव के बाद देंगे। मैंने अपनी मजबूरी बताई तो मारकर भगा दिया। पेट में लात से मारा।'' कहते हुए लड़का फिर रो पड़ा।

''प्रिंसिपल के पास गए थे?''

''अभी वहीं से आ रहा हूँ। उनके पास वही एक रटा-रटाया जवाब है। आवेदन कर दो। कार्रवाई होगी। जब मैंने पुराने आवेदनों के बारे में कहा तो भड़क गए। कहने लगे- तुम्हारी कोई आवेदन हम तक नहीं आई। मैंने जब पावती दिखाई तो कहने लगे यही एक काम थोड़े ही है जिम्मे। कहीं दब गई होगी। अब जो आवेदन दिया है उस पर कार्रवाई करेंगे।'' लड़के ने नाक

पोंछते हुए अपनी बात खत्म की।

"कितनी छात्रवृति मिलती है तुम्हें?"

"कहाँ मिलती है! हाँ, अगर मिलती तो तीन हजार रुपये महीना।" लड़के ने कहा।

रफीक ने कुर्ते की जेब में हाथ लगाया और दो-दो हजार के पाँच नोट निकालकर लड़के को देते हुए कहा-

"यह रखो। अब्बू का इलाज कराओ।"

"लेकिन आप यह क्यों दे रहे हैं? मैं तो बस चाहता था कि आप मेरे छात्रवृति के पैसे निकलवा दें।"

"सो तो हम निकलवाएँगे ही। फिलहाल यह रख लो।" संजय ने भी अपने पॉकेट से चार हजार रुपये और देते हुए कहा।

"पिताजी के इलाज के लिए जरूरत नहीं होती तो कतई न लेता, भरोसा करें। यह एहसान रहेगा आपका।" लड़के ने कहा।

"एहसान चुकाओगे?" संजय ने पूछा।

"आप मौका देकर देखिए।" लड़के ने कहा।

"ठीक। अभी जाओ और पिता के पास रहो। इलेक्शन के वक्त साथ रहना, जरूरत पड़ेगी।" संजय ने कहा। लड़का हाथ जोड़कर ही उठ गया और फिर सीधा ही पीछे की ओर लौटकर गेट से बाहर निकल गया। लड़के के जाने के बाद कुछ देर तक इस कमरे में अबोला-सा छाया रहा। अचानक कुछ सोचकर संजय के चेहरे पर एक चमक-सी आ गई।

"बिरजू! इस लड़के का रोल नंबर और प्रवेश तिथि जरा जाँचकर बताओ।" संजय ने बिरजू से कहा।

***

प्रधानाचार्य के कमरे में जब संजय और रफीक घुसे तो देखा कि अनुपम राय प्रधानाचार्य के कमरे से बाहर निकल ही रहा था। कक्ष के गेट पर ही दोनों की आँखें मिली। अनुपम ने एक विजयी मगर कुटिल मुस्कान दी और बाहर की ओर निकल गया।

"सर प्रणाम!" संजय ने प्रिंसिपल के चैंबर में घुसकर हाथ जोड़ते हुए कहा।

''अरे संजय! आओ बेटा। बड़ा अच्छा कर रहे हो।'' प्रिंसिपल ने सामने की फाइल हटाते हुए कहा।

''प्रणाम का आशीर्वाद नहीं दिया सर आपने!'' संजय ने खड़े-खड़े ही कहा। रफीक ने प्रिंसिपल को अब प्रणाम किया।

''अरे कैसी बात करते हो! बैठो तो सही।''

''हमारे संस्कार में गुरु से नीचे ही बैठते हैं या फिर खड़े ही रहते हैं सर। कुर्सी आपके मित्रों के लिए ही ठीक है।''

''हमारे तो सभी मित्र हैं।''

''कहाँ सर! अगर मित्र होते तो अभी तक आशीर्वाद दे दिए होते।''

''जीते रहो भाई। लो रफीक, अब आशीर्वाद दे दिया।'' प्रिंसिपल साहब ने रफीक की ओर देखकर हँसते हुए कहा।

''जीत के रहो- यह आशीर्वाद देते तो ज्यादा खुशी होती हमें सर।'' रफीक ने अबकी तंज से कहा। जिस पर प्रिंसिपल थोड़ा असहज हुए लेकिन फिर मुस्कुराकर रह गए।

''एक समस्या है सर।'' संजय ने हाथ मलते हुए कहा।

''देखो संजय! मैं समझता हूँ तुम्हारी समस्या। ज्योति का दुख मुझे तुमसे ज्यादा है। प्रतिभाशाली लड़की थी। लेकिन बात को समझो। अनुपम पर कोई केस नहीं है। तुम लोगों ने भी कोई रिपोर्ट नहीं की। ऐसी स्थिति में कोई कारवाई कैसे...'' प्रिंसिपल साहब ने समझा कि संजय इस बात की शिकायत लेकर आया है कि अनुपम अब भी विश्वविद्यालय का छात्र कैसे है। प्रिंसिपल की यह बात सुनकर संजय मुस्कुरा उठा। थोड़ी देर प्रिंसिपल साहब को देखने के बाद बोला-

''गुरुजी एक बात कहेंगे। सुन लीजिए। दसवीं में थे, जब एक दिन गीला अंडरपैंट पहन लिए थे। जाँघ में एकजीमा हो गया। खुजलाते-खुजलाते परेशान रहते थे। जितना खुजलाते समस्या उतनी बढ़ जाती। लोगबाग आप ही की तरह सहानुभूति देते। दवा बताते। मगर समस्या तो मेरी थी। समस्या से मुक्ति भी हमें ही ढूँढ़नी थी। सो एक दिन रसायन विभाग के लैब से एसिड उठाए और घर आकर जाँघ पर भभका लिए। दर्द से जीभ-ओठ सब कट गया। चमड़ा जल गया। पंद्रह दिन उठ-बैठ नहीं पाए। मगर समस्या खत्म हो गई।''

संजय ने एक साँस में कहा। फिर पल भर को रुका और कहना जारी रखा-

"इसलिए गुरु जी वह लड़का आपकी समस्या नहीं है। मेरी समस्या है। हम स्वयं सिद्ध करेंगे उसे। आपको दूसरी समस्या के लिए कष्ट दिया था।" संजय ने कहा।

"कहो भाई!"

"शिवपालपुर के शंभूशरण जी को जानते हैं आप?"

"हाँ! अच्छे व्यक्ति हैं। मृदु भाषी भी।" प्रिंसिपल साहब नाम से थोड़ा असहज तो हुए मगर बात संभाल गए।

"कुछ और जानकारी जरूर होगी?"

"हाँ! यूनिवर्सिटी में प्रशासनिक अधिकारी ग्रेड 1 पर नियुक्त हैं।"

"और कोई जानकारी यदि मिल सके?" संजय ने मेज टेबल की ओर जरा और झुकते हुए कहा।

"विवाह की बात चलानी है क्या संजय! अरे भाई वह उम्र के उस पड़ाव पर हैं जहाँ उनकी शादी हो नहीं सकती और उनके बच्चों की शादी में देर है अभी।" प्रिंसिपल साहब ने खिखियाते हुए एक दफा संजय को देखा और एक दफा रफीक को। रफीक का चेहरा एकदम सख्त था। संजय ने हालाँकि चेहरे पर मुस्कुराहट लाते हुए कहा-

"नहीं सर। शादी-वादी तो खैर आप लोगों के आशीर्वाद और मर्जी से ही होगी मगर कहना यह था कि आप शंभूशरण जी के बारे में काफी कम जानते हैं।"

"अर्थात?" प्रिंसिपल साहब की भँवे तन गईं।

"अर्थात यह सर कि शंभूशरण जी का परिचय सिर्फ यह ही नहीं है। शंभूशरण जी झुन्नु भैया के रिश्तेदार भी होते हैं।"

"होंगे! लेकिन यह आप मुझे क्यों बता रहे हैं?" प्रिंसिपल थोड़ा-सा अन्यमनस्क हुए।

"इसलिए सर कि शंभू शरण जी पिछले तीन चुनावों से लगातार पर्यवेक्षक नियुक्त हो रहे हैं।"

"बेटे उनकी छवि साफ है। उनके नाम का प्रस्ताव विश्वविद्यालय से आता है। मैं अनुमोदन कर देता हूँ। बस इतना ही।"

“बस इतना ही होता तो कोई बात ही नहीं थी सर। आपने यह बात कभी नहीं उठने दी कि उनसे हर बार बैलेट पर्ची पर चाय गिर जाया करती है। जाने या...” संजय ने प्रिंसिपल की आँख में आँख डालकर कहा।

“देखो, मैं नियम कायदे से बंधा हुआ हूँ। इस मामले में क्या ही कर सकता हूँ!” प्रिंसिपल साहब ने चश्मा उतारकर कहा।

“इतना तो कर ही सकते हैं कि अगली दफा जब उनका नाम आए तो अपने विवेक से अनुमोदन करें और शंभू बाबू से दूरी बनाएँ! वरना आप से बेहतर कौन जानता है कि एक ग्रिवांस रीडरेसल कमिटी भी होती है। अगर बात वहाँ पहुँच गई तो सबके पाप खुल जाएँगे।”

“चलता हूँ सर!” कहते हुए संजय उठ गया।

***

शतरंज की बिसात में बादशाह को तब तक चिंता नहीं होती जब तक उसके आगे के खाने में प्यादा खड़ा और बगल के खाने में वजीर बैठा होता है। शंभू बाबू, झुन्नु भैया के ऐसे ही प्यादा थे। थोड़े-बहुत मतपत्रों का हेर-फेर तो उनके बाएँ हाथ का खेल था। फिर स्याही, चाय जैसी चीजों का भी वह काफी उपयोग कर जाते थे। मगर अब जब शंभू बाबू के अनुमोदन पर प्रश्न लग गया तो झुन्नु भैया के कस-बल थोड़े ढीले पड़े। वह इतने दिनों में पहली दफा तिलमिलाए। अगले पर्यवेक्षक का नाम अभी तय नहीं था मगर इतना तय था कि उसे बोतल में उतारने के लिए पैसों की जरूरत पड़ेगी। सो पैसों के इंतजाम के लिए वह मुस्तकीम हसन के यहाँ ही पहुँचे थे। मुस्तकीम हसन ने नया मकान शहर से थोड़ा बाहर ही बनाया था। और मुस्तकीम हसन इतने समझदार तो थे ही कि यह समझ सकें कि झुन्नु भैया कौन-सी बात करने आए हैं सो उन्होंने झुन्नु भैया को मेहमानखाने में न बैठाकर छत पर बैठाया था।

“झुन्नु भाई हमने कभी हाथ खींचा हो तो कहें! सौदा होता रहा है तो हम साल-हा-साल मदद करते ही रहे हैं। इस साल अल्लाह की मार ऐसी पड़ी कि सेबों में कीड़े लग गए। हिमाचल वाली पार्टी कहती है कि आपके गोदामों का मसला है, हमने तो एक्सपोर्ट क्वालिटी माल दिया था।” मुस्तकीम हसन ने झुन्नु भैया से कहा। यह जाहिर था कि झुन्नु भैया ने पैसे की माँग की थी।

"हसन साहब मालूम होता है हम पर से विश्वास उठ गया है आपका!"

"एतबार की बात ही क्या है झुन्नू भाई! मसला बस यह है कि एक बार सौदा उठ जाए फिर आप जो कहें..." हसन साहब ने कहा।

"और उस कल के लड़के को मुआवजा देने में तो आपने सौदे का इंतजार नहीं किया था हसन साहब।"

"वह तो आपके ही प्रत्याशी की कारगुजारी थी कि हमारे साहबजादे को भी बरगला गए। बच्चे की जान देखने के लिए सौदा नहीं देखना होता झुन्नु भाई।"

"तो आपको उस कल के लड़कों का डर हो आया और हमारी जबान का विश्वास नहीं हुआ।"

"बात डर की नहीं है झुन्नु भाई। बात अक्लमंदी की है। अब देखिए ना हमें ही क्या पता था कि हमारी औलाद की ही अक्ल ऐसी मारी जाएगी कि वह गैरती कत्ल जैसी चीजें उठा बैठेगा! सो अब जब हो ही गया है तो उन लड़कों को भी तो समझाना और शांत करना जरूरी है। यह खूँरेजी तिजारती लोगों का कौल नहीं है झुन्नु भाई। और सच कहूँ तो मुझे उस लड़के रफीक से इसरार मियाँ के लिए डर तो है ही। कल को अगर वह अध्यक्ष हो गया तो...।" हसन साहब एक साथ ज्यादा ही बोल गए थे। इतना सुनना झुन्नु भैया की आदत में नहीं था मगर चूँकि पैसे की जरूरत यहीं से पूरी होनी थी सो वह खून का घूँट पीकर बोले-

"अरे आप उस लड़के की चिंता न करें। आज के लड़के हैं। कुर्ता-सदरी पहनने का शौक रखते हैं बस। अध्यक्षी तो बहुत दूर है हसन साहब, लड़का नामांकन ही नहीं भर पाएगा। आप बेफिक्र रहें। राजनीति बच्चों का खेल नहीं, उम्र लग जाती है।" झुन्नु भैया ने घुटने पर हथेली रखकर उठते हुए कहा।

"वह आप देखें झुन्नु भाई और ये नसीम हत्याकांड वाले मामले पर पर्दा करें। आप खुद आए हैं तो ऐसे भी कैसे जाने देंगे। मुंशी से कहकर 2 लाख भिजवा देते हैं।" हसन साहब ने उठकर गले मिलते हुए कहा। गले मिलकर झुन्नु भैया बाहर की ओर निकल गए। हसन साहब झुन्नु की रग-रग से वाकिफ थे। उन्हें आशंका हो आई कि कुछ बड़ा, कुछ खतरनाक होने को है।

***

नामांकन दाखिल करने में महज चौबीस घंटे रह गए थे। संजय और रफीक शक्ति प्रदर्शन के लिए लड़कों के इंतजाम में 12 घंटे के दिन को ही 24 घंटे का बनाए हुए थे। प्रतिष्ठा दाँव पर लगी हुई थी। यह चुनाव महज अध्यक्ष पद का चुनाव न होकर अब वर्चस्व का प्रश्न बन गया था। छात्र भी खास बनाम आम में बँट गए थे। गाँव-गाँव जाकर लड़कों को वोट देने के लिए कहना, उनके महाविद्यालय तक आने की व्यवस्था कराना, सब का नाम नोट कर उनके बस में बैठने की व्यवस्था कराना आदि कुछ ऐसे काम थे जो क्षण भर की छुट्टी नहीं देते थे।

आज रात जब रफीक इन्हीं व्यस्तताओं से फारिग होकर घर पहुँचा तो उसने अपना वह मोबाइल ऑन किया जो खास उजमा के लिए था। अक्सर उजमा ही मौका देखकर फोन किया करती थी। इसलिए उसने मिस कॉल जाँचने के लिए फोन ऑन किया। उसने देखा कि दिन में लगभग दो बजे जब वह द्वाबा क्षेत्र की ओर व्यस्त था, उजमा का एक मैसेज आया था। मैसेज था-

"बुआ के यहाँ करीमुद्दीनपुर जा रही हूँ। रात नौ बजे वहीं मिलिए। जरूरी बात है।"

रफीक को यह पढ़कर आश्चर्य हुआ। कारण कई थे। उजमा उसे पहले भी मैसेज करती रही है। लेकिन वह अपनी खुद की तस्वीरें, दीनी मैसेज जैसी सामान्य चीजें ही होती थीं। उसने शायद ही कभी टेक्स्ट मैसेज किया हो।

यह भी ठीक बात थी कि रफीक ने दो-एक दफा पीछा करते हुए ही उजमा की बुआ का घर देखा हुआ था मगर फिर भी बुआ के यहाँ मिलने की बात भी रफीक को अजीब लगी। उजमा जो अपने छोटे भाई के सामने रफीक से अंजान बन जाती है वह बुआ के यहाँ क्यों बुला रही है? फिर भी उसे लगा कि इतने दिनों की दूरी ने शायद उजमा को निर्भीक बना दिया हो। फिर वह उस रोज कह भी रही थी कि अब उसे घरवालों से डर नहीं लगता। उजमा को फोन करने की सलाहियत रफीक को नहीं थी। घर का रूढ़िवादी होना और फिर रफीक और उजमा के बारे में घरवालों को पता होना वो समस्या थी जिस कारण रफीक उजमा को फोन नहीं कर सकता था। फोन बस उजमा ही मौका होने पर कर लेती थी। सो यही सब सोचकर रफीक ने उजमा को मुख्तसर का मैसेज दिया- 'ओके।'

रात के आठ बज ही चुके थे। करीमुद्दीनपुर शहर से ज्यादा दूर नहीं भी था तो शहर के बाहर जरूर था और बलिया का नहीं बल्कि सीमावर्ती जिले गाजीपुर का एक गाँव था। दूरी आधे घंटे से ज्यादा की नहीं थी। रफीक ने अपनी मोटर साइकिल निकाली और उजमा से मिलने निकल पड़ा। पिता से उसकी बातचीत न के बराबर थी। माँ जानती थी कि चुनाव लड़ रहा है रात-बेरात निकल ही जाता है। सो वह भी चुप ही रही।

कच्चे-पक्के रास्तों पर मोटर साइकिल दौड़ाते रफीक ने शहर की सीमा पार की। गाजीपुर की सीमा में प्रवेश करते ही उसकी मोटर साइकिल वीरान से एक रेलवे क्रॉसिंग पर रुक गई। उसने ध्यान किया कि अभी नौ बजिया पैसेंजर के गुजरने का वक्त हुआ है। वह मोटर साइकिल बंद कर ट्रेन के गुजरने का इंतजार करने लगा। ट्रेन धड़धड़ाती हुई आई और साँप की तेजी से गुजर गई। रफीक ने थोड़ी देर इंतजार किया मगर रेलवे फाटक नहीं खुला। रफीक ने सोचा कि शायद दूसरी गाड़ी आने वाली होगी। पैसेंजर या एक्स्प्रेस ट्रेन का तो कोई समय नहीं था। हाँ, मालगाड़ी हो सकती थी। यही सोचकर रफीक ने कुढ़ते हुए ही सही मगर थोड़ा इंतजार किया। पाँच मिनट तक कोई ट्रेन नहीं आई। हाँ! अब एक काली स्कॉर्पियो ठीक उसके पास आकर रुक गई। गाड़ी को नजरअंदाज कर रफीक ने रेलवे फाटक के कर्मचारी को आवाज लगाई।

"अरे चचा! ट्रेन निकल गइल। डंडा हटावा।" आवाज का कोई असर नहीं हुआ। रफीक झुँझलाया और स्कॉर्पियो की ओर देखते हुए कहा- "बताइए! लगता है साले पाउच पीकर सो गए हैं।" स्कॉर्पियो से बहरहाल कोई आवाज नहीं आई। रफीक उतरा और रेलवे फाटक पर बने कमरे में घुस गया। घुसते ही उसने पाया कि केबिन का गार्ड मुँह-हाथ बँधे वहीं बैठा हुआ है। उसे खतरे का आभास हो पाता इसके पहले ही उसने अपने पीठ पर असलहे की नाल महसूस की।

"नेता जी, अस्सलाम वालेकुम!" एक आवाज आई। इस आवाज को रफीक नहीं पहचान सका। रफीक अभी जवाब भी दे पाता कि उसके पहले केबिन के बाथरूम से अनुपम निकल आया। उसने रफीक के पेट में खुँसा कट्टा और मोबाइल निकाला और कट्टे के लोहे से रफीक की कनपट्टी पर

वार किया। रफीक को जोर की ही चोट लगी। मगर वो हँस पड़ा।

"धोखा!" हँसते हुए उसके मुँह से बस यही निकला। जिस पर अनुपम हँस पड़ा। वह पढ़ा-लिखा लड़का था ही सो उसने इंगलिश में कहा-

"लुक, व्हू इज टॉकिंग! अपनी बारी आई तो धोखा और फरेब दिखने लगा। तूने तो जैसे अगवाई से पहले न्योता दिया था!" कहकर अनुपम ने रफीक के मुँह पर फिर उसी के कट्टे से वार किया।

"हये अलबेली नार, अबे जोर से मार!" रफीक ने खून थूकते हुए कहा। दोनों मगर अब रफीक से उलझने को तैयार नहीं थे। रफीक को काबू में करते ही गाड़ी का ड्राइवर जोकि झुन्नु भइया का कारिंदा ही था, चला आया। तीनों ने पकड़कर रफीक को बाँध दिया और उसे स्कॉर्पियो की पिछली सीट पर डाल दिया। पिछली सीट पर किसी को बैठा देख रफीक अभी कुछ सोच ही पाता कि अनुपम राय ने हँसते हुए कहा-

"साले साहब हैं आपके! इसरार मियाँ। हाल-चाल ले लीजिए घर-परिवार का।" रफीक ने उसे देखते ही फिर सिर पर हाथ रख लिया-

"कितना पैसा खर्चा करवाओगे अब्बू का इसरार मियाँ! मार तुम्हें हम सकते हैं नहीं। दीदी फिर रोएँगी तुम्हारी। अब्बू फिर आ जाएँगे। गिड़गिड़ाएँगे। संजय नेता फिर पैसा बना लेगा।" रफीक ने उलझती-फँसती जुबान में कहा। होंठों के सूज जाने से उसकी आवाज साफ नहीं आई; मगर जितनी भी आई वह इसरार को उबाल देने के लिए काफी थी। उसने हाथ में लिए लोहे के छोटे प्लेट से रफीक की कनपटी पर वार किया और अबकी इस वार के साथ ही रफीक बेहोश होकर एक ओर लुढ़क गया।

"अय शाबाश!" अनुपम राय की आवाज आई। "ड्राइवर साहब! आप उतरकर इसकी गाड़ी को किसी गैराज में ठिकाने लगा आइए। यहाँ से गाड़ी लेकर हम जाएँगे।" कहकर अनुपम ने ड्राइवर को वहीं उतारा। अनुपम ने रफीक के मोबाइल से सिम निकालकर फेंक दिया। अनुपम और इसरार बेहोश रफीक को लेकर गाजीपुर की सीमा में प्रवेश कर गए

***

काली स्कॉर्पियो धूल-मिट्टी उड़ाती आँखों से ओझल हुई।

नामांकन से पहले वाली रात कॉलेज के बाहर अनुपम राय के नाम की पोस्टर चिपका रहे मजदूर तब डर गए जब कॉलेज के बाहर लगे पेड़ के नीचे उकड़ू बैठे डॉक साब एकालाप करने लगे-

"आखिरकार बादशाह को 1 जुलाई 1789 को गुलाम कादिर खान ने बंदी बना ही लिया। बादशाह अपने उसी कैद खाने में कैद किए गए जिस कैदखाने में उनके ही हुक्म से कैदी बंद किए जाते थे। शैतान अब क्या करेगा? महाद जी अब क्या करेंगे?"

अब हवाएँ ही करेंगी रौशनी का फैसला
जिस दीये में जान होगी वो दीया रह जाएगा

अगली सुबह ही नामांकन का पर्चा भरना था। बसंत राजभर, रफीक का प्रस्तावक था। कुछ कारण थे कि संजय रफीक के नाम का प्रस्तावक नहीं था। हाँ, मगर वही सारी तैयारियाँ देख रहा था। देर शाम तक दोनों साथ ही थे। फिर उसके बाद रफीक घर लौट आया था। नामांकन के लिए जरूरी कागजात पहले से तैयार कर के रखने की गरज से संजय ने रफीक को फोन किया। फोन पहुँच से बाहर बताकर बंद हो गया। दो-एक दफा और कोशिश करने के बाद संजय ने फोन लगाना छोड़ दिया। कल के व्यस्त दिन के लिए आज रात संजय का सोना भी जरूरी था, सो वह सो गया।

सोना संजय के लिए जरूरी था, उजमा के लिए तो इस रात रफीक से बातें करनी जरूरी थी। वह रात जब उसे रफीक को कल के विषय में ढेर सारी नसीहतें देनी थीं। बताना था कि अनुपम राय के लड़कों से नहीं भिड़ना है। बताना था कि दिमाग शांत रखना है। समझाना था कि अपने समर्थकों को भी हुल्लड़बाजी से परहेज बरतने को कहना है और सबसे जरूरी यह बताना था कि बहुत सावधानी से नामांकन का पर्चा दाखिल करना है। उसने देखा कि

काफी दिनों के बाद उसे ऐसा वक्त मिला है जब अम्मी टीवी सीरियल देखने में व्यस्त हैं और इसरार भी घर पर नहीं है।

प्रेमियों को वक्त कोह-ए-नूर से कीमती है। प्रेमियों को वक्त जन्नत का बदल है। इस कीमती वक्त में रफीक से बात करने से पहले ही वह बिस्तरे पर बेबात मुस्कुराती रही। वह इस सोच के साथ ही मुस्कुराई कि रफीक चुनाव जीत चुका है और दोस्तों के कंधे पर सवार है। वह इस सोच से भी मुस्कुराई कि रफीक की रैली जीत के बाद उसकी गली से निकल रही है और उसने शोर का फायदा उठाते हुए दो लंबी सीटियाँ मारी हैं। सीटियों का खयाल आते ही वह खुद ही शरमा गई और अपना चेहरा तकिये में घुसा लिया। थोड़ी देर अकारण हँसते रहने के बाद उसने फोन देखा। मगर फोन देखते ही वह सिहर गई।

उसके सारे शरीर में झनझनाहट-सी दौड़ गई। उसने देखा कि बिना सेव किए हुए एक नंबर से मैसेज है। मैसेज छोटा-सा ही है। जिसमें लिखा है-'ओके।' यह नंबर रफीक का ही है और उसे जुबानी इसलिए भी याद है क्योंकि वह यह नंबर सेव नहीं कर सकती। उसे सिहरन और डर इस बात का लगा कि अगर किसी ने उससे पहले यह फोन देख लिया होता तो क्या होता। कुछ देर बाद जब उसने अपनी साँसों को संभाला और मैसेज देखा तो और परेशान हो गई। मैसेज में लिखा था-'ओके।' क्या ओके ? उसने तो कुछ कहा नहीं फिर रफीक ने 'ओके' क्यों लिखा ? अव्वल तो रफीक को मैसेज करने की मनाही थी। फिर वह मैसेज क्यों करेगा ? दूसरे अगर उसने मैसेज किया भी तो इसका क्या मतलब निकला। यह तो तब कहते हैं जब सामने वाले ने कुछ कहा हो। मैंने तो उनसे कुछ कहा ही नहीं। उजमा ने सोचा और फिर एक बारगी खुद को जाँचने के लिए उसने अपने मोबइल से भेजे गए मैसेज की सूची देखनी चाहिए। यह देखकर वह और भी अवाक् हो गई। उसके मोबाइल के मैसेज बॉक्स में एक भी भेजे गए मैसेज नहीं थे। कारण यह था कि भेजने वाले ने रफीक को उजमा के मोबाइल से मैसेज भेजकर जल्दबाजी में सिर्फ वही मैसेज डिलीट करने के बजाय सारे ही मैसेज डिलीट कर दिए थे।

'इसरार! वह भी तो शाम से गायब है। कहीं उसने ही तो फिर से!' उजमा अनजाने भय से ग्रसित हो गई। उसे रफीक की चिंता हो आई। इसी वहशत में

उसने लगातार उसे पाँच-सात फोन लगा दिए मगर नतीजा वही। नंबर पहुँच के बाहर। उसे अब हूक होने लगी। समस्या ऐसी जिसे वह किसी को बता भी नहीं सकती। अब्बू-अम्मी से कहे भी तो क्या कहे। अभी तक तो दोनों इस बात पर राजी हैं कि उसके जी में कुछ नहीं है। अब यह कहकर वह उनकी और अपनी नजरों में ही गिरेगी। ज्यादा-से-ज्यादा वह इसरार के बारे में बात कर सकती है। सो उसने कर लिया। अम्मी का जवाब मिला कि इतने दिन बाद तो दोस्तों के साथ निकला है। थोड़ी देर में आ जाएगा। उजमा कलपकर रह गई। रफीक के लिए ही नहीं अपने भाई के लिए भी। जितना वह रफीक को जानती है उससे इतना तो तय है कि यदि अबकी दफा इसरार ने गलती की तो रफीक आगा-पीछा नहीं देखेंगे। सोचते ही उसके शरीर का ताप बढ़ गया। एक-एक पाँव एक-एक मन के लगने लगे। वह कटे पेड़-सी अपने बिस्तरे पर गिर गई। उसके जेहन को कुछ नहीं सूझ रहा था सिवाय इसके कि वह संजय को फोन लगाकर उसे अपने डर की जानकारी दे। मगर फिर शर्मो-लिहाज आड़े आ रहा था। उसने इस तरह की सीधी बात संजय से कभी की ही नहीं थी। आखिरकार सारे असमंजस को ताक पर रखकर उजमा ने संजय को फोन लगाया। फोन की लंबी-लंबी घंटी गई मगर संजय ने फोन नहीं उठाया। वह भी संभवत: फोन साइलेंट पर लगाकर सो गया था। दो-तीन बार फोन लगाकर उजमा थक गई और फिर फोन गुस्से में बिस्तरे पर फेंक दिया। फिर उसे अपनी मजबूरी याद आई कि उसे यह नंबर डिलीट भी करने होते हैं तो झट से फोन उठाकर फोन नंबर डिलीट कर दिए। इसी उधेड़बुन में घड़ी ने ग्यारह बजा दिए। वह घड़ी की ओर देखकर रुआँसी हुई ही थी कि नीचे लोहे के गेट के खुलने की आवाज आई। देखा तो पाया कि इसरार अपनी स्कूटी से आ गया है। वह फौरन ही दरवाजे पर पहुँची और दरवाजा खोलने के साथ ही अब्बू-अम्मी से पहले इसरार पर बरस पड़ी।

"कहाँ गया था?"

"दोस्तों के साथ था।" इसरार ने साफ झूठ कहा।

"बोलेगा झूठ! कौन से दोस्त हैं तेरे? मैं नहीं जानती क्या तेरे दोस्तों को?"

"तो कैसर को पूछ लो। उसी के साथ नाइट मैच खेलने गया था 15 ओवर

का। वहीं देरी हो गई।'' इसरार ने ऐसा सफेद झूठ कहा जिसमें उजमा के क्रोध की लालिमा छुप गई। उसके पास अब सवाल करने को कुछ था नहीं। सो वह फिर अपने कमरे में चली आई। इसरार के व्यवहार से उसे अब रफीक की ज्यादा चिंता लग गई थी। मगर इस वक्त सिर्फ चिंता करने के अलावा जो एक काम किया जा सकता था वो था सुबह होने का इंतजार। नामांकन के दिन का इंतजार।

उजमा ने पूरी रात आँखों में ही काट दी।

***

प्रेम का अतिरेक वह आत्मविश्वास प्रदान करता है जिसे सामाजिक भाषा में धृष्टता भी कहते हैं। दिल को दिल की ही राह होती है और इस राह चलते वह रास्ते की मुश्किलों को नजरअंदाज न करे तो चलना दूभर हो जाए। प्रेम मार्ग पर चलने की इसी जिजीविषा को समाज धृष्टता कहे तो कह सकता है। प्रेमी इस लगन को कोई नाम नहीं देते, बस चलते जाते हैं। फिर वह रास्ता समाज के विरुद्ध निकले, घर के विरुद्ध निकले या अपनों के विरुद्ध निकले।

उजमा इन सब सोचों में नहीं थी। उसने सुबह उठकर भी रफीक के उसी नंबर पर फोन लगाया था, मगर जवाब फिर वही आया। उसने फौरन गुसल ली। कपड़े पहने, बुर्का डाला और घर से निकल गई।

आज नामांकन दाखिल करने का दिन था। कॉलेज पर नेताओं के हुजूम और हुड़दंग के अलावा कुछ मिलना नहीं था। इसलिए उसने कार्यालय का रुख यह सोचकर किया कि यदि संजय नहीं तो शायद बिरजू ही वहाँ मिल जाए। हालाँकि अनुपम राय के लड़कों और उसके भाई द्वारा उसे कार्यालय जाते देख लेने की संभावना उसे थी मगर पहले दिन कार्यालय आई उजमा और आज कार्यालय जा रही उजमा में अंतर प्रेम का था। प्रेम जो किसी भी डर, किसी भी भय किसी भी दुर्भावना से ऊपर है।

वह कार्यालय पहुँची तो उसकी आशा के विपरीत कार्यालय संजय और बिरजू दोनों ही मौजूद थे और परेशान ही दिख रहे थे। रिक्शा से उतरते हुए वह थोड़ा हिचकिचाई। मगर संजय ने रिक्शा को आगे तक आने का इशारा किया तो उजमा को थोड़ा ढाढ़स बँधा। रिक्शा वाले ने रिक्शा ठीक कार्यालय के सामने खड़ी कर दी। उजमा चुपचाप उतरकर पैसे के लिए मुड़ी तब तक बिरजू

ने पैसे देकर रिक्शा वाले को चलता कर दिया था। उजमा पहले कार्यालय में प्रविष्ट हुई और उसके पीछे संजय घुसा। संजय को देखकर उजमा अपनी भावनाओं को न रोक पाई और फूट-फूटकर रो पड़ी। संजय ने उसे रोते देखा तो उसे कुछ समझ ही नहीं आया। वह पहले ही रफीक की गुमशुदगी से परेशान था ऊपर से उजमा का रोना उसे और परेशान कर गया। उसने फिर भी खुद पर नियंत्रण कर उजमा से कहा-

"क्या हुआ! रो क्यों रही है?"

"भइया, कल से उनका फोन नहीं लग रहा।" सिसकते हुए ही उजमा ने कहा। जिस पर संजय को ऐसी स्थिति में भी हँसी आ गई।

"इसलिए रो रही हो? हमें देखो, आज उसे नामांकन भरने जाना है और पता नहीं कहाँ पी के गिरा है! हम रो रहे हैं क्या?"

"वो पीते हैं?" उजमा की तकलीफ ही अब दूसरी हो गई। संजय ने गुस्से में गलत बात कह दी। उसे जैसे ही एहसास हुआ कि उसने गलती कर दी है, उसने फौरन बात संभाली-

"मेरा मतलब है कि ऐसे बेहोशी में तो पी के सोने वाला भी नहीं सोता। फोन भी बंद। इतने दिनों की तैयारी है। आज पर्चा भरना है। अचानक पता नहीं कहाँ गायब है। खैर तुम चिंता न करो। हम पता करते हैं।"

"चिंता की ही बात है भैया। चिंता कैसे न करें।" उजमा ने गंभीर होकर कहा।

"कुछ कहना चाहती हो? कहो, बिना कुछ छुपाए।" संजय को उजमा के आने से कुछ अनिष्ट का आभास तो हो ही गया था।

"कल रात आठ बजे के आसपास उनका मैसेज आया था-'ओके।' बस यही मुख्तसर-सा मैसेज।" उजमा ने कहा।

"कहाँ है मैसेज?" बिरजू ने अबकी आगे बढ़कर पूछा।

"मैंने डिलीट कर दिया भैया, घर के लोग मोबाइल देखते रहते हैं।" उजमा ने कहा।

"तो ऐसा क्या है उस मैसेज में?"

"भैया, अव्वल तो उन्होंने आज तक कभी मैसेज नहीं किया। मैंने ही उन्हें मना कर रखा था। जब भी बात या मैसेज करना होता था तो मैं ही करती

थी। और फिर मैसेज भी ऐसा किया जैसे मेरी किसी बात का जवाब दे रहे हैं। जबकि मैंने उन्हें कल कोई मैसेज नहीं किया था।'' उजमा ने रुआँसी आवाज में ही कहा।

''अच्छा! तुम क्या सोच रही हो?'' संजय ने पूछा।

''यही कि कहीं मेरे मोबाइल से किसी और ने उन्हें मैसेज तो नहीं किया था और...'' उजमा ने डरते हुए अपनी मन की बात कही।

''और?'' संजय ने पूछा।

''और कहीं वह किसी खतरे में तो नहीं हैं?'' उजमा का डर उसकी आवाज में आ गया था।

''और तुम्हारे मोबाइल से मैसेज कौन कर सकता है?'' संजय ने पूछा जिसका उजमा ने कोई जवाब नहीं दिया। संजय समझ गया कि उजमा जवाब देना नहीं चाहती।

''अब्बू?'' संजय ने इशारा कर जानने की कोशिश की।

''नहीं-नहीं।'' उजमा ने जल्दबाजी और विश्वास से कहा।

''कल रात तुम्हारे अब्बू कहाँ थे?'' संजय ने फिर पूछा।

''अब्बू तो सात बजे बाजार से लौटने के बाद घर पर ही थे लेकिन...''

''लेकिन... ?''

''इसरार कल काफी देर से घर लौटा।'' उजमा ने धीमी आवाज में कहा।

''कितने बजे?''

''लगभग ग्यारह बजे।'' उजमा ने धीमे से कहा। जैसे वह ही कोई पाप कर रही हो।

''अरे यार!'' कहते हुए संजय सिर पकड़कर बैठ गया।

''क्या हुआ भैया!'' बिरजू दौड़कर संजय के पास पहुँचा।

''मियाँ अगवा हो गए हैं।'' संजय ने परेशान होते हुए ही कहा। संजय के इतना कहते ही बिरजू की आँखें पथरा गईं। वह धम्म से कुर्सी पर बैठ गया और उजमा की आँखें भी उसी भय से बह चलीं जो वह जानती तो थी मगर अपनी जुबान पर लाना नहीं चाह रही थी। संजय को खुद को और इस स्थिति

को भी नियंत्रित करना मुश्किल हो रहा था। लड़के कॉलेज पर जमा होने लगे थे। नामाकंन की समय सीमा भी नियत थी, और निकलती जा रही थी। ऐसे में रफीक का गुम होना गंभीर मसला था। ऊपर से उजमा का रोना भी कुछ सोचने नहीं दे रहा था। थोड़ी देर तक यूँ ही परेशान-परेशान घूमने के बाद अचानक ही संजय ने उजमा से पूछा-

"थोड़ी देर यहीं रह सकती हो?"

"कितनी देर?" उजमा ने धीमे से ही कहा।

"हो सकता है शाम तक।" संजय ने कहा, जिसे सुनकर उजमा थोड़ा तो हिचकिचाई मगर फिर दृढ़ता से कहा-

"घर पर कह के तो नहीं आई मगर इससे अगर उनका कोई संबंध है तो जरूर रुकूँगी।" संजय ने उसके सिर पर हाथ फेरा और फौरन बाहर निकल गया। बिरजू को ताकीद थी कि कोई भीतर नहीं आए।

बाहर निकलते ही उसने अपने मोबाइल से उजमा के पिता मुस्तकीम हसन साहब को फोन लगाया-

"अस्सलाम वालेकुम हसन साहब!"

"वालेकुम अस्सलाम संजय जी!" हसन साहब ने अरुचि से ही कहा।

"अरे हसन साहब दूल्हा मियाँ को कहाँ भेज दिया! यहाँ काजी साहब हलकान हुए जा रहे हैं।"

"क्या मतलब!" हसन साहब ने आश्चर्य मिश्रित क्रोध से कहा।

"मतलब इसरार मियाँ, रफीक को शेरवानी दिलवाने किस शोरूम में ले गए हैं।"

"क्या बकवास है ये!" हसन साहब ने चिल्लाते हुए कहा।

"ओह! क्षमा कीजिएगा। लगता है आपको कुछ बताया नहीं। डर गए होंगे शायद। खैर आज रफीक और उजमा का निकाह है। इसरार मियाँ कल रात से ही दूल्हा लेकर गए अब तक नहीं लौटे हैं। यहाँ दुल्हन भी परेशान है। आप ऐसा..." संजय ने अभी बात पूरी भी नहीं की थी कि हसन साहब ने फोन पटक दिया। संजय जानता था कि हसन साहब फोन पटक ही देंगे। संजय यह भी जानता था कि हसन साहब दुबारा फोन फौरन ही करेंगे। मगर इससे पहले वह अपने घर में उजमा की खोज करेंगे। संजय की उम्मीद ठीक थी। उजमा

की खोज करने के बाद हसन साहब ने फौरन ही फोन किया और चिल्लाते हुए बोले–

"देख लौंडे! हद तक तेरी कारगुजारियाँ बर्दाश्त की। मेरी बेटी मेरी साँस है। अगर वह शाम तक घर न आई तो..."

"मेरा दोस्त मेरी आस है हसन साहब और शाम तक का वक्त मेरे पास नहीं है। अपने बेटे से पूछिए और अगर फिर भी वो न माने तो लखनऊ में अपनी पहचान लगाकर झुन्नु भैया से पूछिए। तीन बजे से पहले-पहले रफीक मेरे पास होना चाहिए। और अगर फिर भी आप नहीं ढूँढ़ पाएँ तो भी कोई बात नहीं। रात वलीमा खाने जरूर आइएगा। दूल्हा हम खुद ढूँढ लेंगे। निकाह तो आज ही होगा।" कहते हुए संजय ने फोन रख दिया।

सैयद मुस्तकीम हसन मामूली आदमी नहीं थे। और फिर उनकी इज्जत तो उनसे भी ज्यादा गैरमामूली थी। फर्क सिर्फ इतना था कि वह भी बेटी के चूनर से ही बँधी थी। बेटे से कोई उम्मीद उन्हें थी नहीं। और चूँकि झुन्नु भैया खुद भी उन्हें यह बात बता चुके थे कि रफीक नामांकन नहीं भर पाएगा सो उन्हें पूरा विश्वास था कि रफीक की अगवाई में झुन्नु भैया का ही हाथ था। सो हसन साहब ने उनसे काफी मिन्नत-हुज्जत की। झुन्नु भैया सीधी उँगली से मानने वाले जीव नहीं थे सो वह नहीं ही माने। अंततः हारकर हसन साहब को उँगली टेढ़ी करनी पड़ी। हसन साहब का कद, हैसियत और रुतबा तीनों इतना तो था कि प्रदेश के अल्पसंख्यक गलियारों में उनकी पैठ थी। लखनऊ फोन घुमाने की देर थी। झुन्नु भैया की विधायकी के टिकट पर खतरा मँडराने लगा।

और फिर एक गाड़ी रफीक को जगदीशपुर हॉस्पिटल रोड के पास उतारकर तेजी से निकल गई। रफीक की स्थिति ठीक नहीं थी। वह पैदल चला आ ही रहा था कि कॉलेज के कुछ लड़कों ने उसे देख लिया। इस बात की परवाह न करते हुए भी कि वह चोटिल और थका हुआ है लड़के उसे कंधे पर बिठाए हुए सीधा नामांकन कक्ष तक ले आए। संजय को जैसे ही यह पता चला वह दौड़ता हुआ कॉलेज पहुँचा। रफीक की हालत देखकर उसका गला रुँध गया। फिर भी रफीक की मुस्कुराने की चेष्टा को देखते हुए वह बोला–

"ससुराल वालों से ज्यादा सेवा ले लिए हो मियाँ!" रफीक ने उसकी बात पर हँसने की कोशिश की; मगर हँस नहीं पाया। दर्द उसकी आँखों में उतर

आया। उसके नाम की प्रस्तावना करने को बसंत राजभर था ही। उसने नाम की प्रस्तावना वाले कॉलम में हस्ताक्षर किए। रफीक की चोट की वजह से बाकी फॉर्म भी उसने ही भर दिए। रफीक ने बस जहाँ-जहाँ जरूरत थी, हस्ताक्षर कर दिए। समर्थकों ने फिर रफीक को उठा लिया। लड्डू बाँटे गए। रफीक को यूँ ही उठाए हुए कार्यालय तक पहुँचा दिया गया। रफीक कार्यालय पहुँच गया। उजमा शाम से बहुत पहले ही घर पहुँच गई। झुन्नु भैया का प्रत्याशी अनुपम राय सुबह ही नामांकन कर चुका था। तीन बजने से थोड़ा पहले-पहले ही नामांकन कार्यालय खाली हो गया था। नामांकन अधिकारी बस नियत समय खत्म होने की प्रतीक्षा कर रहे थे। संजय भी तो इसी वक्त का इंतजार कर रहा था। वह अंतिम क्षणों में एक बार फिर नामांकन कक्ष पहुँचा तो वह अकेला नहीं था। उसके साथ अनुपम राय का हमनाम अनुपम राम भी था जिसकी छात्रवृति का पैसा अनुपम राय दबाए बैठा था। नामांकन अधिकारियों को आश्चर्यचकित देख संजय ने कहा-

"गुरु जी अभी तो टाइम है?"

"हाँ! मगर कुछ ही वक्त बचा है।"

"बहुत है गुरु जी। यह है अनुपम राम। निर्दलीय। इसके नाम की प्रस्तावना मैं करता हूँ।"

संजय का मंतव्य समझकर नामांकन कर्मचारी हँसे। फॉर्म निकालकर देते हुए उन्होंने कहा-

"साम दाम दंड भेद सब खेल लोगे संजय। नहीं क्या!"

संजय ने फॉर्म में प्रस्तावक की जगह पर हस्ताक्षर किए और बाकी फॉर्म उस लड़के की तरफ सरकाते हुए नामांकन अधिकारी के सवाल पर मुस्कुरा दिया।

रण अब तय था। रणभेरी बजने की देर थी।

***

आखिरी दाँव का अवसर था और यही बात संजय को खाए जा रही थी। वह यह तो भाँप गया था कि कुछ ऐसा जरूर है जो उसकी दृष्टि में नहीं है मगर बहुत महत्वपूर्ण है। कुछ ऐसा जो उसकी तमाम कोशिशों के बावजूद उसके इरादों पर पानी फेर सकता है। उसे आज बिरजू का इंतजार था जिसे

उसने छात्रवृति वाले लड़कों की लिस्ट लाने भेजा था। वह उसी के इंतजार में था और सिविल लाइंस की ओर से अपनी मोटर साइकिल से गुजर रहा था कि उसने डॉक साब को सड़क पार करते हुए देखा। उसे चूँकि जल्दी थी इसलिए वह आगे निकल गया, मगर अचानक ही उसे कुछ ध्यान आया और उसने गाड़ी मोड़ ली। डॉक साब सड़क पारकर अब सड़क किनारे जमी बालू को पाँव से मारते आगे बढ़ रहे थे। संजय ने उन्हें देखकर मोटर साइकिल रोक दी।

''पैर छू के प्रणाम डॉक साब!'' संजय ने कहा।

''अरे मरहट्टे! कहाँ जा रहा है?''

''आप ही के पास आ रहा था डॉक साब!''

''मुझे पता था कि तू जरूर आएगा। अब नहीं आएगा तो कब आएगा!''

''चाय पिएँगे?'' संजय ने पूछा।

''पिलाएगा?''

''आइए बैठिए।'' कहकर संजय ने डॉक साब को मोटर साइकिल पर पीछे बैठा लिया। मोटर साइकिल थोड़ी देर चलकर ही एक चाय की दुकान पर रुकी। संजय ने शीशे के गिलास में दो चाय उठा ली और एक चाय डॉक साब को दे दी।

''डॉक साब एक बात जाननी थी।'' संजय ने पूछा।

''बिस्कुट देगा तो बताऊँगा।'' डॉक साब ने सीधी बात की। संजय मुस्कुरा उठा। उसने दुकान पर आगे रखे मर्तबान से दो नान खटाई निकालकर डॉक साब को दे दी।

''हाँ अब पूछ।'' डॉक साब ने चाय पीते हुए कहा।

''डॉक साब! गुलाम कादिर खान को इतना विश्वास कैसे था कि वह लाल किले में घुसकर कब्जा भी कर लेगा?'' संजय ने पूछा। मुस्कुरा दिए डॉक साब। उन्होंने कहा–

''तुझे अब भी गुलाम कादिर खान के शातिरपने पर शक है मरहट्टे?''

''नहीं डॉक साब! बस यह जानना चाहता था कि फौज को हरा देना एक बात है। और लाल किले में बेधड़क यूँ घुस जाना जैसे वहाँ उसे कोई खतरा ही नहीं दूसरी बात है। उसे कोई खतरा क्यों नहीं लगा डॉक साब?'' संजय ने पूछा।

"क्योंकि वह लाल किले गया नहीं था। लाल किले में उसे बुलाया गया था। भीतरघात पहले से ही मौजूद था भीतर। मलिका-ए-जमानी। पत्नी थीं शाह आलम की। मगर उन्हें शाह आलम से बदला लेना था। रंजिश थी अपने पति से ही। उसी ने गुलाम कादिर खान के रास्ते आसान बनाए थे।" डॉक साब ने चाय में बिस्कुट डुबोते हुए कहा।

"समझा। लेकिन यहाँ ऐसा कौन है जो अनुपम राय की राह आसान बना रहा है।" संजय ने खुद से ही कहा।

"कोई तो है। यहाँ भी। मलिका-ए-जमानी। पता कर, जिसे इससे फायदा होने वाला है।"

"हाँ! कोशिश करता हूँ डॉक साब!" संजय ने डॉक साब का खाली गिलास अभी उनके हाथ से लिया ही था कि उसे बिरजू और रफीक दूसरी गाड़ी से आते दिखाई दिए।

"भैया, कुछ गड़बड़ है। भारी गड़बड़!" बिरजू दौड़ता हुआ सीधा संजय के पास आया।

"क्या हुआ?"

"ये देखिए।" कहते हुए बिरजू ने संजय के आगे एक कागज खोल दिया। संजय ने दो मिनट तक कागज को देखा और फिर उसके चेहरे पर एक मुस्कुराहट तैर गई। रफीक उसकी मुस्कुराहट का अर्थ पहले ही समझ रहा था। संजय ने उसकी ओर देखा और मुस्कुराते हुए डॉक साब से कहा-

"धन्यवाद डॉक साब! घुसपैठिया मिल गया।" डॉक साब बहरहाल आखिरी नान खटाई पर ही ध्यान लगाए रहे।

संजय, रफीक और बिरजू तीनों कार्यालय की ओर निकल पड़े।

***

सिटी पीजी कॉलेज। शहर का सबसे नामी कॉलेज। चुनाव तो हर कॉलेज में ही होता है मगर जो रुतबा, जो सम्मान सिटी कॉलेज के अध्यक्ष का है वह सीधा उसके लिए पहले जिला पंचायत और फिर विधायकी का मार्ग प्रशस्त करता है। सो कोई आश्चर्य नहीं कि इसी कॉलेज ने सबसे ज्यादा नेता पैदा किए हैं। सो कोई आश्चर्य नहीं कि इसी कॉलेज में अध्यक्ष पद के लिए सबसे ज्यादा धांधलियाँ भी होती हों। घोटाले भी होते हों।

संजय ने अपनी मोटर साइकिल पार्किंग में लगाई। रफीक उसके साथ ही प्रिंसिपल के चैंबर तक जाना चाहता था मगर वह बाहर ही मिल गए छात्रों से घिर गया। छात्रों ने उसे घेरकर अपनी समस्याएँ बतानी शुरू कर दी। संजय बहरहाल प्रिंसिपल साहब के चैंबर में पहुँच गया।

"गुरु जी प्रणाम!" संजय ने घुसते ही कुर्सी खींचकर बैठते हुए कहा।

"संजय आज बहुत व्यस्तता है। विश्वविद्यालय से एक दल आने वाला है। उन्हीं के लिए रिपोर्ट वगैरह..." प्रिंसिपल साहब ने संजय को टालते हुए कहा।

"घबराइए मत गुरु जी? क्यों अब इसके बाद आप व्यस्त नहीं रहेंगे। इत्मिनान ही इत्मिनान रहेगा। और चलिए अच्छा ही है कि विश्वविद्यालय से कोई टीम आ रही है। उन्हीं के सामने समाचार पढ़ते हैं।"

"कैसा समाचार?" प्रिंसिपल ने अनमने से कहा। जिसके जवाब में संजय ने प्रिंसिपल की आँखों में देखते हुए ही पॉकेट से एक पर्चा निकाला और कहा- "ये गुरु जी आने वाले कल के अखबार का मसौदा है। हमें कहीं से मिल गया तो सोचा आपको पढ़कर सुना दें। शीर्षक है-

"छात्रवृत्ति घोटाला: सिटी पीजी कॉलेज का प्रधानाध्यापक गिरफ्तार- फर्जी नाम से दाखिला करा दिलाते थे छात्रवृत्ति..."

संजय ने जैसे ही शीर्षक पढ़कर प्रिंसिपल का चेहरा देखा उसने पाया कि प्रिंसिपल का चेहरा बजाहिर उतर गया है। उसके चेहरे पर आश्चर्य मिश्रित डर तैरने लगी है। संजय ने फिर पुर्जे पर नजर गड़ाई और पढ़ता गया।

"राज्य में नासूर की तरह फैल रहे छात्रवृत्ति घोटाले की जद में आज जनपद का सिटी कॉलेज भी आ गया। छात्रवृत्ति घोटाले में कॉलेज के प्रधानाचार्य श्री दुर्गाशंकर अवस्थी को गिरफ्तार कर लिया गया। एसआईटी के इंचार्ज ने यह जानकारी देते हुए बताया कि कॉलेज को पिछले दो साल में 600 छात्रों को 1.50 करोड़ रुपये छात्रवृत्ति के नाम पर दिए गए। एसआईटी ने छात्रों के मोबाइल नंबर और कागजात का मिलान किया तो सामने आया कि जिनके नाम से छात्रवृत्ति ली गई, ऐसे कुल 612 छात्रों को छात्रवृति दी गई जो दरअसल छात्र ही नहीं हैं बस उनका नामांकन महाविद्यालय में है। उनके कॉलेज में दाखिले की फीस एक ही खाते से आई है। दरअसल इस नाम के

लोग तो हैं मगर वह छात्र नहीं हैं। उनका प्रवेश दोतरफा फायदे के लिए किया जाता है। ऐसे छात्र चुनावों में उस दलाल के प्रत्याशी को एक मुश्त वोट देते हैं जिसने इनका एडमिशन कराया है। साल के अंत में इन्हें छात्रवृत्ति की राशि इनके द्वारा दिए गए बैंक खातों में ऑनलाइन भेजी जाती है। जाँच के बाद यह भी पता चला कि एक निश्चित रकम रखकर यह सारे विद्यार्थी बची हुई रकम निकालकर दलाल को दे देते थे जो वह पैसा प्रधानाचार्य तक पहुँचा देता था। इस धनराशि की बाबत एसआईटी ने प्रिंसिपल से पूछा तो वे जवाब नहीं दे पाए। पुलिस को फिलहाल उस दलाल की तलाश है।''

कहते हुए जब संजय ने सिर उठाकर देखा तो पाया कि प्रिंसिपल का चेहरा फक्क पड़ गया है। वह कुछ बोल पाने की स्थिति में नहीं है। यह देखकर संजय ने ही कहा–

''कल डॉक साब ने कहा था कि भीतर के घुसपैठिए से ही खतरा है। वह बात अब समझ आई है। गुरु जी यह वही 600 वोट हैं ना जो हर साल हार–जीत का फैसला कर देते हैं?'' संजय की बात का कोई जवाब प्रिंसिपल के पास नहीं था। वह कुर्ते में से रुमाल निकालकर पसीना पोंछने लगे। फौरन ही उन्हें कुछ याद आया और उन्होंने जल्दी से टेबल पर रखा फोन उठाने की कोशिश की। संजय ने उनका हाथ पकड़ लिया।

''गुरु जी! राज्यव्यापी धर–पकड़ चल रही है। आपके दलाल झुन्नु कुछ न कर पाएँगे। अपने पाजामे में रहेंगे तो ज्यादा–से–ज्यादा जेल जाएँगे और पाजामे से बाहर हुए तो जान से। आप तो जानते हैं कि ये झुन्नु जैसे दलाल किसी के नहीं होते हैं। नेता जी सबसे पहले आपको ही साफ करवा देंगे।'' कहते हुए संजय ने हाथ छोड़ दिया। प्रिंसिपल साहब धम्म से कुर्सी पर बैठ गए।

थोड़ी देर तक खामोशी से पेंसिल से टेबल खुरचने के बाद प्रिंसिपल साहब ने कहा–

''देखो संजय तुम हमारे बेटे जैसे हो।''

''जी बिलकुल। तो बेटे को आशीर्वाद स्वरूप वह 600 आईडी कार्ड दे दीजिए। इस दफे हम संभाल लेंगे। अगले साल आप रिटायर होने वाले हैं।

मन से लालच निकालिए।''

''बेटा इस साल बचा लो। मेरा ग्रैचुइटी और पी. एफ. का पैसा फँस जाएगा।''

''अरे आपको ग्रैचुइटी और पी. एफ. की चिंता है? आप फँस जाएँगे उसकी चिंता कीजिए। जिला जब थूकने पर आता है तो देह और मुँह में फर्क नहीं करता। सात पुश्त तक कलंक गिन देगा आपके।'' संजय ने थोड़ा और डर बढ़ाते हुए कहा।

''बचा लो बेटा। अबकी बचा लो।'' प्रिंसिपल साहब ने लगभग गिड़गिड़ाते हुए कहा।

''तो लाइए आईडी कार्ड।'' संजय ने हाथ बढ़ाते हुए कहा। प्रिंसिपल साहब उठे और सामने की अलमारी खोलते हुए एक भरी हुई पॉलिथीन निकालकर संजय के हवाले कर दिया। संजय ने पॉलिथीन खोलकर देखा और मुतमइन होने के बाद कहा-

''गुरु जी डुप्लीकेट आईडी तो नहीं रखे हैं अपने पास?''

''नहीं संजय!'' उसकी जरूरत नहीं थी। प्रिंसिपल साहब ऐसा नहीं कर सकते थे। क्योंकि तोते की गर्दन अब संजय के हाथ में थी।

''भरोसा कर रहे हैं। इलेक्शन के पहले तक डुप्लीकेट बनवाने का विचार भी मन में आए तो मन मार लीजिएगा।''

''झुन्नु का डर है मुझे। उससे क्या कहूँगा?'' प्रिंसिपल साहब ने अपना डर जताया।

''मठाधीशों का वक्त खत्म है अब। उनसे डरने की जरूरत नहीं। खैर! आपसे तो दो दिन पहले ही माँगेंगे वो। कह दीजिएगा चूहे खा गए।'' कहते हुए संजय निकलने को ही था कि रफीक कमरे में घुस आया।

''क्या हुआ नेता?'' रफीक ने संजय से पूछा।

''गुरु जी अध्यक्षी जीतने का आशीर्वाद दिए हैं झोली में भर के। आशीर्वाद लो।'' संजय ने जैसे ही कहा रफीक आगे की ओर बढ़ा, मगर प्रिंसिपल साहब ने उससे भयभीत होकर उसे रोक दिया-

''बस बस ठीक है। मुबारक हो! महाविद्यालय की सेवा कीजिए इस साल आप ही।''

संजय और रफीक दोनों बारी-बारी से प्रिंसिपल के चैंबर से बाहर निकल गए।

***

मतदान किसी भी स्तर का क्यों न हो, रोचक होता है। छात्र-संघ का मतदान छात्र नेताओं के लिए जीवन-मरण का प्रश्न भले ही हो सामान्य छात्रों के लिए यह किसी रंगशाला के कार्यक्रम की तरह ही होता है जहाँ कलामंत्री के प्रत्याशी की कला-क्षमता महज लड़की की वेशभूषा धारण कर छात्रों को लुभाकर वोट माँग लेने की है। जहाँ महामंत्री पद का प्रत्याशी छात्रों के आने के रास्ते में ठीक उसी तरह जमीन पर लोट रहा होता है जैसे वह किसी प्रेत के वश में हो। खेती की जमीन बंधक रखकर छात्र संघ का चुनाव लड़ने वाले बाँके भी हैं तो विचारधारा की बहस कर रोटियाँ सेंकने वाले वीर भी। मतदान का दिन सामान्य छात्रों के लिए उस मेले जैसा है जहाँ हर दुकानदार उन्हें मुफ्त सेवा देने को तैयार है। लड़के भी किसी दुकानदार को मना नहीं करते। सभी को हाँ-हाँ करने के बाद वह मत उसी को देते हैं जिसे उन्हें देना है।

आठ दिन के थका देने वाले चुनाव प्रचार। गाँव-गाँव की दौड़, छात्रों से मिलने और विशेष स्थानों में आयोजित भाषणों के बाद छात्र लोकतंत्र का वह दिन भी आ गया जिसके लिए तैयारियाँ साल भर से हो रही थी। परीक्षा का दिन। परीक्षा की तैयारी चाहे कितने लगन से ही क्यों न की गई हो परीक्षा का मनोविज्ञान आपको निश्चिंत नहीं होने देता। एक अजीब किस्म का डर, उत्कंठा सिर से पाँव तक तारी रहती है। सिटी कॉलेज में अध्यक्ष पद के चुनाव के लिए हालाँकि 9 प्रत्याशी मैदान में थे; मगर यह तय था कि लड़ाई सीधी है। दो लोगों के बीच। एक तरफ अनुपम राय और दूसरी तरफ रफीक। चुनाव पर्यवेक्षक, मतगणना अधिकारी तथा अन्य अधिकारी भी अपने-अपने कार्य में मुस्तैद थे।

तय समय पर जब मतदान शुरू हुआ तो गेट में घुसने से पहले अनुपम राय और रफीक के समर्थकों में थोड़ी बहस, थोड़ी रगड़ हुई मगर फिर मौजूद पुलिस बल ने बात संभाल ली। मतदान के बढ़ने के साथ ही फर्जी वोटरों की धर-पकड़ भी चलती रही। एक-आध बार अनुपम के समर्थकों ने जान-बूझकर दूसरी ओर झगड़े किए ताकि पुलिस बल उधर को खिसक जाए और

फर्जी वोटर्स फर्जी आईडी कार्ड के साथ धक्का-मुक्की में भीतर दाखिल हो जाएँ। मगर ऐसी स्थिति में संजय और उसके साथ खड़े लड़कों ने उन्हें भीतर जाने से रोक दिया। तनाव एक दफा फिर तब बढ़ा जब किसी लड़के ने हवाई फायरिंग कर दी। मतदान ऐसी स्थिति में थोड़ी देर बाधित हुआ मगर फिर शुरू हो गया। नेताओं के गिड़गिड़ाने, लोटने, रोने और चिल्लाने के मध्य ही लगभग तीन बजे मतदान कार्य संपन्न हो गया।

भविष्य मतदान पेटी में कैद हो गया था। साल भर की गई मेहनत अब कागज की पर्चियों के गिने जाने की मुहताज थी। थके हुए जीवंत लोग अब ठौर तलाश कर कंधों को आराम दे रहे थे। मतदान अधिकारी चुनाव प्रक्रिया पूरी कर निकल गए थे। मतदान कार्य संपन्न होते ही अनुपम राय, रफीक समेत अन्य प्रत्याशी अपने-अपने समर्थकों के साथ अपने-अपने कार्यालय पहुँच गए जहाँ भोजन की व्यवस्था थी। संजय मगर बिरजू के साथ कॉलेज पर ही रुककर प्रत्याशियों द्वारा फैलाए गए पम्फलेट, पर्चे, कागज की टोपियों इत्यादि से फैली गंदगी साफ करता रहा। लगभग दो घंटे तक कॉलेज साफ करने के बाद संजय भी बिरजू संग खाना खाने गया।

शाम छह बजे जब छात्र-संघ अध्यक्ष के चुनाव का निर्णय सुनाया जाना था, पुलिस की विशेष व्यवस्था थी। किसी भी तरह के असलहे का निषेध था और इस बात की व्यवस्था पुलिस ने की थी कि कोई असामाजिक तत्व किसी तरह की गड़बड़ी न करे।

ठीक छह बजे अधिकारी ने नतीजे की घोषणा की-

तीसरे नंबर पर हैं- ''अनुपम राम सुपुत्र जीवन राम, 670 वोट।'' यह नाम सुनते ही झुन्नु भैया और उनके प्रत्याशी अनुपम राय को लकवा-सा मार गया। यह मेरा नाम गलत क्यों पुकारा जा रहा है ? मेरे पिता का नाम भी गलत है। वह चिल्ला ही रहा था कि पीठासीन अधिकारी ने दूसरे नाम की घोषणा की-

दूसरे नंबर पर हैं- ''अनुपम राय सुपुत्र श्री जयंत राय, वोट 2020।'' यह अनुपम राय के वोट थे। अनुपम राय और उसके समर्थक यह सुनते ही उग्र हो गए उन्हें लगा कि कुछ बेईमानी, कुछ घालमेल हुई है। विजयी प्रत्याशी की घोषणा से पूर्व ही अनुपम और रफीक के गुट में झगड़ा बढ़ गया। मगर अधिकारी ने अनुपम की बात का संज्ञान लेते हुए बताया कि तीसरे नंबर पर

जो प्रत्याशी है उसका नाम अनुपम राम ही है और किसी प्रकार की कोई गलती नहीं हुई है।

यह संजय की वह चाल थी जिसका अंदाजा रफीक तक को नहीं था। विद्यार्थियों ने जल्दबाजी में बहुत से वोट अनुपम राय की जगह अनुपम राम को डाल दिए थे। लड़के जल्दबाजी में झुन्नु भैया के प्रत्याशी की जगह संजय के प्रत्याशी अनुपम राम को वोट मार गए। एक जैसे नाम ऊपर नीचे होने से अनुपम राय के छह सौ से ऊपर के वोट कट गए थे। कोई संदेह नहीं था कि विजेता कौन होगा मगर फिर भी लोग टकटकी लगाए नाम सुनना चाह रहे थे। पीठासीन अधिकारी ने अनुपम राय के हंगामे के बीच ही विजेता के नाम की घोषणा की–

प्रथम स्थान पर हैं– "रफीक अहमद सुपुत्र सगीर अहमद, कुल 4617 वोट।"

इतना सुनना लड़कों में जोश भरने के लिए काफी था। लड़कों ने शोरगुल का पहाड़ उठा दिया और साथ ही बिरजू ने रफीक को कंधे पर उठा लिया। उसके बाद तो रफीक ने कितने कंधे बदले वह गिनती के नहीं। समर्थकों का ऐसा घेरा बना कि संजय पीछे छूट गया। संजय पीछे छूट जाना चाहता भी था। वह शांत हो गया था और भी शांत हो जाना चाहता था। इसीलिए वह कदम-दर-कदम पीछे खींचता हुआ हुजूम से बाहर निकल आया और फिर वहाँ से अकेले ही चल पड़ा।

अब रात की दीवार को ढाना है जरूरी
ये काम मगर मुझसे अकेले नहीं होगा

ऐसा नहीं था कि जश्न के इस माहौल में रफीक ने संजय की कमी महसूस नहीं की थी। उसने दो-एक बार बिरजू से पूछने की कोशिश भी की थी। मगर समर्थकों के भारी उत्साह ने उसे मौका नहीं दिया और फिर वह इस वक्त उनके उत्साह से स्वयं भी आह्लादित था।

जश्न का काफिला शहर के विभिन्न मुहल्लों से होता हुआ जब उजमा के मुहल्ले में पहुँचा तो रात हो चुकी थी। बिरजू के कहने पर लड़कों ने काफिला मुस्तकीम हसन साहब के घर के ऐन आगे रोक दिया। रात यूँ भी निखर आई थी और न भी आई होती तो उजमा को आज छत पर रहना ही था। रफीक ने दोनों हाथ जोड़े हुए सबकी नजर बचाकर ही एकदफा ऊपर देखने की कोशिश की। नजरें मिल गईं और रफीक ने देखा कि उजमा ने बाकायदा दो उँगलियों की सीटी मारी। आवाज तो वह नहीं सुन पाया मगर एहसास उसके दिल तक पहुँच ही गया। वह झेंप-सा गया। झेंप तो उजमा भी गई। मगर देर तक हाथों की टेक लगाए रफीक को देखती रही। एकटक। हसन साहब व्यापारी आदमी थे। अनुभवी तो थे ही और वक्त की नब्ज पकड़ना भी खूब जानते थे। आने

वाला वक्त रफीक का था वह यह बात समझ गए थे सो उन्होंने भी घर से बाहर आकर रफीक को बधाई दी और सौ-सौ के कुछ नोट रफीक पर न्योछावर कर दिए। रफीक ने लड़कों के कंधे से उतरकर उनका आशीर्वाद लिया। हसन साहब रफीक से कुछ कह पाते उससे पहले ही शोर एक दफा फिर उठा और लड़कों ने फिर एक दफा रफीक को कंधे पर बैठा लिया। काफिला एक बार फिर रफीक को लिए ढोल ताशे के साथ आगे बढ़ गया।

और संजय?

संजय वहीं था जहाँ उसे होना था। मझौंवा घाट। जहाँ शहर के कोलाहल से दूर गंगा की कलकल थी। गंगीय डॉल्फिनों की हलचल थी। और नम मिट्टी का बिछौना था। दूर कहीं बीच नदी में किसी मछुआरे ने नाव बाँध रखी थी। उसके लालटेन की रौशनी संजय तक आ रही थी और साथ ही आ रही थी उस बहन की याद जिसे इसी घाट से आकर घरवालों ने गंगा जी को समर्पित कर दिया था।

लक्ष्य प्राप्ति के बाद जो एक खालीपन घेरता है वह तो इस वक्त संजय से दूर था मगर वह फिर भी एकांत चाहता था। वह उन सब कलुषिताओं से निकलना चाहता था जो पिछले छह महीने उस पर काबिज रहे। वह उन सब नकारों-विकारों को दूर होना चाहता था जो इन दिनों उसने अपने गिर्द जमा कर लिए थे। वह जानता था कि खाली होते ही रफीक उसे फोन करेगा। वह यह भी जानता था कि रफीक यदि व्यस्त भी हुआ तो भी बधाई संदेशों के कारण संजय का फोन एक मिनट को भी खाली नहीं मिलेगा। इसलिए उसने अपना फोन बंद कर दिया था।

गंगा घाट पर लेटे-लेटे ही उसे अचानक कुछ खयाल आया। खयाल यह कि उसकी जीत तो हुई है मगर झुन्नु भैया की मात अभी बाकी है। उसके बगैर उसे यहाँ इस घाट पर अपनी बहन के आगे नहीं आना था। यह सोचते ही वह फोन ऑन करने ही वाला था कि एक सरसराहट हुई। वह अभी पीछे घूमकर देख पता तब तक एक साया तेजी से दौड़ता हुआ उसके सिर के ऊपर से फाँदकर गंगा में कूद गया। अचानक हुए इस घटना से संजय भी घबरा गया। उसे समझने का भी समय नहीं मिला कि तभी डुबकी मारकर निकलते ही साये ने पूछा-

"क्या नेता, फुलौने में हवा है कि लीक हो गई?" यह रफीक था। संजय ने उसे देखा तो पाया कि ठीक उसकी ही तरह रफीक भी कपड़े उतारकर गंगा में उतरा है। संजय ने हँसते हुए फौरन कहा–

"अब हम कैसे नेता! अब तो तुम हुए नेता। रफीक मियाँ! नेता भाई! बधाई हो!"

"भाक साला! हम आशिक ही ठीक हैं। छप्पर फाँदने दो हमको। चार दीवारी टापने दो। उसी में मजा है। और हो भी गए नेता तो क्या! मेरे लिए तुम ही हो नेता। संजय नेता!" रफीक ने बाहर निकलते हुए कहा।

"अबे, वो अजीजन के कोठे पर रूह अफजा वाली का नाम क्या था?" संजय ने अचानक ही बात बदलकर पूछा।

"कौन! वो गुलनार! ग्यारह हजार एक शॉट!" रफीक ने आश्चर्य से पूछा।

"हाँ! वही।" संजय ने कहा।

"क्या बावा! आज पार्टी होगा क्या! मुस्तकीम हसन के पैसा से!" रफीक ने मजाक करते हुए कहा।

"भक भोसड़ी के! नंबर लगाओ उसका और हमसे बात करा दो!" संजय ने कहा।

"लगाते हैं नंबर। लेकिन गाली न दो। अब अध्यक्ष हैं हम सिटी कॉलेज के।" रफीक ने नंबर लगाते हुए कहा। फोन दो ही रिंग में उठ भी गया। रफीक ने मोबाइल स्पीकर पर करने के बाद बात शुरू की–

"सलाम वालेकुम!"

"वालेकुम सलाम अध्यक्ष जी!" खनकती हुई आवाज उधर से आई।

"अरे आप तक भी खबर पहुँच गई?"

"पहुँच तो आप भी गए थे। काफिले समेत। बस ऊपर नजरे-इनायत नहीं की। आ ही जाते दो मिनट को। दिलजोई ही हो जाती।" गुलनार ने कहा।

"दिलजोई फिर कभी कर लेंगे गुलनार। अभी संजय नेता आपसे बात करना चाहते हैं। फोन उन्हें ही दे रहा हूँ।" कहते हुए ही रफीक ने अब संजय को आगे बोलने का इशारा किया।

"बाई जी नमस्कार!" संजय ने कहा।

"नमस्कार! कैसे याद किया!" गुलनार ने शोख आवाज में ही कहा।

"एक इल्तिजा थी बाई जी।"

"हुक्म करें।"

"आप तो जानती हैं कि रफीक अध्यक्ष हुए हैं।"

"जी आज इधर से भी मय-काफिला गुजरे थे। आप मगर न दिखे।" गुलनार ने कहा।

"वहीं था बाई जी। भीड़ में छुप गया हूँगा।" संजय ने कहा।

"आँखें तो हमारी ढूँढ़कर रह गईं। खैर आप हुक्म करें।"

"बाई जी। रफीक के जीत की खुशी में एक छोटा-सा जलसा रखा है। आप आ जातीं तो..."

"हम जरूर आएँगे। पहले का भी वादा है आपसे। आप बस वक्त और जगह बता दीजिएगा।"

"शुक्रिया।"

"इतनी इज्जत से हम कस्बियों से कौन बात करता है! शुक्रिया तो हमें आपका अदा करना चाहिए।"

"मैं आपको जल्द ही वक्त और दिन बताता हूँ। नमस्कार!" कहकर संजय ने कॉल काट दिया। उसके कॉल काटते ही रफीक ने कहा-

"नेता, हमारे ससुर वाला पैसा ज्यादा हो रहा है तो दो न, जमा कर दें। निकाह के बाद मलेशिया जाने का सोचे हैं। जलसा में मत उड़ाओ यार। सब खा के, नाच देख के चला जाएगा। क्या फायदा?"

संजय ने रफीक की बात का जवाब दिए बिना एक और कॉल लगाई। थोड़ी देर की घंटी के बाद फोन उठा लिया गया-

"झुन्नु भैया, चरण स्पर्श!" संजय ने कहा।

"खुश रहो। कौन हो भाई!" उधर से झुन्नु भैया की आवाज आई।

"क्या भैया ऐसी क्या नाराजगी हो गई कि अब हमारा नंबर तक हटा दिया आपने! हम संजय!" संजय ने मुस्कुराते हुए ही कहा।

"अरे! संजय खूब बधाई! खूब बधाई मेरे भाई! आपने हमें परास्त कर दिया। बहुत खुशी, बहुत खुशी हुई हमें।" झुन्नु भैया ने दूसरी ओर से कहा।

"ईश्वर की कृपा है भैया!"

"नहीं-नहीं ईश्वरीय कृपा के साथ-साथ आपका कर्म फल भी है। आप विजेता हैं।" झुन्नु भैया ने बिलकुल राजनेता की तरह कहा।

"एक दरख्वास्त थी भैया।" संजय ने कहा।

"कहिए। क्या सेवा की जाए?"

"अगले सोमवार शिवालय मैरेज हाल में एक छोटा-सा जलसा रखे हैं। रफीक की जीत की खुशी में। विद्यार्थियों की माँग थी। आप भी आते तो हमें खुशी होती।" संजय ने कहा।

"हम जरूर आएँगे। छोटा भाई बुलाए और हम न आएँ ऐसा नहीं होगा।" झुन्नु भैया ने कहा।

"सोमवार शाम सात बजे। हम स्वयं आ जाएँगे आपको लेने।" कहकर संजय ने फिर से प्रणाम किया और फोन रख दिया। पूरे वक्त रफीक संजय को एकटक देखता रहा। जब उसने फोन रख दिया तो रफीक ने पूछा-

"अब क्या पका रहे हो नेता? अब तो सब हुआ न?"

"सब नहीं। सब नहीं। तुम्हारी जीत हुई है अभी। उनकी हार बाकी है।" कहकर संजय धूल झाड़ते हुए उठा और रफीक समेत घाट से ऊपर सड़क की ओर चल दिया जिधर मोटरसाइकिल लगी थी।

***

सोमवार को जलसा-घर बिलकुल किसी जलसे की तरह ही सजाया गया था। अंतर बस यह था कि दावत में शामिल लगभग सभी विद्यार्थी ही थे। शिक्षकों को जान-बूझकर इसलिए नहीं बुलाया गया था क्योंकि विशेष कार्यक्रम नाच का भी था। गुलनार अपने साजिंदों समेत पहले ही आ चुकी थी। संजय ने एक-दो बार गुलनार के कान में जाकर कुछ कहा था जिससे पहले तो वह चकित रह गई मगर फिर मुस्कुरा दी। लड़के उसकी मुस्कुराहट पर व्यग्र हुए जा रहे थे। बिरजू लड़कों को संभालने और उन्हें खाना खिलाने में ही व्यस्त था। रफीक अब भी विद्यार्थियों से ही घिरा हुआ था। विद्यार्थियों की परेशानियाँ इस वक्त भी चालू थीं और वह उन्हें न सिर्फ धैर्यपूर्वक सुन रहा था बल्कि यथोचित सुझाव भी दे रहा था। अचानक थोड़ी हलचल बढ़ी तो पता चला कि झुन्नु भैया अपनी कार में अपने बंदूकधारियों समेत आ चुके हैं। संजय ने उन्हें देखते ही पाँव छूकर प्रणाम किया। बदले में झुन्नु भैया

ने उसे गले से लगा लिया। रफीक को न पाँव छूना था न उसने छुआ। मगर अबकी दफा आगे बढ़कर झुन्नु भैया ने रफीक को भी गले लगा लिया और उसे जीत की बधाई भी दी। रफीक मुस्कुराकर रह गया। झुन्नु भइया ने रफीक से कहा कि वह उससे कुछ जरूरी बात करना चाहते हैं। मगर इससे पहले ही संजय झुन्नु भैया को जलसा-घर के भीतर ले गया। जहाँ उनके बैठने की व्यवस्था थी। झुन्नु भैया पहले से लगे सोफे पर जब जाकर बैठ गए तब उन्होंने जलसेवाली को पहली दफा देखा। झुन्नू भैया गुलनार को देखकर पहचान तो गए मगर उनके लिए ऐसी कस्बियों का कोई मोल न था सो उन्होंने उसे उसी निगाह से देखा और संजय से बातें करते हुए जलसे के शुरू होने का इंतजार करने लगे। जलसा पाँच मिनट न शुरू हुआ, दस मिनट न शुरू हुआ तो लड़कों के साथ-साथ झुन्नु भैया भी उकता गए।

"क्या देर है संजय?" उन्होंने संजय से पूछा।

"पूछ के आते हैं भैया।" कहकर संजय अंजान बनते हुए गुलनार के पास गया और उसके कानों के पास से होकर लौट आया। उसने थोड़े जोर से ही झुन्नु भैया से कहा-

"भैया! बाई जी खफा हैं आपसे।"

"हमसे! हमसे क्या राबता भाई!" झुन्नु भैया ने यूँ दिखाया जैसे वह गुलनार को जानते ही न हों।

"वही तो हमने इनसे कहा कि विधायक जी का आपसे क्या सरोकार तो कहने लगीं कि आप बड़े लोग हैं एहसान कर भूल जाते हैं।"

"कैसा एहसान?" झुन्नु भैया ने जोर से गुलनार से ही पूछा।

"जूती।" गुलनार भी वहाँ से थोड़ी जोर से ही चिल्लाई- "आपकी दी हुई एक जोड़ी जूती थी हमारे पास। जाने किस निगोड़े को चलाकर मार दी। अब हम एक पाँव की जूती का क्या करें?" गुलनार ने नाराजगी भरी अदा से कहा।

"अरे! वह जूती तो हमारे ही पास है।" संजय ने चिल्लाकर कहा- "हम अभी लाते हैं। आप जलसा खराब न करें। भैया की इज्जत का सवाल है। आप चाहेंगी तो भैया आपको जूती पहना भी देंगे। क्यों भैया?" संजय ने झुन्नु भैया से पूछा।

झुन्नु भैया ना नहीं कह पाए। उन्हें विधायकी लेनी थी और उनकी आँखों के सामने तीन हजार से अधिक छात्रों के वोट थे। फिर वह संजय को अपनी विधायकी के लिए तुरुप मानकर अपनी ओर लाना भी चाह रहे थे।

''हाँ-हाँ! यह कौन-सी बड़ी बात हुई!'' झुन्नु भैया ने हर शब्द हर मुस्कुराहट के साथ अपमान पीते हुए कहा।

संजय के एक इशारे पर बिरजू रखी हुई जूती एक डब्बे में ले आया और झुन्नु भैया के सामने कर दी। भयंकर अपमान को पीते हुए भी झुन्नु भैया ने जूती उठाई और उसे गुलनार के पाँव में डालने बढ़े। लड़कों ने तालियाँ सीटियाँ, पन्नियाँ जो मिली वही बजा दी।

गुलनार ने पहले पाँव बढ़ाया और फिर खींच लिया।

''शुक्रिया आपका! अब एक पाँव की जूती पर भी क्या रक्स करूँ! अभी खोल देती हूँ बाद कभी पहन लूँगी।'' कहते-कहते गुलनार ने जो पाँव खींचा उससे झुन्नु भैया पानी-पानी हो गए। वह बेशर्म हँसी हँसते हुए उठे और सोफा पर बैठ गए।

गुलनार ने रक्स शुरू किया। झुन्नु भैया का मन अब मजलिस में नहीं था वह फौरन अपना काम कर निकल जाना चाहते थे। इस वजह से उन्होंने रफीक को इशारे बुलाया। रफीक जब उनके पास आया तो वह उसे एक किनारे ले गए और कहा-

''खूब मुबारक रफीक मियाँ!''

''शुक्रिया आपका!'' रफीक ने कहा।

''भाई तुम लोग मुझे बुरा समझते होगे लेकिन देखो, राजनीति ऐसी ही होती है। यहाँ कोई स्थायी अच्छा या स्थायी बुरा नहीं होता। न ही कोई स्थायी दोस्त होता है न ही स्थायी दुश्मन।'' झुन्नु भैया ने कहा।

''देख रहा हूँ।'' रफीक ने मुस्कुराते हुए कहा।

''मुझे लेकर तुम दोनों के मन में कोई भी कलुषिता हो तो निकाल देना। मैं तुम्हारे बड़े भाई जैसा हूँ।'' झुन्नु भैया ने फिर कहा।

''जी बेहतर।''

''अच्छा सुनो, तुम्हें एक काम के लिए बुलाया है।'' झुन्नु भैया अब आने के प्रयोजन पर आए।

"कहें।"

"देखो, संजय में गजब की प्रबंधन क्षमता है। अगले साल विधायकी के चुनाव हैं। मैं अब इस मठाधीशी से ऊब गया हूँ। क्षेत्र में काम भी किया है सो अबकी पार्टी विधान सभा में उतार रही है।" झुन्नु भैया ने कहा।

"यह तो बहुत अच्छी बात है।" रफीक ने तंज में ही कहा।

"हाँ! तो मैं चाहता हूँ कि संजय मेरा चुनाव प्रबंधन देखे। पैसा भी है राजनीति में, प्रतिष्ठा भी और कॉलेज मठाधीशी भी। मगर इसके लिए तुम्हें संजय को मनाना होगा।" झुन्नु भैया ने एक साँस में कहा।

"आप खुद क्यों नहीं बात करते?" रफीक ने तंज किया।

"नहीं, मेरा बात करना ऐसा लगेगा जैसे मैं अपनी हार की क्षतिपूर्ति कर रहा हूँ। जबकि ऐसा नहीं है। मुझे सचमुच अच्छे चुनाव प्रबंधक की जरूरत है और उसे मनाने का काम तुम ही कर सकते हो।" झुन्नु भैया ने रफीक का हाथ अपने हाथ में लेते हुए कहा।

"कर दूँगा। मगर मेरी एक शर्त है।" रफीक ने हथेली को कठोरता से मथते हुए कहा।

"सब मान्य है। तुम कहो तो!" झुन्नु भैया के माथे पर हालाँकि बल पड़ गए।

"मुझे वह लड़का दे दीजिए।" रफीक ने मुट्ठियाँ बाँधते हुए कहा।

"कौन लड़का?" झुन्नु भैया ने आश्चर्य से पूछा।

"अनुपम राय।"

"क्या करोगे उसका?" झुन्नू भैया ने हँसते हुए कहा।

"साड़ी पहनाऊँगा।" रफीक ने मुस्कुराते हुए कहा।

"ठीक है भाई। ले लो।" कहकर झुन्नु भैया ने एक चाभी रफीक के हवाले कर दी।

"यह क्या है?" रफीक ने चाभी देखते हुए कहा।

"दियारा पर बने हमारे आरामघर की चाभी। लड़का वहीं पर है।" झुन्नू भैया ने बताया।

"अकेला?"

"हाँ।"

"शुक्रिया आपका।" रफीक ने चाभी जेब में रखते हुए कहा।

"शुक्रिया नहीं रफीक मियाँ। हमें संजय चाहिए।"

"मुतमइन रहिए।" कहता हुआ रफीक बिरजू की ओर बढ़ा। संजय ने अब झुन्नु भैया को थाम लिया और उन्हें भोजन की ओर ले गया। उसने जलसे में से ही रफीक को बिरजू के साथ निकलते देखा तो टोक बैठा-

"मियाँ कहाँ?"

"आते हैं। एक आखिरी काम रह गया है।" कहकर रफीक बिरजू के साथ मोटरसाइकिल पर बैठ आँखों से ओझल हो गया।

***

लगभग ढाई घंटे लगातार चलती एक मोटरसाइकिल उस घनी रात में दियारा तक पहुँची। इसके आगे का रास्ता पैदल ही जाना था। मोटरसाइकिल की आवाज काम बिगाड़ सकती थी। आरामघर पहुँचने में दोनों को और आधा घंटा लगा। रफीक ने धीमे से ही ताला खोलने की कोशिश की थी मगर फिर भी अनुपम को आहट मिल गई। वह सचेत हो गया। उसके पास आत्मरक्षा के लिए बंदूक तो थी मगर उसे चलाने का जिगर नहीं था। इसलिए वह पिछले रास्ते से भागने लगा। दियारा इतना विस्तृत और वीरान था कि किसी ओर भी भागने पर कोई ओट उसे प्राप्त नहीं थी। इसलिए थोड़ी दूर भागने के बाद ही उसे पकड़ लिया गया और बिरजू ने उसके हाथों को पीछे की ओर फँसाकर ठीक रफीक के आगे खड़ा कर दिया।

"क्या बेटा! कहे थे ना कि नेता जी के नाड़े से बँधे रहना। जो छूट गए तो फिर अपने हाथ से जिबह करेंगे।"

अनुपम ने कुछ नहीं कहा। बस रफीक की आँखों में देखता रहा। अबकी मगर अनुपम की आँखों में भी भय नहीं था। रफीक के हाथों में जिबह वाला चाकू देखकर भी वह शांत था। रफीक ने उसके बाल पकड़े और बोलता गया-

"देखो, हर लड़ाई का एक खामोश उसूल होता है। औरत नहीं, बच्चे नहीं। तुम दोनों को बीच में लाए। पहले ज्योति और फिर इसरार। लड़ाई हमारी तुम्हारी थी। कलेजा था तो छाती पे मारते और नहीं था तो पीठ थी।" रफीक ने भावुक होकर कहा। और फिर कहता गया-

"जानता है उस लड़की ने अपनी आखिरी रात तुझे कितनी बार फोन किया था? 19 बार! एक बार फोन उठा लेता यार! तेरी आवाज की आस पर जी रहती शायद वो। कह देता कि तेरे भाई से बदला लेने के लिए ऐसा किया। शायद भाइयों को गलत मान लेती। मगर जी तो रहती!" रफीक अब और भावुक हुआ।

बिरजू जो अनुपम को पीछे से पकड़े हुए था वह उकता रहा था। क्योंकि अबकी दफा भी रफीक बात ज्यादा कर रहा था। अबकी बार भी देर करता देख बिरजू चीखा-

"अरे भैया भोर हो जाएगा। पूर्णाहुत कीजिए और चलिए। यही एक काम नहीं है।" सुनकर रफीक जैसे नींद से जागा।

और फिर उसके बाद...

रफीक ने जो किया उसे याद नहीं। वह तो शायद किसी जुनून की गिरफ्त में था। हाँ मगर बिरजू ने गिना कि वार कुल उन्नीस दफा ही हुआ। उन्नीस दफा ही क्यों यह वहाँ मौजूद तीनों लोग जानते थे।

अनुपम का शरीर बिरजू के हाथ में झूल गया था। रफीक ने नाक के पास हाथ लगाकर साँस देखी। साँस नहीं थी। रफीक के इशारे पर बिरजू ने हाथ खींच लिया। अनुपम का शरीर रेत पे लोट गया।

"खेल गया क्या?" बिरजू ने पूछा।

"शक हो तो बीस कर दें?" रफीक ने कहा।

"नहीं भैया! खेल गया है। चलिए।" दोनों फिर उसी अंधेरे में दो ढाई किलोमीटर चलते रहे। अचानक ही रफीक का फोन बज उठा। फोन उजमा का था। उसने नाम देखकर बुरा-सा मुँह बनाया।

"अरे यार! इस वक्त?" रफीक ने झल्लाते हुए कहा।

"उठा लीजिए। जरूरी काम होगा।" बिरजू ने नाम देखकर मुस्कुराते हुए कहा।

"इतनी रात में क्या जरूरी काम होगा!" रफीक इस असमंजस में था कि फोन उठाए अथवा न उठाए।

"लोरी-वोरी तो नहीं सुनाते हैं! उसे बिना नींद नहीं आ रही होगी।" कहकर बिरजू ने एक अर्थपूर्ण मुस्कुराहट दी। मुस्कराहट का अर्थ समझकर

रफीक ने भी मुस्कुराते हुए कहा-

"सिगार पियोगे?"

"नहीं-नहीं ये सब उन्हीं को दीजिए जिन्हें नींद नहीं आ रही।" कहते हुए बिरजू ने मोटरसाइकिल स्टार्ट की। रफीक ने पीछे बैठते हुए फोन उठा लिया।

"हाँ जान!" रफीक ने कहा।

"सोए नहीं?" उजमा ने सवाल किया।

"तुम भी तो जाग रही हो?" रफीक ने कहा।

"मुझे तो नींद नहीं आ रही।"

"क्यों क्या हुआ?"

"आज बहुत खुश हूँ।"

"अच्छा।"

"पता है आज जब आप जीतकर गली से गुजरे तो उसके बाद अब्बू ने घर आकर कहा - बड़ा होनहार लड़का है।"

"अच्छा! मतलब इस साल निकाह पढ़वा देंगे?" रफीक ने मुस्कुराते हुए सवाल किया।

"चुप कीजिए। हमेशा एक ही रट!" उजमा ने झूठा गुस्सा दिखाते हुए कहा और उसके बाद भी जाने क्या-क्या कहा हो जो रफीक नहीं सुन पाया। मोटरसाइकिल की रफ्तार ने मोबाइल की आवाज दबा दी। मोटरसाइकिल की आवाज दियारे से दूर होती चली गई।

***

अगली सुबह फिर कार्यालय पर चहल-पहल थी। कार्यालय के आगे वर्तमान अध्यक्ष सिटी कॉलेज का बोर्ड लग ही रहा था कि डॉक साब की आवाज आई।

"मरहट्टे चाय पिलाएगा?"

"अरे डॉक साब आइए-आइए। देखिए आपके दर्जी की कैंची ने कमाल कर दिया है। आज तो मिठाई खाइए।" संजय ने अति उत्साह में कहा।

"नहीं! पहले बोल चाय पिलाएगा?"

"हाँ! बिलकुल पिलाएँगे। बिरजू, चाय।" संजय ने बिरजू से कहा। और

फिर डॉक साब से पूछा-

"क्या हुआ डॉक साब! आप खुश नहीं हैं।"

"किस बात की खुशी?"

"कि आपके बादशाह फिर बादशाह बन गए।" रफीक ने मजे लेने के लिए कहा।

"बादशाह को तो बादशाह बनना ही था। महाद जी सिंधिया का साथ था।" डॉक साब ने बिना किसी भाव के सपाट कहा।

"अच्छा चलिए, इसी बात पर खुश होइए कि आपका गुलाम कादिर खान रूहेला मारा गया।" रफीक ने पाँव पसारते हुए कहा।

हँस पड़े डॉक साब।

"नादान है तू! शैतान भला मरा करता है!" डॉक साब ने कहा और अट्टहास कर पड़े। उनकी हँसी में वह व्यंग्य था जिससे संजय और रफीक दोनों समझ नहीं पाए।

***

उसी दिन इतिहास की कोचिंग में प्रोफेसर सुमित्रानन्दन जी ने पढ़ाया-

"लाल किले से निकलकर गुलाम कादिर खान भागता फिरा। महाद जी की सेना उसे हर जगह खोजती रही। अंततः नवंबर 1789 में गुलाम कादिर खान रूहेला शामली के निकट मराठा सेना द्वारा पकड़ा गया। उसे वहाँ से बाँधकर मथुरा लाया गया। जहाँ बादशाह शाहआलम के निर्देश पर एक पेड़ से बाँधकर उसे मृत्युदंड दिया गया। पहले उसकी आँखें निकाल ली गईं। फिर उसका सिर धड़ से अलग कर दिया गया।"

"इसके आगे का अचरज भरा वर्णन 'खैरुद्दीन' अपनी किताब 'इबरतनामा' में करते हैं। वह लिखते हैं कि गुलाम कादिर खान की सिर कटी लाश लगभग दो दिनों तक उसी पेड़ से बँधी पड़ी रही। इस दौरान न जाने कहाँ से एक काला कुत्ता वहाँ आ गया जिसके आँखों के नीचे सफेद घेरे थे। वह सामान्य से दो गुना बड़ा था जिसके नाखून दरिंदों की तरह थे। वह किसी के भगाए नहीं भागता था। बस गुलाम कादिर के शरीर से टपका खून चाटता रहता था। आखिरकार दूसरी सुबह अचानक वह कुत्ता और गुलाम कादिर खान की लाश दोनों गायब हो गए।"

"खैरुद्दीन फकीर लिखते हैं- वह कुत्ता शैतान था और गुलाम कादिर शैतान का जाया।"

***

और ठीक इस बात से चंद घंटे पहले, इससे पहले कि भोर के उजाले में दियारे में किसी के पड़े होने की खबर आम होती। एक काली स्कॉर्पियो आई और अनुपम के शरीर को भीतर खींचकर तेज रफ्तार ही से आँखों से ओझल हो गई।

खैरुद्दीन फकीर यह भी कहते हैं कि शैतान कभी अपने बच्चों को नहीं छोड़ता।